精忠岳传

节编本

鲁兵 节编

钱彩 原著
王智钧 注释

华夏出版社
HUAXIA PUBLISHING HOUSE

图书在版编目(CIP)数据

精忠岳传:节编本/(清)钱彩原著;鲁兵节编;王智钧注释.—北京:华夏出版社,2013.10
(华夏古典名著青少年文库)
ISBN 978-7-5080-7748-2

Ⅰ.①精… Ⅱ.①钱… ②鲁… ③王… Ⅲ.①章回小说－中国－清代－缩写 Ⅳ.①I242.4

中国版本图书馆CIP数据核字(2013)第170595号

精忠岳传（节编本）

原　　著	（清）钱彩
节　　编	鲁　兵
注　　释	王智钧
责任编辑	高　苏
责任印制	刘　洋
出版发行	华夏出版社
经　　销	新华书店
印　　刷	三河市万龙印装有限公司
装　　订	三河市万龙印装有限公司
版　　次	2013年10月北京第1版　　2013年10月北京第1次印刷
开　　本	720×1030　1/16开
印　　张	15
字　　数	329千字
定　　价	27.00元

华夏出版社　地址：北京市东直门外香河园北里4号　邮编：100028
网址：www.hxph.com.cn　电话：(010) 64663331（转）
若发现本版图书有印装质量问题，请与我社营销中心联系调换。

出版者的话

岳飞的故事,千百年来在民间流传甚广,岳飞的形象尤其是他身上体现出来的文化意蕴,早已融入了中华民族的血脉。作为岳飞故事最重要的载体,古典小说《精忠演义说本岳王全传》(又称《说岳全传》、《精忠岳传》),历来是我国古典小说中广受拥戴的上品。

我社在推出《红楼梦》、《三国演义》、《水浒传》和《西游记》这"四大名著"的节编本的同时,便酝酿《精忠岳传》节编本的出版,以期扩充"华夏古典名著青少年文库"。我社推出的这部书,是以少年儿童出版社1981年版的《精忠岳传》为底本录排的(另请王智钧先生做了注释)。原书的节编者是我国著名儿童文学作家、编辑大家鲁兵先生。先生创作了大量优秀的儿童文学作品,许多佳作获得了国家多个奖项,经他编辑出版的优秀作品更是多多,今天少年儿童的家长,有不少都曾是先生作品的小读者,受到过先生的诸多教益。先生为我国少年儿童的文化事业孜孜不倦地耕耘、奉献,成就斐然,成为首届"韬奋奖"获得者。

先生已经去世多年,尽管我们多方努力,但未能与先生的家属取得联系。只好恭请先生的家属在得知节编本《精忠岳传》再版的消息后,拨冗与我社联系,我社将按照国家规定支付相关稿酬,并诚致谢忱!相信鲁兵先生在九泉之下也会为又一代小读者在阅读他的作品而深感快慰。

华夏出版社
2013年7月

目 录

第 一 回	泛洪水块肉余生	抚孤寡员外仗义	……	1
第 二 回	岳安人闭门课子	周先生设帐授徒	……	4
第 三 回	麒麟村英雄结义	沥泉洞蛇怪献枪	……	8
第 四 回	岳飞巧试九枝箭	李春慨允百年姻	……	12
第 五 回	沥泉山岳飞庐墓	乱草冈牛皋剪径	……	17
第 六 回	重才能徐仁荐贤	索贿赂洪先革职	……	22
第 七 回	元帅府岳飞谈兵	招商店宗泽赐宴	……	28
第 八 回	相国寺闲听评话	小校场私抢状元	……	34
第 九 回	周三畏义赠宝剑	宗留守誓取真才	……	40
第 十 回	岳飞枪挑小梁王	宗泽义释岳鹏举	……	46
第十一回	金兀术兴兵入寇	陆子敬设计御敌	……	52
第十二回	哈迷蚩下书割鼻	陆节度失城尽忠	……	57
第十三回	兀术冰冻渡黄河	邦昌奸谋倾社稷	……	61
第十四回	李侍郎怒斥番王	崔总兵暗传血诏	……	66
第十五回	金营神鸟引真主	夹江泥马渡康王	……	70
第十六回	寓金陵高宗即位	刺精忠岳母训子	……	73
第十七回	胡先奉令探功绩	岳飞设计败金兵	……	78

第十八回	释番将刘豫降金	献玉玺邦昌拜相	82
第十九回	王横断桥霸渡口	邦昌假诏害忠良	87
第二十回	刘豫求宠引叛贼	曹荣卖国献黄河	93
第二十一回	岳飞大战爱华山	阮良力擒金兀术	97
第二十二回	氾水二将军夺关	藕塘牛统制招亲	102
第二十三回	金兀术五路兴兵	呼延灼双鞭御敌	107
第二十四回	浙江潮水淹金兵	牛头山兵围宋主	111
第二十五回	保宋室英雄从军	进金营福将下书	117
第二十六回	祭帅旗奸臣代畜	挑华车勇士献身	122
第二十七回	杀番兵岳云保家	赠赤兔关铃结义	126
第二十八回	巩家庄岳云聘妇	牛头山张宪救主	132
第二十九回	岳云锤打免战牌	彦直枪挑大王子	136
第三十回	岳家猛将破金兵	韩氏水军困兀术	140
第三十一回	梁夫人金山击鼓	金兀术死港栖身	145
第三十二回	金兀术脱险逃生	岳元帅辞官归里	149
第三十三回	兀术施计养秦桧	苗傅衔怨杀王渊	153
第三十四回	牛皋勤王擒逆贼	岳飞出马遇良才	157
第三十五回	再兴误走小商河	汤怀自刎金兵营	163
第三十六回	文龙奋身战五将	王佐断臂假降金	169
第三十七回	钩枪大破连环马	箭书潜报铁浮陀	174
第三十八回	破敌阵关铃逞能	撞石壁兀术自尽	179
第三十九回	秦桧矫旨发金牌	三畏勘狱弃官职	183
第四十回	伸正气岳飞写供	探监狱张保死义	188
第四十一回	风波亭父子归天	韩家庄英雄结义	194
第四十二回	兴风浪忠魂阻兵	投古井烈女殉身	202
第四十三回	信巧言岳雷入狱	救难友欧阳施计	208
第四十四回	小兄弟夜祭岳坟	众英雄大闹乌镇	212
第四十五回	牛公子直言触父	柴娘娘大义待仇	216
第四十六回	岳雷领兵探慈母	牛通入帐作新娘	221
第四十七回	灵隐寺疯僧戏秦	众安桥义士捐躯	225
第四十八回	讨兀术高奏凯歌	封武穆表彰精忠	230

第一回　泛洪水块肉余生　抚孤寡员外仗义

宋朝徽宗皇帝在位时，相州府汤阴县岳家庄有户人家，姓岳名和，安人①姚氏，年已四十，生得一个儿子。岳和年将半百，生了儿子，自然快活，给儿子取个"飞"字为名，表字"鹏举"，是前程万里，远举高飞的意思。

那岳和欢欢喜喜，过了三日，正待为岳飞贺三朝，忽然天崩的一声响，顿时地裂，发起滔滔洪水来。岳和奔出屋来，见天井里有一口花缸空着，忙叫安人姚氏抱了岳飞，坐入缸内。才坐定了，那洪水已漫将过来。这岳和扳着花缸，姚氏安人在缸内大哭道："这事怎处！"岳和叫声："安人！我将此子托付于你，仗你保全岳氏一点血脉，我虽葬鱼腹，亦得瞑目！"说还未了，手略一松，卜的一声，随水漂流，不知去向了。

那安人坐在缸中，随着水势，直淌到河北大名府内黄县方住。那县离城三十里，有一村，名唤麒麟村。村中有个富户，姓王名明，安人何氏。王明一日清早起来，坐在厅上，忽见家人王安飞一般赶来道："不知那里水发，水口边淌着许多家伙物件。那些村里人，都去抢夺。"员外听了这话，即同了王安，走出庄来观看，一步步行到水口边，只见那些众邻舍乱抢物件。王明叹息不已。王安远远望见一件东西淌来，上面有许多鹰鸟，搭着翎翅，好象凉棚一般的盖在半空。王安指道："员外请看，那边这些鹰鸟，好不奇异么？"员外抬头观看，果然奇异。

不一时，看看流到岸边来，却是一只花缸，王安走上前赶散了鹰鸟，叫道："员外，花缸内一个妇人，抱着一个小厮。"员外走近一看，暗想："不知何处漂流到此？"向花缸内问道："这位安人住居何处？姓甚名谁？"连问数次都不答应。员外道："敢是耳聋的么？"却不知这安人，生产才得三日，人是虚的，又遭此大难，在水面上团团转转，自然头晕眼昏，故此问而不答。

那王安道："待小人去问来。"即忙走到缸边喊道："这位奶奶，我家员外在此问你是何方人氏？怎么坐在缸内？"姚氏安人听得有人叫唤，方才抬起头来。

王员外忙叫王安，向近村人家，讨了一碗热汤，与他吃了，便道："安人，我这里是河北大名府，内黄县，麒麟村。不知安人住居何处？"安人听了，不觉悲悲咽咽的

---

① 安人——宋徽宗时对特定官职之妻的封号。

道:"妾身乃相州汤阴县岳家庄人氏,因遭洪水泛涨,妾夫被水漂流,不知死活。"说罢,就放声大哭。员外对王安道:"许远路途,一直淌到这里,好生怕人!"王安道:"员外做些好事,救他母子两个;留在家中,做些生活,也是好的。"员外点头道:"说得有理。"便对安人道:"老汉姓王名明,舍下①就在前面。安人若肯,到舍下权且住下,待我着人前去探听得安人家下平定,再差人送安人回去,夫妻父子完聚。不知安人意下如何?"安人道:"多谢恩公!若肯收留我母子二人,真乃是重生父母。"员外道:"好说。"叫王安扶了安人出缸来。

王安先去报知院君②。这里姚氏安人慢慢的行到庄门前。王院君早已出庄迎接。安人进内,见过了礼,诉说一番夫妇分离之苦。院君与丫鬟等,听了亦觉伤心。当日院君吩咐妇女们打扫东首空房,安顿岳安人住下。那安人做人一团和气,上下众人,无不尊敬。王员外又差人往汤阴县探听,水势已平复,岳家人口并无下落。岳安人听了,放声大哭。王院君再三劝解,方才收泪。自此二人情同姊妹一般。到了第二年,王员外生下一子,取名王贵。

不觉光阴易过,日月如梭,这岳飞看看长成七岁;那王贵已是六岁了。王员外请个训蒙先生到家,教他两个读书识字。那村中有个汤员外,一个张员外,俱是王员外的好友,各将儿子汤怀、张显送来读书。那岳飞还肯用心,这三个小顽皮,非但不肯读书,终日在学堂里舞棒弄拳,先生略略的责罚几句,不独不服管,反把先生的胡子几乎挦③得精光。那先生欲待认真,又俱是独养儿子,父母爱惜,奈何他不得,只得辞馆回去。一连几个,俱是如此。王明也没奈何,因此对岳安人道:"令郎年已长成,在此不便,门外有几间空房,动用家伙,俱有在内。不若安人往那边居住,日用薪水,我自差人送来。不知安人意下如何?"岳安人道:"多蒙员外、院君,救我母子,大恩未报;又蒙员外费心,我母子在外居住,倒也相安。"王员外即去备办了许多柴米油盐、家伙动用之物。岳安人即取通书④,拣定了吉日,搬移出去另住,日逐与邻舍人家做些针黹⑤,得几分银钱添补,倒也有些积攒;一日,对岳飞道:"你今年七岁,也不小了,天天顽耍,也不是个了局。我已备下一个柴扒、一只筐篮在此,你明日去扒些柴回来也好。就是员外见了,也见得我娘儿两个,做人勤谨。"岳飞道:"谨依母命,明日孩儿就去打柴便了。"当夜无话。

---

① 舍下——谦称自己的家。
② 院君——旧小说称有封号的妇人为"院君"。
③ 挦(xián)——拔(毛发)。
④ 通书——旧时称历书亦作"通书"。
⑤ 针黹(zhǐ)——针线活儿。

到了次日早起,岳安人收拾早饭,叫岳飞吃了。岳飞就拿了筐蓝柴扒出去,叫声:"母亲,孩儿不在家中,可关上了门吧。"安人答应一声,关门进去,嚎啕痛哭道:"若是他父亲在日,这样小小年纪,必然请个先生教他读书,如今却教他去打柴!"正是:千悲万苦心俱碎,肠断魂销胆亦飞。

　　毕竟岳飞入山打柴,又做出甚么事来,且听下回分解。

第二回　岳安人闭门课子　周先生设帐授徒

且说这岳飞出来打柴,却未知往何处去方有柴。一面想,一头望着一座土山走来。立住脚,四面一望,并无一根柴草。一步步直走到山顶上,四下并无人迹。再爬至第二山后一望,只见七八个小厮成团打块的在荒草地下顽耍。内中有两个却是王员外左边邻舍的儿子:一个张小乙,一个李小二。认得是岳飞,叫一声:"岳家兄弟!你来做甚事?"岳飞道:"我奉母亲之命,来扒些柴草。"众小童齐声道:"你来得好。且不要扒柴,同我们堆罗汉耍子。"岳飞道:"我奉母命,叫我打柴,没有功夫同你们玩耍。"那些小厮道:"动不动什么'母命'!你若不肯陪我们玩,就打你这狗头!"岳飞道:"你们休要取笑,我岳飞也不是怕人的!"张乙道:"谁与你取笑!"李二接口道:"你不怕人,难道我们倒怕了你不成?"王三道:"不要与他讲!"就上前一拳。赵四就跟上来一脚。七八个小厮就一齐上前打攒盘。却被岳飞两手一拉,推倒三四个了,趁空脱身便走。众小厮道:"你走!你走!"口里虽是这等说,却见岳飞厉害,不敢追来。有几个反赶到岳家来哭哭啼啼,告诉岳安人,说是岳飞打了他。岳安人把几句好话安顿了他回去。

那岳飞打脱了众小厮,却往山后折了些枯枝,装满一篮,天色已晚,提了那筐篮,慢慢的走回家来。走进门,放下柴篮,到里边去吃饭。岳安人看见篮内俱是枯枝,便对岳飞道:"我叫你去扒些乱柴草,反与小厮们厮打,惹得人上门上户;况且这枯枝乃是人家花木,倘被山主看见了,岂不被他们责打?况爬上树去,倘然跌将下来,有些差池①,叫做娘的倚靠何人?"岳飞连忙跪下告道:"母亲且免愁烦,孩儿明日不取枯枝便了。"岳安人道:"你且起来。如今不要你去扒柴了。我向来在员外里边,取得这几部书留下。明日待我教你读书。"岳飞道:"谨依母命便了。"当夜无话。

到了明日,岳安人将书展开,教岳飞读。那岳飞资质聪明,一教便读,一读便熟。过了数日,岳安人叫声:"我儿,你做娘的积攒得几分生活银子,你可拿去,买些纸笔来,学写书法,也是要紧的。"岳飞想了一想,便道:"母亲,不必去买,孩儿自有纸笔。"安人道:"在那里?"岳飞道:"待孩儿去取来。"即去取了一个畚箕②,走出

---

① 差池——意外的事。
② 畚箕(běnjī)——方言,即簸箕。

门来,竟到水口边,满满的畚了一箕的河沙;又折了几根杨柳枝,做成笔的模样。走回家来,对安人道:"母亲,这个纸笔,不消银钱去买,再也用不完的。"安人微微笑道:"这倒也好。"就将沙铺在桌上,安人将手把了柳枝,教他写字。把了一会,岳飞自己也就会写了。岳飞从此在家,朝夕读书写字。

且说王员外的儿子王贵,年纪虽只得六岁,却生得身强力大,气质粗鲁。一日同了家人王安,到后花园中游玩,走进那百花亭上坐下,看见桌上摆着一副象棋。王贵问道:"这是什么东西?怎么有这许多字在上面?做什么用的?"王安道:"这个叫做'象棋'。是两人对下赌输赢的。"王贵道:"怎么便赢了?"王安道:"或是红的吃了黑的将军,黑的就输;黑的吃了红的将军,黑的算赢。"王贵道:"这个何难。你摆好了,我和你下一盘。"王安就把棋子摆好,把红的送在王贵面前道:"小官人请先下。"王贵道:"我若先动手,你就输了。"王安道:"怎么我输了?"王贵先将自己的将军,吃了王安的将军,便道:"岂不是你输了?"王安笑道:"那里有这样的下法,将军都是走得出的?还要我来教你。"王贵道:"放屁!做了将军,由得我做主,怎么就不许走出?你欺我不会下棋,反来骗我么?"拿起棋盘,就望王安头上打将过来。这王安不曾提防,被王贵一棋盘,打得头上鲜血直流,叫声:"啊呀!"双手捧着头,掇转身就走。王贵随后赶来。王安跑到后堂,员外看见王安满头鲜血,问其原故。王安将下棋的事,禀说一遍。正说未完,王贵恰恰赶来。员外大怒,骂道:"畜生!你小小年纪,敢如此无礼!"遂将王贵头上,一连几个栗爆。

王贵见爹爹打骂,飞跑的逃进房中,到母亲面前哭道:"爹爹要打死孩儿!"院君忙叫丫鬟拿果子与他吃,说道:"不要哭,有我在此。"说还未了,只见员外怒冲冲的走来,院君就房门口拦住。员外道:"这小畜生在那里?"院君也不回言,就把员外恶狠狠的一掌,反大哭起来,说道:"你这老杀才!今日说无子,明日道少儿,才生得这一个儿子,为着什么大事,就要打死他?这粉嫩的骨头,如何经得起打?罢!罢!我不如与你这老杀才拼了命罢!"就一头望员外撞来。幸亏得众丫鬟连忙上前,拖的拖,劝的劝,将院君扯进房去。员外直气得开口不得,只挣得一句道:"罢,罢,罢!你这般纵容他,只怕误了他的终身不小!"转身来到中堂,闷昏昏没个出气处。

只见门公进来报说:"张员外来了。"员外叫请进来。不一时,接进里边,行礼坐下。王明道:"贤弟为何尊容有些怒气?"张员外道:"大哥,不要说起!小弟因患了些疯气,步履艰难,为此买了一匹马,养在家中,代代脚力。谁想你这张显侄儿,天天骑了出去,撞坏人家东西,小弟只得认赔,也非一次了。不道今日又出去,把人都踏伤,抬到门上来吵闹;小弟再三赔罪,与了他几两银子去服药调治,方才去了。这畜生如此胡为,自然责了他几下;却被你那不贤弟媳护短,反与我大闹一场,脸上都被他抓破。我气不过,特来告诉告诉大哥。"王明尚未开口,又见一个人气喘喘的叫将进来道:"大哥!二哥!怎么处,怎么处!"二人抬头观看,却是王明、张达的好友汤文仲。二人连忙起身相迎,问道:"老弟为着何事这般光景?"文仲坐定,气得出不得声,停了一会道:"大哥!二哥!我告诉你:有个金老儿夫妻两个,租着小弟门首一间空房,开个汤圆店。那知你这汤怀侄儿,日日去吃汤圆,把他做的都吃了,只叫不够;次日多做了些,他又不去吃;做少了,又去吵闹。那金老没奈何,来告诉小弟,小弟赔他些银子,把汤怀骂了几句。谁知这畜生,昨夜搬些石头,堆在他门首。今早金老起来开门,那石头倒将进去,打伤了脚,幸喜不曾打死。他夫妻两个,哭哭啼啼的来告诉我,我只得又送他银钱,与他去将养。小弟自然把这畜生打了几下,你那不贤弟妇,反与我要死要活,打了我几面杖!这口气无处可出,特来告诉大哥。"王明道:"贤弟不必气恼,我两个也是同病。"就将王贵、张显之事,说了一遍,各各又气又恼,又没法。

　　正在无可奈何,只见门公进来禀说:"陕西周侗老相公到此要见。"三个员外听了大喜,忙一齐出到门外来相接。迎到厅上来,见礼坐下。王明问道:"大哥别来二十余年,未知老嫂、令郎在于何处?"周侗道:"老妻去世已久。小儿跟了小徒卢俊义前去征辽,殁①于军中;就是小徒林冲、卢俊义两个,也俱被奸臣所害。如今真个举目无亲了。不知贤弟们各有几位令郎么?"三个员外道:"不瞒兄长说,我们三个,正为了这些孽障②,在此诉苦。"三个人各把三个儿子的事告诉一番。周侗道:"既然如此年纪,为何不请个先生来教训他?"三个员外道:"也曾请过几位先生,俱被他们打去;这样顽劣,谁肯教他?"周侗微笑道:"这都是这几位先生不善教训,以致如此。不是老汉夸口,若是老夫在此教他,看他们可能打我么?"三个员外大喜道:"既然如此,不知大哥肯屈留在此么?"周侗道:"三位老弟面上,老汉就成就了侄儿们吧。"三个员外不胜之喜,各各致谢。当日酒散,张、汤二人各自回去。

　　这日王贵正在外边玩耍,一个庄丁道:"员外请了个狠先生来教学,看你们玩不成了!"王贵听了,急急的寻着张显、汤怀,商议准备铁尺短棍,好打先生个下马威。

　　次日,众员外送儿子上学,都来拜见了先生,请周侗吃上学酒。周侗道:"贤弟们且请回,此刻不是吃酒的时候。"就送了三个员外出了书房,转身进来,就叫:"王贵上书。"王贵道:"客还未上书,那有主人先上书之理?这样不通,还亏你出来做

---

① 殁(mò)——死
② 孽障——也作业障,旧时长辈骂不肖子弟的话。

先生!"便伸手向袜统内一摸,抽出一条铁尺,望着先生头上打来。周侗眼快手快,把头一侧,一手接住铁尺,一手将王贵夹背一拎揪倒在凳上,取过戒方,将王贵重重的打了几下。你道富家子弟,从未经着疼痛过的,这几下,直打得王贵伏伏贴贴,只得依他教训。那张显、汤怀见了,暗暗的把短家伙撇掉,也不敢放肆了。自此以后,皆听从先生用心攻读。

且说这岳飞在隔壁,每每将凳子垫了脚,爬在墙头上听那周侗讲书。忽一日,岳飞看见周侗出门,心内想道:"先生既出去,我不免到他馆中去看看。"遂走将过来。王贵看见,就一把扯住,叫道:"汤哥哥,张兄弟,你两个人来看看这个人就叫岳飞,我爹爹常称说他聪明得极。今日先生出了题目,要我们做,我们那有这样心情,不如求他代做做何如?"张、汤两个齐声道:"有理。我们正要回去望望母亲,岳哥替我们代做了吧。"岳飞道:"恐怕做出来不好,不中先生之意。"三人道:"休要太谦,一定要麻烦的了。"王贵恐岳飞逃走了,去将那书房门反锁起来,对岳飞道:"你肚中饥饿,抽屉内有点心,尽着你吃。"说罢,三个飞跑的玩耍去了。

岳飞将三人平昔所做的破题①,翻出看了;照依各人的口气,做了三个破题。走到先生位上坐下,将周侗的文章细细看了,不觉拍案道:"我岳飞若得此人训教,何虑日后不得成名!"立起身来,提着笔,蘸着墨,端过垫脚小凳,站在上边,在那粉壁上写了几句道:

投笔常思班定远,从戎岂为觅封侯。
男儿自有凌云志,一任时人笑敝裘②。

写完了,念了一遍,又在那几句后,写着八个字道:"七龄幼童岳飞偶题。"方才放下笔,忽听得书房门锁响,回身一看,只见王贵同着张显、汤怀推进门来,慌慌张张说道:"不好了!快走!快走!"岳飞吃了一惊。

不知为着何事,且听下回分解。

---

① 破题——八股文的第一股,用一两句话,说破题目的要义。
② 敝裘(bìqiú)——破旧的衣服。

第三回　麒麟村英雄结义　沥泉洞蛇怪献枪

且说那岳飞，因慕周先生的才学，自顾家寒，不能从游；偶然触起自家的抱负，所以题了这首诗在壁上；刚刚写完，不道先生回来。王贵等三人，恐怕先生看见，破了他代做之弊，为此慌慌张张，叫道："快些回去吧！先生回来了。快走！快走！"岳飞只得走出书房回家。

周侗回至馆中坐定，见那三张破题摆在面前，拿过来逐张看了，文理皆通，尽可成器。

周侗又将他三人往日做的一看，觉得甚是不通；心中自忖道："今日这三个学生，为何才学骤长？"再拿起来细看了一回，越觉得天然精密。又想道："莫不是请人代做的，亦未可定？"因问王贵道："今日我下乡去后，有何人到我书房中来？"王贵回说："没有人来。"

周侗正在疑惑，猛然抬起头来，见那壁上写着几行字。立身上前一看，却是一首诗。虽不甚美，却句法可观，且抱负不小。再看到后头，写着岳飞名字，方知王员外所说，有个岳飞，甚是聪明，话果非虚。便指着王贵道："你这畜生！现有岳飞题诗在墙上，怎说没有人到书房中来？怪道你们三个破题，做得比往日不同；原来是他替你们代做的，你快去与我请他过来见我。"

王贵不敢则声，一直走到岳家来，对岳飞道："你在书房内墙上，不知写了些什么东西，先生见了发怒，叫我来请你去，恐是要打哩。"岳安人听见，好生惊慌；后来听见一个"请"字，方才放心。便对岳飞道："你前去须要小心，不可造次。"岳飞答应道："母亲放心，孩儿知道。"

遂别了安人，同着王贵到书房中来。见了周侗，深深的作了四个揖，站在一边，便道："适蒙先生呼唤，不知有何使令？"周侗见岳飞果然相貌魁梧，虽是小小年纪，却举止端方。便命王贵取过一张椅子，请岳飞坐下，问道："这壁上的佳句，可是尊作么？"岳飞红着脸道："小子年幼无知，一时狂妄，望老先生恕罪！"周侗又问岳飞："有表字么？"岳飞应道："是先人命为'鹏举'二字。"周侗道："正好顾名思义。你的文字，却是何师传授？"岳飞道："只因家道贫寒，无师传授；是家母教读的几句书，沙上学写的几个字。"周侗沉吟了一会，便道："你可去请令堂到此，有话相商。"又向王贵道："你去对你母亲说，说：'先生要请岳安人商议一事，特拜烦相陪。'"王贵应声"晓得",到里边去了。

岳飞回家,与母亲说知:"先生要请母亲讲话,特请王院君相陪;不知母亲去与不去?"岳安人道:"待我走一遭,看是有何话说。"随即换了几件干净衣服,出了大门,把锁来锁了门,同岳飞走到庄门首;早有王院君带了丫鬟出来迎接,进内施礼坐定。王员外也来见过了礼,说道:"周先生有甚话说,来请安人到舍,未知可容一见?"安人道:"既如此,请来相见便了。"王员外即着王贵到书房中,与先生说知。

不多时,王贵、岳飞随着周先生来至中堂,请岳安人见了礼。东边王院君陪着岳安人,西首王员外同周先生各各坐定;王贵同岳飞两个,站在下首。周侗开言道:"请安人到此,别无话说;只因见令郎十分聪俊,老汉意欲收为义子,特请安人到此相商。"岳安人听了,不觉两泪交流,说道:"此子产下三日,就遭洪水之变;妾受先夫临危重托,幸蒙恩公王员外夫妇收留,尚未报答。我并无三男两女,只有这一点骨血,只望接续岳氏一脉;此事实难从命,休得见怪!"周侗道:"安人在上,老夫非是擅敢唐突;因见令郎题诗抱负,后来必成大器。但无一个名师点拨,这叫做'玉不琢,不成器'。岂不可惜?老夫不是夸口,空有一身本事,传了两个徒弟,俱被奸臣害死;目下虽然教训着这三个小学生,不该在王员外安人面前说,那里及得令郎这般英杰?老夫收他为义子,既不更名,又不改姓,只要权时认作父子称呼,以便老汉将平生本事,尽心传得一人。将来老汉百年之后,只要令郎把我这几根老骨头掩埋在土,不致暴露,就是完局了。望安人慨允!"

岳安人听了,尚未开言,岳飞久慕周侗才学,便道:"请爹爹上坐,待孩儿拜见。"就走上前,朝着周侗跪下,深深的就是八拜。当时拜罢,又向着王员外、王院君行了礼,然后又向岳安人面前拜了几拜。岳安人半悲半喜,无可奈何。王员外吩咐安排筵席,差人请了张达、汤文仲,来与周侗贺喜。王院君陪岳安人自在后厅相叙。当晚酒散,各自回去。

次日,岳飞进馆攻书。周侗见岳飞家道贫寒,就叫他四人结为兄弟。各人回去,与父亲说知,尽皆欢喜。从此以后,周侗将十八般武艺,尽传授与岳飞。

不觉光阴如箭,夏去秋来,看看岳飞已长成一十三岁。众兄弟们一同在书房朝夕攻书。周侗教法精妙,他们四个,不上几年,各人俱是能文善武。一日,正值三月天气,春暖花香。周侗对岳飞道:"你在馆中,与众弟兄用心作文。我有个老友志明长老,是个有德行的高僧,他在沥泉山,一向不曾去看得他,今日无事,我去望望他就来。"岳飞道:"告禀爹爹,难得这样好天光。爹爹路上独自一个,又寂寞,不如带我们一同去走走,又好与爹爹作伴,又好让我们去认认那个高僧。何如?"周侗想了想道:"也罢。"遂同了四个学生,出了书房门,叫书童锁好了门。

五个人一同往沥泉山来。一路上春光明媚,桃柳争妍,不觉欣欣喜喜。将到山前,周侗立定脚,见那东南角上有一小山,说道:"真是个好地方!不知是那家的产业?"王贵道:"此山前后周围一带,都是我家的。先生若死了,就葬在此地不妨。"岳飞喝道:"休得乱道!"周侗道:"这也不妨。人孰无死?只要学生不要忘了就是。"就对岳飞道:"此话我儿记着,不可忘了!"岳飞应声:"晓得。"

一路闲话,早到山前。上山来不到半里路,一带茂林里,现出两扇柴扉①。周侗就命岳飞叩门。只见一个小沙弥②开出门来,问声:"那个?"周侗道:"烦你通报师父一声,说:'陕西周侗,特来探望。'"小沙弥答应进去。不多时,只见志明长老,手持拐杖走将出来,笑脸相迎。二人到客堂内,见礼坐下;四个少年,侍立两旁。长老叙了些寒温,谈了半日旧话,又问起周侗近日的起居。周侗道:"小弟只靠这几个小徒。这个岳飞,乃是小弟义子。"长老道:"妙极!我看令郎骨格清奇,必非凡品。"一面说,一面吩咐小沙弥去备办素斋相待。看看天色已晚,当夜打扫净室,就留师徒五个安歇了。长老自往云床上打坐。

到了次日清早,周侗辞别长老要回去了。长老道:"难得老友到此,且待早斋了去。"周侗只得应允坐下了少刻,只见小沙弥捧上茶来,吃了,周侗道:"小弟一向闻说这里有个沥泉,烹茶甚佳。果有此说否?"长老道:"这座山,原名沥泉山,山后有一洞,名为沥泉洞。那洞中这股泉水,本是奇品,不独味甘,若取来洗目,便老花复明。本寺原取来烹茶待客,不意近日有一怪事,那洞中常常喷出一股烟雾迷漫,人若触着他,便昏迷不醒,因此不能取来奉敬。这几日,只吃些天泉。"周侗道:"这是小弟无缘,所以有此奇事。"

那岳飞在旁听了,暗暗想道:"既有这等妙处,怕什么雾?多因是这老和尚悭吝③,故意说这等话来唬吓人。待我去取些来,与爹爹洗洗眼目,也见我一点孝心。"遂暗暗的向小沙弥问了山后的路径,讨个大茶碗,出了庵门,转到后边。只见半山中果有一缕流泉,旁边一块大石上边,镌④着"沥泉奇品"四个大字,却是苏东坡的笔迹。那泉上一个石洞,洞中却伸出一个斗大的蛇头,眼光四射,口中流出涎来,点点滴滴,滴在水内。岳飞想道:"这个孽畜,口内之物,有何好处?滴在水中,如何用得?待我打死他。"便放下茶碗,捧起一块大石头,觑得亲切,望那蛇头上打去。不打时犹可,这一打,不偏不歪,恰恰打在蛇头上。只听得呼的一声响,一霎

---

① 扉(fēi)——门扇。
② 沙弥——指初出家的年轻的和尚。
③ 悭(qiān)吝——吝啬。
④ 镌(juān)——雕刻。

第三回　麒麟村英雄结义　沥泉洞蛇怪献枪

时,星雾迷漫;那蛇铜铃一般的眼,露出金光,张开血盆般大口,望着岳飞扑面撞来。岳飞连忙把身子一侧,让过蛇头,趁着势将蛇尾一拖,一声响亮,定睛再看时,手中拿的那里是蛇尾,却是一条丈八长的蘸金枪,枪杆上有"沥泉神矛"四个字。回头看那泉水,已干涸了,并无一滴。

岳飞十分得意,一手拿起茶碗,一手提着这枪,回至庵中;走到周侗面前,细细把此事说了一遍。周侗大喜。长老叫声:"老友!这沥泉原是神物,令郎定有登台拜将之荣。这神枪非比凡间兵器,老僧有兵书一册,内有传枪之法,并行兵布阵妙用;今赠与令郎,用心温习。我与老友俱是年迈之人,老僧难以久留,仍回五台山去了。从此告别。"说罢,即进云房去取出一册兵书,上用锦匣藏锁,出来交与周侗。周侗吩咐岳飞,好生收藏。

拜别下山,回至王家庄。周侗好生欢喜,就叫他弟兄们置备弓箭习射,将枪法传授岳飞。他弟兄四个,每日在空场上开弓射箭,舞剑抡刀。一日,周侗问汤怀道:"你要学什么家伙?"汤怀道:"弟子见岳大哥舞的枪好,我也枪吧。"周侗道:"也罢,就传你个枪法。"张显道:"弟子想那枪虽好,倘然一枪戳去,刺不着,过了头,须得枪头上有个钩儿方好。"周侗道:"原有这个家伙,名叫'钩连枪'。我就画个图样与你,叫你父亲去照样打成了来,教你钩连枪法吧。"王贵道:"弟子想来,妙不过是大刀;一下砍去,少则三四个人,多则五六个。若是早上砍到晚上,岂不有几千几百个?"周侗原晓得王贵是个一勇之夫,便笑道:"你既爱使大刀,就传你大刀吧。"

自此以后,双日习文,单日习武。那周侗是那东京八十万禁军教头林冲的师父,又传过河北大名府卢俊义的武艺,本事高强;岳飞又是少年,力量过人;周侗年迈,巴不得将平生一十八般武艺,尽心传授与义子;所以岳飞文武双全,比卢、林二人更高。

一日,周侗走进书房来,对张显、汤怀、王贵三个说:"十五日要进城考武,你们回去,叫父亲置备衣帽弓马等类,好去应考。"三人答应一声,各自回去。

周侗又叫岳飞也回去与母亲商议,打点进县应试。岳飞禀道:"孩儿有一事,难以应试,且待下科去吧。"周侗便问:"你有何事,推却不去?"

不知岳飞为何推却,且听下回分解。

第四回　岳飞巧试九枝箭　李春慨允百年姻

话说当时周侗问岳飞："为着何事，不去应试？"岳飞禀道："三个兄弟，俱是豪富之家，俱去备办弓马衣服；你看孩儿身上这般褴褴褛褛，那有钱来买马？为此说'且待下科去吧'。"周侗点头道："这也说的是。也罢，你随我来。"岳飞随了周侗到卧房中，周侗开了箱子，取出一件半新半旧的素白袍，一块大红片锦，一条大红鸾带，放在桌上。叫声："我儿，这件衣服，与你令堂说，照你的身材，改一件战袍；余下的，改一顶包巾。这块大红片锦，做一个坎肩，一副扎袖；大红鸾带，拿来束了。将王员外送我的这匹马，借与你骑了。到十五清早，就要进城的，可连夜收拾起来。"岳飞答应一声，拿回家去，对母亲说知就里。安人便连夜动手就做。

次日，周侗独坐书房，观看文字；听得脚步响，抬头见汤怀走进来道："先生拜揖。家父请先生看看学生，可是这般装束么？"周侗见那汤怀，头上戴一顶素白包巾，顶上绣着一朵大红牡丹花；身上穿一领素白绣花战袍，颈边披着大红绣绒坎肩，两边大红扎袖，腰间勒着银软带，脚登乌油粉底靴。周侗道："就是这等装束罢了。"汤怀又道："家父请先生明日到舍下用了饭，好一同进城。"周侗道："这倒不必，总在校场会齐便了。"

汤怀才去，又见张显进来，戴着一顶绿缎子包巾，也绣着一朵牡丹花；穿一件绿缎绣花战袍，也是红坎肩，红扎袖，软金带勒腰，脚穿一双银底绿缎靴。向周侗作了一个揖道："先生看看学生，可象武中朋友么？"周侗道："好。你回去致意令尊：'明日不必等我，可在校场中会齐。'"张显答应回去。劈脚跟王贵走将进来，叫道："先生，请看学生穿着何如？"但见他身穿大红战袍，头戴大红包巾，绣着一朵白粉团花，披着大红坎肩，大红扎袖，赤金软带勒腰，脚下穿着金黄缎靴；配着他这张红脸，浑身上下，火炭一般。周侗道："妙啊！你明日同爹爹先进城去，不必等我。我在你岳大哥家吃了饭，同他就到校场中来会齐便了。"

方才打发王贵出去，岳飞又走进来道："爹爹，孩儿就是这样吧？"周侗道："我儿目下且将就些吧。你兄弟们已都约定明日在校场中会齐；我明日要在你家中吃饭，同你起身。"岳飞道："只是孩儿家下没有好菜款待。"周侗道："随便罢了。"岳飞应诺，辞别回家，对母亲说了。

到次日清晨，周侗过来，同岳飞吃了饭，起身出门。周侗自骑了这匹马，岳飞跟在后头。一路行来，直至内黄县校场。你看人山人海，各样赶集的买卖，并那茶篷酒肆①，好不热闹！周侗拣一个洁净茶篷，把马拴在门前树上，走进篷来，父子两个，占一副座头吃茶。那三个员外，是城中俱有亲友的，各各扛抬食物，送到校场中来，拣一个大酒篷内坐定，叫庄丁在四下去寻那先生和岳大爷。那庄丁见了这匹马，认得是周侗的；望里面一张，见他父子两个坐着。即忙回至酒篷，报与各位员外。三个员外，忙叫孩儿们同了庄丁来至茶篷内，见了先生道："家父们俱在对过篷内，请先生和岳大哥到那里用酒饭。"周侗道："你们都去致意令尊：'这里不是吃酒的所在。'你们自去料理，停一会，点到你们名字，你三人上去答应。那县主倘问及你哥哥，你等可禀说：'在后就来。'"王贵便问道："为什么不叫哥哥同我们一齐上去么？"周侗道："尔等不知，非是我不叫他同你们去，因你哥哥的弓硬些，不显得你们的手段，故此叫他另考。"那三个方才会意。辞别先生，回到酒篷，与众员外说了此话，众员外赞羡不已。

不多时，那些各乡镇上的武童，纷纷攘攘的到来。真是个"贫文富武"，多少富家儿郎，穿著得十分齐整，都是高头骏马，配着鲜明华丽的鞍甲。一个个心中俱想取了，好上东京去取功名。果然人山人海，说不尽繁华富丽。再一会，只见县主李春，前后跟随了一众人役，进校场下马，在演武厅上坐定。左右送上茶来吃了，看见那些赴考的人，好生热闹。县主暗喜："今日若选得几个好门生，进京得中之时，连我也有些光彩。"

少刻，该房书吏送上册籍。县主看了，一个个点名叫上来，挨次比箭，再看弓马。此时演武厅前，但听得嗖嗖的箭，响声不绝。那周侗和岳大爷在茶篷内，侧着耳朵，听着那些武童们的箭声。周侗不觉微微含笑。岳飞问道："爹爹为何好笑？"周侗道："我儿你听见么？那些比箭的，但听得弓声箭响，不听得鼓声响，岂不好笑么？"

那李县主看射了数牌，中意的甚少；看看点到麒麟村，大叫："岳飞！"叫了数声，全无人答应。又叫："汤怀！"汤怀应声道："有！"又叫张显、王贵两个。两个答应。三个一齐上来。众员外俱在篷子下，睁着眼睛观看，俱巴不得儿子们取了，好上京应试。当时县主看了三个武童，比众不同；行礼已毕，县主问道："还有一名岳飞，为何不到？"汤怀禀道："他在后边就来。"县主道："先考你们弓箭吧。"汤怀禀说："求老爷吩咐把箭垛摆远些。"县主道："已经六十步，何得再远？"汤怀道："还要远些。"县主遂吩咐："摆八十步上。"张显又上来禀道："求老爷还要远些。"县主

---

① 肆（sì）——铺子。

又吩咐："摆整一百步。"王贵叫声："求大人再远些。"县主不觉好笑起来："既如此，摆一百二十步吧。"从人答应，下去摆好箭垛。

汤怀立着头靶，张显立了二靶，王贵是第三靶。你看他三个开弓发箭，果然奇妙，看的众人，齐声叫采，连那县主都看得呆了。你道为何？那三个人射的箭，与前相反，箭箭上垛，并无虚发。但闻擂鼓响，不听见弓箭的声音，直待射完了，鼓声方住。三人同上演武厅来，县主大喜，便问："你三人弓箭，是何人传授？"王贵道："是先生。"县主道："先生是何人。"王贵又道："是师父。"县主哈哈大笑道："你武艺虽高，肚里却是不通。是那个师父，姓甚名谁？"汤怀忙上前禀道："家师是关西人，姓周名侗。"县主道："原来令业师，就是周老先生？他是本县的好友，久不相会，如今却在那里？"汤怀道："现在下边茶篷内。"县主听了，随即差人问着三人来请周侗相见，一面就委衙官，看众人比箭。

不多时，周侗带了岳飞到演武厅来，李春忙忙下阶迎接。见了礼，分宾坐下。县主道："大哥既在敝县设帐，不蒙赐顾，却是为何？"周侗道："非是为兄的不来看望；那麒麟村的居民，最好兴词搆讼，若为兄的到贤弟衙里走动了，就有央说人情等事。贤弟若听了情分，就坏了国法；不听又伤了和气。故此不来为妙。"李春道："极承见谅了。"周侗道："别来甚久，不知曾生下几位令郎了？"县主道："先室已经去世，只留下一个小女，十六岁了。未知大哥的嫂嫂好么？"周侗道："也去世多年了。"李春道："曾有令郎否？"周侗把手一招，叫声："我儿，可过来见了叔父。"岳飞应声上前向着县主行礼。李春看了笑道："大哥又来取笑小弟了。这样一位令郎，是大哥几时生的？"周侗道："不瞒老弟说，令爱是亲生，这个却是愚兄义子；名唤岳飞，请贤弟看他的弓箭如何？"李春道："令徒如此，令郎一定好的；何须看得？"周侗道："贤弟，此乃为国家选取英才，是要从公的；况且也要使大众心服，岂可草草作情么？"李春道："既如此，叫从人将垛子取近些。"岳飞道："再要远些。"县主道："就远些。"从人答应。岳飞又禀："还要远些。"李春向周侗道："令郎能射多少步数？"周侗道："小儿年纪虽轻，却开得硬弓，恐要射到二百四十步。"李春口内称赞，心里不信；便吩咐："把箭垛摆到二百四十步。"

岳大爷的神力，是周先生传授的"神臂弓"，能开三百余斤，并能左右射，李县主如何知道？看那岳大爷走下阶去，立定身，拈定弓，搭上箭，飕飕的连发了九枝。那打鼓的，从第一枝箭打起，直打到第九枝，方才住手。那下边这些看考的众人，齐声叫采，把那各镇乡的武童都惊呆了；就是三个员外，同着汤怀、张显、王贵在茶篷内看了，也俱拍手称妙。只见那带箭的，连着这块泥，并九枝箭，一总捧上来禀道："这位相公，真个希奇！九枝箭从一孔中射出，箭攒斗上。"

李春大喜道:"令郎青春几岁了?曾毕姻否?"周侗道:"虚度二八,尚未定亲。"李春道:"大哥若不嫌弃,愿将小女许配令郎,未识尊意允否?"周侗道:"如此甚妙,只恐高攀不起。"李春道:"相好弟兄,何必客套。小弟即此一言为定,明日将小女庚帖送来。"周侗谢了,即叫岳飞:"可过来拜谢了岳父。"岳飞即上来拜谢过了。周侗暗暗欢喜,随即作别起身道:"另日再来奉拜了。"李春道声:"不敢,容小弟奉屈来衙一叙。"周侗回道:"领教。"遂别了李春,同岳飞下演武厅来;到篷内,同了众员外父子们,一齐出城回村。

且说那李知县公事已毕,回至衙中。到了次日,将小姐的庚帖写好,差个书吏送到周侗馆中去。书吏领命,来到了麒麟村,问到王家庄上。庄丁进来报与周侗,周侗忙教请进。那书吏进得书房,见了周侗,行礼坐定,便道:"奉家老爷之命,特送小姐庚帖到此,请老相公收了。"周侗大喜,便递与岳飞,岳飞双手接了;回到家中,与母亲说知。岳安人大喜,观看小姐的年庚,说也奇异,却与岳大爷同年同月同日同时生的。

再说岳大爷复至馆中,周侗吩咐:"明日早些同我到县里去谢了丈人。"岳大爷应声:"晓得。"过了一夜,次早天明,父子两个梳洗了,就出了庄门,步行进城,来到县门首,将两张谢帖,在宅门上投进。李春即时开了宅门,出来接进内衙。行礼毕,岳飞拜谢了赠亲之恩,李春回了半礼,叙坐谈心。少停,摆上筵席,三人坐饮了一会;从人将下席搬出去。周侗见了,便道:"小弟两个,是步行来的,没有带得家人来,不消费心得。"李春道:"既如此,贤婿到此,无物相赠;小弟还有几十匹马,未曾卖完,奉送令郎一匹如何?"周侗道:"小儿习武,正少一骑;若承厚赐,极妙的了。酒已过多,倒是同去看看马,再来饮酒吧。"李春道:"使得。"

三人便起身,一同来到后边马房内,命马夫:"取套杆,伺候挑马。"马夫答应一声。周侗便悄悄的对岳飞道:"你可放出眼力来,仔细挑选。这是丈人送的,不便退换。"岳飞道:"晓得。"就走将下去,细细一看。他本性心里最喜爱白马的。有那颜色好些的,把手一按,脚都软下去了。连挑数匹,俱是一般,并无一匹中意的。李春道:"难道这些马,都是无用的么?"岳大爷答道:"这些马,并非是无用;只好那富家子弟配着华丽鞍辔①,游春玩景,代步而已。小婿心上,须要选那上得阵,交得锋,替国家办得事业,自己挣得功名,这样的马才好。"李县主摇着头道:"我这是卖剩的这几十匹马,也不过送一匹与贤婿代代步。那有这样好马?"

正说之间,忽听得隔壁马嘶声响。岳大爷道:"这叫声,却是好马!不知在何

---

① 辔(pèi)——驾驭牲口用的嚼子和缰绳。

处?"周侗道:"我儿听见声音,又未见马,怎知他是好马?"岳飞道:"爹爹岂不闻此马声音洪亮,必然力大,所以说是好的。"李春道:"贤婿,果然不错,此马乃是我家人周天禄在北地买回的,如今已有年余。果然力大无穷,见了人,乱踢乱咬,无人降得住他,所以卖了去,又退回来,一连五六次,只得将他锁在隔壁这墙内。"岳大爷道:"何不同小婿去一看?"李春道:"只怕贤婿降他不住。若降得住,就将来相赠便了。"便叫马夫开了门。马夫叫声:"岳大爷!须要仔细,这马却要伤人的。"岳大爷把马相了一相,便把身上的海青①脱掉了,上前来。那马见有人来,不等岳大爷近身,就举起蹄子乱踢。岳大爷才把身子一闪,那马又回转头来乱咬。岳大爷望后又一闪,趋势一把,把鬃毛抓住,举起拳来就打,一连几下,那马就不敢动了。

不知后事如何,且看下回分解。

---

① 海青——广袖的长袍。

第五回　沥泉山岳飞庐墓①　乱草冈牛皋剪径②

这马听凭岳大爷一把牵到空地上；仔细一看，自头至尾，足有一丈长短，自蹄至背，约高八尺，头如博兔，眼若铜铃，耳小蹄圆，尾轻胸阔，件件俱好。但是浑身泥污，不知颜色如何；看见旁边有一小池，岳大爷就叫马夫："拿刷刨来。"马夫答应，取了刷子，远远的站立着，不敢近前。岳大爷道："不妨事。我拿住在此，你可上前来，与我洗刷干净了。"马夫道："姑爷须要拿紧了。待我将旧笼头替他上了，然后刷洗。"岳大爷道："不妨，你上来就是。"马夫即将笼头上了，将马牵到池边，替它刷洗得干净。岳大爷看了，果然好匹马，却原来浑身雪白，并无一根杂毛，好不欢喜。岳大爷穿好了衣服，把马牵到后堂阶下，拴住了，上厅拜谢岳父赠马之恩。李春道："一匹马，何足挂意？"又命家人去取出一副好鞍辔来，备好在马背上。周侗在旁看了，也叫采不迭。三个重新入席，又饮了几杯。周侗起身告别，李春再三相留不住，叫马夫又另备了一匹马，送周老相公回去。那马夫答应了，又去备了一匹马。李春送出了仪门，作别上了马。马夫跟在后头，出了内黄县城门。周侗道："我儿，这马虽好，但不知跑法如何？你何不出一辔头，我在后面看看如何？"岳大爷应道："使得。"就加上一鞭，放开马去。只听得忽喇喇四个马蹄翻盏相似，往前跑去。周侗这老头儿，一时高兴起来，也加上一鞭，一辔头赶上去。这马虽比不得岳大爷的神马，那马夫那里跟得上来，直赶得汗流气喘不住。

那父子两个，前后一直跑到了庄门首，下马进去。周侗称了五钱银子，赏了马夫。马夫叩谢了，骑了那匹原来的马，自回去了。这里岳大爷将那匹马牵回家中，与母亲细说岳父相赠之事。母子各各感激周先生提挈③之恩。

且说那周侗，只因跑马跑得热了，到得书房，就把外衣脱了，坐定，取过一把扇子，连扇了几扇。看看天色晚将下来，觉得眼目昏花，头里有些疼痛起来，坐不住，只得爬上床睡。不一会，胸腹胀闷，身子发寒发热起来。岳大爷闻知，连忙过来服侍。过了两日，越觉沈重。这些弟子，俱来看望。员外们个个求医问卜，好生烦恼。岳大爷更为着急，不离左右的服侍。到了第七日，病势十分沈重。众员外与

---

① 庐墓——古人于父母或老师死后，服丧期间在墓旁搭盖小屋居住，守护坟墓，谓之"庐墓"。
② 剪径——拦路抢劫。
③ 提挈(qiè)——照顾，提拔。

岳飞、王贵等,俱在床前问候。

那周侗对岳飞道:"你将我带来的箱笼物件,一应都取将过来。"岳大爷答应一声,不多时,都取来摆在面前。周侗道:"难得众位贤弟们,俱在这里。愚兄病入膏肓①,谅来不久于人世的了!这岳飞,拜我一场,无物可赠,惭愧我漂流一世,并无积蓄,只有这些须物件,聊作纪念。草草后事,望贤弟备办的了!"众员外道:"大哥请放心调养,恭喜好了,就不必说;果有不测,弟辈岂要鹏举费心?"周侗又叫声:"王贤弟,那沥泉山东南小山下有块空地,令郎说是尊府产业,我却要葬在那里,未知贤弟允否?"王明回道:"小弟一一领教便了。"周侗道:"全仗,全仗!"便叫岳飞过来拜谢了王员外。岳飞连忙跪下拜谢。王员外一把扶起道:"鹏举何须如此?"周侗又对三个员外道:"贤弟们若要诸侄成名,须离不得鹏举!"言毕,痰涌而终。时乃宣和十七年九月十四日,行年七十九岁。

岳飞痛哭不已,众人莫不悲伤。当时众员外整备衣衾棺椁,送往沥泉山侧首安葬。殡葬已毕,岳大爷便在坟上搭个芦棚,在内守墓。众员外常时叫儿子们来陪伴。

时光易过,日月如梭。过了隆冬,倏忽②已是二月清明时节。众员外带了儿子们来上坟:一则祭奠先生,二则与岳大爷收泪。王员外叫声:"鹏举!你老母在堂,无人侍奉,不宜久居此地;可就此收拾了,同我们回去吧。"岳大爷再三不肯。王贵道:"爹爹不要劝他,待我把这牢棚子拆掉了,看哥哥住在那里!"汤怀、张显齐声拍手道:"妙啊!妙啊!我们大家来。"不一时,三个小弟兄,你一拔,我一扳,把那芦棚拆得干干净净。岳大爷无可奈何,只得拜哭一场,回身又谢了众员外。众员外道:"我等先回,孩儿们可同岳大哥慢慢的来便了。"众小爷应声"晓得"。众员外俱乘着轿子,先自回庄。

这里四个小弟兄拣了一个山嘴,叫庄丁将果盒摆开,坐地饮酒。汤怀道:"岳大哥,老伯母独自一人在家中,好生惨切;得你今日回去,才得放心。"张显道:"大哥,小弟们文字武艺尽生疏了,将来怎好去取功名?"岳大爷道:"贤弟们,我因义父亡过,这'功名'两字,倒也不在心上。"王贵道:"先师之恩,虽是难忘;那功名,也是要紧的事。若是大哥无心,小弟们越发无望了。"

弟兄们正在闲谈,忽听得后边草响。王贵翻身回头,将脚向草中这一搅,只见草丛中爬将一个人出来,叫声:"大王饶命!"早被王贵一把拎将起来,喝道:"快献宝来!"岳大爷忙上前喝道:"休得胡说,快些放手!"王贵大笑,把那人放下。岳大

---

① 病入膏肓(huāng)——病到了无法医治的地步。

② 倏(shū)忽——很快地,忽然。

爷问道:"我们是好人,在此祭奠坟墓,吃杯酒儿,怎么称我们做大王?"那人道:"原来是几位相公。"便向草内说:"你们都出来。不是歹人,是几位相公。"只听得枯草里飕飕的响,猛然走出二十多个人来,都是背着包裹、雨伞的,齐说:"相公们,这里不是吃酒的所在。前边地名叫做乱草冈,原是太平地面;近日不知那里来了一个强盗,在此拦路,要抢来往人的财帛,拦住了一班客商。小人们是打后边抄小路到此的,见相公们人众,疑是歹人,故此躲在草内,不道惊动了相公们。小人们自要往内黄县去的。"岳大爷道:"内黄县是下山一直大路,尔等放心去吧。"众人谢了,欢欢喜喜的去了。

岳大爷便对众兄弟道:"我们也收拾回家去吧。"王贵道:"大哥,那强盗不知是怎么样的,我们去看看也好。"岳大爷道:"那强盗不过是昧着良心,不顾性命;希图目下之富,那顾后来结果。这等人,看他做什么?"王贵道:"我们不曾见过,去看看也不妨事。"岳大爷道:"我们又没有兵器在此,倘然他动手动脚起来,将如之何?"张显道:"大哥,我们拣那不多大的树,拔他两棵起来,也当得兵器。难道我们弟兄四个人,倒怕了一个强盗不成?"汤怀道:"哥哥,譬如在千军万马里边,也要去走走;怎么说了强盗,就是这等怕?"

岳大爷见弟兄们七张八嘴,心中暗想:"我若不去,众兄弟把我看轻了,只道我没有胆量了。"吩咐庄丁:"你等先收拾回庄,我们去去就来。"内中有几个胆大的庄丁说道:"大爷带我们也去看看。"岳大爷道:"你这些人,好不知死活!倘然强盗凶狠,我们自顾不暇,那里还照应得你等。这是什么好看的所在,带你们去不得的!"众人道:"大爷说得是,小人们回去了。"

他弟兄三人等不的,各人去拔起一棵树来,去了根梢;大家拿了一枝,望后山转到乱草冈来。远远就望见这个强盗,面如黑漆,身躯长大,头戴一顶镔铁盔,身上穿着一副镔铁锁子连环甲,内衬一件皂罗袍,紧束着勒甲绦①,骑着一匹乌骓②马,手提两条四楞镔铁锏。拦住着一伙人,约有十五六个,一齐跪在地下,讨饶道:"小的们没有什么东西,望大王爷饶命吧!"那好汉大叫道:"快拿出来,饶你们狗命!不拿出来,叫你们一个个都死!"

岳大爷看见,便道:"贤弟们,你看那强盗好条大汉;待愚兄先去会他一会,贤弟们远远的观看,不可就上前来。"汤怀道:"哥哥手无寸铁,怎么去会他?"岳大爷道:"我看此人气质粗鲁,可以智取,不可力敌;倘然我敌他不过,你们再上来也不迟。"说罢,就走到面前,叫声:"朋友!小弟在此,且饶了这干人去吧。"那个好汉

---

① 绦(tāo)——用丝线编织成的圆的或扁平的带子。

② 骓(zhuī)。

举头一看,见岳大爷眉长脸秀,相貌魁伟,便道:"你也该送些与我。"岳大爷道:"自然呢。自古说得好:'在山吃山,靠水吃水。'怎说不该送?"那好汉听了,便道:"你这个人说的话,倒也在行。"岳大爷道:"我是个大客商,伙计、车辆都在后边。这些人俱是小本经纪,有甚油水?可放他们去。少停,待我等多送些与大王便了。"那个好汉听了,便对众人道:"既是他这等讲,放你们去吧!"众人听说,叩了头,爬起身来,没命的飞跑去了。

那好汉对岳大爷道:"如今你好拿出来了。"岳大爷道:"我便是这等说了,只是我有两个伙计不肯,却怎么处!"好汉道:"你伙计是谁?却在那里?"岳大爷把两个拳头扬了一扬道:"这就是我的伙计。"好汉道:"这是怎么讲?"岳大爷道:"你若打得过他,便送些与你;如若打他不过,却是休想!"那好汉怒道:"谅你有何本事,敢来捋①虎须?但你只一双精拳头,我是铁锏,赢了你,算不得好汉。也罢,我也是拳头对你吧。"

一面说,一面把双锏挂在鞍上,跳下马来,举起拳头,望岳大爷劈面打来。众兄弟看见,齐吃了一惊;却待要向前,只见岳大爷也不去招架他的拳头,竟把身子一闪,反闪在那汉身后。那汉撒转身,又是一拳,望心口打来。这岳大爷,把身子向左边一闪,早飞起右脚来,这一脚,正踢着那汉的左肋,颠翻在地。

汤怀等见了,齐声叫道:"好武艺!好武艺!"那好汉一轱辘爬将起来,大叫一声:"气杀我也!"遂在腰间拔出那把剑来,就要自刎。岳大爷慌忙一把拦腰抱住,叫声:"好汉,为何如此?"那汉道:"我从来没有被人打倒;今日出丑,罢了,罢了!真正活不成了!"岳大爷道:"你这朋友,真真性急!我又不曾与你交手,是你自己靴底滑,跌了一交。你若自尽,岂不白送了性命?"那汉回头看着岳大爷道:"好大力气!"便问:"尊姓大名?何方人氏?"大爷道:"我姓岳,名飞,就在此麒麟村居住。"那汉道:"你既住在麒麟村,可晓得有个周侗师父么?"岳大爷道:"这是先义父。你缘何认得?"那汉听了便道:"怪不得我输与你了。原来是周师父的令郎。何不早说,使小弟得罪了!"连忙的拜将下去。岳大爷连忙扶起。

两个便在草地上坐了,细问来历。那汉道:"不瞒你说,我叫牛皋②,也是陕西人,祖上也是军汉出身。只因我父亲没时,嘱咐我母亲说:'若要儿子成名,须要去投周侗师父。'故此我母子两个,离乡到此,寻访周师父。有人传说:'在内黄县麒麟村内。'故此一路寻来。经过这里,却撞着一伙毛贼在此剪径,被我把强盗头打杀了,夺了他这副盔甲马鞍,把几个小喽啰却都赶散了。因想我就寻见了周师父,

---

① 捋(luō)。

② 皋(gāo)。

将什么东西来过活？为此顺便在这里抢些东西，一来可以糊口，二来好拿些来做个进见之礼。不想会着你这个好汉。好人！你可同我去见见我母亲，再引我去见见周侗师父吧。"岳大爷道："不要忙，我有几个兄弟，一发叫来相见。"就把手一招。汤怀等三个，一齐上前相见，各各通了名姓。

牛皋引路，四弟兄一路同走。走不多远，来到山坳内，有一石洞，外边装着柴扉。牛皋进内，与老母说知，老母出来迎接。四位进内，见礼坐下。老母将先夫遗命投奔周侗的话，说了一遍，岳大爷垂泪答道："不幸义父于去年九月已经去世了。"老母闻言，甚是悲切，对岳大爷道："老身蒙先夫所托，不远千里而来；不道周老相公已作古人，我儿失教，将来料无成名之日，可不枉了这一场！"岳大爷劝道："老母休要悲伤，小侄虽不能及先义父的本领，然亦粗得皮毛。今既到此，何不同到我舍间居住，我四弟兄一齐操演武艺何如？"

牛母方才欢喜；就进里边去，将所有细软，打做一包。牛皋把老母扶上了这匹乌骓马上骑了，背上包裹，便同了一班小弟兄取路望王家庄来。到了庄门首，牛皋扶老母下了马，到岳家来。见了岳安人，细说此事。即时去请到三位员外来，牛皋拜见了，将前后事情说了一道。众员外大喜。当日就在王员外家设席，与牛皋母子接风，就留牛母与岳安人同居作伴。拣个吉日，叫牛皋与小兄弟们也结拜做弟兄。岳大爷传授牛皋武艺，兼讲究些文字。

一日，弟兄五个，正在庄前一块打麦场上比较枪棒。忽见对面树林内，一个人在那里探头张望。王贵就赶上去，大喝一声："呔！你是什么歹人，敢在我庄上来相脚色？"那个人不慌不忙，转出树林，上前深深作个揖，说出几句话来。

毕竟那人说出甚么话来，且听下回分解。

第六回　重才能徐仁荐贤　索贿赂洪先革职

却说那人走上前来，作个揖，便说道："小人乃是这里村中一个里长的便是。只因相州节度都院刘大老爷，行文到县，各处武童，俱要到那里考试，取了方好上京应试。特来通知岳大爷和众位小爷。"岳大爷道："我知道了。"那里长作别去了。

次日，岳大爷骑马进城，来到内黄县衙门内，拜见了岳父，便道："小婿要往相州院考，特来拜别。还有一个结义兄弟，也要去应试；只因前日未曾小考，要求岳父大人附册送考。"李县主道："既是你的义弟，叫做什么名字，我与他添上罢了。"岳飞道："叫做牛皋。"县主吩咐从人记了补上。又写了一封书，封得好了，出来交付与岳飞道："我有一个同年，在相州做汤阴县，叫做徐仁；为人正直，颇有声名，就是都院，也甚是敬重他的。贤婿可带这封书去与他看了，这补考诸事，就省办了。"岳大爷接书收好了，拜谢出来。回到家中，与众员外说道："小侄方才到县里去，把牛兄弟名字也补上了；明朝是吉日，正好起身。"众员外应允。各人回去，端正行李马匹。

到次日，都到王员外庄上会齐。五位弟兄，各各拜别了父母，出庄上马，前往相州进发。一路上晓行夜住，弟兄们说说笑笑；只有岳大爷心内暗想："我原是汤阴县祖籍，漂流在外。"不觉眼中流下泪来。

不一日，到了相州。众弟兄进了南门，走不到里许，却就有许多客店。岳大爷抬头看时，只见一家店门上，挂着一扇招牌，上写着"江振子安寓客商"七个大字。岳大爷看那店中，倒也洁净，五人就下马立定。里边江振子见了，连忙出来迎接，叫小二将五位客人行李搬上楼去，把马都牵入后槽上料，自己却来陪那五位小爷坐下吃茶。问了姓名来历，连忙整备接风酒饭。岳大爷向主人问道："此时是什么时候了？"江振子答道："晌午了。"岳大爷沉吟道："这便怎处？只好明日去了。"江振子道："不知大爷要往何处去，这等要紧？"岳大爷道："有封书要到县里去走一走。"江振子道："若说县里，此刻还早得紧哩。这位县主老爷，在这里历任九载，为官清正，真个'两袖清风，爱民如子'。几次报升，都被众百姓攀辕留住。那个老爷坐了堂，直要到更把天，方才退堂，此时正早哩。"岳大爷道："但不知此去县前有多少路？"江振子道："离此不远。出了小店的门，投东转上南去，看见这座衙门，就

第六回　重才能徐仁荐贤　索贿赂洪先革职

是。"岳大爷听毕,便去屋中开箱子,取了书,锁好了房门,一同众兄弟出了店门,望县前来。

且说汤阴县县主徐仁,这日坐在堂上,忽见门役禀说:"内黄县有五位武士,口称'县主李老爷有书求见。'"徐老爷吩咐:"请他们进来。"门役答应一声,出来相请。五人来到公堂上,行礼已毕,将书呈上。县主接书看了,又见五个人相貌轩昂,心中大喜,就问:"贤契①们在何处作寓?"岳大爷对道:"门生们在南门内江振子店中作寓。"徐仁道:"既如此,贤契们请回寓。都院大人的中军官洪先,本县是认得的;待我着人央他照应贤契们,明日赴辕门候考便了。"岳大爷等谢了县主,出衙回寓。

过了一夜,次日,五个人齐至辕门,来见中军。岳飞上前禀道:"岳飞等五人,求大老爷看阅弓马,相烦引见。"洪先听了,回转头来,问家将道:"他们可有常例送来么?"家将禀道:"不曾送来。"岳飞听见,便上前禀道:"武生等不知这里规矩,不曾带得来,待回家着人收拾送来吧。"洪先道:"岳飞,你不知,大老爷今日不考弓马,你停三日再来。"岳飞只得答应,转身出来,上马回寓。

一路与众兄弟商议,忽见徐县主乘着四人暖轿,众衙役左右跟定。将到面前,五人一齐下马,候立道旁。县主在轿中见了,吩咐住了轿,便道:"我正要去见洪中军,托他周全考事;不道贤契们回来得恁②快,不知考得怎样了?"岳飞禀道:"那中军因不曾送得常例与他,叫我们过了三日再去。"徐仁道:"好胡说!难道有他这中军,才考得;没有他这中军,就不考了么?贤契们可随我来!"五人答应一声,俱各上马。跟着徐县主来到辕门,投了手本。传宣官出来一声传汤阴县进见,两边呼喝声响。徐仁进了角门,踏边而上,来至大堂跪下。刘都院说声:"请起。"徐仁立起,打了一拱道:"卑职禀上大人:今有大名府内黄县武生五名,求大人考试弓马。"刘都院就吩咐传进来。旗牌官领命,将五人传入,到丹墀③跪下。

刘公看那五个人的相貌,个个魁伟雄壮,心中好生欢喜。只见中军走上厅来禀道:"这五个人的弓马甚是平常,中军已经见过,叫他们回去温习,下科再来,怎么又来触犯大老爷?"徐仁又上前禀道:"这中军,因未曾送得常例与他,故此诳禀。这些武生们三年一望,望大人成全!"洪先又道:"我早上明明见过他的武艺低微,如何反说我诳禀?若不信,敢与我比比武艺么?"岳飞禀道:"若大老爷出令,就与你比试何妨?"刘都院听了各人言语,说:"也罢,就命你二人,比试武艺与本都院

---

① 贤契——旧时对弟子或朋友子侄辈的敬称。
② 恁(nèn)——那么,那样。
③ 墀(chí)——(古代官殿前的)台阶。

看。"

二人领命下去，就在甬道①上各自占个地步。洪先叫家人取过一柄三股托天叉来，使个门户。只听得索郎郎的叉盘声响，使个"饿虎擒羊"势，叫道："你敢来么？"岳飞却不慌不忙，取过沥泉枪，轻轻的吐个旗鼓，叫做"丹凤朝天"势，但见那冷飕飕乱舞雪花飞。说声："恕无礼了！"那洪先恨不得一叉，把岳大爷就叉个不活；举起叉，望岳大爷劈头盖将下来。这岳大爷把头一侧，让过叉，心中暗想："我和他并无大仇，何苦害他性命？"这洪先又一叉，向岳大爷劈面飞将过来。那岳大爷把头一低，侧身躲过，拽回步，拖枪而走。洪先只道他输了，抢步赶将入来，望岳大爷当背一叉。岳大爷忽转过身来，把枪向上一隔，将洪先的叉掀过一边；趋势倒转枪杆，在拱先背上轻轻的一捺。这洪先站不住脚头，扑的一交，跌倒在地；那股叉也丢在一边了。厅上厅下这些人，禁不住喝声采："果然好武艺！"那刘都院大怒，叫洪先上去，喝道："你这样的本事，那里做得中军官！"叫左右："与我叉出辕门去！"左右答应一声，将洪先赶下阶去。洪先满面羞惭，抱头鼠窜的去了。

刘都院命徐知县带那五个武生，同到箭厅比箭。先是四个射过，又考到岳飞的箭，比四人更好。便问岳飞："你是祖居在内黄么？"岳大爷禀道："武生原是这里汤阴县人氏；因生下三日，就遭洪水之灾，老母在花缸内，抱着武生，在水面上漂流至内黄县；感蒙恩公王明收养长大。又得先义父周侗，教成我众弟兄的武艺。如今只求大老爷赏一批册，好进京去。倘我取得功名，日后就好重还故里了。"刘都院听了，大喜道："原来是周师父传授，故尔都是这般好手段。本院久闻令师文武兼全，朝廷几次差官聘他做官，他只是不肯出来。如今乃作故人，岂不可惜！目下贤契可回去收拾，本都院着人送书进京，与你料理功名便了。"

又唤徐仁道："这个门生，日后定有好处；贵县可回衙去，替他查一查，所有岳家旧时基业，查点明白，待本院发银盖造房屋，叫他仍归故土便了。"徐知县领命。岳飞等一齐叩谢。出了辕门，跟着徐县主回至衙中。县主设宴款待，对岳飞道："我这里与贤契收拾房屋，你可回家去，接取令堂前来居住便了。"岳大爷谢了。

当日，同众弟兄回至寓所，算还饭钱；到次日，别了店主人，一径回内黄县来。各自分别回家。岳大爷将刘都院并徐县主的事，与岳安人说知。岳安人好生欢喜，忙忙收拾，不提。

再说众兄弟各自归家，与父亲说知岳大哥归宗之事，众员外好生不忍。次日，三位员外正在王员外庄上谈论商酌，只见岳大爷走来向众员外作过揖，就将归宗

---

① 甬（yǒng）道——走廊，过道。

之事禀明。王员外不觉眼中流下泪来，叫声："鹏举，你在此间，小儿辈正好相交；况且令尊遗命，叫小儿辈'不要离了鹏举，方得功名成就'。如今你要归宗，叫我怎生舍得？"岳大爷道："小侄只因刘大人恩义，难违他命；就是小侄也舍不得老叔伯并兄弟们，也是出于无奈。"张员外道："我倒有个主意在此，包你们一世不得分离。"汤怀即忙问张达："是何主意？"张员外道："我挣了一分大家私，又没有三男四女，只得这个孩儿，若得他一举成名，祖宗面上，也有些光彩。我的意思，止留两房的当家人，在此总管田产，其余细软家私，尽行收拾，一同岳贤侄迁往汤阴县，有何不可？"众人齐声道："此论甚妙！我们竟都迁去就是。"岳大爷道："这个如何使得？老叔伯大家资，又有许多人口；为了小侄，都要迁往汤阴居住，也不是轻易的事，还求斟酌。"众员外道："我等心意相同，主意已定，鹏举不必多言。"岳大爷只得回家，与母亲说知众员外要迁居之事。岳安人道："且等我再去与各位院君商议。"牛皋道："不相干，我自要同大哥去的。"安人道："贤侄母子既在此间，自然同去。"

次日，岳大爷备马进城来见岳父，将到了汤阴县如何禀见县尊，中军如何索贿，如何比试，刘公着徐县主查明旧时基业，捐银起造房屋，命迁居故土等事，一一禀过。李县主听罢，大喜道："难得刘公恩义！"又对岳飞道："老夫自从丧偶未娶，小女无人照看，正好与令堂作伴。我且不留你，你速速回去与令堂说明：'明日正是黄道吉日，老夫亲送小女过门成亲。'一同与你归宗便了。"

岳大爷辞别出衙，上马回转麒麟村来。适值众员外都在堂前议论起身之事，见了岳大爷回来，便问："你已辞过令岳了么？"岳大爷道："家岳听说小侄归宗，他说家母无人侍奉，明日就要亲送小姐来。这件事怎么处？"众员外道："这是极妙的喜事了！"岳大爷又道："老叔伯们是晓得的，小侄这等家寒，匆匆促促，那里办得这些事来？"王员外道："贤侄放心！我们那一样没有现成的？就是你那边，恐怕房屋窄小，我这里空屋颇多；况一墙之隔，连夜叫人打通了，只要请令堂自来拣两间，收拾做新房便了。"岳大爷谢了，回去告禀了母亲。岳安人自然欢喜，不消说得。

这里王家庄上，准备筵席，挂红结彩；唤集了傧相①乐人，闹闹热热，专等明日吉期。到了次日，李县主预先叫从役家人，抬了箱笼物件，粗细嫁妆，送到王家庄大厅上，两边排列。随后两乘大轿，李县主送亲到来。众员外接进中堂，各施礼毕。一众乐人作起乐来；两个喜娘，扶小姐出轿，与岳大爷参拜天地，做过花烛，遂入洞房。然后再出来拜谢了岳丈，与众员外见过了礼，请李县主入席饮宴。县主

---

① 傧相——旧时举行婚礼时陪伴新郎新娘的人。

吃了三杯，起身道："小婿小女年幼，全仗各位员外提携！因我县中有事，不得亲送贤婿回乡了，就此拜别。"众员外再三相留不住，只得送出大门。

那众人回至中堂，欢呼畅饮，尽醉方休。次日，岳大爷要去谢亲，就同了众兄弟们，一齐进县辞行。见了岳父，行礼已毕；众弟兄亦上前见过礼。李爷就命设席款待。众兄弟饮过三杯，随即告辞。县主道："贤婿与贤契们同往东京，老夫在此，专望捷音！"众弟兄谢了，拜别回来。各家打点车马，收拾行装。过了三朝，齐集在王家庄上，五姓男女，共有百余口，细软车子百余辆，骡马挑夫，离了麒麟村，闹哄哄望汤阴县进发。

有话即长，无话即短。在路不止一日，看看到了相州；就在城外寻个大大宿店，安顿了家眷并这许多行李马匹。过了一夜，小弟兄五个先进城来，到得汤阴县前下马，与门吏说知。门吏进去禀过县主，出来请列位相公进见。岳大爷同众弟兄一齐进到内衙，拜见了徐县主。徐仁命坐，左右奉上茶来。岳大爷就把李县尊送女成亲，众员外迁来同居之事，细细禀明。徐县主即时备马，同了岳大爷一路往岳家庄来。徐县主在马上指向岳大爷道："下官在鱼鳞册上，查出这一带是岳氏基地，都院大人发下银两，回赎出来，造这几间房子，与贤契居住。你可料理搬进去便了。"岳大爷再三称谢。县主随即回衙。

岳大爷当日即到客寓内，唤庄丁到新屋内收拾停当，请各家家眷搬进去。姚氏安人想起不见了岳和员外，不觉两泪交流，十分悲苦。媳妇并众位院君，解劝不住。岳大爷道："母亲不必悲伤。目下房屋虽小，权且安居；等待早晚再造几间，也是容易的。"遵命摆酒，合家庆贺。

到第二日，岳大爷同了众弟兄进城来，拜谢徐县尊。徐县主随即引了这兄弟五个，同到节度衙门拜谢刘公。刘公问道："贤契们何日起身上东京去赴考？"岳大爷禀道："明日就要起身。"刘公一想，又唤岳大爷近前，悄悄的说道："我前已修书，寄与宗留守，嘱他照应你考事；恐怕他朝事繁冗①，丢在一边。我如今再写一封书，与你带去，亲自到那里当面投递。"随即取过文房四宝，修了一封书；又命亲随取过白银五十两来，付与岳大爷道："此银贤契收下，权为路费。"岳大爷再三称谢，收了书札银两，与众兄弟一同拜别。出了辕门上马回到县中，谢别县尊。县主道："本县穷官，无物相赠，但是贤契们家事，都在我身上，贤契们不必挂念。"岳大爷等五人拜谢出衙，回到家中，与众员外说知赴考之话。

是日大家忙忙碌碌，各自去收拾盘缠行李包裹，捎在马上，拜别众员外安人。

---

① 繁冗(rǒng)——繁杂。

岳飞又与李小姐作别,吩咐了几句话。众人送出大门,看着五人上马滔滔而去。

当下岳飞、汤怀、张显、牛皋、王贵共是五骑马,往汴京进发。一路上,免不得晓行夜宿,渴饮饥餐。

不止一日,看看早已望见都城。岳大爷叫声:"贤弟们！我们进城,须要把旧时性子收拾些。此乃京都,却比不得在家里。"牛皋道:"难道京里人,都是吃人的么?"岳大爷道:"你那里晓得。这京城内,非比荒村小县;那些九卿、四相、公子、王孙,来往的多得很。倘若粗粗鲁鲁,惹出事来,有谁解救?"王贵道:"这不妨,我们进了城,多不开口,闭着嘴就是了。"汤怀道:"不是这等说,大哥是好话,我们凡事让人些便是了。"

五个在马上谈谈说说,不觉早已进了南熏门。行不到半里多路,忽然一个人气喘嘘嘘,在后边赶上来,把岳大爷马上缰绳,一把拖住,叫道:"岳大爷,你把我害了,怎不照顾我!"岳大爷回头一看,叫声:"啊呀！你却缘何在此?"又叫:"各位兄弟,且转来说话！"

不知岳大爷见的那人是谁,且听下回分解。

第七回　元帅府岳飞谈兵　招商店宗泽赐宴

话说岳大爷在马上回头看那人时,却是相州开客店的江振子。岳大爷道:"你如何却在此？怎地我害了你？"江振子道:"不瞒大爷说,自从你起身之后,有个洪中军,说是被岳大爷在刘都院大老爷面前赢了他,害他革了职。便统领了许多人,来寻你算账。小人回他说,已回去了两日。他怪小的留了大爷们,寻事把小人家中打得粉碎;又吩咐地方不许容留小人在那里开店。小人无奈,只得搬到这里南熏门内,仍旧开个客寓。方才小二来报说,大爷们几匹马打此过去了。故此小人赶上来,请大爷们仍到小店去歇吧。"

岳大爷欢喜道:"这正是'他乡遇故知'了！"忙叫:"兄弟们转来！"四人听见,各自回转马头,一同回到江振子店前下马。江振子忙叫小二,把相公们行李搬上楼去,把马牵到后槽上料,送茶送水,忙个不了。岳大爷问江振子道:"你先到京师,可晓得宗留守的衙门在那里么？"江振子道:"此是大衙门,那个不晓？此间望北一直大路有四五里,极其好认的。"岳大爷道:"此时想已坐过堂了。"江振子道:"早得很哩。这位老爷,官拜护国大元帅,留守汴京,上马管军,下马管民。这时候,还在朝中办事未回;要到午时过后,方坐堂哩。"岳大爷说声:"承教了。"

随即走上楼来,取了刘都院的书,打点下楼。汤怀问道:"哥哥要往那里去？"岳大爷道:"兄弟,你有所不知,前日刘都院有书一封,叫我到宗留守处当面投递。"牛皋道:"既如此,兄弟同你去。"岳大爷道:"使不得。什么地方！倘然你闯出祸来,岂不连累了我？"牛皋道:"我不开口,我在衙门前等你就是。"岳大爷执意不肯。王贵道:"哥哥好人！我们一齐同去,认认这留守衙门,不许牛兄弟生事便了。"岳大爷无可奈何,便道:"既是你们再三要去,只是要小心,不要做将出来,不是小可的嘘！"四人道:"包你无事便了。"说罢,就将房门锁好,下楼对江振子道:"相烦主人照应门户,我们到留守衙门去去就来。"江振子道:"小人薄治水酒一杯,替大爷们接风,望大爷们早些回来。"五位兄弟应声:"多谢,不劳费心。"

出了店门,一同步行,一直到了留守衙门,果然雄壮。站了一会,只见一个军健,从东首辕门边茶馆内走将出来。岳大爷就上前把手一拱,叫声:"将爷,借问一声,大老爷可曾坐过堂么？"那军健道:"大老爷今早入朝,尚未回来。"岳大爷道:"承教了。"转身回来对众兄弟道:"此时尚未回来,等到几时？我们不如回寓,明日再来吧。"众弟兄道："悉听大哥。"

五个人掇转身，行不得半里多路，只见行路的人都两边立定，说是："宗大老爷回来了！"众弟兄也就人家屋檐下站定了。少刻，但见许多执事众军校随着，宗留守坐着大轿，威威武武，一路而来。岳大爷同四人跟在后边观看，直至大堂下轿。进去不多时，只听得三梆升堂鼓，两边衙役军校，一片声吆喝。宗留守就升坐公案，吩咐旗牌官："将一应文书，陆续呈缴批阅。倘有汤阴县武生岳飞来，可着他进来。"旗牌官应一声："呵！"

你道宗大老爷为何晓得岳飞要来？只因那相州节度刘光世，先有一书，送与宗留守，说得那岳飞，文武全才，真乃国家之栋梁，必要宗留守提拔。所以宗留守日日想那岳飞："也不知果是真才实学，也不知是个大财主，刘节度得了他的贿赂，买情嘱托？"疑惑未定，且等他到来，亲见便知。

岳飞见旗牌一起一起，将外府外县文书递进，便道："我也好去投书了，只是我身上穿的衣服是白色，恐怕不便。张兄弟，你可暂与我换一换。"张显道："大哥说的极是，换一换好。"

且说岳飞一个进了辕门，来见旗牌禀说："汤阴县武生岳飞求见。"旗牌道："你就叫岳飞么？"岳大爷应声道："是。"旗牌道："大老爷正要见你，你且候着。"那旗牌进去禀道："汤阴县武生岳飞，在外求见。"宗泽道："唤他进来。"旗牌答应，走出叫声："岳飞，大老爷唤你，可随我来。要小心些呀！"岳大爷应声："晓得。"随着旗牌，直至大堂上。双膝跪下，口称："大老爷在上，汤阴县武生岳飞叩头。"宗爷望下一看，微微一笑："我说那岳飞必是个财主，试看他身上如此华丽！"便问岳飞："你几时来的？"岳大爷道："武生是今日才到。"即将刘节度的这封书双手呈上。宗泽拆开看了。把案一拍，喝声："岳飞，你这封书札，出了多少财帛买来的？从实讲上来便罢，若有半句虚词，看夹棍伺候！"

两边衙役吆喝一声。早惊动辕门外这几个小弟兄，听得里边吆喝。牛皋就道："不好了！待我打进去，抢了大哥出来吧。"汤怀道："动也动不得！且看他怎样发落，再作道理。"那弟兄四个指手划脚，在外头探听消息。

这里岳大爷见宗留守发怒，却不慌不忙，徐徐的禀道："武生是汤阴县人氏，生下三日，就遭黄河水发，父亲丧于清波之中。武生赖得母亲抱了，坐于花缸之内，淌至内黄县，得遇王明恩公收养；家业田产，尽行漂没。武生长大，拜了陕西周侗为义父，学成武艺；因在相州院考，蒙刘大老爷恩义，着汤阴县徐公，查出武生旧时基业，又发银盖造房屋，命我母子归宗。临行又赠银五十两，为进京路费，着武生到此讨个出身，以图建功立业。武生一贫如洗，那有银钱送与刘大老爷？"

宗泽听了这一番言语,心中想道:"我久闻有个周侗,本事高强,不肯做官;既是他的义子,或者果有些才学,也未可定。"向岳飞道:"也罢,你随我到箭厅上来。"说了一声,一众军校簇拥着宗爷,带了岳飞,来到箭厅。宗泽坐定,遂叫岳飞:"你自去拣一张弓来,射与我看。"

岳大爷领命,走到旁边弓架上,取过一张弓来,试一试,嫌软;再取一张来,也是如此。一连取过几张,俱是一样。遂上前跪下道:"禀上大老爷,这些弓太软,恐射得不远。"宗爷道:"你平昔用多少力的弓?"岳大爷禀道:"武生开得二百余斤,射得二百余步。"宗爷道:"既如此,叫军校取过我的神臂弓来,只是有三百斤,不知能扯得动否?"岳大爷道:"且请来试一试看。"

不一时,军校将宗爷自用的神臂弓,并一壶雕翎箭,摆列在阶下。岳大爷下阶取将起来一拽,叫声:"好!"搭上箭,蛮蛮蛮一连九枝,柱枝中在红心。放下弓,上厅来见宗爷。宗爷大喜,便问:"你惯用什么军器?"岳大爷禀道:"武生各件俱晓得些,用惯的却是枪。"宗爷道:"好。"叫军校:"取我的枪来。"军校答应一声,便有两个人将宗爷自用的那管点钢枪,抬将出来。宗爷命岳飞:"使与我看。"岳大爷应了一声,提枪在手;仍然下阶,在箭场上,把枪摆一摆,横行直步,直步横行,里勾外挑,埋头献钻,使出三十六翻身,七十二变化。宗爷看了,不觉连声道:"好!"左右齐齐的喝采不住。岳大爷使完了,面色不红,喉气不喘,轻轻的把枪倚在一边,上厅打躬跪下。宗爷道:"我看你果是英雄,倘然朝廷用你为将,那用兵之道如何?"岳大爷道:"武生之志,倘能进步,只愿:

令行阃外①摇山岳,队伍端严赏罚明。
将在谋猷②不在勇,高防困守下防坑。
身先士卒常施爱,计重生灵不为名。
获献元戎③恢土地,指日高歌定升平。"

宗留守听了大喜,便吩咐:"掩门。"随走下座来,双手扶起道:"贤契请起。我只道是贿赂求进,那知你果是真才实学。"叫左右:"看坐来!"岳大爷道:"大老爷在上,武生何等之人,擅敢僭④坐。"留守道:"不必谦逊,坐了好讲。"岳大爷打了一

---

① 阃(kǔn)外——古称军事职务为"阃外"。
② 猷(yóu)——计划,谋划。
③ 戎——主将。
④ 僭(jiàn)——超越本分。

第七回　元帅府岳飞谈兵　招商店宗泽赐宴

躬,告坐了。左右送上茶来吃过。宗爷便开言道:"贤契武艺超群,堪为大将,但是那些行兵布阵之法,也曾温习否?"岳大爷道:"按图布阵,乃是固执之法,亦不必深究。"宗爷听了这句话,心上觉得不悦;便道:"据你这等说,古人这些兵书阵法,都不必用了?"岳大爷道:"排了阵,然后交战,此乃兵家之常,但不可执死不变。古时与今时不同,战场有广、狭、险、易,岂可用一定的阵图?夫用兵大要,须要出奇,使那敌人不能测度我之虚实,方可取胜。倘然贼人仓卒而来,或四面围困,那时怎得工夫排布了阵势,再与他厮杀么?用兵之妙,只要以权济变,全在一心也。"

宗爷听了这一番议论道:"真乃国家栋梁,刘节度可谓识人。但是贤契,早来三年固好,迟来三年也好,此时真正不凑巧!"岳大爷道:"不知大老爷何故忽发此言?"宗爷道:"贤契不知:只因现有个藩王,姓柴名桂,乃是柴世宗嫡①派子孙,在滇南南宁州,封为小梁王,因来朝贺当今天子,不知听了何人言语,今科要在此夺取状元。不想圣上点了四个大主考:一个是丞相张邦昌,一个是兵部大堂王铎,一个是右军都督张俊,一个就是下官。那柴桂送进四封书,四分礼物来了。张丞相收了一分,就把今科状元许了他了;王兵部与张都督也收了;只有老夫未曾收他的。如今他三个作主,要中他作状元,所以说不凑巧。"岳大爷道:"此事还求大老爷作主!"宗爷道:"为国求贤,自然要取真才,但此事有些周折。今日本该相留贤契,再坐一谈,只恐耳目招摇不便。且请回寓,待到临场之时,再作道理便了。"

却说当时岳大爷拜谢了,就出辕门来。众弟兄接见道:"你在里边好些时候不出来,连累我们好生牵挂。为甚的你面上有些愁眉不展?想必受了那留守的气了?"岳大爷道:"他把为兄的敬重的了不得,有什么气受?且回寓去细说。"弟兄五个,急急赶回寓来,已是黄昏时候。岳大爷与汤怀将衣服换转了。主人家送将酒席上来,摆在桌子上,叫声:"各位大爷们!水酒蔬肴,不中吃的,请大爷们慢慢的饮一杯,小人要照应前后客人,不便奉陪。"说罢,自下楼去了。

这里弟兄五人,坐下饮酒。岳大爷只把宗留守着验演武之事,说了一遍,并不敢提那柴王之话,但是心头暗暗纳闷。众弟兄那知他的就里②!当晚无话。

到了次日上午,只见店主人上来,悄悄的说道:"留守衙门,差人抬了五席酒肴,说是:'不便相请到衙,特送到此,与岳大爷们接风的。'怎么发付他?"岳大爷道:"既如此,拿上楼来。"当下封了二两银子,打发了来人。主人家叫小二相帮把酒送上楼来摆好,就去下边烫酒,着小二来伏侍。岳大爷道:"既如此,将酒烫好了来,我们自会斟饮,不劳你伏侍吧。"牛皋道:"主人家的酒,不好白吃他的;既是衙

---

① 嫡(dí)——宗法制度下家庭的正支。
② 就里——内部情况。

门里送来,不要回席的,落得吃他了!"也不谦逊,坐下来,低着头乱吃。

吃了一会,王贵道:"这样吃得不高兴。须要行个令来吃,方妙。"汤怀道:"不错,就是你起令。"王贵道:"不是这样说,本该是岳大哥作令官;今日这酒席,乃是宗留守在岳大哥面上送来的,岳大哥算是主人。这令官该是张大哥作。"汤怀说道:"妙啊,就是张大哥来。"张显道:"我也不会行什么令。只要说:一个古人吃酒,要吃得英雄;说不出的。就罚三杯。"众人齐声道:"好!"

当时王贵就满满的斟了一杯,奉与张显。张显接来,一口吃干,说道:"我说的是:关云长单刀赴会,岂不是英雄饮酒?"汤怀道:"果然是英雄,我们各敬一杯。"吃完,张显就斟了一杯,奉与汤怀道:"如今该是贤弟了。"汤怀也接来吃干了,道:"我说的是,刘季子醉后斩蛇,可算得英雄么?"众人齐道:"好!我们也各敬一杯。"第三轮到王贵自家,也吃了一杯道:"我说的是:霸王鸿门宴,可算得是英雄吃酒么?"张显道:"霸王虽则英雄,但此时不杀了刘季,以致有后来之败,尚有不足之处。要罚一杯。如今该轮到牛兄弟来了。"牛皋道:"我不晓得这些古董!只是我吃他几碗,不皱眉头,就算我是个英雄了!"四人听了大笑道:"也罢,也罢,牛兄弟竟吃了三杯吧。"牛皋道:"我也不耐烦,这么三杯两杯,竟拿大碗来吃两碗就是!"当下牛皋取过大碗,自吃了两碗。

众人齐道:"如今该岳大哥收令了。"岳大爷也斟了一杯,吃干道:"各位贤弟,俱说的魏汉三国的人。我如今只说一个本朝真宗皇帝天禧年间的事:乃是曹彬之子曹玮,张乐宴请群僚。那曹玮在席间吃酒,霎时不见,一会儿就将敌人之头,掷于筵前。这不是英雄?"众兄弟道:"大哥说得爽快,我们各敬一杯。"牛皋道:"你们是文绉绉的说今道古,我那里省得?竟是猜谜吃酒吧。"王贵道:"就是。你起。"牛皋也不推辞,竟与各人猜谜,一连输了几碗;众人亦吃了好些。这弟兄四个,欢呼畅饮,吃个尽兴。独有那岳大爷心中有事,想:"这武状元,若被王子占去,我们的功名,就出于人下,那能个讨得出身?"一时酒涌上心头,坐不住,不觉靠在桌上,竟睡着了。

张、汤两个见了,说道:"往常同大哥吃酒,讲文论武,何等高兴!今日只是不言不语,不知为着甚事?"那两个心上,好生不快活,立起身来,向旁边榻上,也去睡了。王贵已多吃了两杯,歪着身子,靠在椅上,亦睡着了。只剩牛皋一个,独自拿着大碗,尚吃个不住;抬起头来,只见两个睡着在桌上,两个不知那里去了。心中想道:"他们都睡了,我何不趁此时,到街上去看看景致,有何不可?"遂轻轻的走下楼来,对主人道:"他们多吃了一杯,都睡着了,不可去惊动他;我却去出个恭就来。"店主人道:"既如此,这里投东去一条胡同内,有大空地宽畅好出恭。"牛皋道:"我自晓得。"

牛皋出了店门,望着东首乱走;看着一路上,挨挨挤挤,果然热闹。不觉到三叉路口,就立住了脚,想道:"不知往那一条路去好耍?"忽见对面走将两个人来:一个满身穿白,身长九尺,圆白脸;一个浑身穿红,身长八尺,淡红脸。两个手搀着手,说说笑笑而来。牛皋侧耳听那穿红的说道:"哥哥,我久闻这里大相国寺,甚是热闹,我们去走走。"那个穿白的道:"贤弟高兴,愚兄奉陪就是。"牛皋心里自想:"我也闻得东京有个大相国寺,是有名的,何不跟了他们去游玩游玩?"定了主意,竟跟了他两个转东过西,到了相国寺前。但见九流三教,作买卖赶趁的,好不热闹。牛皋道:"好所在!连大哥也未必晓得有这样好地方哩。"又跟着那两个走进天王殿来。只见那东一堆人,西一堆人,多围裹着。那穿红的将两只手向人丛中一拉,叫道:"让一让!"那众人看见他来得凶,就大家让开一条路来。牛皋也随了进去。

不知是做甚事的,且听下回分解。

第八回　相国寺闲听评话　小校场私抢状元

却说牛皋跟了那两个人，走进围场里来，举眼看时，却是一个说评话的，摆着一个书场，聚了许多人，坐在那里听他说评话。那先生看见三个人进来，慌忙立起身来，说道："三位相公请坐。"那两个人也不谦逊，竟朝上坐下。牛皋也就在肩下坐定，听他说评话。却说的北宋金枪倒马传的故事。正说到："太宗皇帝，驾幸五台山进香，被潘仁美引诱，观看透灵牌；照见塞北幽州，天庆梁王的萧太后娘娘的梳妆楼，但见楼上放出五色毫光。太宗说：'朕①要去看看那梳妆楼，不知可去得否？'潘仁美奏道：'贵为天子，富有四海，何况幽州？可令潘龙赍②旨，去叫萧邦暂且搬移出去，待主公去看便了。'当下闪出那开宋金刀老令公杨业，出班奏道：'去不得，陛下岂可轻入虎狼之域？倘有疏虞③，干系不小。'太宗道：'朕取太原，辽人心胆已寒，谅不妨事。'潘仁美乘势奏道：'杨业擅阻圣驾，应将他父子监禁；待等回来，再行议罪。'太宗准奏。即将杨家父子拘禁。传旨着潘龙来到萧邦，天庆梁王接旨，就与军师撒里马达计议。撒里马达奏道：'狼主可将机就计，调齐七十二岛人马，凑成百万，四面埋伏；待等宋太宗来时，将幽州围困，不怕南朝天下，不是狼主的。'梁王大喜，依计而行。款待潘龙，搬移出去，恭迎天驾往临。潘龙复旨。太宗就同了一众大臣，离了五台山，来到幽州。梁王接驾进城，尚未坐定，一声炮响，伏兵齐起，将幽州城围得水泄不通。幸亏得八百里净山王呼必显，藏旨出来，会见天庆梁王，只说回京去取玉玺来献，把中原让你，方能得骗出重围，来到雄州，召杨令公父子九人，领兵来到幽州解围。此叫作八虎闯幽州，杨家将的故事。"说到那里，就不说了。那穿白的，去身边取出银包打开来，将两锭银子，递与说书的道："道友，我们是路过的，送轻莫怪。"那说书的道："多谢相公们。"

二人转身就走，牛皋也跟了出来。那说书的，只认他是三个同来的，那晓得牛皋是听白书的。牛皋心里想："这厮不知捣他娘甚么鬼？还送他两锭银子。"那穿红的道："大哥，方才这两锭银子，在大哥也不为多；只是这里本京人看了，只说大哥是乡下人。"那穿白的道："兄弟，你不曾听见说，我的先祖父子九人，这个个祖

---

① 朕(zhèn)——自秦始皇起皇帝的自称。
② 赍(jī)——带着。
③ 疏虞(yú)——疏忽。

宗,百万军中,没有敌手。莫说两锭,十锭也值。"穿红的道:"原来为此。"牛皋暗想:"原来为祖宗之事。倘然说着我的祖宗,拿什么与他?"

只见那穿白的道:"大哥,这一堆去看看。"穿红的道:"小弟当得奉陪。"两个走进人丛里,穿白的叫一声:"列位,我们是远方来的,让一让。"众人听见,闪开一条路,让他两个进去。那牛皋仍旧跟了进来,看又是作什么的。原来与对门一样说书的。这道友见他三个进来,也叫声:"请坐。"那三个坐定,听他说的是兴唐传。正说到:"秦王李世民,在枷锁山赴五龙会;内有一员大将,天下数他是第七条好汉,姓罗,名成;奉军师将令,独自一人拿洛阳王王世充、楚州南阳王朱灿、湘州白御王高谈圣、明州夏明王窦建德、曹州宋义王孟海公。"正说到:"罗成独要成功,把住山口。"说到此处,就住了。这穿红的,也向身边拿出四锭银子来,叫声:"朋友!我们是过路的,不曾多带得,莫要嫌轻。"说书的连称:"多谢!"三个人出来。牛皋想道:"又是他祖宗了。"

这半日,在牛皋眼睛里,只见一个穿红的,一个穿白的;那晓得那个穿白的,姓杨,名再兴,乃是山后杨令公的子孙;这个穿红的,是唐朝罗成的子孙,叫作罗延庆。当下杨再兴道:"兄弟,你怎么就与了他四锭银子?"罗延庆道:"哥哥,你不听见他说我的祖宗狠么?独自一个在牛口谷锁住五龙,不比大哥的祖宗,九个保一个皇帝,尚不能周全性命;算起来,我的祖宗,狠过你的祖宗。故此多送他两锭银子。"杨再兴道:"你欺我的祖宗么?"罗延庆道:"不是欺哥哥的祖宗,其实是我的祖宗狠些。"杨再兴道:"也罢,我与你回寓去,披挂上马,往小校场比比武艺看:若是胜的,在此抢状元;若是武艺丑的,竟回去,下科再来考吧。"罗延庆道:"说得有理。"两个争争嚷嚷去了。

牛皋道:"还好哩,有我在此听见。若不然,状元被这两个狗头抢去了!"牛皋忙忙的赶回寓来,上楼去;只见他们还睡着没有醒,心中想到:"不要通知他们,且等我去抢了状元来,送与大哥吧。"遂将双股铜藏了,下楼对主人家道:"你把我的马牵来,我要牵他去饮饮水,将鞍辔好生备上。"主人听了,就去备好,牵出门来。牛皋便上了马,往前竟走,却不认得路;见两个老儿,掇①条板凳,在篱笆门口,坐着讲古话。牛皋在马上叫道:"呔?老头儿,爷问你,小校场往那里去的?"那老者听了,气得目蹬口呆;只眼看着牛皋,不作声。牛皋道:"快讲我听!"那老者只是不应。牛皋道:"晦气!撞着一个哑子;若在家里,若我老爷性起,就打死他。"那一个老者道:"冒失鬼!京城地面,容得你撒野?幸亏是我两个老人家,若撞着后生,也

---

① 掇(duō)——弄。

不和你作对,只要你走七八个转回哩。这里投东转南去,就是小校场了。"牛皋道:"老杀才,早替爷说明就是,有这许多噜苏。若不看大哥面上,就一锏打死你!"说罢,拍马加鞭去了。那两个老儿肚皮都气破了,说道:"天下那有这样蠢人!"

却说牛皋一马跑到小校场门首,只听得叫道:"好枪!"牛皋着了急,忙进校场,看那二人走马舞枪,正在酣战,就大叫一声:"状元是俺大哥的!你两个敢在此夺么?看爷的锏吧!"刷的就是一锏,望那杨再兴顶梁上打来。杨再兴把枪一抬,觉道有些斤两,便道:"兄弟,不知那里走出这个野人来?你我原是弟兄,比甚武艺,倒不如将他来取笑取笑。"罗延庆道:"说得有理。"遂把手中枪紧一紧,望牛皋心窝戳来;牛皋才架过一边,那杨再兴也一枪戳来。牛皋将两根锏,盘头护顶,架隔遮拦;后来看看,有些招架不住了。

你想牛皋出门以来,未曾逢着好汉;况且杨再兴英雄无敌,这杆烂银枪,有酒杯儿粗细;罗延庆力大无穷,使一杆錾①金枪,犹如天神一般。牛皋那里是二人的对手。幸是京城之内,二人不敢伤他的性命,只逼住他在此作乐。只听得牛皋大叫道:"大哥若再不来,状元被别人抢去了!"杨、罗二人听了,又好笑,又好气:"这个呆子叫什么大哥大哥?必定有个有本事的在那里,且等他来,会他一会看。"故此越把牛皋逼住,不放他走脱了。

且说那客店楼上,岳大爷睡醒来,看见三个人都睡着,只不见了牛皋;便叫醒了三人,问道:"牛兄弟呢?"三人道:"你我俱睡着了,那里晓得?"岳大爷便同了三个人忙下楼来,问主人家。主人家道:"牛大爷备了马去饮水了。"岳大爷道:"去了几时了?"店主人道:"有一个时辰了。"岳大爷便叫:"王兄弟,你可去看他的兵器可在么?"王贵便上楼去,看了下来道:"他的双锏,是挂在壁上的;如今却不见了。"岳大爷听了,吓得面如土色,叫声:"不好了!主人家快将我们的马备来;兄弟们各把兵器来端正好了,若无事便罢,倘若惹出祸来,只好备办逃命罢了!"

弟兄们上楼去扎缚好了,各将器械拿下楼来。主人家已将四匹马备好在门首了。岳大爷又问主人道:"你见牛大爷往那条路去的么?"主人道:"往东首去的。"那弟兄四人,上了马,向东而行。来到了三叉路口,不知他往那条路上去的。却见篱笆门口,有两个老人家,坐着拍手拍脚,不知在那里说些什么。岳大爷就下了马,走上前把手一拱道:"不敢动问老丈:方才可曾见一个黑大汉,坐一匹黑马,往那条路上去的?望乞指示!"那老者道:"这黑汉是尊驾何人?"岳大爷道:"是晚生的兄弟。"那老者道:"尊驾何以这等斯文,你那个令弟,怎么这般粗蠢?"就把问路

---

① 錾(zàn)——凿,刻。

情状,说了一遍道:"幸是遇着老汉,若是别人,不知指引他那里去了。他说往小校场去,尊驾若要寻他,可投东转南,就望见小校场了。"岳大爷道:"多承指教了。"遂上马而行,看看望见了。只听得牛皋在那里大叫:"哥哥若再不来,状元被别人抢去了!"岳大爷忙进内去,但见牛皋面容失色,口中白沫乱喷。又见一个穿白的,坐着一匹白马,使一杆烂银枪;一个穿红的,坐一匹红马,使一杆錾金枪,犹如天将一般。一盘一旋,缠住牛皋,牛皋那里招架得住?岳大爷看得亲切,叫声:"众兄弟不可上前,待愚兄前去救他。"说罢,就拍马上来,大叫一声:"休得伤了我的兄弟!"杨、罗二人见了,即丢了牛皋,两杆枪一齐挑出。岳大爷把枪望下一掷,只听得一声响,二人的枪头着地,左手打开,右手拿住枪钻上边。这个武艺,名为"败枪",再无救处的。二人大惊,把岳大爷看了看,说道:"今科状元,必是此人,我们去吧。"遂拍马而走。岳大爷随后赶来,大叫:"二位好汉慢行,请留尊姓大名!"二人回转头来,叫道:"我乃山后杨再兴、湖广罗延庆是也。今科状元,权且让你,日后再得相会。"说罢,拍马竟自去了。

岳大爷回转马头,来到小校场,看见牛皋喘气未定;便道:"你为何与他相杀起来?"牛皋道:"你说得好笑!我在此与他相杀,无非要夺状元与大哥;不想这厮凶狠得紧,杀他不过。亏得哥哥自来赢了他,这状元一定是哥哥的了。"岳大爷笑道:"多承兄弟美意。这状元是要与天下英雄比武,无人胜得,才为状元;那里有两三个人私抢的道理?"牛皋道:"若是这等说起来,我倒白白的同他两个空杀这半天了。"众弟兄大笑,各自上马,同回寓中。

汤怀与张显、王贵道:"小弟们久要买一口剑来挂挂,昨日见那两个蛮子都有的,牛兄弟也自有的;我们没有剑挂,觉得不好看相。今日炳哥哥同去,各人买一口。何如?"岳大爷道:"这原是少不得的。我因没余钱,故尔不曾提起。"王贵道:"不妨,哥哥也买一口,我有银子在此。"岳大爷道:"既如此,我们同去便了。"

当时各人俱带了些银两,来到大街上走了一回,看着那些刀店内挂着的,都是些平常的货色,并无好钢火的,况且那些来往行人拥挤得很。岳大爷道:"我们不如往小街去看看,或者倒有好的,也未可定。"就同众兄弟们,转进一个小胡同内来;见有好些店面,也有热闹的,也有清淡的。

看到一家店内,摆列着几件古董;壁上挂着名人书画,与五六口刀剑。岳大爷走进店中,那店主就连忙站起身来拱手道:"众位相公请坐,敢是要赐顾些什么东西?"岳大爷道:"我们非买别物,若有好刀或是好剑,乞借一观。"店主道:"有,有,有!"即忙取下一口剑来,揩抹干净,送将过来。岳大爷接在手中,先把剑匣一看,然后把剑抽将出来一看,便道:"此等剑却用不着,若有好的取来看。"店主又取下一把剑来，也不中意；一连看了数口，总是一样。岳大爷道："若有好的，可拿出来；若没有，就告辞了，不必费手。"店主心上好生不悦，便道："尊驾看了这几口剑，还是那一样不好？倒要请教。"岳大爷道："若是卖与王孙公子富宦之家，希图好看，怎说得不好？在下们买去，却是要上阵防身，安邦定国的，如何用得？倘果有好的，悉凭尊价便是。"牛皋接口道："凭你要多少银子，决不少你的；可拿出来看，不要是这等寒抖抖的。"那店主又举眼将众兄弟看了一看，便道："果然要好的，只有一口，却是在舍下；待我叫舍弟出来，引相公们到寒舍去看。何如？"岳大爷道："到府上有多少路？"店主道："不多远，就在前面。"岳大爷道："既有好剑，便走几步也不妨。"

主人便叫小使："你进去请二相公出来。"小使答应进去。不多时，里边走出一个人来，叫声："哥哥，有何吩咐？"店主道："这几位相公要买剑，看过好几口，都不中意，谅来是个识货的；你可陪众位到家中去，看看那一口。"那人答应一声，便向众人把手一拱说："列位相公请同步。"岳大爷也说一声："请前。"遂别了店主，一同出门行走。

行来却有二里多路，来到一座庄门；门外一带，俱是垂杨，低低石墙，两扇篱门。那人轻轻把门扣了一下，里边走出一个小童，把门开了，就请众位进入草堂，行礼坐下。小童就送出茶来，用过了。岳大爷道："不敢动问先生尊姓？"那人道："先请教列位尊姓大名，贵乡何处？"岳大爷道："在下相州汤阴县人氏，姓岳名飞，字鹏举。"那人道："久仰，久仰。"岳大爷又道："这位乃大名府内黄县汤怀，这位姓张名显，这位姓王名贵，都是同乡好友。"牛皋接口道："我叫作牛皋，陕西人氏。我自家有嘴的，不须大哥代说。"岳大爷道："先生休要见怪。我这兄弟，性子虽然暴躁，最好相与的。"那人道："这也难得。"

岳大爷正要问那人的姓名，那人却已站起身来道："列位且请坐，待学生去取剑来请教。"一直望内去了。岳大爷抬头观看，说道："此乃好古之家，才有这古画挂着。"又看到两旁对联，便道："这个人原来姓周。"汤怀道："一路同哥哥到此，并未问他姓名，何以知他姓周？"岳大爷道："你看对联就明白了。"众人一齐看了道："并没有个'周'字在上边呀！"岳大爷道："你们只看那上联是'柳营春试马'，下联是'虎将夜谈兵'。如今不论营伍中，皆贴着此对；却不知此乃是唐朝李晋王赠与周德威的，故此我说他是姓周。"牛皋道："管他姓周不姓周，等他出来问他，便知道了。"

正说间，只见那人取了一口宝剑走将出来，放在桌上；复身坐下道："失陪，有罪了。"岳大爷道："岂敢。请教先生尊姓贵表？"那人道："在下姓周，贱字三畏。"

众皆吃惊道:"大哥真个是仙人!"三畏起身道:"请岳兄看剑。"岳大爷就立起身来,接剑在手;左手拿定,右手把剑锋抽出,才三四寸,觉得寒气逼人。再抽出细看了一看,连忙推进;便道:"周先生,请收了进去吧。"三畏道:"岳兄既然看了,为何不还价钱?难道还未中意么?"岳大爷道:"周先生,此乃府上之宝,价值连城;谅小子安敢妄想,休得取笑!"三畏接剑,仍放在桌上,叫声:"请坐。"岳大爷道:"不消,要告辞了。"三畏道:"岳兄既识此剑,还要请教,那有就行之理?"岳大爷无奈,只得坐下。

三畏道:"学生祖上,原系世代武职,故遗下此剑;今学生已经三代改习文学,此剑并无甚用。祖父曾嘱咐子孙道:'若后人有识得此剑出处者,便可将此剑赠之,分文不可取受。'今岳兄既知是宝剑,必须请教,或是此剑之主,亦未可定。"岳大爷道:"小生意下却疑是此剑,但说来又恐不是,岂不贻笑大方?今先生必要下问,倘若错了,幸勿见笑。"三畏道:"幸请见教,学生洗耳恭听。"

不知这剑的出处如何,请听下回分解。

第九回　周三畏义赠宝剑　宗留守誓取真才

却说周三畏必要请教岳大爷此剑的出处。当下岳大爷道："小弟当初曾听得先师说：'凡剑之利者,水断蛟龙,陆剸①犀象。有"龙泉""太阿""白虹""紫电""莫邪""干将""鱼肠""巨阙"诸名,俱有出处。'此剑出鞘即有寒气侵人,乃是春秋之时,楚王欲霸诸侯,闻得韩国七里山中,有个欧阳冶善,善能铸剑,遂命使宣召进朝。这欧阳冶善来到朝中,朝见已毕;楚王道：'孤家召你到此,非为别事;要命你铸造二剑。'冶善道：'不知大王要造何剑？'楚王道：'要造雌雄二剑,俱要能飞起杀人。你可会造么？'欧阳冶善心下一想：'楚王乃强暴之君,若不允他,必不肯饶我。'遂奏道：'剑是会造,恐大王等不得。'楚王道：'却是为何？'欧阳冶善道：'要造此剑,须得三载工夫,方能成就。'楚王道：'孤家就限你三年便了。'随赐了金帛彩缎。冶善谢恩出朝,回到家中,与妻子说知其事;将金帛留在家中,自去山中铸剑。却另外又造了一口,共是三口。到了三年,果然造就,回家与妻子说道：'我今前往楚国献剑。楚王有了此剑,恐我又造与别人,必然要杀我,以断后患。今我想来,总是一死,不如将雄剑留埋此地,只将那二剑送去。其剑不能飞起,必然杀吾。你若闻知凶信,切其悲啼。待你腹中之孕,十月满足,生下女儿,只就罢了;倘若生下男来,你好生抚养他成人,将雄剑交付与他,好叫他代父报仇。'说罢分别,来至楚国。楚王听得冶善前来献剑,遂率领文武大臣,到校场试剑。果然不能飞起,空等了三年。楚王一时大怒,把冶善杀了。冶善的妻子,在家得知了凶信,果然不敢悲啼;守至十月,产下一子,用心抚养。到了七岁,送在学堂攻书。一日,同那馆中学生争闹,那学生骂他是：'无父之种。'他就哭转家中,与娘讨父。那妇人看见儿子要父,不觉痛哭起来,就与儿子说知前事。无父儿要讨剑看,其母只得掘开泥土,取出此剑。无父儿就把剑背着,拜谢了母亲养育之恩,要往楚国与父报仇。其母道：'我儿年纪尚小,如何去得？'自家懊悔说得早了,以致如此,遂自缢而死。那无父儿把房屋烧毁,火葬其母;独自背了此剑,行到七里山下,认不得路途,日夜啼哭。哭到第三日,眼中流出血来;忽见山上走下一个道人来,问道：'你这孩子,为何眼中流血？'无父儿将要报仇之事诉说一遍。那道人道：'你这小小年

---

① 剸(tuán)——割,截断。

纪,如何报得仇来?那楚王前遮后拥,你怎能近他?不如代你一往。但是要向你取件东西。'无父儿道:'就要我的头,也是情愿的!'道人道:'正要你的头。'无父儿听了,便跪下道:'若报得父仇,情愿奉献!'就对道人拜了几拜,起来自刎。道人把头取了,将剑佩了,前往楚国;在午门之外大笑三声,大哭三声。军士报进朝中,楚王差官出来查问。道人说:'笑三声者,笑世人不识我宝;哭三声者,哭空负此宝,不遇识者。我乃是送"长生不老丹"的。'军士回奏楚王。楚王道:'宣他进来。'道人进入朝中,取出孩子头来。楚王一见便道:'此乃人头,何为"长生不老丹"?'道人说:'可取油锅两只,把头放下去;油滚一刻,此头愈觉唇红齿白;煎至二刻,口眼皆动;若煎三刻,拿起来供在桌上,能知满朝文武姓名,都叫出来;煎到四刻,人头上长出荷叶,开出花来;五刻工夫,结成莲房;六刻结成莲子,吃了一颗,寿可活一百二十岁。'楚王遂命左右取出两只油锅,命道人照他行之;果然六刻工夫,结成莲子。满朝文武,无不喝采。道人遂请大王来摘取'长生不老丹'。楚王下殿来取,不防道人拔出剑来,一剑将楚王之头,砍落于油锅之内。众臣见了,来捉道人,道人亦自刎其首于锅内;众臣连忙捞起来,三个一样的光头,不知那一个是楚王的,只得用绳穿了,一齐下棺而葬。古言楚有'三头墓'即此之谓。此剑名曰'湛卢',唐朝薛仁贵曾得之;如今不知何故落于先生之手?亦未知是此剑否?"

三畏听了这一席话,不觉欣然笑道:"岳兄果然博古,一些不差。"遂起身在桌上取剑,双手递与岳大爷道:"此剑埋没数世,今日方遇其主。请岳兄收起!他日定当为国家之栋梁,也不负我先祖遗言。"岳大爷道:"他人之宝,我焉敢擅取?决无此理。"三畏道:"此乃祖命,小弟焉敢违背?"岳大爷再四推辞不掉,只得收了,佩在腰间,拜谢了相赠之德,告辞回去。三畏送出门外,珍重而别。

岳大爷又同众弟兄,往各处走了一会,又买了三口剑。回至寓中,不觉天色已晚。店主人将夜饭送上楼来。岳大爷道:"主人家,我等三年一望,明日是十五了,要进场去的;可早些预备饭来,与我们吃。"店主人道:"相公们放心!我们店里,有许多相公,总是明早要进场的。今夜我们家里,一夜不睡的。"岳大爷道:"只要早些就是了。"弟兄们吃了夜饭,一同安寝。

到了四更时分,主人上楼,相请梳洗;众弟兄即起身来梳洗。吃饭已毕,各各端正披挂。但见汤怀白袍银甲,插箭弯弓;张显绿袍金甲,挂剑悬鞭;王贵红袍金甲,浑如一团火炭;牛皋铁盔铁甲,好似一朵乌云;只有岳大爷,还是考武举时的旧战袍。你看他兄弟五个,袍甲索琅琅的响,一同下楼来;到店门外,各人上马。只见店主人在牛皋马后,摸摸索索了一会;又一个走堂的小二,拿着一盏灯笼,高高的擎起送考。众人正待起身,只见又一个小二,左手托个糖果盒,右手提着一大壶酒。主人便叫："各位相公，请吃上马杯，好抢个状元回去。"每人吃了三大杯，然后一齐拍马往校场而来。到得校场门首，那拿灯笼的店小二道："列位爷们，小人不送进去了。"岳大爷谢了一声，店小二自回店去。

且说众弟兄一齐进了校场，只见各省举子，先来的，后到的，人山人海，拥挤不开。岳大爷道："此处人多，不如到略静些的地方去站站。"就走过演武厅后首，站了多时。牛皋想起出门的时候，看见店主人在我马后拴挂什么东西，待我看一看。就望马后边一看，只见鞍后挂着一个口袋，就伸手向袋内一摸，却是数十个馒头，许多牛肉在内。这是店主人的规例，凡是考时，恐他们来得早，等得饥饿，特送他们作点心的。牛皋道："妙啊！停一会比武，那里有工夫吃？不若此时吃了，省得这马累坠。"就取将出来，都吃个干净。

不意停了一会，王贵道："牛兄弟，我们肚中有些饥了；主人家送我们吃的点心，拿出来大家吃些。"牛皋道："你没有的么？"王贵道："一总挂在你马后。"牛皋道："这又晦气了！我只道你们大家都有的，故此才把这些点心牛肉狠命的都吃完了，把个肚皮撑得饱胀不过。那里晓得你们是没有的。"王贵道："你倒吃饱了，怎叫别人在此挨饿？"牛皋道："如今吃已吃完了，这怎么处？"岳大爷听见了便叫："王兄弟，不要说了，倘若别人听见了，觉道不雅相。牛兄弟，你本不该是这等，就是吃东西，无论别人有没有，也该问一声。竟自吃完了，这个如何使得？"牛皋道："知道了，下次若有东西，大家同吃便了。"

正在闲争闲讲，忽听得有人叫道："岳相公在那里？"牛皋听得，便喊道："在这里。"岳大爷道："你又在此招是揽非了。"牛皋道："有人在那里叫你，便答应他一声，有甚大事？"说未了，只见一个军士在前，后边两个人抬了食箩，寻来说道："岳相公如何站在这里？叫小人寻得好苦。小人是留守衙门里来的，奉大老爷之命，特送酒饭来，与相公们充饥。"众人一齐下马来谢，就来吃酒饭。牛皋道："如今让你们吃，我自不吃了。"王贵道："谅你也吃不下了。"

众人用完酒饭，军士与从人收拾了食箩，抬回去了。看看天色渐明，那九省四郡的好汉，俱已到齐。只见张邦昌、王铎、张俊三位主考，一齐进了校场，到演武厅坐下。不多时，宗泽也到了，上了演武厅，与三人行礼毕，坐着用过了茶。张邦昌开言道："宗大人的贵门生，竟请填上了榜吧！"宗泽道："那有什么敝门生，张大人这等说？"邦昌道："汤阴县的岳飞，岂不是贵门生么？"列位要晓得，大凡人作了点私事，就是被窝里的事，也瞒不过；何况那日众弟兄在留守衙门前，岂无人晓得？况且留守帅爷抬了许多酒席，送到招商店中，怎么瞒得众人耳目？兼之这三位主考受了梁王礼物，岂不留心？张邦昌说出了"岳飞"两字，倒弄得宗泽脸红心跳，半响没个道理回复这句话来,便道:"此乃国家大典,岂容你我私自检择?如今必须对神立誓,表明心迹,方可考试。"即叫左右:"过来,与我摆列香案。"立起身来,先拜了天地,再跪下祷告:"信官宗泽,浙江金华府义乌县人氏;蒙圣恩考试武生,自当诚心秉公,拔取贤才,为朝廷出力;若存一点欺君卖法误国求财之念,必死于刀箭之下。"

誓毕起来,就请张邦昌过来立誓。邦昌暗想:"这个老头儿好混帐!如何立起誓来?"到此地位,不怕你推托,没奈何也只得跪下道:"信官张邦昌,乃湖广黄州人氏;蒙圣恩同考武试,若有欺君卖法,受贿遗贤,今生就在外国为猪,死于刀下。"你道这个誓,也从来没有听见过的,是他心里想出来:"我这样大官,怎能得到外国?就到番邦,如何变猪?岂不是个牙疼咒?"自以为得计。宗泽是个诚实君子,只要辩明自己的心迹,也不来管他立誓轻重。

王铎见邦昌立誓,亦来跪下道:"信官王铎,与邦昌是同乡人氏;若有欺心,他既为猪,弟子即变为羊,一同死法。"誓毕起来,心中也在暗想:"你会奸,我也会刁。难道就学你不来?"暗暗笑个不止。

谁知这张俊在旁看得清,听得明,暗想:"这两人立得好巧誓,叫我怎么好?"也只得跪下道:"信官张俊,乃南直隶顺州人氏,如有欺君之心,当死于万人之口。"列位看官,你道这个誓立得奇也不奇?这变猪变羊,原是口头言语;不过在今生来世,外国番邦上,弄舌头。那一个人,怎么死于万人之口?却不道后来岳武穆王墓顶褒封时候,竟应了此誓。也是一件奇事,且按下不表。

却说这四位主考,立誓已毕,仍到演武厅上一拱而坐。宗爷心里暗想:"他三人主意已定,这状元必然要中梁王;不如传他上来,先考他一考。"便叫旗牌:"传那南宁州的举子柴桂上来。"旗牌答应一声:"吓!"就走下来,大叫一声:"得!大老爷有令:传南宁州举子柴桂上厅听令。"那梁王答应一声,随走上演武厅来,向上作了一揖,站在一边听令。宗爷道:"你就是柴桂么?"梁王道:"是。"宗爷道:"你既来考试,为何参见不跪,如此托大么?自古道:'作此官,行此礼。'你若不考,原是一家藩王,自然请你上坐;今既来考试,就降作了举子了。那有举子见了主考不跪之理?你好端端一个王位不要做,不知听信那一个奸臣的言语,反自弃大就小,来夺状元,有什么好处?况且今日天下英雄,俱齐集于此,内中岂无高强手段,倍胜于你?怎能稳稳状元到手?你不如休了此心,仍回本郡,完全名节,岂不为美?快去想来!"梁王被宗爷一顿发作,无可奈何,只得低头跪下,开口不得。

梁王为着何事,放着王位不做,反来夺取状元,受此羞辱?只因梁王来朝贺天子,在太行山经过;那山上有一位大王,使一口金背砍山刀,江湖上都称他为金刀大王。此人姓王，名善，有万夫不当之勇；手下有勇将马保、何六、何仁等，左右军师邓武、田奇，足智多谋，聚集着喽啰，有五万余人，霸占着太行山，打家劫舍，官兵不敢奈何他；他久欲谋夺宋室江山，却少个内应。那日打听得梁王入朝，即与军师商议，定下计策，扎营在山下，等那梁王经过，被喽啰截住，邀请上山。到帐中坐定，献茶已过，田奇道："昔日后周时，被赵匡胤①设谋，诈言陈桥兵变，篡了帝位，把天下谋去，直到如今。主公反只得一个挂名藩王空位，受他管辖，臣等心上实不甘服！臣等现今兵精粮足，大王何不进京结纳奸臣，趁着今岁开科，谋夺了武状元到手，把这三百六十个同年进士交结，收为心腹内应；那时写书知会山寨，臣等即刻发兵前来，帮助主公恢复了旧日江山，岂不为美？"

这一席话，原是王善与军师定下的计策：借那梁王作个内应，夺了宋朝天下，怕不是王善的？那知这梁王被他所惑，十分大悦，便道："难得卿家有此忠心，孤家进京，即时干办此事；若得成功，愿与卿等富贵共之。"王善当时摆设筵宴款待，饮了一会，就送梁王下山。一路进京，就去结识这几位主考。这三个奸臣，受了贿赂，要将武状元卖与梁王。那知这宗泽，是赤心为国的，明知这三位受贿，故将梁王数说几句，梁王一时回答不来。

那张邦昌看见，急得好生焦躁："也罢！待我也叫他的门生上来，骂他一场，好出出气。"便叫："旗牌过来。"旗牌答应上来道："大老爷有何吩咐？"张邦昌道："你去传那汤阴县的举子岳飞上来。"旗牌答应了一声，就走将下来，叫一声："汤阴县岳飞上厅听令。"岳飞听见，连忙答应上厅；看见柴王跪在宗爷面前，他就跪在张邦昌面前叩头。邦昌道："你就是岳飞么？"岳飞应声道："是。"邦昌道："看你这般人不出众，貌不惊人，有何本事，要想作状元么？"岳飞道："小人怎敢妄想作状元，但今科场中，有几千举子，都来考试，那一个不想做状元？其实状元只有一个，那千余人那能个个状元到手？武举也不过随例应试，怎敢妄想？"张邦昌本待要骂他一顿，不道被岳大爷回出这几句话来，怎么骂得出口？便道："也罢。先考你二人的本事如何？再考别人。且问你用的是什么兵器？"岳大爷道："是枪。"邦昌又问梁王："用何兵器？"梁王说："是刀。"邦昌就命岳飞做"枪论"，梁王做"刀论"。

二人领命下来，就在演武厅两旁，摆列桌子纸笔，各去作论。若论柴桂才学，原是好的；因被宗泽发作了一场，气得昏头搭脑，下笔写了一个"刀"字，不觉出了头，竟象个"力"字。自觉心中着急，只得描上几笔，弄得刀不成刀，力不成力，只好涂去另写几行。不期岳爷早已上来交卷，梁王谅来不妥当，也只得上来交卷。

---

① 胤（yìn，音印）。

邦昌先将梁王的卷子一看,就笼在袖里;再看岳飞的文字,吃惊道:"此人之文才,比我还好,怪不得宗老头儿爱他!"乃故意喝道:"这样文字,也来抢状元!"把卷子望下一掷,喝一声:"叉出去!"左右呼的一声,拥将上来,正待动手;宗爷吆喝一声:"不许动手,且住着!"左右人役,见宗大老爷吆喝,谁敢违令?便一齐站住。

宗老爷吩咐:"把岳飞的卷子取上来我看。"左右又怕张太师发作,面面相觑①,都不敢去拾。岳大爷只得自己取了卷子,呈上宗爷。宗爷接来放于桌上,展开细看,果然是:言言比金石,字字赛珠玑。暗想:"这奸贼如此轻才重利。"也把卷子笼在袖里,便道:"岳飞!你这样才能,怎能取得功名到手?"

毕竟后事如何,且听下回分解。

---

① 面面相觑(qù)——你看我,我看你,大家无可奈何地看着,都不说话。

第十回　岳飞枪挑小梁王　宗泽义释岳鹏举

话说张邦昌听得宗爷如此说,便道:"岳飞,且不要说你的文字不好;今问你敢与梁王比箭么?"岳大爷道:"老爷有令,谁敢不遵?"宗爷心中暗喜:"若说比箭,此贼就上了当了!"便叫左右:"把箭垛摆列在一百数十步之外。"梁王看见靶子甚远,就向张邦昌禀道:"柴桂弓软,先让岳飞射吧。"邦昌遂叫岳飞下阶先射。又暗暗的叫亲随人去将靶子移到二百四十步,令岳飞不敢射,就好将他赶出去了。谁知这岳大爷却不慌不忙,立定了身,当天下英雄之面,开弓搭箭,真个是"弓开如满月,箭发似流星",飕飕的一连射了九枝。只见那摇旗的,摇一个不住,擂鼓的,擂得个手酸,方才射完了。那监箭官,将九枝箭,连那射透的箭靶,一齐捧上厅来,跪着。张邦昌是个近视眼,看那九枝箭并那靶子一总摆在地下,不知是什么东西。只听得那官儿禀道:"这举子箭法出众,九枝箭俱从一孔而出。"张邦昌等不得他说完,就大喝一声:"胡说!还不快拿下去。"

那梁王自想:"箭是比他不过了,不若与他比武,以便将言语打动他,令他诈输,让这状元与我。若不依从,趁势把他砍死,不怕他要我偿命。"算计已定,就禀道:"岳飞之箭皆中;倘然柴桂也中了,何以分别高下?不若与他比武吧。"邦昌听了,就命岳飞与梁王比武。

梁王听了,随即走下厅来,整鞍上马,手提着一柄金背大砍刀,拍马先自往校场中间站定,使开一个门户。叫声:"岳飞,快上来,看孤家的刀吧!"这岳大爷,虽然武艺高强,怕他是个王子,怎好交手;不觉心里有些踌躇。勉强上了马,倒提着枪,慢腾腾的懒得上前。那校场中来考的,并那看的人,有千千万万,见岳飞这般光景,俱道:"这个举子,那里是梁王的对手?一定要输的了!"就是宗爷,也只道:"他是临场胆怯,是个没用的,枉费了我一番心血!"

且说梁王见岳飞来到面前,便轻轻的道:"岳飞,孤家有一句话与你讲:你若肯诈败下去,成就了孤家大事,就重重的赏你;若不依从,恐你性命难保。"岳大爷道:"千岁吩咐,本该从命;但今日在此考的,不独岳飞一人,你看天下英雄,聚集不少,那一个不是十载寒窗,苦心习学,只望到此博个功名,荣宗耀祖。今千岁乃是堂堂一国藩王,富贵已极,何苦要占夺一个武状元,反丢却藩王之位,与这些寒士争名?岂不上负圣主求贤之意,下屈英雄报国之心?窃为千岁不取,请自三思!不如还

第十回　岳飞枪挑小梁王　宗泽义释岳鹏举

让这些众举子考吧。"梁王听了大怒道:"好狗头!孤家好意劝你,你若顺了孤家,岂愁富贵?反是这等胡言乱语。不中抬举的狗才!看刀吧!"

说罢,当的一刀,望岳大爷顶门上砍来。岳大爷把枪望左首一隔,架开了刀。梁王又一刀拦腰砍来。岳大爷将枪杆横倒,望右边架住。这原是"鹞子大翻身"的家数,但是不曾使全。恼得那梁王心头火起,举起刀来,当当当,一连六七刀。岳大爷使个解数,叫作"童子抱心势";东来东架,西来西架,那里会被他砍着?梁王收刀回马,转演武厅来。岳大爷亦随后跟来,看他怎么。

只见梁王下马上厅来,禀张邦昌道:"岳飞武艺平常,怎能上阵交锋?"邦昌道:"我亦见他武艺不及千岁。"宗爷见岳飞跪在梁王后头,便唤上前来道:"你这样武艺,怎么也想来争功名?"岳飞禀道:"武举非是武艺不精;只为与梁王有尊卑之分,不敢交手。"宗爷道:"既如此说,你就不该来考了。"岳大爷道:"三年一望,怎肯不考?但是往常考试,不过跑马射箭,舞剑抡刀,以品优劣;如今与梁王刀枪相向,走马交锋,岂无失误?他是藩王尊位,倘然把武举伤了,武举白送了性命;设或武举偶然失手,伤了梁王,梁王怎肯干休?不但武举性命难保,还要拖累别人。如今只要求各位大老爷作主,令梁王与武举各立下一张生死文书:不论那个失手,伤了性命,大家不要偿命。武举才敢交手。"宗爷道:"这话也说得是。自古道:'壮士临阵,不死也要带伤。'那里保得定?柴桂你愿不愿呢?"梁王尚在踌躇,张邦昌便道:"这岳飞好一张利嘴!看你有甚本事,说得这等决绝?千岁可就同他立下生死文书,倘他伤了性命,好叫众举子心服,免得别有说话。"梁王无奈,只得各人把文书写定,大家画了花押;呈上四位主考,各用了印。梁王的交与岳飞,岳飞的交与梁王。梁王就把文书交与张邦昌,张邦昌接来收好。岳大爷看见,也将文书来交与宗泽。宗爷道:"这是你自家的性命交关,自然自家收着。与我何涉?却来交与我收!还不下去。"岳大爷连声道:"是,是,是!"

两个一齐下厅来。岳大爷跨上马,叫声:"千岁,你的文书交与张太师了。我的文书,宗老爷却不肯收,且等我去交在一个朋友处了,就来。"一面说,一面去寻着了众兄弟们,便叫声:"汤兄弟,倘若停一会,梁王输了,你可与牛兄弟守住他的帐房门首;恐他们有人出来打攒盘,好照应照应。"又向张显道:"贤弟,你看帐房后边,尽是他的家将;倘若动手帮助,你可在那里拦挡些。王贤弟,你可整顿兵器,在校场门首等候,我若是被梁王砍死了,你可收拾我的尸首;若是败下来,你便把校场门砍开,等我好逃命。这一张生死文书,与我好生收着;倘然失去,我命休矣!"盼咐已毕,转身来到校场中间。那看的人,挨挨挤挤,四面如打着围墙一般站着,要看他二人比武艺。

且说那梁王与岳飞立了生死文书,心里就有些慌张了,即忙回到帐房之中。这又不是出征上阵,只不过考武,为什么有起帐房来呢? 一则,他是一家藩王,比众不同;二来,已经买服奸臣,纵容他胡为,不去管他;三来,他是心怀不善,埋伏家将虞候①在内,以备防护。故此搭下这三座大帐房:自己与门客在中间;两旁是家将虞候,并那些亲随诸色人等。这梁王来到中间帐房坐定,即唤集家将虞候人等齐集面前,便道:"本藩今日来此考武,稳稳要夺个状元;不期偏偏的遇着这个岳飞,要与本藩比试。立了生死文书,不是我伤他,定是他伤我。你们有何主见赢得他?"众家将道:"这岳飞有几个头,敢伤千岁? 他若差不多些就罢;若是恃②强,我们众人一拥而出,把他乱刀砍死。朝中自有张太师等作主,怕他怎的?"

梁王听了大喜,重新整理好了,披挂上马,来到校场中间,却好岳大爷才到。梁王抬起头来,看那岳飞雄赳赳,气昂昂,不比前番胆怯光景;心中着实有些胆怯。叫声:"岳举子,依着孤家好! 你若肯把状元让与我,少不得榜眼探花也有你的分,日后自然还有好处与你。今日何苦要与孤家作对呢?"岳大爷道:"王爷听禀:举子十载寒窗,所为何事? 但愿千岁胜了举子,举子心悦诚服;若以威势相逼,不要说是举子一人,还有天下许多举子在此,都是不肯服的!"

梁王听了大怒,提起金背刀,照岳大爷顶梁上就是一刀。岳大爷把沥泉枪咯当一架。那梁王振得两臂酸麻,叫声:"不好!"不由心慌意乱,再一刀砍来。岳大爷又把枪轻轻一举,将梁王的刀,拨过一边。梁王见岳飞不还手,只认他是不敢还手,就胆大了;使开金背刀,就上三下四,左五右六,望岳大爷顶梁颈膊上只顾砍来。岳大爷左让他砍,右让他砍,砍得岳大爷性起,叫声:"柴桂,你好不知分量。差不多,全你一个体面,早些去罢了,不要倒了楣呀!"梁王听见叫他名字,怒发如雷,骂声:"岳飞好狗头! 本藩抬举你,称你一声举子;你擅敢冒犯本藩的名讳么? 不要走,吃我一刀!"提起金背刀,照着岳大爷顶梁上,呼的一声砍将下来。这岳大爷不慌不忙,举枪一架,枭③开了刀,刷的一枪,望梁王心窝里刺来。梁王见来得利害,把身子一偏,正中肋甲绦。岳大爷把枪一起,把个梁王,头望下,脚朝天,挑于马下。复一枪,结果了性命。只听得合校场中众举子并那些看的人,齐齐的喝一声采。急坏了左右巡场官;那些护卫兵丁等,俱吓得面面相觑。巡场官当下吩咐众护兵:"看守了岳飞,不要被他走了。"那岳大爷神色不变,下了马,把枪插在地上;就把马拴在枪杆之上,等令。

---

① 虞候——古官名,亦称官僚的侍从。
② 恃(shì)——依仗。
③ 枭(xiāo)——这里作架、挡。

第十回　岳飞枪挑小梁王　宗泽义释岳鹏举

只见那巡场官，飞奔报上演武厅来道："众位大老爷在上，梁王被岳飞挑死了，请令定夺。"宗爷听了，面色虽然不改，心里却也有些惊慌。张邦昌听了大惊失色，喝道："快与我把这厮绑起来！"两旁刀斧手，答应一声："得令！"飞奔下来，将岳大爷捆绑定了，推到将台边来。那时梁王手下，这些家将，各执兵器，抢出帐房来，想要与梁王报仇。汤怀在马上，把烂银枪一摆，牛皋也舞起双锏，齐声大叫道："岳飞挑死梁王，自有公论；尔等若是恃强，我们天下英雄，是要打抱不平的嘘"那些家将，看看风色不好，回头打探帐后人的消息，才待出来，早被张显把钩连枪，将一座帐房，扯去了半边；大声吆喝道："你们谁敢擅自动手，休要惹我们众好汉动起手来，顷刻间叫你们性命休想留了半个！"当时这些看的人，有笑的，有高声附和的；吓得这些虞候人等，怎敢上前。况且看见刀斧手，已将岳飞绑上去了，谅来张太师焉肯放他。只得齐齐的立定，不敢出头。

只有牛皋看见绑了岳大哥，急得上天无路；正在惊慌，忽听得张邦昌传令："将岳飞斩首号令。"左右方才答应，早有宗大老爷喝一声："住着！"急忙出位来，一手扯了张邦昌的手，一手搀住王铎的手，说道："这岳飞是杀不得的。他两人已立下生死文书，各不偿命。你我俱有印信落在他处，若杀了他，恐这些举子不服，你我俱有性命之忧。此事必须奏明圣上，请旨定夺，才是。"邦昌道："岳飞乃是一介武生，敢将藩王挑死，乃是个无父无君之人。古言'乱臣贼子，人人得而诛之'。何必再为启奏？"喝叫："刀斧手，快去斩讫报来！"左右才应得一声："得令！"

"得令"两字，尚未说完；底下牛皋早已听见，大声喊道："呔！天下多少英雄来考，那一个不想功名？今岳飞武艺高强，挑死了梁王，不能够做状元，反要将他斩首，我等实是不服！不如先杀了这瘟试官，再去与皇帝老子算账吧！"便把双锏一摆，望那大纛①旗杆上当的一声；两条锏一齐下，不打紧，把个旗杆打折，哄咙一声响，倒将下来。再是众武举齐声喊叫："我们三年一望，前来应试，谁人不望功名？今梁王倚势要强占状元，屈害贤才，我们反了吧！"这一声喊，犹如天崩地裂一般。宗爷将两手一放，叫声："老太师，可听见么？如此悉听老太师去杀他罢了。"

张邦昌与那王铎、张俊三人，看见众举子这般光景，慌得手足无措；一齐扯住了宗爷的衣服道："老元戎，你我四人，乃是同船合命的，怎说出这般话来？还仗老元戎调处安顿，方好。"宗爷道："且叫旗牌传令：'叫众武举休得啰唣，有犯国法，且听本帅裁处。'"旗牌得令，走至滴水檐前，高声说了一遍。底下众人听得宗大老爷有令，齐齐的拥满了一阶；竟有好些直挤到演武厅上来，七张八嘴的。

---

① 纛（dào）——古代军队里的大旗。

当下张邦昌便对着宗爷道:"此事还请教老元戎如何发放呢?"宗爷道:"你看人情汹汹,众心不服,奏闻一事,也来不及;不如先将岳飞放了,先解了眼前之危,再作道理。"三人齐声道:"老元戎所见不差。"吩咐:"把岳飞放了绑!"左右答应一声:"得令!"忙忙的将岳大爷放了。岳大爷得了性命,也不上前去叩谢;竟去取了兵器,跳上了马,往外飞跑。牛皋引了众弟兄随后赶上,王贵在外边看见,忙将校场门砍开,五个弟兄一同逃出。这些来考的众武举,见了这个光景,谅来考不成了,大家一哄而散。这里众家将,且把梁王尸首收拾盛殓①,然后众主考一齐进朝启奏。

　　话说岳大爷弟兄五个逃出了校场门,来到留守府衙门前,一齐下马;望着辕门大哭一场,拜了四拜起来,就上马回到寓所。收拾了行李,捎在马上;与主人算清了帐,作别出门,上马回乡去了。在路上谈论奸臣当道,难取功名。牛皋道:"有日把那些朝内奸臣,统统杀了才好!"岳大爷道:"休得胡说!"王贵接口道:"若不是大哥,我们就把那个什么张邦昌揪将下来,一顿拳头打死了!拼得偿了他一命,不到得杀了我的头,又把我充了军去。"汤怀道:"你这冒失鬼!若是外头打杀了人,将一命抵一命;皇帝金殿上打了人,就是欺君的罪名,好不厉害哩!"

　　且说五个人你一句我一句,正在闲讲,忽见前面一伙客人,约有十多个,慌张失智,踉跄而来。见那五个人在马上说说笑笑的走路,内中一人便喊道:"前边去不得,你们快往别处走吧。"一面说,一面就走。张显就下马赶回来,一把扯住了一个道:"你且说说,如何前边去不得?"那人苦挣不脱,着了急,便道:"前边红罗山下,有强盗阻路;我们的行李,都被抢去了。走得快,逃了性命。我好意通你个信,你反扯住我做什么?"张显道:"原来有强盗,怎么大惊小怪?"把手一放,那个人扑地一交,爬起来飞奔去了。张显便向岳大爷道:"说前面有个把小强盗,没甚大事。"牛皋大喜道:"快活,快活!又是好买卖到了!"岳大爷道:"休得如此,也要小心为妙。汤兄弟可打前去先探听,我们随后就来。"遂一齐披挂好了。

　　汤怀一马当先,来到一座山边;只见山下一人,坐一匹红砂马,手抢大刀,拦住喝道:"拿买路钱来!"汤怀道:"你要买路钱呀?什么大事,只同我伙计要便了。"那人道:"你伙计在那里?"汤怀把手中烂银枪一摆,说道:"这就是我的伙计!"那人大怒,举起大刀,照着汤怀顶门上砍来。汤怀把枪一举,架开刀,分心刺来。那人在马上把身子一闪,还刀就砍。刀来枪架,枪去刀迎,战有一二十个回合,真是对手,没个高下。

---

① 殓(liàn)——把死人装进棺材。

第十回 岳飞枪挑小梁王 宗泽义释岳鹏举

恰好岳大爷等四十人，一齐都到；看见汤怀战那人不下，张显把钩连枪一摆，喝声："我来也！"话声未绝，山上一人红战袍、金铠甲，手提点钢枪，拍马下山，接住张显厮杀。王贵举起金刀，上前助战。山上又跑下一人，但见他面如黄土，遍体金装；坐下黄骠马，手把三股托天叉，接住王贵大战。牛皋看得火起，舞动双锏打来。只见一人生得青面獠牙，颔下无须，坐着青鬃马，手舞狼牙棒，抵住牛皋接战。

岳大爷想道："不知这山上有多少强盗！看他四对人相杀，没甚高低；我若不去，如何分解？"便把雪花骢一拍，却待向前，只听得山上鸾铃响，一个人戴一顶烂银盔，穿一副白铠甲，坐下白战马，手执一枝画杆烂银戟，大声喝道："我来也！"不分皂白，望着岳大爷举戟就刺。岳大爷把枪一逼，搭上兵器。不上五六个照面，七八个回合，那人把马一拍，跳出圈子，叫声："少歇，有话问你。"岳大爷把枪收住，便道："有话说来。"那人道："我看你有些面善，不知从那里会来？一时想不起，你且说是姓甚名谁？从那里而来？"岳大爷道："我等是汤阴县举子，在武场不第而回；那里认得你们这班强盗！"那人道："莫不是枪挑小梁王的岳飞么？"岳大爷道："然也。"那人听了，慌忙下马来，插了戟，连忙行礼道："穿了盔甲，一时再认不出，多多得罪了！"岳大爷亦下马来，扶住道："好汉请起，如何认得小弟？"那人道："且待小弟唤那几个兄弟来，再说便了。"

不知那人如何认得岳飞，且听下文分解。

第十一回　金兀术①兴兵入寇　陆子敬设计御敌

却说那人上前一步,高声叫道:"列位兄弟,休得动手,都来说话。"那四个人正战到好处,忽听得那人叫,便一齐收住兵器,上前来道:"我们正要捉拿那厮,不知大哥为何呼唤小弟们?"那人指着岳大爷道:"此位正是挑梁王的岳飞。"四人听见,便一齐下马,来与岳飞行礼。岳大爷亦叫汤怀众兄弟,一齐过来见了礼。便同那用戟的道:"请问众位好汉尊姓大名?"那人道:"小弟姓施,名全;这用刀的兄弟,唤做赵云;那使枪的兄弟,叫做周青;拿叉的,叫梁兴;用狼牙棒的,名吉青。我们五个,是结义弟兄,因来抢武状元,不意被大哥挑死梁王,散了武场。小弟等欲待回家,怎奈缺少盘缠,思量又无家小,不如投奔大哥。来到红罗山下,恰遇着一班毛贼拦路,被我们杀了,众人们留我为主,因此在此胡乱取些金银财帛,以作进见之礼。不想在此相遇,适才冒犯,幸勿介意。"岳大爷大喜。施全等忙请众位上山,摆了香案,一齐结为兄弟;各各收拾行李,跟随岳大爷一齐回转汤阴居住。终日修文演武,讲论兵机战法。按下慢表。

且说那北地女真国黄龙府,有一个总领狼主,叫做完颜乌骨达,国号大金。生有五子:大太子名为粘罕,二太子名为喇罕,三太子答罕,四太子兀术,五太子泽利。又有左丞相哈哩强,军师哈迷蚩,参谋勿迷西,大元帅粘摩忽,二元帅皎摩忽,三元帅奇渥②温铁木真,四元帅乌哩布,五元帅瓦哩波。管下六国三川多少地方。每想中原花花世界,一心要夺取宋室江山。

一日老狼主登殿,当有番官上殿启道:"军师回来了。"老狼主命宣来。当时哈迷蚩上殿,俯伏朝见已毕,奏道:"狼主万千之喜!"老狼主道:"有何喜事?"哈迷蚩奏道:"臣到中原探听消息,老南蛮皇帝让位与小皇帝钦宗;这小皇帝自即位以来,不理朝政,专听那些奸臣用事,贬黜③忠良。兼之那些关塞上边,并无好汉保守。今狼主要夺中原,只消发兵前去,包管一鼓而可得也。"老狼主闻奏大喜,即择定了十五日吉利日子,往校场中挑选扫宋大元帅;出榜通衢④,晓谕军民人等,都到校场

---

① 兀术(wù zhú)。
② 渥(wò)——厚,重。
③ 贬黜(chù)——贬,降低(官职);黜,罢免,革除。
④ 通衢(qú)——四通八达的道路,大道。

第十一回　金兀术兴兵入寇　陆子敬设计御敌

比武。各官领旨退朝。

到了那日，老狼主摆驾往校场中来，到演武厅上坐下。两边文武官员，朝见已毕，站立两旁。且说那演武厅前，有一座铁龙，原是先王遗下镇国之宝，重有一千余斤。老狼主即命番官传旨高叫道："不论军民人等，有能举得起这铁龙者，即封为昌平王，扫南大元帅之职。"旨意一下，那王子、平章①，军丁、将士，个个想做元帅。这个上来摇一摇，涨得脸红，那个上来拔一拔，挣得面赤，好象蜻蜓撼石柱，俱各满面羞惭，退将下去。老狼主道："当年项羽拔山，子胥举鼎；难道我国柱有这许多文武，就没个举得起这千斤之物？"正在烦恼，忽然旁边闪出一人，但见他生得脸如火炭，发似乌云；虬眉长髯，阔口圆睛。身长一丈，膀阔三停。原来是老狼主第四个太子，名唤兀术。当下上前俯伏奏道："臣儿能举这铁龙。"老狼主听了，大喝一声："与我绑去砍了！"左右番军答应一声，登时就把兀术绑起。

你道老狼主听见自家儿子举这铁龙，应该欢喜，为何反要杀他起来？只因有个原故：那兀术虽然生长番邦，酷好南朝书史，最喜南朝人物；常常在宫中学穿南朝衣服，因此老狼主甚不欢喜他。今日见无人举得起铁龙，心中正在烦恼；却见他挺身出来，一时怒起，要将他斩首。军师哈迷蚩连忙奏道："今日选将吉期，正要观太子武艺，如何反要将他斩首？乞狼主详察！"老狼主道："军师有所不知。你看满朝王子，各平章武将，尚举不起；量他有甚本领，出此大言。这等狂妄之徒，不杀了，留他何用？"哈迷蚩又奏道："依臣愚奏，且命四太子去举铁龙；若果然举得起，即封为前职，去夺中原，得了宋朝天下，此乃狼主洪福；倘若举不起，然后杀他，也叫他死而无怨。"老狼主依奏，即命将兀术放了，叫他去举铁龙，若举不起，即时斩首，以正狂妄之罪。

兀术谢了恩，下厅来，左手撩衣，右手将铁龙前足一提，就举将起来；高叫："父王，臣儿举铁龙哩！"老狼主一见大喜；各殿下、各平章那个不称赞；文武官员军民人等，齐卢喝采，俱说："四殿下真是天神！"

那兀术将铁龙连举三举，哄咙一声，将龙撩在一边；上厅来，拜见父王缴旨。老狼主即封为昌平王，扫南大元帅，总领六国三川兵马；带领军师参谋，左右丞相，各位元帅，并那各邦小元帅。选定良辰吉日，发兵五十万，祭了珍珠宝云旗，辞别父王，进兵中原。真个是人如恶虎，马似游龙；旌②旗蔽日，金鼓喧天。

且说兀术领兵在路行了一月有余，到了南朝地界。第一关乃是潞安州。此关有个镇守潞安节度使，姓陆，名登，表字子敬；夫人谢氏，止生一子，年方三岁。这位老爷，绰号小诸葛，手下有五千多兵；乃是宋朝名将。这日正坐公堂，忽有探子

---

① 平章——古官名。
② 旌（jīng）——古代的一种旗子，旗杆顶上用五色羽毛做装饰。

来报:"启上大老爷,不好了!今有大金国差主帅完颜兀术,带领五十万人马,来犯潞安州,离此只有百里之遥了。"陆节度听见,吃了一惊;赏了探子银牌一面,吩咐再去打听。

即时令旗牌官出去,把城外百姓,尽行收拾进城居住;把房屋尽行拆了,等太平时,照式造还。又令各营将士上城紧守;又差旗牌到铺中,给偿官价,收买斗缸;每一个城垛,安放一只,命木匠做成木盖盖了。令军士在城上派定五个城垛砌成灶头三个。又令制造粪桶一千只,桶内装满人粪。又取碗口粗的毛竹一万根,细小竹子一万根,及棉花破布万余斤,做成唧筒;一面水关上,下了千斤闸,库中取出钢铁来,画成铁钩样子,叫铁匠照式打造铁钩,缚在网上。又在库内取出数千桶毒药,调入人粪之内,放在城上锅内煎熬,放入缸内,专等番兵到城下,将滚粪泼下。若是番兵粘着此粪,即时烂死。晚上将钩网布在城头之上,以防番兵爬城。

料理已毕,然后亲自修下一道告急本章;差官星夜前往汴梁①,求朝廷发兵来救应。陆老爷恐怕救兵来迟,失了潞安州不打紧,那时连汴梁亦难保守。放心不下,又修了两道告急文书:一道送至两狼关主兵韩世忠处;一道送与河间府太守张叔夜,求他两人发兵前来相助。差人出城去了,陆老爷自家就率领三军,上城保守,昼夜巡查。

再说兀术领兵,一路滚滚而来,到了潞安州,离城五十里,放炮安营。陆老爷在城上观看番兵,果然厉害。

城上那些兵将,有的要乘金人初到,出去杀他一阵。陆老爷道:"此时彼兵锐气正盛,只宜坚守,等候救兵来到再处。"众将士俱各遵令防守,专等救兵,不提。

且说兀术在牛皮帐中,问军师道:"这潞安州是何人把守?"哈迷蚩道:"这里节度使是陆登,绰号小诸葛,极善用兵的。"兀术道:"他是个忠臣?还是奸臣?"军师道:"是宋朝第一个忠臣。"兀术道:"既如此,待某家去会会他。"随即传下号令,点起五千人马,同着军师,出了营来;众番兵吹着喇叭,打着皮鼓,杀到城下。

陆登吩咐军士:"好生看守城池,待我出去会他一会。"当时下城来,提着枪,翻身上马;开了城门,放下吊桥,一声炮响,匹马单枪,出到阵前。那兀术大叫一声:"来者莫非就是陆登否?"陆登道:"然也。"兀术便开言叫声:"陆将军!某家领兵五十万,要进中原去取宋朝天下;这潞安州,乃第一个所在。某家久闻将军是一条好汉,特来相劝;若肯归降了某家,就官封王位,不知将军意下若何?"陆登大喝一声:"休得胡说!尔等犯我边疆,劳我师旅,是何道理?"兀术道:"将军说话差矣!

---

① 汴(biàn,音变)梁——古地名,今河南开封。

第十一回　金兀术兴兵入寇　陆子敬设计御敌

自古天下者,非一人之天下,惟有德者居之。尔宋朝皇帝,肆行无道,去贤用奸,大兴土木,民怨天怒。因此我主兴仁义之师,救百姓于倒悬。将军及早应天顺人,不失封侯之位;倘若执迷,只恐你这小小城池,经不起。那时踏为平地,玉石俱焚,岂不悔之晚耶?"陆登大怒,喝道:"好奴才,休得胡言!"当的一枪,望兀术刺来。兀术举起金雀斧革当一响,掀开枪,回斧就砍。陆登抡枪接战,战有五六个回合,那里是兀术对手,招架不住,只得带转马头便走。兀术从后赶来。陆登大叫:"城上放炮!"这一声叫,兀术回马便走。城内放下吊桥,接应陆登进城。陆登对着众将道:"这兀术果然厉害,尔等可小心坚守,不可轻觑了他。"

次日,兀术又到城下讨战;城上即将免战牌挂起,随你叫骂,总不出战。守了半个多月,兀术心焦起来,遂命乌国龙、乌国虎,去造云梯;令三元帅奇渥温铁木真,领兵五千个打头阵,兀术自领大兵为后队。来到城河,叫小番将云梯放下水中,当了吊桥,以渡大兵过河;再将云梯向城墙扯起,一字摆开,令小番一齐爬城。将已上城,那城上也没有甚么动静。兀术想道:"必然那陆登逃走了。不然,怎的城上没个守卒?"正揣想间,忽听得城上一声炮响,滚粪打出;那些小番,一个个翻下云梯,尽皆跌死。城上军士,把云梯尽皆扯上城去了。兀术便问军师:"怎么这些爬城军士跌下来尽皆死了?"哈迷蚩道:"此乃陆登滚粪打人,名为腊汁,沾着一点即死的。"兀术大惊,忙令收兵回营。这里陆登叫军士,将跌死小番取了首级,号令城上,把那些云梯打开劈碎,又好煎熬滚粪。

且说兀术在营中与军师商议道:"白日爬城,他城上打出粪来,难以躲避;等待黑夜里去,看他怎样?"算计已定。到了黄昏时候,仍旧领兵五千,带了云梯,来到城河边;照前渡过了河,将云梯靠着城墙,令番兵一齐爬将上去。兀术在那黑暗中,看那城上并无灯火;那小番俱已爬进城垛,心中大喜,向军师道:"这遭必得潞安州了!"说还未了,只听得城上一声炮响,一霎时,灯笼火把,照得如同白日;把那小番的头,尽皆抛下城来。兀术看见,眼中流泪;问军师道:"这些小番,怎么被他都杀了。"哈迷蚩道:"臣也不解其意。"原来那城上是将竹子撑着丝网,网上尽挂着倒须钩,平平撑在城上,悬空张着;那些爬城番兵,黑暗里看不明白,都蹿在网中,所以尽被杀了。兀术见此光景,不觉大哭起来,众平章相劝回营。兀术思想此城攻打四十余日,不得成功,反伤了许多军士,好不烦恼。

军师看见兀术如此,劝他出营打围①散闷。兀术依允,点起军士,带了猎犬鹞鹰,望乱山茂林深处打围。远远望见一个汉子向林中躲去,军师便向兀术道:"这

---

① 打围——打猎。

林子中有奸细。"兀朮就命小番进去搜查。不一时,小番捉得一人,送到兀朮面前跪着。兀朮道:"你是那里来的奸细?快快说来!若支吾半句,看刀伺候。"

不知那人说出什么话来,且听下回分解。

第十二回　哈迷蚩下书割鼻　陆节度失城尽忠

却说当时小番捉住那人，兀朮便问："你好大胆！孤家在此，敢来捋虎须。实在是那里来的奸细？快快说来！若有半句支吾，看刀伺候。"那人连忙叩头说道："小人实是良民，并非奸细；因在关外买些货物，回家去卖。因王爷大兵在此，将货物寄在行家，小人躲避在外；今闻得大王军法森严，不许取民间一草一木，小人得此消息，要到行家取货物去。不知王爷驾来，回避不及，求王爷饶命！"兀朮道："既是百姓，饶你去吧。"军师忙叫："主公，他必是个奸细；若是百姓，见了狼主，必然惊慌，那里还说得出话来。今他对答如流，并无惧色，百姓那有如此大胆？如今且带他回大营，细问情由，再行定夺。"兀朮吩咐小番："先带了那人回营。"兀朮打了一会围，回到大营坐下；取出那人细细盘问。那人照前说了一遍，一句不改。兀朮向军师道："他真是百姓，放了他去吧。"军师道："既要放他，也要将他身上搜一搜。"遂自己走下来，叫小番将他身上细细搜检，并无一物。军师将那人兜屁股一脚，喝声："去吧！"不期后边滚出一件东西。军师道："这就是奸细带的书。"兀朮道："这是什么书？如何这般的？"军师道："这叫做'蜡丸书'。"遂拔出小刀将蜡丸破开，内果有一团绉纸；摸直了一看，却是两狼关总兵韩世忠，送与小诸葛陆登的，书上说："有汴梁节度孙浩，奉旨领兵前来，助守关隘，如若孙浩出战，不可助阵，他乃张邦昌心腹，须要防他反复。即死于番阵，亦不足惜。今特差赵得胜达知，伏乞鉴照，不宣。"兀朮看了，对军师道："这封书没甚要紧。"军师道："狼主不知，这封书虽然平淡，内中却有机密；譬如孙浩提兵前来，与狼主交战，若是陆登领兵来助阵，只消暗暗发兵，一面就去抢城。倘陆登得了此书，不出来助阵，坚守城池，何日得进此城？"兀朮道："既如此，计将安出？"军师道："待臣照样刻起他紫绶印来，套他笔迹，写一封书教他助阵；引得他出来，我这里领大兵，将他重重围住。一面差人领兵抢城，事必谐矣。"兀朮大喜，便叫军师快快打点，命把奸细砍了。军师道："这个奸细，不可杀他；臣自有用处，赏了臣吧。"兀朮道："军师要他，领去便了。"

到了次日，军师将蜡丸书做好了，来见兀朮。兀朮便问："谁人敢去下书？"问了数声，并没个人答应。军师道："做奸细，须要随机应变；既无人去，待臣亲自去走一遭吧。臣去时，倘然有甚差失，只要狼主照顾臣的后代罢了。"兀朮道："军师放心前去，但愿事成，功劳不小。"

却说哈迷蚩扮做赵得胜一般装束,藏了蜡丸,辞了兀朮出营。来到吊桥边,轻轻叫:"城上放下吊桥,有机密事进城。"陆登在城上见是一人,便叫放下吊桥。哈迷蚩过了吊桥,来到城下,便道:"开了城门,放我进来,好说话。"城上军士道:"自然放你进来。"一面说,只见城上坠下一个大筐篮来,叫道:"你可坐在篮内,好扯你上城。"哈迷蚩无奈,只得坐在篮内。那城上小军就扯起来,将近城垛,就悬空挂着。陆登问道:"你叫什么名字?奉何人使令差来?可有文书?"那哈迷蚩虽然学得一口中国话,也曾到中原做过几次奸细,却不曾见过今日这般光景,只得说道:"小人叫做赵得胜,奉两狼关总兵韩大老爷之命,有书在此。"陆登暗想韩元帅那边,原有一个赵得胜,但不曾见过。便道:"你既在韩元帅麾①下,可晓得元帅在何处得功,做到元帅之职?"哈迷蚩道:"我家老爷,同张叔夜招安了水浒寨中好汉得功。钦命镇守两狼关。"陆登又问:"夫人何氏?"哈迷蚩道:"我家夫人,非别人可比;现掌五军都督印,那一个不晓得梁氏夫人。"陆登道:"什么出身?"哈迷蚩道:"小的不敢说。"又问:"可有公子?"哈迷蚩道:"有两位。"陆登道:"叫甚名字?多大年纪了?"哈迷蚩回道:"大公子韩尚德十五岁了;二公子韩彦直,只得三四岁。"陆登道:"果然不差。将书取来我看。"哈迷蚩道:"放小的上城,方好送书。"陆登道:"且等我看过了书,再放你上来不迟。"哈迷蚩到此地步,无可奈何,只得将蜡丸呈上。你道哈迷蚩怎么晓得韩元帅家中之事,陆登盘他不倒?因他拿住了赵得胜,一夜问得明明白白,方好来做奸细。

陆老爷把蜡丸剖开,取出书来细细观看;心内暗想道:"孙浩是奸臣门下,怎么反叫我去助他?况且我去助阵,倘兀朮分兵前来抢城,怎生抵挡?"正在疑惑,忽然一阵羊骚气,便同家将道:"今日你们吃羊肉么?"家将禀道:"小人们并不曾吃羊肉。"陆登再把此书细细一看,把书在鼻边闻了一闻,哈哈大笑道:"若不是这阵羊骚气,几乎被他瞒过了!你这骚奴,把这样机关来哄我,却怎出得我的手?快快从实讲来!若在番邦有些名目的,本都院放你去;若是无名小卒,留你也无用,不如杀了。"哈迷蚩想这个人,果然名不虚传,便笑道:"'明知山有虎,故作採樵人。'因你城中固守难攻,故用此计。我乃大金国军师哈迷蚩是也。"陆登道:"我也闻得番邦有个哈迷蚩,就是你么?我闻你每每私进中原,探听消息,以致犯我边疆。我今若杀了你,恐天下人笑我怕你计策来取中原。若就是这样放你回去,你下次再来做奸细,如何识认?"吩咐家将:"把他鼻子割下,放他去吧。"家将答应一声,便把他鼻子割了;将筐篮放下城去。

哈迷蚩得了性命,奔过吊桥,掩面回营,来见兀朮。兀朮见他浑身血迹,问道:

---

① 麾(huī)下——将帅的部下。

"军师为何如此?"哈迷蚩将陆登识破之事,说了一遍。兀术大怒道:"军师且回后营将息,待等好了,某家与你拿那陆登报仇便了。"哈迷蚩谢了兀术,回后营将养。半月有余,伤痕已愈,做了一个瘪鼻子,来见兀术。商议要抢潞安州水关,点起一千余人,捱至黄昏,悄悄一齐下水,思想偷进水关。谁知水关上将网拦住,网上尽是铜铃,如人在水中碰着网。铜铃响处,挠钩齐下,番人不知,俱被拿住。尽皆斩首,号令城上。那岸上番兵看见,报与兀术。兀术无奈,只得收兵回营。与军师议道:"此人机谋,果然厉害!某家今番索性自去抢那水关,若然失手死于水内,尔等便收兵回去罢了。"

到晚间,兀术自领一千兵马,等到三更时分,兀术先下水去探看,来到水关底下,将头钻进水关来,果然一头撞在网里,上面铜铃一响。城上听见,忙要收网;却被四太子用刀割断,跳上岸来,把斧头砍死宋军。奔到城门边来,砍断门拴,打去了锁,开了城门,放下吊桥,吹动胡笳①,外边小番接应。恰好这一日,陆登回衙去了,无人阻挡。番兵一拥进城。

却说陆登正在衙中料理,忽听军士报道:"番兵已进城!"陆登忙对夫人道:"此城已失,我焉能得生?自然为国尽忠了!"夫人道:"相公尽忠,妾当尽节。"乃向乳母道:"我与老爷死后,只有这点骨血。须要与我抚养成人,接续陆氏香火,就是我陆氏门中的大恩人了!"吩咐已毕,走进后堂,自刎而亡。陆登在堂,闻报夫人已自刎,连叫数声:"罢了!"亦拔剑自刎。那尸首却峥然立着,并不跌倒;一众家丁见老爷夫人已死,各自逃生。

那乳母收拾东西,正要逃走,却见兀术早已骑马进门来;乳母慌忙躲在大门背后。兀术下马,走上堂来,见一人手执利剑,昂然而立。兀术大喝一声:"你是何人,照枪吧!"见不作声,走上前,仔细一看;认得是陆登,已经自刎了。兀术倒吃了一惊,那有人死了不倒之理?遂把枪插在阶下,提剑走入后堂,并无人迹;只见一个妇人尸首,横倒在地。再往后头一直看了一回,并无一人。复走出堂上,看见陆登尸首尚还立着。兀术道:"我晓得了,敢是怕某家进来,伤害你的尸首,杀戮你的百姓,故此立着么?"正想间,只见哈迷蚩进来道:"臣闻得狼主在此,特来保驾。"兀术道:"来得正好。与我传令出去,吩咐军士:'穿城而去,寻一个大地方安营,不许动民间一草一木,违令者斩!'"哈迷蚩领命,传令出去。兀术道:"陆先生,某家并不伤你一个百姓,你放心倒了吧。"说毕,又不见倒。兀术又道:"是了,那后堂妇人的尸首,敢是先生的夫人;今某家将你夫妻合葬在大路口,等过往之人,晓得是

---

① 胡笳(jiā)——我国古代北方民族的一种乐器,类似笛子。

先生忠臣节妇之墓,如何?"说了又不见倒。兀朮道:"是了,某家闻得当年楚霸王自刎,直到汉王下拜,方才跌倒;如今陆先生是个忠臣,某家就拜你几拜何妨?"兀朮便拜了两拜,又不见倒。兀朮道:"这也奇了!"就拖过一把椅子来,坐在旁边思想;只见一个小番,拿住一个妇人,手中抱着个小孩子,来禀道:"这妇人抱着这孩子,在门背后吃奶;被小的拿来,请狼主发落。"兀朮问妇人:"你是何人?抱的孩子,是你甚人?"乳母哭道:"这是陆老爷的公子,小妇人便是这公子的乳母;可怜老爷夫人为国尽忠,只存这点骨血,求大王饶命!"兀朮听了,不觉眼中流下泪来道:"原来如此。"便向陆登道:"陆先生,某家决不绝你后代。把你公子,抚为己子,送往本国,就着这乳母抚养;直待成人长大,承你之姓,接你香火,如何?"话才说完,只见陆登身子仆地便倒。

兀朮大喜,就将公子抱在怀中。恰值哈迷蚩进来看见,便问:"这孩子那里来的?"兀朮将前事细说一遍。哈迷蚩道:"这孩子既是陆登之子,乞赐与臣;去将他断送了,以报割鼻之仇。"兀朮道:"此乃各为其主。譬如你拿住个奸细,也不肯轻放了他。某家敬他是个忠臣,可差官带领军士五百名,护送公子并乳母回转本邦。"一面命人收拾陆登同着夫人的尸首,合葬在城外高阜处;着番将哈利禄镇守潞安州。自家率领大兵,来抢两狼关。取了两狼关之后,又取了河间府,来到黄河口,拣一空地,安下营盘,打造船只,等待渡河。

且说地方官飞报入朝,这日正值钦宗设朝坐殿,进本官俯伏启奏:"兀朮大兵五十余万,已近黄河,望陛下即速发兵退敌。"钦宗大惊,便问众卿:"金兀朮兵势猖獗,将何策退之?"当下张邦昌奏道:"如今只剩得黄河阻住,若过了黄河,汴京甚危。臣观满朝文武全才,无如李纲、宗泽。圣上若命李纲为元帅,宗泽为先锋,决能退得金兵。"钦宗准奏,降旨拜李纲为平北大元帅,宗泽为先锋;领兵五万,前往黄河退敌。二人领旨出朝。李纲虽是个有谋有智的忠臣,但是个文官,不会上阵厮杀;今金兵势大,张邦昌明明要害他的性命,故此保奏。

那李纲回府,与夫人辞别,忽见阶檐下,站着一个长大汉子。李纲便问:"你是何人?"那人跪下道:"小人就是张保。"李纲道:"你一向在那里?"张保道:"小人在外边做些生意。"李纲道:"你可有些力气么?"张保道:"小人走长路,挑得五六百斤东西。"夫人道:"老爷可带他前去,早晚伏侍伏侍。"李纲就命张保收拾随行。

到了次日,宗泽来请元帅起兵。二人一同出府上马,来到校场;点齐五万人马,发炮起行。一路来到黄河口,安下营寨;沿河一带,拨兵把守。将四面船只收拾上岸。宗泽写下一封书札,差人星夜往汤阴县,去请岳飞同众弟兄前来助战。

毕竟李纲和宗泽两个,怎生退得金兵,且听下回分解。

第十三回　兀朮冰冻渡黄河　邦昌奸谋倾社稷

且说那宗泽差人往汤阴县去,不多日,回来禀说:"岳相公病重不能前来。那些相公们,不肯离了岳相公,俱各推故不来。小人无奈,只得回来禀复。"宗泽长叹一声:"岳飞有病,少了我一条臂膊。"

且说兀朮差燕子国元帅乌国龙、乌国虎往河间府取齐船匠,备办木料;在黄河口搭起厂篷,打造船只,整备渡河。李纲探听的实,即着张保领数十只小船,保守黄河口上,以防金人奸细过河窥探。那日张保暗想:"听得人说番兵有五六十万,不知是真是假,我不免过河去探听个信息。"算计定了。到黄昏后,带领十几个水手,放一只小船,趁着星光,摇到对岸;把船藏在芦苇中间。捱到五更,张保腰间挂着一把短刀,手提铁棍,跳得上岸,轻轻走到营前。有许多小番,俱在那里打盹。张保一手捞翻一个,夹在腰里,飞跑就走。来到一个林中放下来,要问他消息;那晓得夹得重了些,只见这人口中流血,已是死了。张保道:"晦气!拿着个不济事的。"一面说,又跳转来,又捞了一个。那小番正要叫喊,张保拔出短刀轻轻喝道:"高做声,便杀了你!"又飞跑来至林中,放下问道:"你实说来,你们有多少人马?"番兵道:"实有五六十万。"张保道:"那座营盘是兀朮的?"番兵道:"狼主的营盘,离此尚有三十里;爷爷拿我的所在,是先行官黑风高的。"张保又问:"那边的呢?"番兵道:"这是元帅乌国龙、乌国虎在此监造船只的。"张保问得明白了,说声:"多谢你。"就一棍把小番打死。

转身奔走到黑风高的营前,大吼一声,举棍抢入营中,逢人便打。小番拦阻不住,被他打死无数。拔出短刀,割了许多人头,挂在腰间。回身又到船厂中,正值众船匠五更起来,煮饭吃了,等天明赶工。被张保排头打去,有命的逃得快,走了几个;无命的,呆着看,做了肉泥。张保顺便取些木柴引火之物,四面点着,把船厂烧着了;然后来到河口下船,摇回去了。

这里小番,报入牛皮帐中。黑风高吃了一惊,连忙起来,已不见了。只得收拾尸首安置受伤小卒。又有那小番飞报元帅道:"有一蛮子,把船匠尽皆打死;木料船只,俱被南蛮放火烧得干干净净了。又打到先锋营内,割了许多首级,过河去了。"乌国龙道:"他带多少人马来?去了几时了?"小番道:"只得一人,去不多时候。"乌国龙、乌国虎带了兵将,追到黄河口;但见黑雾漫漫,白浪滔天,又无船可渡。他两个是性急的人，不觉怒气填胸，大叫一声："气死我也！"无可奈何，等待天明，报与兀朮；再令人去置办木料，招集船匠，重搭厂篷赶造。

张保却来见家主报功。李纲大喝道："什么功！你不奉军令，擅自冒险过河；倘被番兵杀了，岂不白送性命，损我军威？以后再如此，必然定罪！"吩咐把人头号令。张保叩头出营，笑道："虽没有功劳，却是被我杀得快活！"仍旧自到黄河口边去把守。

却说天时不正，连日阴云密布，细雨纷纷，把个黄河连底都冰冻了。兀朮在营中向军师道："南朝天气，难道八月间就这样寒冷了么？"哈迷蚩道："臣也在此想，南暖北寒，天道之正；那有桂秋时候，就如此寒冷？或者是主公之福，也未可知。"兀朮问道："天寒有甚福处？"哈迷蚩道："臣闻得昔日郭彦威取刘智远天下，那时也是八月；天气寒冷，冰冻了黄河，大军方能渡过。今狼主可差人到黄河口去打探。倘若黄河冻了，汴京在我手掌之中也。"兀朮听了，就令番军去打听。

不一时番军来回报，果然黄河连底都冻了。兀朮大喜，就下令发兵，竟踏着冰过河而来。那宋营中兵将，俱是单衣铁甲，当不住寒冷。闻得金兵过河，俱熬着冷出营，果然见番兵势如潮涌而来。宋军见了，尽皆拚命逃走，那里还敢来对敌。张保见不是头路，忙进营中，背了李纲就走。宗泽见军士已溃，亦只得弃营而逃。赶上李纲，一同来京候旨。先有飞骑报入朝中，二人未及进城，早有钦差赍旨前来。谓李纲、宗泽失守黄河，本应问罪，姑念保驾有功，削职为民，追印缴旨。二人谢恩，交了印信。钦差自去复命。

宗泽便对李纲道："此还是天子洪恩。"李纲道："什么天子洪恩，都是奸臣诡计！我等何忍在此眼睁睁的看那宋室江山送与金人？不若转回家乡，再图后举吧。"宗泽道："所见极是。"就命公子宗方，进城搬取家小；李纲亦命张保迎取家眷。各望家乡而去。朝里钦差降旨，差各将士紧守都城，专等四方勤王兵到。

再说那兀朮得了黄河，逢人便杀，占了宋营。兀朮就点马蹄国元帅黑风高领兵五千为头队先行；燕子国元帅乌国龙、乌国虎领兵五千为第二队；自领大兵，一路来至汴京。离城二十里，安下营寨。

探军飞报入朝，天子忙集文武计议道："今兀朮之兵，杀过黄河，已至京城。如何退得他去？"张邦昌道："臣已差兵发火牌兵符，各路调齐勤王兵马，以抵兀朮；不想他先过黄河，已至京城。臣想古人说的好：'穷鞑子，富倭子。'求主公赏他一赏，备一副厚礼，与彼求和，叫他将兵退过黄河；主公这里暗暗等那各路兵马到来，那时恢复中原，未为晚也。"钦宗道："从古可有求和之事么？"张邦昌道："汉嫁昭君，唐亦尚公主，目下不过救急。依臣之见，可送黄金一车，白银一辆，锦缎千匹，美女

第十三回　兀朮冰冻渡黄河　邦昌奸谋倾社稷

五十名,歌童五十名,以及猪羊牛酒之类。只是没有这样忠臣,肯去为天子出力。"钦宗便问两班文武:"谁人肯去?"连问数声,并无人答应。张邦昌上前道:"臣虽不才,愿走一遭。"钦宗便道:"还是先生肯为国家出力,真是忠臣!"遂传旨备齐礼物,交与张邦昌。

张邦昌来至金营,小番报与元帅。元帅道:"令他进来。"张邦昌来至里边拜见。黑元帅道:"你这南蛮,可是你家皇帝差你送礼来的么?"张邦昌道:"礼物是有一副,要见狼主亲自送的。"黑元帅听说,大喝一声:"拿去砍了!"左右小番一声答应,一齐上前。张邦昌道:"元帅不须发怒。"双手把礼单奉上。黑元帅看了礼单,便说道:"张邦昌,你且起来,将礼物留在这里;你且回去,待本帅与你见狼主便了。"张邦昌道:"还有要紧话禀。"黑元帅道:"也罢,既有要紧话,可对我说知,与你传奏便了。"张邦昌道:"烦元帅奏上狼主,说张邦昌特来献上江山,今先耗散宋国财帛。"黑风高道:"知道了。待本帅与你传奏狼主便了,你去吧。"邦昌拜辞出了金营,回来交旨。

且说那黑风高看见这许多礼物,又有美女歌童,金银缎匹,心中暗想道:"我帮他们夺了宋室江山,就得了这些礼物,也不为过。"遂吩咐小番,将礼物收下;唿哨一声,竟拔寨起身,往山西抄路回转本国去了。当有军士报知兀朮。兀朮想道:"黑风高跟随某家,抢夺中原,早晚得了宋朝天下,正要重重犒赏他们,不知何故竟自去了?"吩咐小番传令调燕子国人马,上前五里下寨。

且说都城中有探军报上殿来:"外面番兵,又上来五里安营。请旨定夺。"钦宗问张邦昌道:"昨日送礼求和,今日反推兵上前扎营,是何道理?"邦昌道:"主公,臣想他们非为别事,必定见礼少人多,分不到,故此上前;主公如今再送一副礼与他,自然退兵黄河去了。"钦宗无奈,只得又照前备下一副礼物。到了次日,命张邦昌再送礼讲和。

这奸臣领旨出了午门,来到番营。小番禀过元帅。元帅道:"叫他进来。"小番出来,叫张邦昌一同进内,俯伏在地,口称:"臣叩见狼主。臣为狼主亲送礼物到来,还有机密事奏上。"乌国龙、乌国虎看了礼单,方才说道:"吾非狼主,前日你送来的礼,是黑元帅自己收了,不曾送与狼主;如今这副礼,我与你送去便了。你可先入城去,听候好音。"邦昌只得出营,进城复旨。

且说乌国龙对乌国虎道:"怪不得黑元帅去了。我们自从起兵以来,立下多少功劳。论起来,这副礼也该收得。不若收了他的,拔营也回本国何如?"乌国虎道:"正该如此。"遂吩咐三军,连夜拔营起马,从山东取路回本国去了。

小番又来报与兀朮道:"乌家兄弟,不知何故拔寨而去。"兀朮道:"这也奇了!

待某家亲自起兵上前,看是何如?"那宋朝探军,又慌忙报入朝内说:"兀术之兵,又上前五里安营。"钦宗大惊,即忙问张邦昌:"何故?"张邦昌道:"两次送礼,不曾面见兀术;如今主公再送一副礼去,待臣亲见兀术求和便了。"钦宗哭道:"先生!已经送了两副礼去,此时再要,叫朕何处措办?"邦昌道:"主公不依臣时,日后切莫怪臣。"钦宗道:"既如此,可差官往民间去买歌童美女,再备礼物。"邦昌道:"若往民间去买,恐兀术不中意;不如还在宫中搜括,购办礼物送去为妙。"钦宗无奈,只得在后宫尽行搜检宫女凑足,罄①括金珠首饰,购齐礼物,仍着张邦昌送去。

邦昌此回来至番营,抬头观看:比前大不相同,十分厉害。邦昌下马见过平章等,禀明送礼之事。平章道:"站着。"转身进入营中奏道:"启上狼主:外边有一个南蛮,口称是宋朝丞相,叫做什么张邦昌,送礼前来。候旨。"兀术问军师道:"这张邦昌是个忠臣,还是奸臣?"哈迷蚩道:"是宋朝第一个奸臣。"兀术道:"既是奸臣,吩咐'哈喇'了吧。"哈迷蚩道:"这个使不得。目今正要用着奸臣的时候,须要将养他。且待得了天下,再杀他也不迟。"

兀术闻言大喜,叫声:"宣他进来。"平章领旨出来,将张邦昌召入金顶牛皮帐中,俯伏在地,口称:"臣张邦昌,朝见狼主,愿狼主千岁千岁千千岁!"兀术道:"张老先儿,到此何干?"张邦昌道:"臣未见主公之时,先定下耗财之计;前曾到来送礼二次,俱被元帅们收去了。如今这副厚礼,是第三次了。"兀术把礼单拿过来看了,说道:"怪不得两处兵马都回本国去了,原来为此。"哈迷蚩道:"主公可封他一个王位,服了他的心,不怕江山不得。"兀术道:"张邦昌,孤家封你楚王之职,你可归顺某家吧。"邦昌叩头谢恩。兀术道:"贤卿,你如今是孤家的臣子了,怎么设个计策,使某家夺得宋朝天下?"张邦昌道:"狼主要他的天下,必须先绝了他的后代,方能到手。"兀术道:"计将安出?"张邦昌道:"如今可差一个官员,与臣同去见宋主;只说要一亲王为质,狼主方肯退兵。待臣再添些利害之言,哄吓他一番,不怕他不献太子出来与狼主。"兀术闻言,心中暗怒;咬牙道:"这个奸臣,果然厉害,真个狠毒!"假意说道:"此计甚妙。孤家就差左丞相哈迷刚、右丞相哈迷强同你前去。但这歌童美女,我这里用不着,你可带了回去吧。"

张邦昌同了二人出营,带了歌童美女,回至城中。来至午门下马,邦昌同哈迷刚、哈迷强朝见钦宗说:"兀术不要歌童美女,只要亲王为质,方肯退兵。为今之计,不若暂时将殿下送至金营为质,一面速调各路人马到来,杀尽番兵,自然救千岁回朝。若不然,番兵众多,恐一时打破京城,那时玉石俱焚,悔之晚矣。"钦宗沈

---

① 罄(qìng)——尽。

吟不语。邦昌又奏道:"事在危急,望陛下速作定见。"钦宗道:"既如此,张先生可同来使暂在金亭馆驿中等候着。朕与父王商议,再为定夺。"邦昌同了番营丞相出朝,在金亭馆驿候旨。

张邦昌又私自入宫奏道:"臣启我主:此乃国家存亡所系;我主若与太上皇商议,那太上皇岂无爱子之心?倘或不允,陛下大事去矣!陛下须要自作主意,不可因小而失大事。"钦宗应允,入宫朝见道君皇帝,说:"金人要亲王为质,方肯退兵。"徽宗闻奏,不觉泪下,说道:"王儿,我想定是奸臣之计。然事已至此,没有别人去得,只好令你兄弟赵王去吧。"随传旨宣赵王入安乐宫来。徽宗含泪说道:"王儿,你可晓得外面兀术之兵,甚是猖獗?你王兄三次送礼求和,他要亲王为质,方肯退兵;为父的欲将你送去,又舍不得你,如何是好?"

原来这位殿下名完,年方十五,甚是孝敬。他看见父王如此愁烦,因奏道:"父王休得爱惜臣儿,此乃国家大事,休为臣儿一人,致误国家重务。况且祖宗开创江山,岂是容易的?不若将臣儿权质番营,候各省兵马到来,那时杀败番兵,救出臣儿,亦未晚也。"徽宗听了无奈,只得亲自山宫坐朝,召集两班文武问道:"今有赵王愿至金营为质,你等众卿,谁保殿下同去?"当有新科状元秦桧出班奏道:"臣愿保殿下同往。"徽宗道:"若得爱卿同去甚好,等待回朝之日,加封官职不小。"

张邦昌、秦桧同着两个番官同了赵王前去金营为质。这赵王不忍分离,放声大哭;出了朝门上马,来至金营。这奸臣同了哈迷刚、哈迷强先进营去。只有秦桧,保着殿下,立在营门之外。张邦昌进营来见兀术。兀术便问:"怎么样了?"哈迷刚、哈迷强道:"楚王果然好,果然叫南蛮皇帝将殿下送来为质;又有一个新科状元叫什么秦桧的同来,如今在营门外候旨。"兀术道:"可与我请来相见。"

谁知下边有一个番将,叫做蒲芦温,生得十分凶恶。他听错了,只道叫拿进来。急忙出营问道:"谁是小殿下?"秦桧指着殿下道:"这位便是。"蒲芦温上前一把把赵王拿下马来,望里面便走。秦桧随后赶来高叫道:"不要把我殿下惊坏了!"那蒲芦温来至帐前,把殿下放了;谁知赵王早已惊死。兀术见了大怒,喝道:"谁叫你去拿他,把他惊死!"吩咐:"把这厮拿去砍了!"只见秦桧进来说道:"为何把我殿下惊死?"兀术问道:"这个就是新科状元秦桧么?"哈迷强道:"正是。"兀术道:"且将他留下,休放他回去。"

毕竟不知后事如何,且听下回分解。

第十四回　李侍郎怒斥番王　崔总兵暗传血诏

话说当时兀术将秦桧留住,不放还朝;命将赵王尸首,教秦桧去掩埋了。又问张邦昌道:"如今殿下已死,还待怎么?"张邦昌道:"如今朝内,还有一个九殿下,乃是康王赵构,待臣再去要来。"遂辞了兀术出营,来至朝内。见了徽宗皇帝,假意哭道:"赵王殿下,跌下马来,死于番营之内。如今兀术仍要一个亲王为质,方肯退兵。若不依他,就要杀进宫来。"徽宗闻言,苦切不止,只得又召康王上殿。朝见毕,徽宗即将金邦兀术要亲王为质,赵王跌死之事,一一说知。康王奏道:"社稷为重,臣愿不惜此微躯,前往金营便了。"二帝又问:"谁人保殿下前往?"

当有吏部侍郎李若水上殿启奏:"微臣愿保。"遂同康王辞朝出城,来至番营,站在外边。那张邦昌先进番营,见了兀术奏道:"如今九殿下,已被臣要来,朝内再没别个小殿下了。"兀术听了,恐怕又吓死了,即命军师亲自出营迎接。李若水暗暗对康王道:"殿下可知道,'能弱能强千年计,有勇无谋一旦亡'?进营去见兀术,须要随机应变,不可折了锐气。"康王道:"孤家知道。"遂同哈迷蚩进营,来见兀术。

兀术见那康王,年方弱冠,美如冠玉,不觉大喜道:"好个人品!殿下若肯拜我为父,我若得了江山,还与你为帝如何?"康王原意不肯,听见说话是"原还他的江山",只得勉强上前应道:"父王在上,待臣儿拜见。"兀术大喜道:"王儿平身。"就命康王从后营另立帐房居住。只见李若水跟随着进来。兀术问道:"你是何人?"李若水睁着眼道:"你管我是谁人!"随了康王就走。兀术就问军师道:"这是何人?这等倔强。"哈迷蚩道:"此人乃是宋朝的大忠臣,现在做吏部侍郎,叫做李若水。"兀术道:"就是这个老先生,某家倒失敬了。天色已晚,就留在军师营前款待。"

次日,兀术升帐,问张邦昌道:"如今还待怎么?"邦昌道:"臣既许狼主,怎不尽心?还要将二帝送与狼主。"兀术道:"怎么样送来?"邦昌道:"只须如此如此,便得到手。"兀术大喜,依计而行。

且说张邦昌进城来见二帝道:"昨日一则天晚,不能议事,故尔在北营歇了;今日他们君臣计议,说道:'九王爷是个亲王,还要五代先王牌位为当。'臣想道:这牌位总之不能退敌,不如暂且放手与他;且等各省勤王兵到,那时仍旧迎回便了。"二

第十四回　李侍郎怒斥番王　崔总兵暗传血诏

圣无奈,哀哀痛哭道:"不孝子孙,不能自奋,致累先王!"父子二人,齐到太庙哭了一场,便叫邦昌:"可捧了去。"邦昌道:"须得主公亲送一程。"二帝依言,亲送神主出城。方过吊桥,早被番兵拿住。二帝来至金营。邦昌自回守城。

且说二帝拿至金营,兀术命哈军师点一百人马,押送二帝往北。那李若水在里面保着殿下,一闻此言,忙叫秦桧保着殿下,自己出营大骂兀术,便要同去保驾。兀术暗想:"李若水若至本国,我父王必然要杀他。"乃对军师道:"此人性傲,好生管着,不可害他性命。"军师道:"晓得。狼主亦宜速即回兵,不可进城;恐九省兵马到来,截住归路,不能回北,那时间性命就难保了。依臣愚见,狼主不如暂且回国;来春再发大兵,扫清宋室,那时即位如何?"兀术闻言称是,遂令邦昌守城,又令移取秦桧家属,回兵去了。

且说二帝蒙尘,李若水保着囚车一路下来,往北而进,非止一日。李若水对哈迷蚩道:"还有多少路程?"哈迷蚩道:"没有多少远了。李先儿,你若到本国,那些王爷们,比不得四狼主喜爱忠臣;言语之间,须要谨慎。"李若水道:"这也不能。我此来只拼一死,余外非所知也!"不一日,到了黄龙府内,只见那本国之人,齐来观看南朝皇帝,直至端门方散。哈迷蚩在外候旨,早有番官启奏狼主:"哈军师解进两个南朝皇帝来了。"金主闻奏大喜,说道:"宣他进来。"哈迷蚩朝见了老狼主,把四太子进中原的话,说了一遍道:"先令臣解两个南朝皇帝进来候旨。"老狼主道:"如今四太子在于何处?"哈迷蛮道:"如今中国虽然没有皇帝,还有那九省兵马未服;故此殿下暂且回国,在后就到。等待明春扫平宋室,然后保狼主前去即位。"老狼主大喜,一面吩咐摆设庆贺筵宴;一面令解徽宗、钦宗二帝进来。

番官出朝,带领徽、钦二帝来到里边,见了金主,立而不跪。老狼主道:"你屡次伤害我之兵将,今被擒来,尚敢不跪么?"吩咐左右番官:"把银安殿里边烧热了地,将二帝换了衣帽,头上与他戴上狗皮帽子,身上穿了青衣,后边挂上一个狗尾巴,腰间挂着铜鼓,带子上面挂了六个大响铃,把他的手绑着两条细柳枝,将他靴袜脱去了。"

少刻,地下烧红,小番下来把二帝抱上去,放在那热地上,烫着脚底,疼痛难熬,不由乱跳;身上铜铃锣鼓俱响。他那里君臣看了他父子跳得有兴,齐声哈哈大笑,饮酒作乐。可怜两个南朝皇帝,比做把戏一般!这也是他听信奸臣之语,贬黜忠良之报。

下边李若水看见,心中大怒,赶上来把老主公抱了下去,又上来把小主公抱了下去。老狼主就问哈军师:"这是何人?"哈迷蚩道:"这是他的臣子李若水,乃是个大忠臣。四狼主极重他的,恐老狼主伤他性命,叫臣好生看管他,如若死了,就问臣身上要人的,望乞吾主宽恩!"老狼主道:"既然如此,不计较他便了。"军师谢恩而起。只见李若水走上前来,指着骂道:"你这些囚奴,不知天理的!把中原天子如此凌辱,不日天兵到来,杀至黄龙府内,把你这些囚奴,杀个干干净净,方出我今日之气!"这李若水口内不住的千囚奴万囚奴,骂个不休不了。那老狼主不觉大怒,吩咐小番:"把他的指头剁去。"小番答应下来,把李若水手指割去一个。若水又换第二个指头指着骂道:"囚奴!你把我李若水看做什么人?虽被你割去一指,我骂贼之气,岂肯少屈?"狼主又叫:"将他第二个指也割去了。"如此割了数次,五个指头,尽皆割去了。李若水又换右手指骂。狼主又把他右手指头尽皆割去了。李若水手没了指头,还大骂不止。老狼主道:"把他舌头割去了。"那晓得割去舌头,口中流血,还只是骂;但是骂得不明白,言语不清,只是跳来跳去。众番人看见,说道:"倒好取笑作乐。"众番官一面吃酒,一面说笑。那外国之人,俱席地而坐的。过了一会,都在上酒之时;不曾防备李若水赶将上来,抱住老狼主,只一口咬了他耳朵,死也不放。那老狼主疼痛得动也动不得。那时大太子、二太子、三太子、五太子,文武众官,一同上来乱扯,连老狼主的耳朵都扯去了。把李若水推将下来,一阵乱刀,砍为肉泥。

当时,众番官俱各上前来请老狼主的安。那哈迷蚩悄悄着人收拾了李若水的尸首,盛在一个金漆盒内,私自藏好。那老狼主叫太医用药敷了耳朵,传旨:"将徽、钦二帝发下五国城,拘在陷阱之内,令他坐井观天。"

过不得一二十天,兀朮大兵回国,拜见父王奏说:"臣儿初进中原,势如破竹。"老狼主大喜。又说起被李若水咬去一只耳朵之事,兀朮再三请安。老狼主又传旨命番官分头往各国借兵帮助,约定来年新春一同二进中原。

再说当年宋朝代州雁门关,有个总兵崔孝,失陷在于北邦,已经一十八年;善于医马,因此在众番营里四下往来,与那些番兵番将,个个合式,倒也过得日子。这日听得二帝囚于五国城内,便取了两件老羊皮袄子,烧了几十斤牛羊脯,又带了几根皮条,来至五国城,对那些平章道:"我的旧主,闻得在此。望众位做个人情,放我进去见他一面,也尽我一点忠心。"众平章道:"若是别人,那里肯放他进去;若是你,我们常有烦你之处,就放你进去看看。但是就要出来的。"崔孝道:"这个自然。"

那平章开了门,放了崔孝进去。崔孝一头走,一头叫道:"主公在那里?主公在那里?"叫了半日,不见答应,自语道:"你看这许多土井在此,叫我向何处去寻。"崔孝本是个年老的人了,从早至午,叫了这半日,有些走不动了;不觉腰里也酸痛了,只得蹲在地下睡倒了。忽然耳中听得叫:"王儿。"又听得:"王儿在此。"

崔孝道："好了，在这里了。"便高叫："万岁，臣乃代州雁门关总兵崔孝。无物可敬，只有些牛羊脯，并皮袄两件，愿主上龙体康健！"遂将牛皮条把衣食缚了，送下井去。二帝接了，道声："难得你一片好心。"崔孝道："中原还有何人？"二帝道："只为张邦昌卖国，将赵王驱入金邦跌死；只有一个九殿下康王，又被他逼来在此为质，中原没有人了。"崔孝道："既有九殿下在此，主公可写下诏书一道，待臣带着，倘能相遇，好叫他逃往本国，起兵来救主公回国。"二帝道："又无纸笔，叫寡人如何写得诏书？"崔孝道："主公可降一道血诏吧。"二帝听了，放声大哭。只得暗里把白衫扯下一块，咬破指尖血书数字：叫康王逃回中原即位，重整江山，不失先王祭祀。写了，就缚在皮条上。崔孝吊起来，藏于夹衣内，哭了一场，辞别二帝。二帝哭道："朕父子陷身于此，举目无亲；今得见卿，如同至戚。略叙数言，又要别去，岂不叫朕痛煞？"崔孝道："主公保重龙体，臣若在此，自必常常来看陛下也。"

说罢，遂别了二帝出来。众平章见了，大喝一声："崔孝，你干得好事！"叫小番："与我绑夫杀了！"

不知崔孝性命如何，且听下回分解。

第十五回　金营神鸟引真主　夹江泥马渡康王

话说当时众平章喝住崔孝要杀。崔孝大叫道："老汉无罪！"平章道："我念你医马有功，通情放了你进去，为何直到此时才回？倘或狼主晓得，岂不连累我们？"崔孝道："里边陷阱甚多，没处寻觅。况且老汉有了些年纪，行走不动，故此耽搁久了。望平章原情饶罪！"平章道："也罢，念你旧情分上，姑恕你一次，下次再不许到此处来。"崔孝连连说："不来，不来！"飞跑的奔回。每日里，仍往各营头去看马，留心打听康王消息。

过了新春，到了二月半边，兀朮仍起五十万人马，并各国番兵，诸位殿下，一同随征，杀奔南朝。这就是金兀朮二进中原。行到四月中旬，方进了潞安州城门。你道这次为何来迟？只因在路上，打了几次围场，故此迟延了日子。兀朮把陆节度尽忠之事，与众殿下细说了一番，众殿下莫不赞叹。

不一日，到了黄河，已是六月中旬了，天气炎热。兀朮传令："仍旧沿河一带安下了营盘，特等天气稍凉，然后渡河。"

倏忽之间，又到了七月十五日。兀朮先已传令，搭起一座芦篷，宰了多少猪羊鱼鸭之类，望北祀祖。把祭礼摆得端正，众王爷早已齐集伺候。只见兀朮坐了火龙驹，后边跟着一个王子，穿着大红团龙夹纱战袍，金软带勒腰，左挂弓，右插箭，挂口腰刀，坐下红缨马；头戴束发紫金冠，两根雉①鸡尾，左右分开。那崔孝也跟在后头来看，打听得就是康王。

那康王正走之间，坐下马忽然打了个前失，几乎跌下马来。那康王忙忙把扯手一勒，这马就趁势立了起来。兀朮回头见了，大喜道："王儿马上的本事，倒也好了。"不道殿下因马这一蹲，飞鱼袋内这张雕弓，坠在地下。那崔孝走上一步，拾起弓来，双手递上说道："殿下收好了。"兀朮听见崔孝是中原口音，便问："你是何人？"崔孝便向马前跪下，答道："小臣崔孝，原是中原人氏；在狼主这里医马，今已十九年了。"兀朮大喜道："看你这个老人家倒也忠厚；就着你伏侍殿下，待某家取了宋朝天下，封你个大大的官儿便了。"崔孝谢了，就跟着康王来至厂前，下马进来，见了王伯王叔。

---

① 雉（zhì）——野鸡。

第十五回　金营神鸟引真主　夹江泥马渡康王

兀朮望北遥祭，叩拜已毕，众人回到营中，席地而坐，把酒筵摆齐了吃酒。九殿下也就坐在下面。众王子心上，好生不悦；暗道："子侄们甚多，偏要这个小南蛮为子做什么？"那里晓得这九殿下坐在下边，不觉低头流下泪来；暗想："外国蛮人，尚有祖先；独我二帝蒙尘，宗庙毁伤，岂不伤心？"

兀朮正在欢呼畅饮，看见康王含泪不饮，便问："王儿为何不饮？"崔孝听见，连忙跪下奏道："殿下因适才受了惊恐，此时心中疼痛，身上不安，故饮不下喉。"兀朮道："既如此，你可扶殿下到后营将养吧。"崔孝领命，扶了康王回到本帐。

康王进了帐中，悲哭起来。崔孝遂进后边帐房，吩咐小番："殿下身子不快，你们不要进来，都在外面伺候。"小番答应一声，乐得往帐房外面好玩耍。这崔孝来到里边，遂叫："殿下，二帝有旨，快些跪接。"康王听了，连忙跪下。崔孝遂在夹衣内，拆出二帝血诏，奉上康王。康王接在手中，细细一看，越增悲戚。忽有小番来报："狼主来了。"康王慌忙将血诏藏在贴身，出营来接。兀朮进帐坐下问道："王儿好了么？"殿下忙谢道："父王，臣儿略觉好些了，多蒙父王挂念。"

正说之间，只见半空中一只大鸟，好比母鸡一般；身上毛片，俱是五彩夺目，落在对面帐篷顶上。朝着营中叫道："赵构！赵构！此时不走，还等什么时候？"崔孝听了，十分吃惊。兀朮问道："这个鸟叫些什么？从不曾听见这般鸟音，倒象你们南朝人说话一般。"康王道："此是怪鸟，我们中国常有，名为'鵕鸃①'；见则不祥。他在那里骂父王。"兀朮道："听他在那里骂我什么？"康王道："臣儿不敢说。"兀朮道："此非你之罪，不妨说来我听。"康王道："他骂父王道：'骚羯②狗！骚羯狗！绝了你喉，断了你首！'"兀朮怒道："待某家射他下来。"康王道："父王赐与臣儿射了吧。"兀朮道："好，就看王儿弓箭何如？"康王起身拈弓搭箭，暗暗祷告道："若是神鸟，引我逃命，此箭射去，箭到鸟落。"祝罢，一箭射去。那神鸟张开口，把箭衔了就飞。崔孝即忙把康王的马，牵将过来，叫道："殿下快上马追去！"

这康王跳上马，随了这神鸟追去。崔孝执鞭赶上，跟在后边。逢营头，走营头；逢帐房，踹帐房，一直追去。兀朮尚自坐着，看见康王如飞追去，暗想："这呆孩子，这枝箭能值几何，如何追赶？"兀朮转身仍往大帐中去，与众王子吃酒取乐。不一会，有平章报道："殿下在营中发辔头，踏坏了几个帐房，连人都踹坏了。"兀朮大喝一声："什么大事？也来报我。"平章嘿然不敢再说，只得出去。倒是众王子见兀朮将殿下如此爱惜，好生不服；便道："昌平王，踹坏了帐房人口不打紧；但殿下年轻，不惯骑马，倘然跌下来，跌坏了殿下，这怎么处？"兀朮笑道："王兄们说的不错，

---

① 鵕鸃(jùnyí)——古籍中鸟名。
② 羯(jié)——古匈奴的一个别支。

小弟暂别。"就出帐房来,跨上火龙驹,问小番道:"你们可见殿下那里去了?"小番道:"殿下出了营,一直去了。"兀朮加鞭赶去。

且说崔孝那里赶得上,正在气喘;兀朮见了道:"吓!必定这老南蛮说了些什么?你不知天下皆属于我,你往那里走?"大叫:"王儿!你往那里走?还不回来!"康王在前边听了,吓得魂不附体,只是往前奔。兀朮暗想:"这孩子不知道也罢,待我射他下来。"就取弓在手,搭上箭,望康王马后一箭。正中在马后腿上;那马一跳,把康王掀下马来,爬起来就走。兀朮笑道:"吓坏了我儿了。"

康王正在危急,只见树林中走出一个老汉,方巾道服,一手牵着一匹马,一手一条马鞭,叫声:"主公快上马!"康王也不答应,接鞭跳上了马飞跑。兀朮在后见了,大怒,拍马追来,骂道:"老南蛮!我转来杀你。"那康王一马跑到夹江,举目一望,但见一带长江,茫茫大水;在后兀朮又追来,急得上天无路,入地无门。大叫一声:"天丧我也!"这一声叫喊,忽然那马两蹄一举,背着康王,哄的一声响,跳入江中。兀朮看见,大叫一声:"不好了!"赶到江边一望,不见了康王,便呜呜咽咽哭回来。到林中寻那老人,并无踪迹;再走几步,但见崔孝已自刎在路旁。兀朮大哭回营。众王子俱来问道:"追赶殿下如何了?"兀朮含泪将康王跳入江心之事,说了一遍。众王子道:"可惜,可惜!这是他没福,王兄且勿悲伤。"各各相劝。

且说那康王骑在马上,好比雾里一般,那里敢开眼睛;耳朵内但听得呼呼水响。不一个时辰,那马早已过了夹江,跳上岸来。又行了一程,到一茂林之处,那马将康王耸下地来,望林中跑进去了。康王道:"马啊!你有心,再驮我几步便好,怎么抛我在这里就去了?"

康王一面想,一面抬起头来;见日色坠下,天色已晚,只得慢慢的步入林中。原来有一座古庙在此。抬头一看,那庙门上,有个旧匾额,虽然剥落,上面的字,仍看得出。却是五个金字,写着:"崔府君神庙"。康王走入庙门,门内站着一匹泥马,颜色却与骑来的一样;又见那马湿淋淋的,浑身是水。暗自想道:"难道渡我过江的,就是此马不成?"想了又想,忽然失声道:"那马乃是泥的,若沾了水,怎么不坏?"言未毕,只听得一声响,那马即化了。

毕竟康王投向何处,且听下回分解。

第十六回　寓金陵高宗即位　刺精忠岳母训子

却说那康王渡过夹江，一径朝南奔走，一日来到金陵，便建都于此，于五月初一日即位，庙号高宗皇帝。改元建炎，大赦天下。发诏播告天下，召集四方勤王兵马。数日之间，有那王渊、张所、赵鼎、田思中、李纲、宗泽，并各路节度使、各总兵，俱来护驾勤王。又遣官往各路催取粮草。各路闻风，也渐渐起行，解送粮米接应。

内中来了一位清官，却是汤阴县徐仁。听见新君即位，偏偏遇着这等年岁，斗米升珠的时候，县主亲自下乡，催比粮米；又劝谕富户乡绅，各各输助；凑足了一千担，亲自解送。一路上克俭克勤，到了金陵，吩咐众人将粮车在空地上停住。走到元帅王渊的辕门上，见了中军官道："汤阴县解送粮米到此，相烦禀复。"中军道："帅爷此时有事，不便通报。"徐仁道："此乃一桩大事。相烦，相烦。"中军道："我的事也不少！"徐仁听见，就会意了，便叫家人取个封筒，称了六钱银子；封好了，复身进来，对着中军陪笑道："些须薄敬，幸乞笑纳。帅爷那里，万望周全。"中军接在手中，觉得轻飘飘的，就是赤金，也值不得几何，便把那封筒，望地下一掷，道："不中抬举的！"竟掇身进去，全不睬着。

徐仁拾了封筒道："怪不得朝廷受了苦楚！不要说是奸臣坐了大位，就是一个中军，尚然如此可恶！难道我到了这里，罢了不成？也罢，做我不着，没有你这中军，看我见得元帅也不？"就在马鞍边抽出马鞭来，将鼓乱敲。里边王元帅听得击鼓，忙坐公堂，叫旗牌出去查问，是何人击鼓。旗牌官出来问明，进去报与元帅。元帅道："传进来！"徐仁不慌不忙，走至阶下，躬身禀说："汤阴知县徐仁，参见大老爷，特送粮米一千到此。"遂将手本呈上。王元帅看了大喜，便道："难为贵县了！但是解粮虽是大事，应该着中军进禀，不该擅自击鼓。幸本帅知道你是个清官；倘若别人，岂不罪及于汝？"徐仁道："那中军因卑职送他六钱银子嫌轻，掷在地下，不肯与卑职传禀。卑职情急了，为此斗胆击鼓，冒犯虎威，求元帅恕罪！"王元帅道："有这等事！"吩咐："把中军绑去砍了！"两边答应一声"吓"，即时把中军拿下。徐仁慌忙跪下禀道："若杀了他，卑职结深了冤仇，报不清了。还求大老爷开恩！"元帅道："贵县请起。既是贵县讨饶，免了死罪。"喝叫左右："重责四十棍，赶出辕门！"又叫左右取过白银五十两，给与徐仁道："送与贵县，以作路费。"徐仁拜谢，辞了元帅，出了辕门，上马而去。

王元帅忽然想起一事，忙叫旗牌："快去与我请徐县官转来！"徐仁转来。王元帅问道："本帅久闻当年贵县有个岳飞，如今怎样了。贵县必知详细，故特请贵县回来，问个明白。"徐仁道："禀复元帅：这岳飞只因在武场内，挑死了小梁王，功名不就。现今闲住在家，务农养亲。"元帅道："既如此，敢屈贵县在驿馆中，暂宿一宵。等待明早，同去见驾，保举岳飞，聘他前来，共扶社稷，何如？"徐仁道："若得大老爷保举，庶不负了他一生才学。"当时元帅就着人送徐知县往驿馆中去。

次日清晨，王元帅引了徐仁同到午门。元帅进朝奏道："有相州汤阴县徐仁解粮到此。臣问及当年岳飞现在汤阴，此人果有文武全才，堪为国家梁栋，臣愿陛下聘他前来，共扶社稷。为此引徐仁在午门候旨，伏乞圣裁！"高宗闻奏，便道："孤家久已晓得此人。可宣徐仁上殿听旨。"徐仁随奉旨上殿，朝见已毕。高宗道："那岳贤士，朕已久知他有文武全才，只为奸臣蒙蔽，不得重用。今朕欲聘他前来，同扶王室。"随即传旨，将诏书一道，并聘岳飞的礼物，交与徐仁；又赐了徐仁御酒三杯。徐仁吃了，谢恩出朝，一径回汤阴来聘请岳飞。

且说那岳飞自从遇见了施全之后，一同回到家中，习练武艺。不想其年瘟疫盛行，王员外安人相继病亡。汤员外夫妻两个前来送丧，亦染了疫症，双双去世。又遇着旱荒，米粮腾贵。那牛皋吃惯了的人，怎熬得清淡，未免做些不公不法的事。牛安人戒饬①不住，一口气气死了。单有那岳家母子夫妻，苦守清贫，甚是凄凉。

一日，岳飞独自一个在书房内，想道："昔日恩师叫我不可把学业荒废了。今日无事，不妨到后边备取枪马，往外边去练习一番，有何不可？"岳大爷即便提着枪，牵着马，出门来到空场上。正要练枪，忽见那边众兄弟，俱各全身甲胄，牵着马，说说笑笑而来。岳大爷叹道："我几次劝他们休取那无义之财，今番必定又去干那勾当了！待我问他们一声看是如何。"便叫声："众兄弟何往？"众人俱不答应，只有牛皋应道："大哥，只为'饥寒'二字难忍！"岳大爷道："昔人有言：'为人可正而不足，不可邪而有余。'"王贵接口道："大哥虽说得是，但是兄弟想这几日无饭吃，没衣穿，却不道'正而不足'，不若'邪而有余'。"岳大爷听了，便道："兄弟们不听为兄之言，此去若得了富贵，也不要与我岳飞相见。倘若被人拿去，也不要说出岳飞来。"便将手中这枪，在地下划了一条断纹，叫声："众兄弟，为兄的从此与你们划地断义，各自努力罢了。"众人道："也顾不得这许多。且图目下，再作道理。"竟各自上马，一齐去了。

---

① 饬（chì）——告诫。

第十六回 寓金陵高宗即位 刺精忠岳母训子

岳大爷看见这般光景,眼中流下泪来,也无心操演枪马,牵马提枪,回转家中。到了中堂,放声大哭起来。姚安人听见,走出来问道:"你为甚悲啼?"岳大爷道:"孩儿为一班兄弟们所为非礼,孩儿几次劝他们不转;今日与他们划地断义。回来想起,舍不得这些兄弟,故尔悲伤。"安人道:"人各有志,且自由他们罢了。"

母子二人正在谈论,忽听得叩门声急,岳飞道:"母亲且请进去,待孩儿出去看来。"即走到外边,把门开了。只见一个人头戴便帽,身穿便衣,脚登快靴,肩上背着一个黄包袱,气喘吁吁走进门来,竟一直走上中堂,把包袱放下,问道:"小弟有事来访岳飞的。未知可是这里?"岳爷道:"在下就是岳飞。未知兄长有何见教?"那人听了,纳头便拜道:"小弟久慕大名,特来相投,有一事相求。"说罢,打开黄包裹,取出十个马蹄金,几十粒大珠子,又将一件猩红战袍,一条羊脂玉玲珑带,俱放在桌上,说道:"实不瞒大哥说:小弟乃是湖广洞庭湖通圣大王杨么驾下东胜侯,只因朝廷不明,信任奸邪,劳命伤财,万民离散。目下徽、钦二帝,被金国掳去,国家无主。因此我主公应天顺人,志欲恢复中原,以安百姓。久慕大哥文武全才,因此特命小弟前来聘请大哥,同往洞庭湖去,扶助江山,共享富贵。请哥哥收了。"岳大爷道:"我岳飞虽不才,生长在宋朝,焉肯背国?你可将这些东西,快快收了,再不要多言。"那人道:"古人云:'天下者,非一人之天下,惟有德者居之。'不要说是二帝无道,现今被兀术掳去,天下无主;人民离乱,未知鹿死谁手。大哥不趁此时干功立业,还待何时?不必执迷,还请三思!"岳大爷道:"大丈夫头可断,志不可夺。不用多言,速速请回。"那人无可奈何,只得把礼物收了,仍旧包好,悄然出门,上路回去。

岳飞正欲转身进屋,见母亲姚氏安人走了出来,对他说道:"适才我儿与那汉子说的话,为娘都听见了。"想了一想,便叫:"我儿,你出去端正香烛,在中堂摆下香案,待我出来,自有道理。"岳爷道:"晓得。"就走出门外,办了香烛,走至中堂,搬过一张桌子,安放居中;又取了一副烛台,一个香炉,摆列端正。进来禀知母亲:"香案俱已停当,请母亲出去。"

安人即便带了媳妇一同出来,焚香点烛。拜过天地祖宗,然后叫孩儿跪着,媳妇磨墨。岳飞便跪下道:"母亲有何吩咐?"安人道:"做娘的见你甘守清贫,不贪浊富,是极好的了。但恐我死之后,我儿一时失志,做出些不忠之事,岂不把半世芳名,丧于一旦?故我今日祝告天地祖宗,要在你背上刺下'精忠报国'四字。但愿你做个忠臣,我做娘的死后,那些来来往往的人,道:'好个安人,教子成名,尽忠报国,流芳百世!'我就含笑于九泉矣。"岳飞道:"圣人云:'身体发肤,受之父母,不敢毁伤。'母亲严训,孩儿自能领遵,免刺字吧!"安人道:"胡说!倘然你日后做些不肖事情出来,那时拿到官司,吃敲吃打,你也好对那官府说:'身体发肤,受之父母,不敢毁伤'么?"岳飞道:"母亲说得有理,就与孩儿刺字吧。"就将衣服脱下半边。安人取笔,先在岳飞背上正脊之中写了"精忠报国"四字,然后将绣花针拿在手中,在他背上一刺,只见岳飞的肉一耸。安人道:"我儿痛么?"岳飞道:"母亲刺也不曾刺,怎么问孩儿痛不痛?"安人流泪道:"我儿!你恐怕做娘的手软,故说不痛。"就咬着牙根而刺。刺完,将醋墨涂上了,便永远不褪色的了。岳飞起来,叩谢了母亲训子之恩,各自回房安歇。

再说汤阴县县主徐仁,奉着圣旨,赍了礼物,回到汤阴,来聘岳飞。那一日带领了众多衙役,抬了礼物,并羊酒花红等件,来到岳家庄叩门。岳飞开门出看,认得是徐县主,就请进中堂。徐仁便叫:"贤契,快排香案接旨!"岳飞暗想:"今日徐县尊来叫我接旨;我想现今朝内无君,必定是张邦昌那奸贼僭位,放我不下,故来算计我也。"便打一躬道:"老大人,上皇少帝,俱已北狩,未知此是何人之旨?说明了,岳飞才敢接。"徐仁道:"贤契,你还不知么?目今九殿下康王从金营逃回来,泥马渡了夹江,现今即位金陵。这就是大宋新君高宗天子的旨意。"岳飞听了连忙跪下接旨。那圣旨命岳飞到京受职北上抗金。徐仁道:"军情紧急,今日就要起身。"岳飞道:"既有圣旨,怎敢迟延!"随即送走徐仁,走进后堂,请母亲出来坐了,李氏夫人侍立在傍。岳飞告禀母亲:"当今九殿下康王,在南京即位,特赐金帛,命徐县尊前来聘召孩儿赴阙。今日就要起身。"安人道:"今日朝廷召你,多亏周先生教训之恩,还该在他灵位前拜辞拜辞才是。"

岳飞领命,就将皇封御酒打开。在周先生灵位前拜奠了;又在祖宗神位前拜奠已毕。然后斟了一杯酒,跪下,敬上安人。安人接在手中,便道:"我儿!做娘的今日吃你这杯酒,但愿你此去为国家出力,休恋家乡;得你尽忠报国,名垂青史,吾愿足矣。切记切记!不可有忘!"岳飞道:"谨遵慈命。"安人一饮而尽。岳飞立起来,又斟了一杯,向着李氏夫人道:"娘子,我岳飞只得孤身,并无兄弟;如今为国远去,老母在堂,娘子须要代我孝养侍奉;儿子年幼,必当教训成人。"李氏夫人道:"这都是妾身分内之事,何必嘱咐?官人只管放心前去,不必挂怀,俱在妾身上便了。"接过酒来,一饮而尽。

岳飞拜别了母亲,又与娘子对拜了两拜。走出门来,正待起行,忽见儿子岳云赶来,跪在马前。岳爷见了问道:"你来做什么?"岳云道:"孩儿在馆中,听得人说县主奉旨来聘爹爹,故此孩儿赶来送行;二来请问爹爹往何处去?做什么事?"岳爷道:"为父的因你年幼,恐不忍分离,故不来唤你。你今既来,我有几句话吩咐你:今为父的蒙新君召去杀鞑子,保江山。你在家中,须要孝顺婆婆,敬奉母亲,照

第十六回 寓金陵高宗即位 刺精忠岳母训子

管弟妹,用心读书。牢记牢记!"岳云道:"谨遵严命!但是这些鞑子,不要杀完了。"岳爷道:"这是为何?"岳云道:"留一半与孩儿杀杀。"岳爷喝道:"胡说!快些回去!"岳云到底是个小孩子,并不留恋,磕了一个头,起来跳跳舞舞的回去了。

不一日到了金陵,高宗见岳飞相貌魁梧,身材雄壮,十分欢喜,便暂封为总制。岳飞谢恩毕,又命赐宴。高宗又将在宫中亲手画的五副大像,取出来与岳飞一副一副看过。高宗道:"此乃是金国粘罕弟兄五人的像,卿可细细认着,倘若相逢,不可放过!"岳飞道:"臣领旨。"高宗道:"现今大元帅张所,掌握天下兵权,卿可到他营前效用。"岳飞谢恩,辞驾出朝。

来到帅府,参见了元帅。张所见了岳飞,好生欢喜。次日就令岳飞往教场中去挑选兵马,充作先行。岳飞领令,就去挑选。选来选去,只选了六百名,来见元帅。元帅道:"我的营中,你也去挑选些。"岳飞又去挑选了二百名,连前共有八百名,来禀复元帅。张所道:"难道一千人都挑不足么?"岳飞道:"就是这八百吧。"元帅遂令岳飞领八百兵,作第一队先行。于是再问:"那一位将军敢为二队救应?"连问了几声,并无人答应。元帅道:"都是这样贪生怕死,朝廷便无人出力了!待我点名叫去,看他怎样躲过。"便叫山东节度使刘豫。刘豫答应一声"有"。元帅道:"你带领本部人马为第二队先行。本帅亲率大军,随后就到。"刘豫无奈,只得勉强领令,即去整顿人马。

到了次日,张所率领岳飞、刘豫入朝来辞驾,恰有巡城指挥来奏:"今有强盗领众来抢仪凤门,声声要岳飞出阵,请旨定夺。"高宗听奏,传旨就着岳飞擒贼复旨。岳飞领旨,辞驾出朝,带领这八百儿郎出城,来到阵前。对阵许多喽啰,手中拿的,那里是什么枪刀,多是些锄头、铁搭、木棍、面刀,乱哄哄的,不成模样。只见对阵里跑出一马,马上坐着一个强人,生得来青面獠牙,十分凶恶。

不知岳爷捉得强盗否,且听下回分解。

第十七回　胡先奉令探功绩　岳飞设计败金兵

却说岳爷见对阵内走出一个强盗来,生得青面獠牙,颔下无须;坐下一匹青鬃马,手舞狼牙棒;出到阵前,大叫一声:"岳大哥！小弟特来寻你带挈带挈。"岳爷上前一认,却原来是吉青。岳爷骂道:"狗强盗！你还来怎么？快与我拿下！"吉青跳下马来道:"不要动手,只管来拿。"军士上前将吉青拿下。牵了他的马,拿了他的兵器。岳爷见那些喽啰,俱是乡民,叫他们:"都好好散去,各安生业去吧！"众人谢恩而去。

岳爷命众兵丁,带了吉青进城来,一径上殿来见驾,奏道:"强盗已拿在午门外候旨。"高宗命推上殿来。不多时,御林军将吉青推上金阶。吉青大叫:"万岁爷,小人不是强盗,是岳飞的义弟吉青,特来寻他,与国家出力的！"高宗见了他这般形象,象个英雄,便问岳飞:"果是你的义弟么？"岳飞奏道:"虽是结义的兄弟,但是他所为不肖,已与他划地断义的了。"高宗道:"孤家看他,也是一条好汉;况当今用人之际,可赦其小过,以待立功赎罪吧！"传命放绑,封为副都统之职,拨在岳飞营前效用;有功之日,再加升赏。吉青谢恩毕。岳飞辞驾出朝,引吉青来见了元帅。元帅即令岳飞领兵先往鬼愁关去。刘豫领本部兵五千为第二队。元帅自领大兵十万在后,准备迎敌。

再说兀朮在河间府闻报,康王在金陵即位,用张所为天下大元帅,聚兵拒敌,不觉大怒。即令金牙忽、银牙忽二元帅各领兵五千为先锋;又请大王兄粘罕,同着元帅铜先文郎,率领众平章,领兵十万,杀奔金陵而来。

且说岳飞同吉青,带领了八百儿郎一路而来。来至一山,名为八盘山。岳爷吩咐众儿郎住着。岳飞细细四下一看,对吉青道:"真是一座好山！"吉青道:"大哥要买他做风水么？"岳爷道:"兄弟好痴话。愚兄看这座山势,甚是曲折;若得兀朮到此,我兵虽少,可以成功也。"吉青道:"原来为此。"

正说之间,忽见探军来报道:"有番兵前队已到此了。"岳爷遂令众儿郎俱用强弓硬弩,在两旁埋伏。命吉青前去引战:"只许败,不许胜！引他进山来,为兄的在此接应。"吉青听令,遂带了五十人马,前来迎敌。那番兵见吉青不上几十个人,俱各大笑。吉青纵马上前,金牙忽、银牙忽道:"我只道这南蛮是三头六臂的,原来是这样的贼形！"吉青抡起棒来便打。金牙忽举刀招架。战不上三个回合,吉青暗

第十七回　胡先奉令探功绩　岳飞设计败金兵

想道："大哥原叫我败进山去的。"遂把狼牙棒虚晃一晃，回马就走。

两员番将带领三军随后赶来。两边埋伏军士，一齐发箭，把番兵截住大半，首尾不能相顾。金牙忽恰待转身寻路，忽听得大喝一声："番贼那里走，岳飞在此！"摆动手中沥泉枪，迎着金牙忽厮杀。银牙忽上前帮助，吉青回马转来敌住。两军呐喊，那山谷应声，赛过雷轰。金牙忽不知宋军有几百万，心上着忙，手中刀略松一松，被岳爷一枪刺中心窝，翻身落马。银牙忽吃了一吓，被吉青一棒，把个天灵盖打得粉碎。八百儿郎一齐动手，杀死番兵三千余人；其余有命的逃去报信。岳爷取了两个番将首级，收拾旗鼓马匹兵器等物，命吉青解送刘豫军前，转送大营去报功。刘豫命吉青："且自回营，待本帅与你转达便了。"吉青回营，禀报岳爷。

且说那刘豫想道："这岳飞好手段！初出来，就得此大功。一路去，不知还有多少功劳。如今这第一功，权且让我得了，下次再与他报吧。"忙忙的将文书修好，差旗牌官将首级兵器等物，禀见元帅报功。元帅那里晓得，就上了刘豫第一功，赏了旗牌。旗牌回转本营，禀复刘豫。刘豫暗暗欢喜。

且说岳爷领兵前行，又至一山，名为青龙山。岳爷左顾右盼，吩咐将人马扎住；对吉青道："这座山，比八盘山更好。为兄的在此扎营，意欲等候番兵到来，杀他一个片甲不留。你可往后边营内去见刘豫元帅，要借口袋四百个，火药一百担，挠钩二百杆，火箭火炮等物，前来应用。"吉青领令，来到刘豫营中，见了刘豫，备述要借口袋等物。刘豫道："本营那有此物？你且回去，待我差人到元帅大营中，取了送来便了。"吉青听了，自去回复了岳爷。那刘豫即差人往大营取齐了应用之物，送至前营，岳爷收了。遂分拨二百名人马在山前，将枯草铺在地上，洒上火药。暗暗传下号令："炮响为号，一齐发箭。"又拨一百兵在右边山涧水口，将口袋装满沙土，作坝阻水。待番兵到来，即将口袋扯起，放水淹他。若逃过山涧，自有石壁阻住去路，决往夹山道而走。遂拨兵一百名，于上边堆积乱石，打将下来，叫他无处逃生。又令吉青领二百人马，埋伏在山后，擒拿逃走番兵；又道："贤弟，你若遇见一个面如黄土，骑黄骠马，用流星锤的，就是粘罕，务要擒住！如若放走了他，必送元帅处军法从事，不可有违！"吉青领令而去。岳爷自带二百兵，在山顶摇旗呐喊，专等金兵到来。

却说大元帅张所，那日独坐后营，筹划退敌之策。只见中军胡先密来禀道："今日刘豫差官来取口袋火药等件，不知何用？小官细想：岳统制领队在前，未曾败绩，怎么第二队的刘豫，反杀败了番兵，得了头功？其中必有情弊。倘若有冒功等事，岂不使英雄气短，谁肯替国家出力！因此特来请令，待小官扮作兽医，前去探听消息，不知元帅意下若何？"元帅听了大喜道："本帅也在此疑惑，正欲查究。

得你前去探听更好。"

胡先领命出营,扮作兽医,混过了刘营,一路来到青龙山,已近黄昏。悄悄行至半山,见一株大树,就盘将上去。在树顶上远远望去,只见番兵已到,漫山遍野而来,如同蝼蚁一般。胡先好不着急,想:"那岳统制只有八百人马,怎么迎敌?决然被他擒了。"只得坐在树上探望。

再说粘罕带领十万人马,望金陵进发,途遇败兵报说:"有个岳南蛮同一个吉南蛮,杀了两个元帅。五千兵丧了一大半,伤者不知其数。"粘罕听了大怒,催动大兵下来。忽有探军报道:"启上狼主:前面山顶上,有南蛮扎营,请令定夺。"粘罕道:"既有南蛮阻路,今天色已晚,且扎下营盘住着,到明日开兵。"一声炮响,番兵安营扎寨。

这里青龙山上,岳爷爷见粘罕安营,不来抢山;倘到明日,彼众我寡,难以抵敌。想了一想,便叫二百儿郎:"在此守着,不可乱动,侍我去引这些番兵来受死。"遂拍马下山,摇手中枪,望着番营杀去。那胡先在树顶上见了,一身冷汗,暗想道:"真个是舍身为国之人!"

且看那岳爷一马冲入番营,高叫:"宋朝岳飞来踹营也!"骑着马,马又高大;挺着枪,枪又精奇;逢人便挑,遇马便刺;耀武扬威,如入无人之境。小番慌忙报入牛皮帐中。粘罕大怒,上马提锤,率领元帅平章众将校一齐拥上来,将岳爷围住。这岳爷那里在他心上,奋起神威,枪挑剑砍,杀得尸堆满地,血流成河;暗想道:"此番已激动他的怒气,不若败出去,赚他赶来。"便把沥泉枪一摆,喝道:"进得来,出得去,才为好汉!"两腿把马一夹,泼喇喇冲出番营而去。

粘罕大怒道:"那有这等事!一个南蛮,拿他不住,如何进得中原?必要踏平此山,方泄吾恨。"就招麾大兵呐喊追来。岳爷回头看见,暗暗欢喜道:"番奴,这遭中我之计了!"连忙走马上山。半山里树顶上,胡先看见岳统制败回,后边漫天盖地的番兵赶来:吹起胡笳,好似长潮浪涌;敲动驼鼓,犹如霹雳雷霆。胡光想道:"这番完了,不独他没了命,我却先是死也!"正在着急,忽听得一声炮响,震得山摇地动,几乎跌下树来。那众番兵,亦有跌下马来的,也有惊倒的,两边埋伏的军士,火炮火箭,打将下来。延着枯草,火药发作。一霎时,烈焰腾空,烟雾乱滚,烧得那些番兵番将两目难开,怎认得兄和弟;一身无主,那顾得父和孙。喧喧嚷嚷,自相践踏,人撞马,马撞人,各自逃生。

铜先文郎和众平章保着粘罕,从小路逃生。却见一山涧阻路,粘罕叫小番探那溪水的深浅。小番探得明白,说:"有三尺来深。"粘罕遂吩咐三军渡水过去。众军士依言,尽向溪水中走去,也有许多向溪边吃水。粘罕催动人马渡溪,但见满溪

第十七回　胡先奉令探功绩　岳飞设计败金兵

涧尽是番兵。忽听得一声响亮，犹如半天中塌了天河，那水势望下倒将下来。但见滴溜溜人随水滚，泼喇喇马逐波流。粘罕大惊，慌忙下令别寻路径回兵要紧。那些番兵，一个个魂飞胆丧，尽望谷口逃生。粘罕也顾不得众平章了，跟了铜先文郎，拍马往谷口寻路。只见前边逃命的平章跑马转来，叫声："狼主！前面谷口都有山峰拦住，无路可通。"粘罕道："如此说来，我等性命休矣！"内中有一个平章，用手指道："这左边不有一条小路？不管他通不通，且走去再处。"粘罕道："慌不择路，只要有路就走。"遂同众兵将一齐从夹山道而行。行不多路，那山上军士，听得下边人马走动，一齐把石块飞蝗似的打将下来，打得番兵头开脑裂，尸积如山。

铜先文郎保着粘罕，拼命逃出谷口，却是一条大路。这时已是五更时分了，粘罕出得夹山道，不觉仰天大笑。铜先文郎道："如此吃亏，怎么狼主反笑起来，却是为何？"粘罕道："不笑别的，我笑那岳南蛮虽会用兵，到底平常。若在此处埋伏一枝人马，某家插翅也难飞了。"话言未毕，只听得一声炮响，霎时火把灯毬照耀如同白日。火光中，一将生得面如蓝靛，发似朱砂，手舞狼牙棒，跃马高叫："吉青在此，快快下马受死！"粘罕对铜先文郎道："岳南蛮果然厉害，某家今日死于此地矣！"眼中流下泪来。铜先文郎道："都是狼主自家笑出来的。如今事已急了，臣有一个金蝉脱壳之计，只要狼主照看臣的后代！"粘罕道："这个自然。计将安出？"铜先文郎道："狼主可将衣甲马匹兵器与臣调换，一齐冲出去。那吉南蛮必然认臣是狼主，与臣交战；若南蛮本事有限，臣保狼主逃生；倘若他本事高强，被他捉去，狼主可觑便脱离此难。"粘罕道："只是难为你了！"便忙忙的将衣甲马匹调换了，一齐冲出。那吉青看见铜先文郎这般打扮，认做是粘罕，便举起狼牙棒打来。铜先文郎提锤招架，战不上几合，早被吉青一把抓住，活擒过马去了。那粘罕带领败兵，拼命夺路而逃。这里吉青追赶了一程，拿了铜先文郎回来报功。

那胡先在树顶上蹲了一夜，看得明白，暗暗称赞不绝。慢慢的溜下树来，自回营中，报与张元帅去了。

再说岳爷在山上等到天明，那各处埋伏兵丁，俱来报功；一面收拾番兵所遗兵器什物。只见吉青回营缴令道："果然拿着粘罕了。"岳爷命推上来。众军士将铜先文郎推将上来，岳爷一看，拍案大怒，命左右将吉青绑去砍了。

不知吉青性命如何，且听下回分解。

第十八回　释番将刘豫降金　献玉玺邦昌拜相

话说当时岳爷要把吉青斩首。吉青大叫："无罪！"岳爷道："我怎样吩咐你，却中了他金蝉脱壳之计。"便向铜先文郎喝问道："你这等诡计，只好瞒吉青，怎瞒得我过？你实说是何等样人，敢假装粘罕替死？"铜先文郎暗想："中原有了此人，我主休想宋室江山也。"便叫道："岳南蛮，我狼主乃天命之主，怎能被你拿了？我非别人，乃金国大元帅铜先文郎便是。"岳爷道："吉青，你听见么？"吉青道："我见他这般打扮妆束，只道是粘罕，那晓得他会掉换的？大哥要杀我，就与他一同杀罢了。"众军士俱跪下讨饶。岳爷道："也罢，今日初犯，恕你一次。日后倘再有误事，王法无亲，决不容情。"吉青谢了起来。岳爷道："就着你领兵二百，把番将并马匹军器，押解前往大营报功。"吉青领令，押解了铜先文郎并所获遗弃物件，一路来到刘豫营前，叫小校禀知，好放过去到元帅大营。

刘豫闻报，即命传宣官引吉青进见。吉青叩禀："岳统制杀败番兵十万，活捉番将一员，得了许多军器马匹；现解在营门，乞元帅看验明白，好让路与小将到大元帅营中去报功。"刘豫听了这一番言语，口中不说，心内暗想："金兵十分厉害，南朝并无一人敢当；岳飞初进之人，反有这等本事！我想他只用八百兵丁，便杀败了十万人马，擒拿了番邦元帅；若还论功，必定职居吾上。"想了一会，说道："有了，索性待我占了。后来的功再让他吧。"主意已定，便假意开言道："吉将军，你同岳统制杀败番兵，擒获番将，这件功劳不小！但你去到大营报功，须要耽搁时日；你营中乏人，恐金兵复来。我与你统制犹如弟兄一般，不如我差人代你送往元帅处。你与我带了猪羊牛酒，先回本营去犒赏三军吧。"吉青不知是计，即便谢了刘豫。刘豫吩咐家将，整备猪羊牛酒，交与吉青带回本寨去，分犒众军。

且说刘豫将铜先文郎囚在后营。解来物件，暂且留下。把文书写停当封好了，叫旗牌上来吩咐道："你到大营内去报功，大元帅若问你，你说：金兵杀来，被本帅杀败，拿住一个番将，囚在营中。若是大元帅要，就解送来；若是不要，就在那边斩了。元帅问你，说话须要随机答应，不可漏了风声。"旗牌得令出营，望大营而来。

再说胡中军回营，换了衣服，来见元帅。元帅便问："所探之事如何？"胡中军将到了青龙山，爬在树顶上一夜所见之事，细细禀知。元帅道："难为你了，记上你

第十八回　释番将刘豫降金　献玉玺邦昌拜相

的功劳。"

到了次日，元帅升帐，聚集众节度各总兵议事。众将参见已毕。有传宣官上来禀道："二队先锋刘节度差旗牌来报功，在营门外候令。"元帅道："令他进来！"那旗牌官进来，叩了头，将文书呈上。张元帅拆开观看，原来又将岳先锋的功劳冒去了。便吩咐赏了旗牌："且自回营，可将所擒番将，活解来营；待本帅这里叙功，送往京师，候旨便了。"旗牌叩谢出营而去。

张元帅打发了旗牌出营，便向众将道："两次杀败番兵，俱系前队岳飞大功；今刘豫蔽贤冒功。朝廷正在用人之际，岂容奸将埋没才能，以至赏罚混乱？本帅意欲将他拿来斩首示众，再奏朝廷。那一位将军前去拿他？"言未毕，胡中军上前禀道："元帅若去拿他，恐有意外之变。不如差官前去，传元帅之令，请他到来议事；然后聚集众将，究明细底，然后斩他，使众心诚服，他亦死而无怨。"元帅道："此计甚妙。就着你去，请他到大营来，商议军机，不得有误。"中军得令，出营上马，往刘营来。

不道元帅帐下，有一两淮节度使曹荣，却与刘豫是儿女亲家。当时亲见元帅命中军去赚刘豫，心想："他的长子刘麟，却是我的女婿。父子性命，旦夕难保，叫我女儿怎么好！"遂悄悄出帐，差心腹家将，飞马往刘营报知。此时刘豫正在营中盼望那报功的旗牌，不见回来，忽传宣进营禀说："两淮节度使曹爷，差人有紧急事要见。"刘豫即着来人进见。来人进营，慌慌张张叩了头，说道："家爷不及修书，多多拜上：今大元帅探听得老爷冒了岳先锋的功劳，差中军官来请老爷到大营假说议事，有性命之忧，请老爷快作计较。"刘豫听了，大惊失色，忙取白银五十两，赏了来人；说道："与我多多拜上你家爷：感承活命之恩，必当重报。"来人叩谢，自回去了。

刘豫想了一会，走到后营，将铜先文郎放了，坐下道："久闻元帅乃金邦名将，误被岳飞所算。本帅意欲放了元帅，同投金国，不知元帅意下若何？"铜先文郎道："被掳之人，自分一死；若蒙再生，自当重报。吾狼主十分爱才重贤，元帅若往本国，一力在我身上保举重用。"刘豫大喜，吩咐整备酒饭；一面传令收拾人马粮草。

正待起行，旗牌恰回来缴令，说："大元帅命将所擒番将，囚解大营，请旨定夺。"刘豫大笑，遂鸣鼓集众将士。参见已毕。刘豫下令道："新君年幼无知，张所赏罚不明。今大金狼主重贤爱才，本帅已约同金国元帅，前去投顺。尔等可作速收拾前去，共图富贵。"言未毕，只听得阶下一片声说道："我等各有父母妻子在此，不愿降金。"哄的一声，走个罄尽。刘豫目瞪口呆，看看只剩得几名亲随家将，只得和铜先文郎带领了这几人上马。又恐怕岳飞兵马在前边阻碍，只得从小路大宽转取路前行。

忽见后面一骑马飞奔赶来,叫道:"刘老爷何往?"刘豫回头看时,却是中军,便问:"你来做甚么?"中军道:"大老爷有令箭在此,特请元帅速往大营议事。"刘豫笑道:"我已知道了。我本待杀了你,恐没有人报信。留你回去,说与张所老贼知道:我今投顺金国,权寄这颗驴头在他颈上,我不日就来取也。"中军回转马头就走,飞跑赶回大营,来报与张元帅。张元帅随即修本,正要差官进京启奏,忽报圣旨下。张所接旨宣读,却是命张所防守黄河;加封岳飞为都统制。张所谢恩毕,随将所写奏明刘豫降金、岳飞得功的本章,交与钦差带进京去呈奏。命岳飞领军前行,同守黄河。

再说那粘罕在青龙山被岳飞杀败,领了残兵,取路回到河间府来见兀朮。兀朮道:"王兄有十万人马,怎么反败于宋兵之手?"粘罕道:"有个岳南蛮,叫做岳飞,真个厉害!"就把他独来踹营并水火埋伏之事,细细说了一遍。兀朮道:"并未曾听见中原有什么岳飞,不信如此厉害。"粘罕道:"若没有铜先文郎替代,我命已丧于夹山道上矣!"兀朮听了大怒道:"王兄,你且放心。待某家亲自起兵前去,渡黄河拿住岳飞,与王兄报仇;直捣金陵,踏平宋室,以泄吾恨!"

那兀朮正在怒烘烘的要拿岳飞,却有小番来报:"铜先文郎候令。"兀朮道:"王兄说他被南蛮拿去,怎得回来?"就着令:"传进来!"

且说那铜先文郎,同着刘豫,抄路转到金营,即对刘豫说道:"元帅可在营门外等等,待我先去禀明,再请进见。"刘豫道:"全仗帮衬!"

铜先文郎进了大营,一直来到兀朮帐前跪下叩头。兀朮道:"你被南蛮拿去,怎生逃得回来?"铜先文郎将刘豫投降之事,说了一遍。兀朮道:"这样奸臣,留他怎么,拿来'哈喇'了吧!"哈迷蚩道:"狼主不可如此。且宣他进来,封他王位,安放他在此,自有用处。"兀朮听了军师之言,就命平章宣进朝见,封为鲁王之职,镇守山东一带。刘豫谢恩。

再说张元帅兵至黄河,就分拨众节度各处坚守。岳飞同着吉青,向北扎下营寨守住。张元帅自领大兵攻取汴京。

那张邦昌闻知张元帅领兵来取城,心生一计,来至分宫楼前见太后,启奏道:"兀朮兵进中原,不日来抢汴京。今康王九殿下在金陵即位,臣欲保娘娘前往。望娘娘将玉玺交付与臣,献与康王去。"娘娘闻奏,两泪交流道:"今天子并无音信,要这玉玺何用,就交与卿便了。"张邦昌骗了玉玺,到家中收拾金珠,保了家小出城,竟往金陵去了。

再说张元帅兵至汴梁,守城军士开城迎接。张所进城,请了娘娘的安。娘娘

第十八回　释番将刘豫降金　献玉玺邦昌拜相

就将张邦昌骗去玉玺，带了家眷，不知去向，与张所说知。张所奏道："四面皆有兵将守住，不怕奸臣逃去。臣差人探听奸人下落，再来复旨。"元帅辞驾出朝，将兵守住汴梁。

再说张邦昌到了金陵，安顿家眷，来至午门，对黄门官道："张邦昌来献玉玺，相烦转达天聪。"黄门官奏知高宗。高宗问众臣道："此贼来时，众卿有何主见？"李太师奏道："张邦昌来献玉玺，其功甚大，且封他为右丞相。但他本心不好，主公只宜疏远他，他就无权矣。"高宗大悦道："可宣上殿来。"邦昌来至殿前俯伏。高宗道："卿之前罪免究，今献玉玺有功，官封右丞相之职。"邦昌谢恩而退。

到了次日，邦昌上殿奏道："臣闻兀术又犯中原，有岳飞青龙山大战，杀得番兵片甲无存。若无此人，中原难保，真乃国家之栋梁也！现为都统，不称其职。以臣愚见：望主公召他来京，拜为元帅，起兵扫北，迎请二帝还朝，天下幸甚！"高宗听了，暗想："好虽好，我总不听你。"遂说道："卿家不必多言，孤自有主意。"邦昌只得退出。

回至家中，想道："这样本章，主公不听，虽为丞相，总是无权了。"正在无计可使，适值侍女荷香送茶进来。邦昌观看，颇有姿色，便想："不若认为己女，将他送进宫中。倘得宠用，只要诱他荒淫酒色，不理朝政，便可将天下送与四狼主了。"遂与荷香说知。荷香应允。

张邦昌次日妆扮荷香，上了车子，推往午门。邦昌进朝奏道："臣有小女荷香，今送上主公，伏侍圣驾，在午门候旨。"那个少年天子，一闻此言，即传旨宣召。荷香拜伏金阶，口称"万岁"。高宗观看大悦，遂传旨命太监送进宫去。李纲出班奏道："请主公送往西宫。"邦昌又奏道："望主公降旨，召岳飞回朝，拜帅扫北。"高宗传旨，就命邦昌发诏去召岳飞。高宗自回宫去，与荷香欢叙。

且说张邦昌将旨放在家中，不着人去召岳飞，算定黄河往返的日子，邦昌却来复旨，回奏："岳飞因金兵犯界，守住要地。'将在外，君命有所不受'；因此不肯应诏。"高宗道："他不来也罢了。"

且说李太师在府中与夫人说起张邦昌献女之事，夫人道："他为不得专权，故送此女，以图宠用耳。"太师道："夫人之言，洞悉奸臣肺腑；老夫早晚也要留心。"正说之间，只见檐下站着一人，太师："你是何人？"那人过来跪下叩头道："小人是张保。"太师道："张保，我一向忘了。只为国事匆忙，不曾抬举你。也罢，你去取纸笔过来。"张保就去取了文房四宝来，放在桌上。太师爷就写起一封书来，封好了，对张保说："我荐你到岳统制那边去做个家丁，你可须要小心伏侍岳爷！"张保道："小人不去的。古人云：'宰相的家人七品官。'怎么反去投岳统制？"李太师说道:"那岳统制真是个人中豪杰,盖世英雄,文武双全。这样的人不去跟他,还要跟谁去?"张保道:"小人且去投他;如若不好,仍要回来的。"当时叩别了太师,出了府门,转身来到家中,别了妻子,背上包袱行李,提着混铁棍,出门上路而行。

一日,来到黄河口岳爷营前,向军士道:"相烦通报,说:京中李太师差来下书人求见。"军士进营报知岳爷。岳爷道:"可着他进来。"军士出营说:"家爷请你进去。"张保进营叩头,将书呈上。

岳统制把书拆开一看,说道:"张管家,你在太师身边,讨个出身还好;我这里是个苦所在,怎么安得你的身子?且到小营便饭,待我修书回禀太师爷吧。"张保同了岳爷的家人,来至旁边小营坐下。张保看那营中,不过是柏木桌子,动用家伙,俱是粗的。

少停一会,家人送进酒饭,却是一碗鱼,一碗肉,一碗豆腐,一碗牛肉,水白酒,老米饭。那家人向张保说道:"张爷请酒饭。"张保道:"为何把这样的菜来与我吃?"家人道:"今日却是为了张爷,特地收拾起来的!若是我家老爷,天天是吃素,还不能欢喜的哩。每到吃饭的时候,家爷朝北站着,眼中泪盈盈说道:'为臣在此受用了;未知二位圣上如何!'那有一餐不恸哭流泪!"张保道:"好,好,好,不要说了,且吃酒饭。"他就一连吃了数十余碗。转身出来,见了岳爷。岳爷道:"回书有了。"张保道:"小人不回去了,太师爷之命,不敢有违。"岳爷道:"既如此,权且在此过几日再处吧。"遂命张保进营去,与吉青相见过了。吉青道:"好一个汉子!"张保自此在营中住下。

且说张邦昌送玉玺时,一路上就印了许多纸,所以他就假传圣旨颇多。那一日将一道假旨,到黄河口来召岳飞。岳飞出来接旨,到里边开读了。岳爷道:"钦差请先行,岳飞随后便来。"那钦差别过岳飞,回复张邦昌去了。岳飞吩咐吉青道:"兄弟,为兄的奉旨回京,恐番人渡河过来,非同小可。为哥的有一句要紧说话,不知贤弟肯依否?"吉青道:"大哥吩咐,小弟怎敢不依?"

毕竟不知岳爷对吉青说出什么话来,且听下回分解。

第十九回　王横断桥霸渡口　邦昌假诏害忠良

话说当时岳爷对吉青道："愚兄今日奉圣旨回京,只愁金兵渡过河来,兄弟干系不小!恐你贪酒误事,今日愚兄替你戒了酒,等我回营再开。兄弟若肯听我之言,就将此茶为誓。"说罢,就递过一杯茶来。吉青按过茶来,便道："谨遵大哥之命。"就将茶一饮而尽。岳爷又差一员家将,前往元帅营中去,禀道："岳飞今奉圣旨进京,君命在身,不及面辞元帅。"又再三叮嘱了吉青一番。带了张保,上马匆匆,一路望着京都而来。

一日,行至中途,只见一座断桥阻路,岳爷便问张保："你前日怎么过来的?"张保道："小人前日来时,这条桥是好端端的,小人从桥上走过来的。今日不知为什么断了?"岳爷道："想是近日新断的了。你可去寻一只船来,方好过去。"张保领命,向河边四下里一望,并无船只,只有对河芦苇中,藏着一只小船。张保便喊道："艄公,可将船过来,渡我们一渡!"那船上的艄公应道："来了。"看他解了绳缆,放开船,咿咿哑哑摇到岸边来,问道："你们要渡么?"岳爷看那人时,生得眉粗眼大,紫膛面皮,身长一丈,膀阔腰圆,好个凶恶之相!那人道："你们要渡河,须要先把价钱讲讲。"张保道："要多少?"那人道："一个人,是十两;一匹马,也是十两。"岳爷暗想："此桥必定是那人拆断的了。"张保道："好生意吓!朋友,让些吧。"那人道："一定的价钱。"张保道："就依你,且渡我们过去,照数送你便了。"

那艄公暗想道："就渡你过去,怕你飞上天去不成?看他们的包裹,虽甚是有限,好匹白马,拿去倒卖得好几两银子。看这军官文绉绉的,容易收拾;倒是那个军汉一脸横肉,只怕倒有些气力,待我先对付了他,这匹马不怕不是我的。"便道："客官,便渡你过去,再讲也不妨。但是我的船小,渡不得两人一马,只好先渡了一人一马过去,再来渡你吧。"张保道："你既装得一人一马,那在我一个人,能占得多少地方?我就在船艄上蹲蹲吧。"艄公暗笑："这该死的狗头,要在船艄上,不消我费半点力气,就送你下水去。"便道："客官,只是船小,要站稳些!"一面说,一面把船拢好。

岳爷牵马上船。果然船中只容得一人一骑,岳爷将马牵放舱中,自己却在船头上坐地。张保背了包裹,爬到船艄上,放下了包裹,靠着舵边立着。艄公把船摇到中间,看那张保手中拄着那根铁棍,眼睁睁的看着他摇橹;自己手中又没有兵器,怎生下得手来?想了一会,叫道:"客官,你替我把橹来拿定了,待我取几个点心来吃。你若肚里饿了,也请你吃些。"张保是久已有心防备着的,便道:"你自取去。"撇了混铁棍,双手把橹来摇。回头看那艄公蹲身下去,揭开舱板,飕的一声,掣①出一把板刀来。张保眼快,趁势飞起左脚来,正踢着艄公的手,那把板刀已掉下河中去了;再飞起右脚来,艄公看得亲切,叫声"不好",背翻身,扑通的一声响,翻下河去了。岳爷在船头上,见这般光景,便叫张保:"须要防他水里勾当!"张保应声:"晓得。看他怎生奈何我!"就把这混铁棍当作划桨一般,在船尾上划,那艄公在水底下看得明白,难以近船。前边船头上,岳爷也把那沥泉枪,当作篙子一般,在船头前后左右不住的搅,搅得水里万道金光。那个艄公几番要上前算计他,又恐怕着了枪棍,不敢近前。却被那张保一手摇橹,一手划棍,不一时,竟划到了岸边。岳爷就在船舱里牵出马来,跳上了岸。张保背了包裹,提了混铁棍,踊身上岸。那只船上没有了人,滴溜溜的在水内转。张保笑对岳爷道:"这艄公好晦气!却不是'偷鸡不着,反折了一把米'?请爷上马走吧!"岳爷上了马,张保跟在后头。

才走不得一二十步路,只听得后边大叫道:"你两个死囚!不还我船钱,待走到那里去?"张保回头看时,只见那个艄公精赤着膊,手中拿条熟铜棍,飞也似的赶来。张保把手中混铁棍一摆,说道:"朋友,你要船钱,只问我这棍子肯不肯。"艄公道:"那有此事,反在大虫的口里来挖涎。老爷普天之下,除了两个人坐我的船,不要他船钱。除此之外,就是当今皇帝要过此河,也少不得我一厘。你且听我道:

老爷生长在江边,不怕官司不怕天。
任是官家来过渡,也须送我十千钱。"

张保道:"朋友少说!只怕连我要算第三个!"艄公道:"放屁!你是何等之人,敢来撩拨老爷?照打吧!"举起熟铜棍,望张保劈头打来。张保喝声"来得好",把混铁棍望上格当一声响,架开了铜棍,使个"直捣黄龙势",望艄公心窝里点来。艄公把身子往右边一闪,刚躲个过,也使个"卧虎擒羊势",一棍向张保脚骨上扫来。张保眼快,双足一跳,艄公这棍也扑个空。两个人搭上手,使到了十五六个回合。张保只因背上驮着个包裹,未曾卸下,转折不便,看看要输了。

岳爷正在马上喝采,忽见张保招架不住,便拍马上前一步,举起手中枪,向那

---

① 掣(chè)——拉,抽。

第十九回　王横断桥霸渡口　邦昌假诏害忠良

两条棍子中间一隔,喝声"且住",两个都跳出圈子外来。艄公道:"那怕你两个一齐来,老爷不怕!"岳爷道:"不是这等说。我要问你,你方才说,天下除了两个人,不要船钱,你且说是那两个?"艄公道:"当今朝内有个李纲丞相,是个大忠臣,我就肯白渡他过去。"岳爷道:"再一个呢?"艄公道:"那一个除非是相州汤阴县的岳飞老爷,他是个英雄豪杰,所以也不要他的渡钱。"张保道:"好哩!可不连我是第三个?"艄公道:"怎么便好连你?"张保道:"现放着俺家的爷不是汤阴县的岳老爷?你不要他的渡钱,难道倒好单要我的不成?"艄公道:"你这狗头,休要哄我。"岳爷道:"俺正是岳飞,在黄河口防守金兵。今奉圣旨召进京中,在此经过。不知壮士何由晓得岳飞,如此错爱?"艄公道:"你可就是那年在汴京抢状元,枪挑小梁王的岳飞么?"岳飞道:"然也。"艄公听说,撇了棍,倒身便拜;说道:"小人久欲相投,有眼不识,今日多多冒犯!望爷爷收录,小人情愿执鞭随镫。"岳爷道:"壮士请起。你姓甚名谁?家居何处?因何要来投我?"艄公道:"小人生长在扬子江边,姓王,名横,一向在江边上做些私商勾当。因思人生在世,也须干些事业,只是无由进身。久闻爷爷大名,欲来相投。因没有盘缠,故在此处拆断桥梁,诈些银子,送来孝顺爷爷。不意在此相遇。"岳爷道:"这也难得你一片诚心。既如此,与你同保宋室江山,讨个出身也好。"王横道:"小人不愿富贵,只要一生伏侍爷爷。"岳爷道:"你家在那里?可有亲人么?"王横道:"小人从幼没了父母;只有一个妻子,同着小儿王彪,在这沿河树林边破屋里,依着舅舅过活。我这船艄里,还有几两碎银子,待小人取来与他去度日。"张保道:"快些,快些!我们要赶路的,不要恋家耽搁!"

于是三个一齐再到河边来。王横跳上船去,向艄里取了银子。跳上岸,把船撇了,一直向河边树林下茅屋内去,安顿了妻子,背上一个包裹,飞奔赶来。张保见了便道:"朋友,我走得快,爷是骑马的,恐你赶不上,把包裹一发替你背了吧。"王横道:"我挑了三四百斤的担子,一日还走得三四百里路,何况这点包裹?我看你的包裹,比我的还重,不如均些与我,方好同走。"岳爷道:"既如此,待我上马先走。看你两个先赶上的,就算是他的本事。"张保道:"甚好,甚好!"岳爷把马加上一鞭,嗖喇喇一马跑去,有七八里才止。那王横、张保两个放开脚步,一口气赶上来。王横刚赶到岳爷马背后,那张保已走过头去了,只争得十来步远。岳爷哈哈大笑道:"你们两个,真是一对!这叫做'马前张保,马后王横'也。"

三个人在路,欢欢喜喜。不一日,到了京师。刚到得城门口,恰遇着张邦昌的轿子进城,岳爷只得扯马闪在一旁。谁知那张邦昌早已看见,忙叫住轿,问道:"那一位是岳将军么?"岳爷忙下马,走到轿边,打一躬道:"不知太师爷到来,有失回避！"邦昌道："休记当年武场之事。目今吾为国家大事，保将军进京为帅；圣上甚是记念，如今就同将军去见驾。"岳爷只得随着进城。刚到午门，已是黄昏时分。邦昌道："随我上朝。"家人提了灯笼进朝。到了分宫楼下，邦昌道："将军在此候旨，我去奏知天子。"岳爷答道："领命。"邦昌进了分宫楼，往旁边进去了，着人到宫中知会消息。

再说荷香正在宫中与圣上夜宴，有太监传知此消息。荷香看主上已有几分酒意，又见明月当空，跪下奏道："臣妾进宫侍驾，还未曾细看宫阙，求万岁带臣妾细看一回。"康王道："卿要看那宫廷么？"吩咐摆驾，先看分宫楼。銮驾将至分宫楼，那岳飞看见一派宫灯，心中想道："张太师果然权大！"上前俯伏，口称："岳飞接驾。"内监叫道："有刺客！"两边太监上前拿住岳飞。高宗吃惊，即便回宫，问道："刺客何人？"内监道："岳飞行刺！"娘娘道："若是岳飞，应该寸斩。前者宣召进京，他违旨不来；今日无故暗进京城，直入深宫，图谋行刺。伏乞圣上速将他处斩，以正国法。"高宗此时还在醉乡，听了荷香之话，就传旨出来，将岳飞斩首。宫官领旨，将岳飞绑出午门外来。

张保、王横见了，上前问道："老爷何故如此？"岳飞道："连我也不知！"张保道："王兄弟，你在此看了，不许他动手。我去去就来。"张保忙提着混铁棍就走，连栅门都打开。有五城兵马司巡夜，看见了，叫手下拿住。众人急忙追来，那里追得着？张保来至太师门首，不等得叫门，一棍就打进里边。张保是在府中出入惯的，认得路径，知道太师爷在书房里安歇的，他就一脚将书房门踢倒，走进里边。揭起帐子，扯起太师，背了就走。走出府门，口中叫道："不好了！岳爷绑在午门了！"

李太师被张保背着飞跑，颠得头昏眼晕。来至午门放下，李纲一见岳飞绑着跪下，便高声叫道："你几时来的？"岳爷连忙回禀道："小将在营中，奉有圣旨召来。才到得城中，与张太师同进午门。到了分宫楼下，叫小将站着，张太师进去了。好一会不见出来，只见天子驾到。小将上前接驾，不意内监叫道：'有刺客！'即将小将拿下，绑出午门。求太师与小将证明此事，死也甘心。"

太师听说，便叫："刀下留人！"即去鸣钟撞鼓，太师往里边进来。那晓得张邦昌奸贼已知，即暗暗的将钉板摆在东华门内。李纲一脚跨进，正踏着钉扳，大叫一声，倒在地上，满身鲜血。张保见了，大叫："太师爷滚钉板哩！"午门众大臣听见，连忙上前来救。但见太师的手足鲜血淋漓，倒在金阶下。

早有值夜内监，报知天子奏道："众大臣齐集午门。李太师滚钉板，命在顷刻！请驾升殿。"荷香奏道："更深夜黑，主上明早升殿未迟。"高宗道："众卿齐集大殿，孤家怎好不去坐朝？"随即升殿。众文武三呼已毕，平身。高宗看见李太师满身是

第十九回　王横断桥霸渡口　邦昌假诏害忠良

血,传旨宣太医官调治。李太师奏道:"臣闻岳飞武职之官,潜进京师,欲害我主,必有主使,该取禁刑部狱中。待臣病好,审问岳飞,究明此事,问罪未迟。"高宗准奏,传旨将岳飞下狱。众大臣送李太师回府,张保、王横牵马跟着。高宗退朝回宫。

再说李太师回到府中,着人忙请刑部大堂沙丙到来相见,吩咐道:"岳飞必有冤枉,可替他上一道本章,说他有病,饮食不进。万望周全。待我病愈,自有处置。"沙丙领命,辞别太师回去。到次日,果然奏了一本,天子准了。

再说那李太师写了一张冤单,暗暗叫人去刻出印板,印上数千张,叫张保、王横两人分头去贴。只说张邦昌陷害岳飞情由,遍地传扬。

不道这个消息,直传到一个所在。却是太行山。有个公道大王牛皋,聚众在此山中,称孤道寡,替天行道。这日正值牛皋生日,那施全、周青、赵云、梁兴、汤怀、张显、王贵七个大王,备了礼来祝寿。见过礼,两边坐下。众人道:"已拿了几班戏子,候大王坐席唱戏。"牛皋道:"难为各位兄弟了!"看看等到晌午时分,汤怀说道:"众位兄弟,等到何时才坐席呢?"牛皋道:"等吉大哥来。这吉大哥,我平日待他不同,我的生日,他必定来的。"汤怀道:"既如此说,等等他。只怕要等到晚哩!"王贵道:"无可奈何,只得依他等吧!"

汤怀气闷,立起身来闲走,一走走到戏房门首,只听得里面说:"张邦昌陷害岳飞。"汤怀走进来问道:"谁害岳飞?"戏子回说:"方才揭的一张冤单,闲空在此,故尔念念。"汤怀道:"拿来我看!"戏子即忙送过来。汤怀接着看了,转身就走,来至飞金殿上说道:"牛兄弟,岳大哥被人陷害了!"牛皋道:"汤哥,你怎么知道?"汤怀就将冤单一一念与牛皋听。牛皋听了,怒发如雷道:"罢,罢,罢!也不做这生日了,快快收拾兵马进京去,相救大哥。"即时传令,将七个大王兵马,尽行聚集,连本山共有八万人马。下山一路而来,无人拦阻。直至金陵,离凤台门五里,安营下寨。

那守城官兵慌忙报上金阶,奏与高宗知道。高宗随传旨下来:"何人去退贼兵?"下边有后军都督张俊领旨出午门来。带了三千人马出城,将人马摆开。八个英雄走马上来。汤怀对张俊说道:"我们不是反寇。你进去只把岳大哥送出来,便饶你了。你若不然,就打破金陵,鸡犬不留,杀个干干净净。"张俊道:"怪不得岳飞要反,有你这一班强盗相与,想是要里应外合。我今奉圣旨,到来拿你这一班狗强盗。"牛皋大叫一声,舞着双锏,照头就打。张俊抡刀格架。战不上三四个回合,那张俊那里是牛皋的对手,转马败走。汤怀对牛皋道:"让他去吧。倘然我们这里追得急了,他那里边害了大哥的性命了。不必追他。"牛皋就命众人且回营安歇。

再说那张俊回至午门下马,进朝上殿,奏道:"臣今败阵回城。他们是岳飞的朋友汤怀、牛皋等作乱,来救岳飞。求主公先斩岳飞,以绝后患。"

高宗主意未定,适值午门官启奏:"李纲在午门候旨。"高宗降旨:"宣进来。"李太师上殿,朝拜已毕。高宗道:"朕正为贼兵犯阙①,张俊败回,孤家无计。老太师有何主意?"李纲奏道:"就命岳飞退了贼兵,再将他定罪可也。"张邦昌奏道:"都督张俊败回,奏闻圣上:这班强贼,乃是岳飞的朋友。若命岳飞退贼,岂不中其奸计?"李纲、宗泽一同奏道:"臣等情愿保举岳飞,倘有差池,将臣满门斩首。"高宗道:"二卿所奏,定然不差。"即忙降旨,宣召岳飞上殿。高宗就命岳飞去退贼寇回旨。

岳飞领旨,正往下走,李纲喝声:"岳飞跪着!"岳飞只得跪下。李太师道:"圣上爱你之才,特命徐仁召你到京,着你保守黄河。你怎么敢暗进京师,意欲行刺圣躬?理应罪诛九族。你有何言奏答?"岳飞道:"太师爷!罪将万死,不得明冤!有圣上龙旨召进京城,现在供好在营中。若是要问小将进宫之罪,小将到京时,城外见了张太师,张太师同小将同至午门,叫小将在分宫楼下候旨。张太师进去,不见出来。适值圣驾降临,罪将自然跪迎。岳飞一死何惜;只因臣母与我背上刺下'精忠报国'四字,难忘母命!求太师爷作主!"

张邦昌忙奏遭:"想是岳飞要报武场之仇,如此攀扯。求圣上作主!"李纲奏道:"既如此,圣上可查一查,那日值殿的是何官?问他就知明白了。"高宗降旨,命内侍去查明那日值殿者何官。不多时,内侍查明回奏:"乃是吴明、方茂值殿。"高宗就问那一晚之事。吴明、方茂奏道:"那晚有一小童,手执灯笼,上写'右丞相张',见太师爷引着一人进宫。非是臣等当时不奏,皆因太师时常进宫来往,故无忌惮。"

高宗闻奏大怒,将张邦昌大骂道:"险些儿害了岳将军之命!"吩咐将张邦昌绑了斩首。李纲奏道:"姑念他献玉玺有功,免死为民。"高宗准奏,降旨限他四个时辰出京。张邦昌谢恩而出,回家收拾出京。

且说高宗命岳飞领兵出城退贼,未知胜败若何,且听下回分解。

---

① 阙(què)——帝王住所,这里指朝廷。

第二十回　刘豫求宠引叛贼　曹荣卖国献黄河

却说高宗黜退了张邦昌,命岳飞领兵一千,出城退贼。岳飞辞驾出朝,披挂上马,带着张保、王横下教场来,挑选一千人马,出城过了吊桥。汤怀、牛皋等看见,齐声叫道:"岳大哥来了!"各人下马问候:"大哥一向好么?"岳爷大怒道:"谁是你们大哥?我奉圣旨,特来拿你等问罪!"众人道:"不劳大哥拿得,我们自己绑了;但凭大哥见驾发落问罪罢了。"随即各人自缚,三军尽降,扎营在城外,候旨定夺。

先有探军报至朝中,奏道:"岳飞出城,那一班人不战而自绑。"不多时,岳爷来至午门,进朝上殿,奏道:"贼人尽绑在午门候旨。"高宗道:"将那一班人推上殿来,待朕亲自观看。"阶下武士即去将八人推进午门,俯伏金阶。汤怀奏道:"小人并非反叛;只因同岳飞枪挑梁王,武场不第;回来又逢斗米升珠,难以度日,暂为不肖。况中国一年无主,文武皆无处投奔,何况小人?今闻张太师陷害忠良,故此兴兵前来相救。今见岳飞无事,俯首就擒。愿圣上赐还岳飞官职,小人等情愿斩首,以全大义。"高宗闻奏,下泪道:"真乃义士也!"传旨放绑,俱封为副总制之职;封岳飞为副元帅之职;降兵尽数收用。众皆谢恩而退。一面整顿人马,调兵十万,拨付粮草,候副元帅起身。岳飞等领了十万人马,辞驾出朝。

再说大金四太子兀朮,领兵三十万,直至黄河。这日小番过河探听,回来报与兀朮知道:"河边南蛮守住,摆着大炮在口,怎得过去?"兀朮心中好生忧闷。

再说山东刘豫,自从降金以来,官封鲁王之职,好生威风。这贼知道兀朮渡河心切,便想献功求宠。这日,他换了衣服,下了快船,叫军士竟往对岸摇来。他抬起头来,远远望见两淮节度使曹荣的旗号,便叫把船直摇到岸边。早有兵丁问道:"何人的船?"刘豫道:"烦你通报元帅,说有一个姓刘名豫的,有机密事相商,在外等候。"军士报进营中,曹荣想道:"刘豫亲来,不知何事?"忙来到水口看时,果是刘豫。刘豫忙上岸,深谢曹荣救命之恩,尚未答报,实为记念。曹荣道:"亲家在彼如何?"刘豫道:"在彼官封鲁王之职,甚是荣耀。今日到来,相劝恩兄共至金国,同享荣华,不知可否?"曹荣道:"既如此,我就归降便了。"刘豫道:"兄若肯去,王位包在弟身上。"曹荣道:"要去,只在明晚,趁张所在于汴梁,岳飞入都来回,特献黄河,以为进见之礼。"

刘豫别了曹荣,下船来至北岸见兀朮。兀朮宣进船中。刘豫奏道:"臣特过黄河探听,会着臣儿女亲家两淮节度曹荣。臣说狼主宽洪仁德,敬贤礼士。讲了一番,那曹荣听臣之言,约在明晚献上黄河,归顺狼主。特来启奏。"兀术想道:"那曹荣被他一席话就说反了心,也是个奸臣。"乃向刘豫道:"你且回船,孤家明日去抢黄河便了。"刘豫领命而去。兀术暗想:"康王用的俱是奸臣、求荣卖国之辈,如何保守得江山?"一面与军师哈迷蚩商议发令,准备明日行事。

到了次日,将至午后,兀术慢慢发船而行。原叫刘豫引路而进;看看将至黄昏时分,引着兀术的船,一齐拢岸。这边曹荣在此等候,见兀术上岸,跪着道:"臣曹荣接驾。愿狼主千岁千千岁!"哈迷蚩道:"主公可封他王位。"兀术就封曹荣为赵王之职。曹荣谢了恩。兀术上马,叫刘豫、曹荣在此料理船只,自己提斧上前。各营闻得曹荣降了兀术,俱各惊慌,各自逃生。

话说吉青自从岳爷进京之后,一连几日,果然不吃酒。那日兀术因刘豫过河,差了一个该死的探子,领了两三个人,扮做渔人,过河来做细作,却被岳爷营中军士拿住。吉青拷问得实,解上大营。元帅大喜,拨了十坛酒,十只羊来犒赏。吉青道:"元帅所赐,且开这一回戒,明日便不吃了。"当时一杯不罢,两杯不休,正吃得大醉,还在那里讨酒吃。军士来报道:"兀术已经过河,将到营前了,快些走吧!"吉青道:"好胡说!大哥叫我守住河口,往那里走?快取我的披挂过来,待我前去打战!"

那吉青从来冒失,也不知金兵厉害;况又吃得大醉。家将捧过衣甲来,吉青装束上马,犹如风摆柳,好似竹摇头,醉眼朦胧,提着狼牙棒,一路迎来。正遇着兀术。兀术看见他这般光景,说道:"是个醉汉,就砍了他,也是个酒鬼,叫他死不瞑目。"便叫:"南蛮,某家饶你去吧。等你酒醒了,再来打战。"说罢,转马而去。吉青赶上道:"呔,狗奴!快些拿了头来,就放你去!"举起狼牙棒打来。兀术大怒道:"这酒鬼自要送死,与我何干。"掇转马头,就是一斧。吉青举棒来架,震得两臂酸麻,叫声"不好",把头一低,霎的一声响,那头盔已经削下。吉青回马就走。这八百儿郎,是岳老爷挑选上的,那里肯乱窜,都跟着逃走。

兀术拍马追将下来,一连转了几个弯,不见了吉青。回看自己番兵,多已落后,一个也不见;况且半夜三更,天色昏黑。正欲回马,只听得吉青又在前面林子中转出来,大骂:"兀术!你此时走向那里去?快拿头来!"兀术大怒道:"难道孤家怕了你不成?"拍马追来。那吉青不敢迎战,拨马又走。引得兀术心头火起,匹马单人,一直追下来,有二十余里,多是些小路,这吉青又不知那里去了。

兀术一人一马,东转西转,寻路出来,天已大明,急急走出大路。但见有一村庄,树木参天。庄上一簇人家,俱是竹篱茅舍,十分幽雅。兀术下马来,见一家人家,篱门半开。就将马系在门前树上,走入中堂坐下,问道:"有人么?"不多时,里边走出个白发婆婆,手扶拐杖,问一声:"是那个?"兀朮站起身来道:"老妈妈,我是来问路的。你家有汉子在家,可叫他出来。"老婆子道:"你这般打扮,是何等样人?要往那里去?"兀朮道:"我乃大金国殿下四太子。"那兀朮话尚未说完,那婆婆提起拐杖来,照头便打。

兀朮见他是个老婆子,况且是个妇人,却不与他计较,便道:"老妈妈,你也好笑,为何打起某家来,也须说个明白!"那婆婆便哭将起来道:"老身八十多岁,只得一个儿子,靠他养老送终;被你这个贼子断送了性命,叫我孤单一人,无靠无依!今日见了杀子仇人,还要这老性命何用,不如拼了吧!"一面哭,又提起拐杖来乱打。兀朮道:"老妈妈,你且住手。你且说你儿子是那一个?或者不是我害他的,也要讲个明白。"那婆婆打得没气力了,便道:"我的儿子,叫做李若水,不是你这贼子害他的么?"又呜呜咽咽,哭个不住。兀朮听说是李若水的母亲,也不觉伤感起来。

正说间,忽听得门首人声喧哗,却见哈军师走进来道:"主公一夜不见,臣恐有失,带领众军,那一处不寻到!若不是狼主的马在门首,何由得知在这里。请狼主快快回营,恐众王爷等悬望。"兀朮便把追赶吉青,迷道至此的话说了一遍;便指着李母道:"这就是若水李先儿的母亲,快些来见了。"哈迷蚩上前见了礼。兀朮道:"这是我的军师。你令郎尽忠而死,是他将骸骨收好在那里。我叫他取来还你,择地安葬。"命取白银五百,送与老太太,以作养膳之资;命取令旗一面,插在门首,禁约北邦人马,不许进来骚扰。军师领命,一一备办。兀朮辞了李母出门上马,军师和众军士随后取路回营。

如今再讲到那副元帅岳飞,领兵十万前来。将近皇陵,岳元帅吩咐三军悄悄扎下营盘,不要惊了先皇。岳爷来到陵上,朝见已毕,细看那四围山势,心下暗想:好个所在!便问军士道:"这是什么山?"军士禀道:"这叫做爱华山。"岳爷想道:"此山真好埋伏人马!怎能够引得番兵到此,杀他个片甲不留,方使他不敢藐视中原!"一面打算,一面回到营中坐定。

且说那吉青当夜带领了八百儿郎,败阵下来。天色大明,将到皇陵,见前有营盘扎住,便问守营军士道:"这是何人的营寨?"军士回道:"是岳元帅的营盘。你是那里人马,问他怎的?"吉青道:"烦你通报,说吉青候令。"军士进营禀道:"启上帅爷:营门外有一吉青将军要见。"岳爷道:"吉青此来,黄河定然失了!"遂令他进来。吉青进营来,参见了岳爷。岳爷道:"你今此来,敢是黄河失了?必定是你酒醉,不听吾言之故也。"吉青道:"不关我事,乃是两淮节度使曹荣献了黄河。"岳爷道:"你为何弄得这般模样?"吉青道:"末将与兀尤交战,不道那个生番,十分厉害,被他一斧砍去盔冠,幸亏不曾砍着头,不然,性命都没有了!"牛皋笑道:"我说蓬蓬松松,那里走出这个海鬼来!"岳元帅道:"休得胡说!我如今就命你去,引得兀尤到此,将功折罪。引不得兀尤到此,休来见我。"吉青领令,也不带兵卒,独自一个出营上马,来寻兀尤。

不知后事如何,且听下回分解。

第二十一回　岳飞大战爱华山　阮良力擒金兀术

却说岳元帅令吉青去引兀术。先令张显、汤怀带领二万人马，弓弩手二百名，在东山埋伏；但听炮响为号，摆开人马，捉拿兀术。二人领命而去。又令王贵、牛皋带领二万人马，弓弩手二百名，在北山埋伏。吩咐道："此处乃进山之路，等兀术来时，让他人马进了谷口。听炮响为号，将空车装载乱石塞断他的归路。不可有违！"二将领命，依计而行。又令周青、赵云领兵二万，弓弩手二百名，在西山埋伏。炮响为号，杀将出来，阻住兀术去路。二人领令而去。又命施全、梁兴领兵二万，弓弩手二百名，在正南上埋伏。号炮一响，一齐杀出阻住兀术去路。二将各各领命而去。又分拨军兵五千，守住粮草。岳元帅自领一万五千人马，同着张保、王横，占住中央。分拨停当，专等兀术到来。

且说吉青也不知兀术在那里，肚内寻思："叫我何处寻他？"蹲着头只望着大路上走去。忽听前边马嘶人喊，渐渐而来。不多时，人马已近。吉青抬头看来，一声"妙啊"！原来是哈军师带千余人，寻着了兀术，在李家庄上回来。吉青把马打上一鞭，赶上前来，大叫："兀术，快拿头来！"兀术见了，便道："你这杀不死的南蛮，某家饶你去罢了，又来怎么？"吉青道："臭狗奴！倒说得好！昨夜是老爷醉了，被你割断了头发；如今我已醒了，须要赔还我，难道罢了不成？"兀术大怒，抢斧就砍。吉青使棒相迎。二马相交，战不上几个回合，吉青败走。兀术追赶二十余里，勒住马不赶。吉青见他不赶，又转回马来叫道："你这毛贼，为何不赶？"兀术道："你这个狗蛮子，不是我的对手，赶你做什么？"吉青道："我实不是你的对手。我前面埋伏着人马，要捉你这毛贼，谅你也不敢来！"兀术大怒道："你不说有埋伏，某家倒饶了你；你说是有埋伏，某家偏要拿你。"就把马一拍，嘚喇喇追将下来。

吉青在前，兀术在后，看看追至爱华山，吉青一马转进谷口去了。军师道："狼主，我看这蛮子，鬼头鬼脑，恐怕真个有埋伏，回营去吧。"兀术道："这是那南蛮恐怕某家追赶，故说有埋伏吓我；况此乃上金陵必由的大路。你可催趱大队上来，待某家先进去，看是如何。"兀术带领众军，追进谷口，只见吉青在前边招手道："来，来，来！我与你战三百合。"说罢，往后山去了。

兀术细看那山，中央阔，四面都是小山抱住，没有出路。失惊道："令我已进谷口，倘被南蛮截住归路，如何是好，不如出去吧。"正欲转马，只听得一声炮响，四面尽皆呐喊，竖起旗帜，犹如一片刀山剑岭。那十万八百儿郎团团围住爱华山，大叫："休要走了兀朮！"只吓得兀朮魂不附体。但见帅旗飘荡，一将当先：头戴烂银盔，身披银叶甲，内衬白罗袍，坐下白龙马，手执沥泉枪，隆长白脸，三绺①微须，膀阔腰圆，十分威武。马前站的是张保，手执混铁棍，马后跟的是王横，拿着熟铜棍。威风凛凛，杀气腾腾。

兀朮见了，先有三分着急了，只得硬着胆问道："你这南蛮，姓甚名谁，快报上来。"岳爷道："我已认得你这毛贼，正叫做金兀朮。你欺中国无人，兴兵南犯，将我二圣劫迁北去，百般凌辱。自古至今，从未有此。恨不食你之肉，寝你之皮！今我主康王即位金陵，招集天下兵马，正要捣你巢穴，迎回二圣，不期天网恢恢，自来送死。吾非别人，乃大宋兵马副元帅姓岳名飞的便是。今日你既到此，快快下马受缚，免得本帅动手。"兀朮道："原来你就是岳飞。前番我王兄，误中你的诡计，在青龙山上，被你伤了十万大兵，正要前来寻你报仇，今日相逢，怎肯轻轻的放走了？你不要走，吃我一斧！"拍马摇斧，直奔岳爷。岳爷挺枪迎战。枪来斧挡，斧去枪迎，真个是：棋逢敌手，各逞英雄。两个杀做一团，输赢未定。

却说那哈迷蚩飞马回报大营，恰遇着大狼主粘罕、二狼主喇罕、三狼主答罕、五狼主泽利，带领众元帅，率领三十万人马，正在跟寻下来。哈迷蚩就将吉青引战，今已杀入爱华山去说与众人。粘罕就催动人马望爱华山而来。

再说山上牛皋望见了，便对王贵道："王哥，只有一个番将在这里边，怕大哥一个杀不过，还要把这车挡在此做什么？你看下边有许多番兵来了，我等闲在这里，不如把车儿推开了，下去杀他一个快活，燥燥脾胃，何如？"王贵道："说得有理。"二人就叫军士把石车推开，领着这二万人马，飞马下山来迎敌。

再说这岳元帅与兀朮交战到七八十个回合，兀朮招架不住，被岳爷钩开斧，拔出腰间银锏，刷的一锏，正中兀朮肩膀；兀朮大叫一声，掇转火龙驹，往谷口败去，见路就走。奔至北边谷口，正值那王贵、牛皋下山去交战了，无人拦阻，径被兀朮一马逃下山去了。元帅查问守车军士，方知牛皋、王贵下山情由。元帅就传令众弟兄，各各领兵下山接战。一声炮响，这几位凶神恶煞，引着那十万八百长胜军，蜂拥一般，杀入番阵内。将遇将伤，兵逢兵死，直杀得天昏日暗，地裂烟飞，山崩海倒，雾惨云愁。这正是：

大鹏初会赤须龙，爱华山下显神通。

---

① 绺(liǔ)——线、头发、胡须等细丝状物的东西，许多根顺着聚在一起叫一绺。

第二十一回　岳飞大战爱华山　阮良力擒金兀术

　　南北儿郎争胜负，英雄各自逞威风。

　　这一场大战，杀得那金兵大败亏输，望西北而逃。岳元帅在后边催动人马，急急追赶，直杀得尸横遍野，血流成河。番兵前奔，岳兵后赶，赶下二三十里地面，却有两座恶山，紧紧相对：那左边的叫做麒麟山，山上有一位大王，叫做张国祥，原是水浒寨中菜园子张青之子，聚集了三四千人马；右边的唤做狮子山，山上也有一位大王，姓董名芳，也是水浒寨中双枪将董平之子，聚集了三四千人马。这一日，约定了下山摆围场吃酒，忽见喽啰来报道："前面遮天盖地的番兵败下来了。"张国祥道："贤弟，我们何不把兵马两边摆开，等他们过去了一半，我和你出去截杀，抢他些物件，以备山寨之用，何如？"董芳道："哥哥好主意！"就叫众喽啰埋伏停当。恰好金兵败到两山交界，只听得齐声呐喊，那众番兵顶梁上摄去了三魂，脚底下溜掉了七魄。后边人马追来，前面又有人马挡住，岂不是死？只得拼命夺路而走。却被那些喽啰左修右削，杀死无数。但是番兵众多，截他不住，只得让他走。看看过了一大半，只剩得三千来骑人马，那张国祥一条棍，董芳两枝枪，杀将出来，杀得那些番兵番将，满山遍野，四散逃生。

　　正杀得闹热，后边王贵、牛皋、梁兴、吉青四员统制，刚刚追到这里。张国祥与董芳两个那里认得，见他们生得相貌凶恶，只道也是番将，抢上来接着厮杀。王贵、牛皋也是蠢的，不管三七二十一，就与他交战。四个杀了两个，各各用心，反把那些番兵放走了。

　　不一时，岳元帅大兵已到，看见两员将与牛皋等厮杀，便大叫："住手！"两边听见，各收住了兵器。岳元帅道："尔等何人，擅敢将本帅的兵将挡住，放走了番兵，是何道理？"张国祥、董芳见了岳元帅旗号，方才晓得错认了，慌忙跳下马来跪在马前道："我们弟兄两个，是绿林中好汉，见番兵败来，在此截杀。看见这四位将军，生得丑陋，只道也是番将，故此交战。不知是元帅到来，故尔冲撞！我弟兄两个，情愿投在麾下，望元帅收录！"

　　岳爷便下马来，用手相扶，说道："二位请起。请问尊姓大名？"张国祥就把两人的姓名履历，细细说明。岳爷大喜，便道："此刻本帅要追赶兀术，不得工夫与贤弟们叙谈。你二位可回山寨去收拾了，径到黄河口营中来相会便了。"二人道："如此，元帅爷请先行，小人们随后就来。"又向牛皋等说道："适才冒犯，有罪，有罪！"牛皋道："如今是一家了，不必说客话。快快去收拾吧！"二人别了众将，各自上山收拾人马粮草。

　　再说岳元帅大兵，急急追赶。兀术正行之间，只听得众平章等哭将起来，原来前边就是黄河阻住,并无船只可渡;后边岳军又呐喊追来。兀朮道:"这遭真个没命了!"正在危急之际,那哈迷蚩用手指道:"恭喜狼主,这上流头,五六十只战船不是狼主的旗号么?"兀朮定睛一看道:"果然不差,是我的旗号。"就命众军士高声叫喊:"快把船来渡我们过去!"你道这战船是那里来的?却是鲁王刘豫,与曹荣守着黄河,却被张所杀败,败将下来。倒是因祸而得福,偏偏又遇着横风,一时使不到岸。

后面岳兵看看赶到,兀朮好不惊慌。忽见芦苇里一只小船,摇将出来,艄上一个渔翁,独自摇着橹。兀朮便叫渔翁:"快将船来,救某家过去!多将金银谢你。"那渔翁道:"来了。"忙将小船摇到岸边道:"我的船上,只好渡一人。"兀朮道:"我的马一同渡过去吧。"渔翁道:"快些上来,我要赶生意。"兀朮慌慌张张,牵马上船。那渔翁把篙一点,那只小船,已离岸有几里,把橹慢慢的摇开。这兀朮回头看那些战船,刚刚摆到岸边。这些王兄、御弟、元帅、平章等,各各抢着下船逃命,四五十号大船,多装得满满的。有那些番兵争上船,跌下水去淹死的,不计其数。内有一号装得太重,才至河心,一阵风,唧碌碌的沉了。还有岸上无船可渡的番兵,尽被宋兵杀死,尸骸堆积如山。

兀朮正在悲伤,只听得岸上宋将高声大叫:"你那渔户,把朝廷的对头救到那里去?还不快快摇拢来!"渔翁道:"这是我发财发福的主人,怎么倒送与你做功劳?"岳元帅道:"那渔翁声音,正是中原人,可对他说:捉拿番将上来,自有千金赏赐,万户侯封。"张保、王横高声传令道:"那渔翁快将番将献来!"兀朮对渔翁道:"你不要听他。我非别人,乃大金国四太子兀朮便是。你若救了某家,回到本国,就封你个王位。决不失信。"渔翁道:"说是说得好,但有一件成不得。"兀朮道:"是那一件?"渔翁道:"我是中原人,祖宗姻亲俱在中国,怎能受你富贵?"兀朮道:"既如此,你送我到对岸,多将些金银谢你吧。"渔翁道:"好是好,与你讲了半日的话,只怕你还不曾晓得我的姓名。"兀朮道:"你姓甚名谁,说与我知道了,好补报你。"渔翁道:"我本待不对你说,却是你真个不晓得。我父亲叔伯,名震天下,乃是梁山泊上有名的阮氏三雄。我就是短命二郎阮小二爷爷的儿子,名唤阮良的便是。你想,大兵在此,不去藏躲,反在这里救你,那有这样的呆子?只因目下新君登位,要拿你去做个进见之礼物。例不如你自己把衣甲脱了,好等老爷来绑,省得费我老爷的力气。"兀朮听了大怒,吼一声:"不是你,便是我!"提起金雀斧,望阮良头上砍来。阮良道:"不要动手。待我洗净了身子,再来拿你。"翻一个觔斗,扑通的下水去了。那只船,却在水面上滴溜溜的转。那兀朮本来是北番人,只惯骑马,不会乘船的,又不识水性,又不会摇橹,正没做个理会处,那阮良却在船底下双

第二十一回 岳飞大战爱华山 阮良力擒金兀术

手推着,把船望南岸上送。兀术越发慌张了,大叫:"军师快来救我!"哈迷蚩看见,忙叫:"小船上兵卒,并到大船上来,快快去救狼主!"

阮良听得有船来救,透出水来一望,趁势两手扳着船沿,把身子望上一起,又往下一坠,那只船就面向水,底朝天。兀术翻入河中,却被阮良连人带斧两手抱住,两足一登,戏水如游平地,望南岸而来。

岳元帅在岸上,看见阮良在水中擒住了兀术,心中好不欢喜,举手向天道:"真乃朝廷之洪福也。"众将无不欢喜,军兵个个雀跃。阮良擒住了兀术,赴水将近南岸。那兀术怒气冲天,睁开二目,看着阮良,大吼一声,那泥丸宫内一声响亮,透出一条金色火龙,张牙舞爪,望阮良脸上扑来。阮良叫声"不好",抛了兀术,竟望水底下一钻。这边番兵驾着小船,刚刚赶到,救起兀术,又捞了这马,同上大船。一面换了衣甲,过河直抵北岸。众将上岸,回至河间府,拨兵守住黄河口。兀术对众平章道:"某家自进中原,从未有如此大败,这岳南蛮果然厉害!"即忙修本,差官回本国去,再调人马来,与岳南蛮决战。

再说南岸岳元帅见兀术被番兵救了去,向众将叹了一口气道:"可惜,可惜!那条好汉,不知性命如何了。"说未了,只见阮良在水面上透出头来探望。牛皋见了,大叫道:"水鬼朋友,元帅在这里想你哩,快些上岸来!"阮良听见,就赴水来到南岸,一直来到岳元帅马前跪下叩头。岳元帅下马,用手相扶,说道:"好汉请起。请教尊姓大名?"阮良道:"小人姓阮名良,原是梁山泊上阮小二之子,一向流落江湖。今日原想擒此贼来献功,不道他放出一个怪来,小人一时惊慌,被他走了。"元帅道:"此乃是他侥幸逃命,非是你之无能。本帅看你一表人物,不如在我军前立些功业,也不枉了你这条好汉。"阮良道:"若得元帅爷收录,小人情愿舍命图报。"岳元帅大喜,遂命军士与阮良换了干衣。一面安营下寨,杀猪宰羊,赏劳兵卒。又报张国祥、董芳带领军士粮草到来,元帅就命进营。与众将相见毕,又叫阮良与张国祥、董芳亦拜为义友。又写成告捷本章,并新收张、董、阮三人,一并奏闻,候旨封赏。

欲知后事如何,且听下回分解。

第二十二回　汜水二将军夺关　藕塘牛统制招亲

却说爱华山一战,威震天下,各地英雄好汉,纷纷投奔岳元帅帐下,有那太湖杨虎、耿明初、耿明达弟兄两个,均深知水性,又有鄱阳湖余化龙,更是了得,银盔白马,使一杆虎头枪,望去竟与岳爷相象。岳元帅心中大喜,说道:"如今虎将云集,北定中原,指日可待了。"

一日,忽然探子来报:金兀术差元帅斩着摩利之领兵十万,来打藕塘关,又差驸马张从龙领兵五万,来打汜水关。

明日元帅升帐,众将参见已毕。元帅就令牛皋带领本部五千人马,为第一队先行,星夜前去救汜水关。余化龙、杨虎二人,领兵五千为第二队救应。三人领令去了。然后起兵往汜水关进发。

再说牛皋兵至汜水关,军士报道:"汜水关已被金兵抢去了。"牛皋道:"既如此,孩儿们夺了关来吃饭。"三军呐声喊,到关下讨战。番将出关迎敌。两下列齐军士。牛皋道:"番奴通下名来,好上我的功劳簿。"番将道:"南蛮听者,俺乃金邦老狼主的驸马张从龙便是。你这南蛮既来寻死,也通个名来。"牛皋道:"你坐稳着,爷爷乃是总督兵马扫金大元帅岳爷部下正印先锋牛皋老爷便是。且先来试试老爷的锏看。"刷的一锏,就打将过来。张从龙使的是两柄八楞紫金锤,搭上手,战不到十二三个回合,那张从龙的锤重,牛皋招架不住,拨转马头,败将下来,大叫:"孩儿们照旧!"众军士果然呐喊一声,乱箭齐发。张从龙见乱箭射将来,只得收兵转去。牛皋败阵下来,在路旁扎住营寨。

到了次日,余化龙、杨虎二将到了,问军士道:"为何牛爷下营在路旁?"军士回禀说是:"一到就抢关,打了败仗。"杨虎对余化龙道:"我们且安下营寨,同你前去看看他。"不一时安下营寨。余化龙同了杨虎走到牛皋营前,守营军士忙要去通报。杨虎道:"与你家老爷是相好弟兄,报什么!"竟自进营。那军士怕的是牛皋性子不好,如飞进去报道:"余、杨二位将军到了。"牛皋大怒道:"由他到罢了,报什么?"军士吓得不敢作声,走将开去。牛皋又骂道:"杨虎这狗男女,自己要功劳,却鬼头鬼脑的哄我。我以前每次出兵,俱打胜仗;可恼这回出门就打败仗。"

那余、杨二人刚刚走进来,听见他正在那里骂,就立定了脚,不好走进去,悄悄的出营。杨虎道:"他自己打了败仗,反抱怨我们。"余化龙道:"我们去抢了汜水

第二十二回　氾水二将军夺关　藕塘牛统制招亲

关,将功劳送与他,讲和了,省得只管着恼,如何?"杨虎道:"说得有理。"回到营中,吩咐众军士,吃得饱了,竟去抢关。

却说余化龙、杨虎二人,带领三军,齐至氾水关前,放炮呐喊。早有小番飞报上关,张从龙率领番兵开关迎敌,两阵对圆。余化龙出马,并不打话,冲开战马,挺枪便刺。张从龙举锤就打。枪来锤去,战到二十回台,不分胜负。余化龙自语道:"怪不得牛皋败阵。这狗男女果然厉害!"虚幌一枪,诈败下来。张从龙拍马追来。余化龙暗取金镖在手,扭回身子,豁的一镖,正中张从龙前心,翻身落马。杨虎赶上一刀,枭①了首级。三军一齐抢进关来。众番兵四散逃走。两将就进氾水关安营。

明日二人一同来见牛皋。牛皋道:"你二位到此何干?"余化龙道:"我二人得了氾水关了。"牛皋道:"你二人得了功劳,告诉我做什么?"余化龙道:"小将初来,无以为敬,今我二人抢了氾水关送与将军,聊作进献之礼。"牛皋道:"元帅来时怎么说?"余化龙道:"让牛兄去报功,小弟们不报就是。"牛皋道:"如此说,倒生受你们了。"二人辞别回营。牛皋就领兵出大路口安营,伺候元帅。

这日报元帅大兵已到,三人一齐上来迎接。元帅便问:"抢氾水关是何人的功劳?"三人皆不答应。元帅又问:"为何不报功?"牛皋道:"我是不会说谎的。关是他二人抢的,说是把功劳让与我,我也不要,原算他们的吧。"元帅道:"既如此,你仍领本部兵马去救藕塘关。本帅随后即至。"牛皋领令而去。岳爷就与余、杨二人上了功劳簿,安抚百姓已毕。随即起身,往藕塘关进发。

且说牛皋一路上,待那些军士,犹如赤子②一般。效那当年楚霸王的行兵:自己在前,三军在后。那些军士,常常带了饭团走路,恐怕牛皋要抢了地方,方许吃饭。一路如飞赶来。

这一日,看看来到藕塘关。守关总兵闻报,说是岳元帅领兵已至关下,忙出关跪下道:"藕塘关总兵官金节,迎接大老爷。"牛皋道:"免叩头。我乃先行统制牛皋,元帅尚在后头。"金节忙立起来,只急得气满胸膛,暗想道:"一个统制,见了本镇要叩头的,怎么反叫本镇免叩头?"吩咐:"把报事的绑去砍了!"牛皋听了大怒道:"不要杀他。你既然本事高强,用俺们不着,我就去了。"吩咐转兵回去。金节想道:"这个匹夫是岳元帅的爱将,得罪了他,有许多不便。"只得忍着气上前叫声:"牛将军,请息怒。本镇因他报事不明,军法有律。既是将军面上,就不准法吧。"便吩咐放绑。牛皋道:"这便是了。你若难为了他,我就没体面了。"金节道:"是

---

① 枭——砍。
② 赤子——初生的婴儿。

本镇得罪了,请将军进关驻扎。"

二人进关,到了衙门大堂。只见处处挂红,张灯结彩,皆因元帅到来,故此十分齐整。牛皋来到滴水檐前,方才下马。上了大堂,在正中间坐下,总兵只得在旁边坐下,送茶出来吃了。一面摆酒席出来,请牛皋坐下。牛皋道:"幸喜这酒席请我,还见你的情;若请元帅,就有罪了。"金节忙问道:"这却是为何?"牛皋道:"俺元帅,每饭食,总向北方流涕。因二圣却在那里坐井观天,吃的是牛肉,饮的是酪浆。如此苦楚,为臣子的就吃一餐素饭,已为过分。俺们常劝元帅为国为民,劳心费力,就用些荤菜,也不为罪过。被俺们劝不过,如今方吃些鱼肉之类。若见这些丰盛酒席,岂不要恼你?"金节听了,连声谢道:"多承指教!"牛皋道:"索性替你说了吧:俺元帅最喜的是豆腐;因河北大名府内黄县小考时,吃了豆腐起身。他道:'君子不忘其本。'故此最爱豆腐。"金节道:"原来如此,越发承情指教了。"牛皋道:"贵总兵,你这酒席,果然是诚心请我的么?"金节道:"本镇果然诚心请将军的。"牛皋道:"若是诚心请我,竟取大碗来。"金节忙叫众人取过大碗。牛皋连吃了二三十碗。金节暗想道:"这样一个好元帅,怎用这样蠢匹夫为先行?"看看吃到午时,牛皋问道:"贵总兵,俺那些兵卒们,须要赏他些酒饭吃。"金节道:"多与他们银子自买来吃了。"牛皋道:"如此费心了!"

金节看牛皋已有八九分醉意。只见外边的军士进来报道:"金兵来犯关了!"金节悄悄吩咐军人传令,各门加兵护守。报子去了,牛皋问道:"金爷,你鬼头鬼脑,不象待客的意思,有甚话但说何妨。"金节道:"本镇见将军醉了,故不敢说。番兵将近关了!"牛皋道:"妙啊!既有番兵,何不早说?快取酒来吃了,好去杀番兵。"金节道:"将军有酒了。"牛皋道:"常听得人说:'吃了十分酒,方有十分气力。'决去拿来!"金节无奈,只得取一坛陈酒来,放在他面前。牛皋双手捧起来,吃了半坛。叫家将:"拿了这剩的那半坛酒,少停拿与你爷吃。"立起身来,跟跟跄跄,走下大堂。众人只得扶他上马。三军随后跟出城来。

金节上城观看:那牛皋坐在马上,犹如死的一般。只见金邦元帅斩着摩利之身长一丈,用一条浑铁棍,足有百十来斤,是员步将。出阵来,看见牛皋吃得烂醉,在马上东倒西斜,头也抬不动。斩着摩利之道:"这个南蛮,死活都不知的。"就把那条铁棍,一头竖在地下,一头拄在胸膛,好似站堂的皂隶一般;口里边说:"南蛮,看你怎么了?"牛皋也不答应,停了一会,叫:"快拿酒来。"家将忙将剩的半坛酒,送在牛皋面前。牛皋双手捧着乱吃。那晓得吃醉的人,被风一吹,酒却涌将上来,把口张开竟象靴统一样。这一吐,直喷在番将面上。那番将用手在面上一抹。这牛皋吐了一阵酒,却有些醒了。睁开两眼,看见一个番将,立在面前抹脸,就举起

第二十二回　汜水二将军夺关　藕塘牛统制招亲

铜来当的一下,把番将的天灵盖打碎,跌倒在地,脑浆迸出。牛皋下马,取了首级。复上马招呼众军,冲入番营,杀得尸横遍野,血流成河。追赶二十里,方才回兵,抢了多少马匹粮草。

金节出关迎接,说道:"将军真神人也!"牛皋道:"若再吃了一坛,把那些番兵,都杀尽了。"说话之间,进了关来。金节送牛皋到驿中安歇。众军就在后首教场内安营。

金节回转衙中,戚氏夫人接进后堂晚膳。金爷说起:"这牛皋十分无礼;不想他倒是一员福将,吃得大醉,反打败十万番兵,得了大功。"夫人道:"也是圣上洪福,出这样的人来。"闲话之间,金爷猛地想起夫人的妹子,因父母早亡,是他抚养长大的,便对夫人道:"可将令妹配与牛将军,也完了你我一桩心事。不知夫人意下如何?"夫人道:"但凭相公作主。"金爷道:"待下官去问他家丁,若未曾娶过,今日乃是黄道吉日,就与令妹完姻便了。"夫人大喜,就进房去与妹子说知。

金节出来,叫他家丁来问,晓得牛皋未娶夫人。金节大喜,就命家人准备花烛,着人将纱帽圆领,送到驿中去。嘱咐道:"你不要说甚么,只说请他吃酒,等他来时,就拜天地便了。"家人领命,遂来至驿中。见了牛皋,送上衣服。牛皋道:"为何又要文官打扮吃酒?少停我便来罢了。"那家将回府说牛皋就来。金节甚喜。大堂上张灯结彩,供着喜神,准备花烛。不一时,牛皋来到辕门下马,金节出来迎接。走至大堂,牛皋见这光景,心中想道:"他家有人做亲,所以请我吃喜酒。"牛皋便问金节道:"府上何人完姻?俺贺礼也不曾备来,只好后补了。"金节道:"今天黄道吉日,下官有一妻妹,送与将军成亲,特请将军到来,同结花烛。"叫:"请新人出来!"那牛皋听见这话,一张嘴脸,涨得猪肝一般。急得没法,往外就跑,出了大门,上马奔回驿中去了。这边戚夫人见牛皋跑了去,便道:"相公,他今跑去了,岂不误了我妹子终身大事!"金爷道:"夫人不必心忧。且候元帅到来,我去禀明,必成这头亲事。"

正说之间,忽报岳元帅大兵已来。金总兵也不换衣甲,就穿着这冠带,上了马出关,直至军前跪下,口称:"藕塘关总兵金节迎接大老爷。"岳爷道:"请起。"暗想:"那牛皋怎么不见来接?难道又打了败仗了?"便问金总兵:"牛统制他在那里?"金节禀明牛皋酒醉破金兵并许亲之事,元帅听了,心中甚喜,说道:"贵总兵请回,少停待我送来完姻便了。"金节谢了,回衙与夫人说知,各各欢喜。

再说岳元帅扎下营盘,便叫汤怀去唤牛皋来。汤怀得令,出营上马。进得关内,来至驿中,只见牛皋朝着墙头坐着。汤怀道:"贤弟好打扮!"牛皋道:"汤哥几时来的?"汤怀道:"元帅有令,传你前去。"牛皋道:"待我换了衣甲去。"汤怀:

"就是这样的去吧。"扯了就走。一同上马,来至大营。岳爷道:"你怎么跑走了?岂不害了那小姐的终身?今日为兄的,送你去成亲。"元帅也换了袍服,同牛皋一齐来到总兵衙门。金爷出来接到大堂之上,先拜了元帅,就请新人与牛皋拜了花烛,送归洞房。

不知后事如何,且听下回分解。

第二十三回　金兀术五路兴兵　呼延灼双鞭御敌

一日，岳元帅在帐中正与众将议事，忽然圣旨到，命岳元帅去征讨汝南曹成、曹亮。岳元帅思量："如今大敌当前，怎好离去？"却也无奈，只得命金节好生把守藕塘关，随即拔寨起行。一路之上，有张宪、董先众英雄前来投奔。那董先面如锅底，颔下一部血染红须，使一柄虎头月牙铲；那张宪是个少年英雄，前发齐眉，后发披肩，面如满月，使一杆虎头錾金枪，更是武艺出众。来到汝南，岳元帅两擒两纵，收服了曹成部将何元庆，这何元庆头戴烂银盔，身披金锁甲，使两柄银锤，勇猛非凡。

却说岳元帅才平了曹成、曹亮，又有圣旨到，命岳元帅去征讨湖广洞庭湖杨么。岳元帅遂传令拔寨往湖南进发，不一日，到了潭州，一面安顿营盘，一面差人探听杨么消息。

再说金邦兀术探听岳元帅兵驻潭州，就与军师哈迷蚩计议："如今这岳南蛮远出，正好去抢金陵。"哈迷蚩道："臣已定有一计：狼主可请大太子领兵十万，去抢湖广。"兀术道："岳南蛮正在湖广，怎么反叫大王爷到那里去？"哈迷蚩道："那大太子到那里，并不与他交战；只要他守东，我攻西，他防南，我向北，牵制得那岳飞离不得湖广。这里就命二太子领兵十万，去抢山东；三太子领兵十万，去抢山西；五太子领兵十万，去抢江西：弄得他四面八方来不及。然后狼主自引大兵去抢金陵，必在吾掌握之中矣。此是五路进兵中原之计，不知狼主意下如何？"兀术闻言大喜，遂召请四位弟兄各引兵十万，分路而去。兀术自领大兵二十万，竟望金陵进发。

这时节宗留守守住金陵，屡次上表，请康王回驻汴京，号令四方，志图恢复；无奈康王不从。此时打探得兀术五路进兵，岳飞又羁①留湖广；急得旧病发作，口吐鲜血斗余，大叫"过河杀贼"而死。

却说兀术兵至长江，早有众元帅平章等，四下拘觅船只，伺候渡江。那长江总兵姓杜，名充，他见兀术来得势大，心下暗想："宗留守已死，岳元帅又在湖广，在朝一班佞臣，那里敌得兀术大兵？那兀术有令：宋臣如有归降者，俱封王位；我不如

---

① 羁（jī）——停留。

献了长江,以图富贵。"主意已定。就吩咐三军竖起降旗,驾了小舟来见兀朮,口称:"长江总兵杜充,特献长江,迎接狼主过江。"兀朮大喜,就封为长江王之职。杜充谢恩道:"臣子杜吉,官居金陵总兵,现守凤台门,待臣去叫开城门,请狼主进城便了。"兀朮道:"尔子若肯归顺,亦封王位。"就命杜充为向导,大兵往凤台门而来。

再说康王正在宫中与张美人饮宴,只见众大臣乱纷纷赶进宫来,叫道:"主公不好了!今有杜充献了长江,引番兵直至凤台门,他儿子杜吉,开门迎贼,番兵已进都城!主公还不快走!"康王大惊失色,也顾不得别人,遂同了李纲、王渊、赵鼎、沙丙、田思忠、都宽,君臣共是七人,逃出通济门,一路而去。

那兀朮进了凤台门,并无一人迎敌,直至南门,走上金阶。进殿来,只见一个美貌妇人,跪着道:"狼主若早来一个时辰,就拿住康王了。如今他君臣七人,逃出城去了。"兀朮道:"你是何人?"美人道:"臣妾乃张邦昌之女,康王之妃。"兀朮大喝一声道:"你这寡廉鲜耻,全无一点恩义之人,还留你何用!"走上前一斧,将荷香砍做两半爿。遂传令命番官把守金陵,自家统众追捉康王。着杜充在前边引路,沿城追赶。所到之处,人只道杜充是保驾的,自然指引去路。

这里康王君臣七人,急急如丧家之狗,忙忙似漏网之鱼,行了一昼夜,才得到句容①。李纲道:"圣上快将龙袍脱去,换了常服方可;不然,恐兀朮跟踪追来。"康王无奈,只得依言,不敢住脚,望着平江府秀水县,一路逃至海盐。海盐县主路金,闻得圣驾避难到此,连忙出城迎接,接到公堂坐定。王渊道:"如今圣驾要往临安,未知还有多少路?"路金道:"道路虽离此不远,但有番兵,皆在钱塘对面下营。节度皆弃兵而逃。圣上若到临安,恐无人保驾,不如且在此待勤王兵到。"王渊道:"你这点小地方,怎生住得?"路金道:"地方虽小,尚有兵几百。此地有一隐居杰士,只要圣上召他前来,足可保守。"高宗叫声:"卿家,此地有甚么英雄在此隐居?"路金道:"乃是昔日梁山泊上好汉,复姓呼延,名灼。此人有万夫不当之勇,主公召来,足可保驾。"王渊道:"呼延灼当日原为五虎将,乃是英雄,只恐今已年老。"高宗道:"就烦卿家去请来。"知县领旨而去。

一面县中送出酒筵,君臣饮酒。王渊道:"依臣愚见:还是走的为妙。倘到得湖广,会见岳飞,方保无事。"高宗道:"列位卿家!朕连日奔走辛苦,且等呼延灼到时,再作商议。"

正说间,路金来奏:"呼延灼已召到候旨。"高宗命:"宣进来。"那呼延灼到县

---

① 容——县名,在江苏省西南部。

第二十三回　金兀朮五路兴兵　呼延灼双鞭御敌

堂来见驾。高宗道："老卿家，可曾用饭否！"呼延灼道："接旨即来，尚未吃饭。"高宗就命路金准备酒饭，呼延灼就当驾前饱餐一顿。

忽见守城军士来报："番兵已到城下。"高宗着惊。呼延灼道："请圣驾上城观看。臣若胜了，万岁即在此等勤王兵到；臣若不能取胜，圣上即时出城，往临安去吧！"高宗应允。遂同了众臣，一齐上城观看。

只见杜充在城下高叫："城内军民人等听着：四太子有令，快快把昏君献出，官封王位。莫待打破城池，鸡犬不留，悔之晚矣！"话声未绝，那城门开处，一位老将军出城，大喝一声："你是何人，敢逼吾主？"杜充道："我乃长江王便是。你乃何人？"呼延灼道："嘎！你就是献长江的奸贼么！不要走，吃我一鞭！"刷的一鞭，望杜充顶梁上打去。杜充举金刀架住。呼延灼又一鞭拦腰打来，杜充招架不住，翻身落马。众番兵转身败去。呼延灼也不追赶，取了首级，进城见驾。高宗大喜道："爱卿真乃神勇！"吩咐将杜充首级，号令在城上。

再说番兵败转去，报与兀朮，兀朮就自带兵来至城下，叫道："快送康王出来！"高宗正与众臣在城上，见了流泪道："这就是兀朮，拿我二圣的！孤与他不共戴天之仇！"呼延灼道："圣上不必悲伤，且准备马匹。若臣出去，不能取胜，主公可出城去，直奔临安，前投湖广，寻着岳飞，再图恢复。"说罢，就提鞭上马，冲出城来，大叫："兀朮休逼我主，我来也！"兀朮见是一员老将，鹤发童颜，威风凛凛，十分欢悦；便道："来的老将军，何等之人？请留姓名。"呼延灼道："我乃梁山泊五虎上将呼延灼是也。你快快退兵，饶你性命；不然，叫你死于鞭下。"兀朮道："久闻得梁山泊聚义一百八人，胜似同胞，人人威武，个个英雄。某家未信。今见将军，果然名不虚传！但老将军如此忠勇，反被奸臣陷害；某家今日劝你不如降顺某家，即封王位，安享富贵，以乐天年，岂不美哉？"呼延灼大怒道："我当初同宋公明征伐大辽，鞭下不知打死了多少上将，希罕你这样个把番奴！"遂举鞭向着兀朮面门上打去。兀朮举金雀斧架住。

两人大战了三十余合。兀朮暗想："他果是英雄。他若少年时，不是他的对手。"二人又战了十余合。呼延灼终究年老，招架不住，回马败走。兀朮纵马追来。呼延灼上了吊桥。不知这吊桥年深日久，不曾换得，木头已朽烂了。呼延灼跑马上桥，来得力重，踏断了桥木，那马前蹄陷将下去，把呼延灼跌下马来。兀朮赶上前，就一斧砍死。城上君臣看见，慌慌上马出城，沿着海塘逃走。那兀朮砍死了呼延灼，勒马道："倒是某家不是了。他在梁山上何等威名，反害在我手。"遂命军士收拾尸首，暂时安葬："待某家得了天下，另行祭葬便了。"城内百姓，开城迎接。兀朮进城，问道："康王往那里去了？"军民跪着答道："康王同了一班臣子逃出城去了。"

兀术传令,不许伤害百姓。遂带领大兵,也沿着海塘一路追去。不上十来里路,远远望见他君臣七人在前逃奔。高宗回头,看见兀术追兵将近,吓得魂飞魄散。

不知高宗君臣们脱得此难否,且听下回分解。

第二十四回　浙江潮水淹金兵　牛头山兵围宋主

却说康王见兀朮将次赶上，真个插翅难逃。正在惊慌之际，忽见一只海船驶来，众大臣叫道："船上驾长，快来救驾！"那海船上人听见，就转篷驶近来，拢了岸，把铁锚来抛住了。君臣们即下马来，把马弃了，忙忙的下船。那船上人看见番兵将近，即忙起锚使篙。才撑离得海岸，兀朮刚刚赶到；大叫："船家！快把船拢来，重重赏你！"那船上人凭他叫喊，那里肯拢来，挂起风帆，一直驶去。兀朮道："某家如今往何处去好？"军师道："量他们不过逃到湖南，去投岳飞；我们不如也往那一路追去。"兀朮道："既如此，待某家先行；你在后边催趱粮草速来。"军师领命，辞了兀朮自去。

那兀朮带了人马，沿着海塘一路追将上来。忽见个渔人，在那里钓鱼。兀朮问道："某家问你，可曾见一只船渡着七八个人过去么？"那人道："有的，有的。老老少少，共有七八个；方才过去得。"兀朮道："就烦你们引我们的兵马追去，若拿住了，重重的赏你。"那人暗想道："待我哄他沿江边而走，等潮汛来时，淹死这班奴才。"便道："既如此，可随着我们来。"就引了大兵，一路追去。

不一时，但见雪白潮头涌高数丈，波涛滚滚，犹如万马奔腾。原来这钱塘江中的潮汛，非同小可。霎时间，巨浪滔天，犹如山崩地裂的一声响，吓得兀朮魂飞魄散，大叫一声，连忙拍马走到高处。那江潮拥来，将兀朮的前队几万人马，连那钓鱼的人，多被潮浪涌去，尽葬江鱼之腹。

闻得那人，却是朱县主自拚一死，扮作渔翁，哄骗兀朮的。

那时兀朮大怒道："倒中了这渔翁的奸计，伤了我许多人马！"只见军师在后面赶来道："吓死臣也！虽然淹死了些人马，幸得狼主无事。"兀朮只得悻悻而回。

再说高宗与众臣坐在那海船中，但见茫茫的一片汪洋，无路可通，俱各大哭。那船上人问道："你们要到那里去？"众臣道："要往湖广去。"那船上人也不答话，挂起风帆，霎时，那船便似风驰电掣一般，不多时，那船上人道："已到湖广，上岸去吧！"

李纲等保了高宗上岸观看，果然是黄州界牌关。众人大喜，正要作谢船家，回转头来，那里有什么船；但见云雾里几位官人，冉冉而去。众臣道："不知那里的尊神，来救了我君臣性命。"

且说那君臣八人，进了界牌关，行了半日，来到一座村庄中央一分人家门首。因他造得比别家高大，李纲抬头一看，叫声："主公不好了！这是张邦昌的家里，快些走吧！"沙丙、田思忠扶了高宗急往前行。却被他门上人看见了，忙忙进去报知张邦昌道："门首有七八个人过去，听见他说话，好似宋朝天子；往东首去了。特来禀知。"邦昌听了，忙叫备马，出了门一路追来。看见前面正是高宗君臣，高叫："主公慢行，微臣特来保驾。"连忙赶上来，下马跪着道："主公龙驾，岂可冒险前行，倘有意外，那时怎么处！且请圣驾暂驻臣家，待臣去召岳元帅前来保驾，方无失误。"高宗对众臣道："且到张爱卿家，再作计议。"邦昌就请高宗上了马，自己同着众臣随后跟着回家。进到了大厅上，高宗坐定，便问："卿家可知岳飞今在何处？"邦昌道："现在驻兵潭州，待臣星夜前去召来。"高宗大喜。邦昌吩咐家人，安排酒席款待。天晚时，送在书房一处安歇；私下叫家人前后把守，辞了高宗，只说去召岳飞；却飞快的到粘罕营中报知，叫他来捉拿康王。

却说邦昌的原配蒋氏夫人，修行好善。那晚有个丫鬟，将张邦昌在二夫人房内商量拘留天子、太师，去报金邦大太子来捉之事，细细说知。蒋夫人吃了一惊，暗想："岂不灭绝天伦！"挨至二更时分，悄悄来到书房，轻轻叩门，叫声："快些起来逃命！"君臣听见，连忙开门，问是何人。夫人道："妾乃罪臣之妻蒋氏。我夫奸计，款留圣驾在此，已去报粘罕来拿你们了！"高宗慌道："望王嫂救救孤家，决当重报。"夫人道："可随罪妇前来。"

君臣八人，只得跟了蒋氏，来到后边。蒋氏道："前后门都有人看守，一带俱是高墙难以出去，只有此间花园墙稍低，外面俱是菜园，主公可从墙上爬出去吧。"君臣八人，只得攀枝依树，爬出墙来，慌不择路，一跌一跲上路逃走。蒋氏谅难卸过，在腰间解下鸾带，在一棵大树下吊死了。

再说张邦昌来到番营，报知粘罕。粘罕随即领兵三千，连夜赶至张邦昌家里，进到大厅坐定道："快把南蛮皇帝拿来！"邦昌带了一众家人，走进书房，只看书房门大开，不见了君臣八人。这一惊不小。慌忙寻觅，一直寻到后花园，但见墙头爬倒，叫声："不好了！"回转头来，只见蒋氏夫人悬挂在一棵树上。邦昌咬着牙恨道："原来这泼贱坏了我的事！"即拔佩刀将蒋氏夫人之头割下，出厅禀道："臣妻将康王放走，特斩头来请罪。"粘罕道："既如此，他们还去不远，你可在前引路去追赶。但你既然归顺我国，在此无益，不如随着某家回本国去吧。"命小番将张邦昌家抄了，把房子烧毁了。

邦昌心下好生懊悔；只得由他抄了，将房子放起一把火来，连二夫人一并烧化在内；跟了粘罕前去。

第二十四回　浙江潮水淹金兵　牛头山兵围宋主

再说高宗君臣八人，走了半夜，刚刚上得大路，恰遇着王铎带领从人，骑马来望张邦昌，要商议归金之事。恰好遇着高宗君臣，王铎大喜，慌忙下马，假做失惊，跪奏道："主公为何如此？"李纲将失了金陵之事，说了一遍。王铎道："既如此，臣家就在前面，且请陛下到臣家中用些酒饭，待臣送陛下到潭州去会岳飞便了。"

高宗允奏，随同众臣跟了王铎，一齐到王铎家中。进得里头，王铎喝叫众家将，将高宗君臣八人，一齐绑了，拘禁在后园中。自己飞身上马，一路来迎粘罕报信。

先说王铎的大儿子王孝如，在书房内读书，听得书童说父亲将高宗君臣绑在后园，要献与金邦，吃了一惊，暗道："这岂是人臣所为？如何做得！"慌忙赶至后园，喝散家人，放了君臣，一同出了后园门，觅路逃走。行不多路，王孝如忽大叫一声："陛下，罪臣之子不能远送了！"说罢，望山涧中一跳，投水而死。君臣叹息了一番，急急往前逃奔。

再说那王铎一路迎着张邦昌，引见了粘罕，报知："康王已被臣绑缚在后园，专候狼主来拿。"粘罕大喜，遂同了王铎来至家中坐定。王铎家人禀说："公子放了康王，一同逃去了。"王铎惊得呆了，只得奏禀道："逆子放走康王，一同逃去了。"粘罕大怒，吩咐番兵，将王铎家私抄了，房屋烧毁了。命王铎与张邦昌两个，同作响导，一路去赶康王。王铎暗恨："早知粘罕这般狠毒，何苦做此奸臣！"

却说王孝如身边有一家将，名唤王德寿，听见小主放走康王，一同逃走，便追将上去，思想跟随孝如。那王铎在路望见了，便禀上狼主道："前边这个是我家人王德寿。他熟谙路途，叫他做响导，去追拿康王，必然稳当。"粘罕道："既然如此，唤他来。"王铎叫转王德寿来，见了粘罕。粘罕叫他骑匹好马，充作响导。德寿道："小人不会骑马的。"粘罕道："就是步行吧。"王德寿想道："公子拼命放走康王，我怎么反引他去追赶？不如领他们爬山过岭，耽搁工火，好让他们逃走。"定了主意，竟往高山上爬去。那粘罕在山下扎住营盘，命众番兵跟了王德寿爬山。爬到半山之中，抬头观看，果有七八个人，在上面爬山。王德寿叫声："我死也！怎么处！"就把身子一滚，跌下山来，跌成肉酱。

那些番兵看见上边果然有人，就狠命爬上去。那君臣八人，回头望下观看，见山下无数番兵爬上来，高宗道："这次决难逃脱的了！"君臣正在危急之际，天上忽然阴云布合，降下一场大雨，倾盆如注。

那君臣八人，也顾不得大雨，拼命爬上山去。那些番兵穿的都是皮靴，经了水，又兼山上沙滑，爬了一步，倒退了两步。立脚不牢的，跌下来，跌死了无数。那雨越下个不住。粘罕道："料他们逃不到那里去。且张起牛皮帐来遮盖，等雨住了,再上去吧。"

再说那高宗君臣八人,爬到了山顶平地,乃是一座灵官庙,又无庙祝,浑身湿透,且进殿躲过这大雨再处。

且说那潭州岳元帅,一日正坐公堂议亭,探子报道:"兀术五路进兵。杜充献了长江,金陵已失,君臣八人逃出在外,不知去向了!"元帅一闻此言,心急如燎,即命牛皋带领五千人马,前去探听。

一日,牛皋走过牛头山,恰正是君臣爬山遇雨的时候。牛皋军士在山下,也撑起帐篷,等雨过了再行。军士回报说:"前面有番兵扎营。"牛皋道:"既有番兵,君王必然在这山上了。"即问当地百姓,何处上山。百姓答道:"从荷叶岭上去,却是大路。"牛皋领兵,就从荷叶岭上去,一马当先跑上山来。那灵官庙内君臣们走出偷看,见是牛皋,便大叫:"牛将军!快来救驾!"牛皋跑到庙前下马,进殿,见了高宗,叩头道:"元帅闻知万岁之事,令牛皋先来保驾,果然在这里!"就将身边干粮,献上与高宗充饥。然后吩咐三军,守住上山要路。

那些番兵等雨住了,正要上山,忽见有宋兵把守,忙报知粘罕。粘罕就命人去催趱大兵;又着人望临安一路,迎报兀术领兵来。且把康王困住,不怕他插翅飞去。

且说牛皋就派人速请元帅来救驾。在路上正迎着元帅大兵,报说:"圣驾正在牛头山。牛将军请元帅速速上山保驾。"元帅闻得,飞奔上牛头山来。牛皋迎接,同至灵官庙朝见了高宗,高宗大哭,把一路上受苦之事,细细说了一遍;又道:"孤家因衣服湿透,此时身上发热,如之奈何!"

众臣正在商议,只见张保过来禀说:"拿得一个奸细,听候发落。"岳爷道:"带他过来!"张保一把提将过来跪下。元帅看他是个少年道童,便问:"你是何人,敢来窥探?"那人道:"小人是上山玉虚宫道童。闻得有兵马在此,师父特着小人来打听,望乞饶命!"岳爷道:"那玉虚宫可大么?"道童道:"地方甚大,有三十六个房头。"岳爷道:"你去说与住持知道,不必惊慌。有当今天子避难至此,因圣体不和,着你们收拾好房几间,送圣上来将养。"道童得令,飞奔上去报信。

岳爷奏道:"臣探得有玉虚宫,可以安住,请陛下上车。"遂将米粮车出空了,载了天子。众大臣俱各拣一匹马骑着。众将一齐送高宗来至宫前,早有住持率领三十六宫道士,跪着迎接。天子进了宫,十分喜悦。岳爷即将干净新衣与高宗换了。众臣请安已毕。只见走过一个老道士奏道:"有当年梁山泊上神医安道全,在本山药王殿内安顿静养。今闻圣体违和,乞圣上召他来调治,可保圣躬无恙。"高宗大悦,即命老道士去请来调治。

第二十四回　浙江潮水淹金兵　牛头山兵围宋主

又有李纲奏道:"乞于灵官殿左首,搭起一台,效当年汉高祖筑台拜将之事,拜封元帅并众将官,好使他们舍身为国。"高宗准奏。次日高宗出宫,众将迎驾上台,传旨:"封岳飞为武昌开国公少保统属文武兵部尚书都督大元帅。"岳飞谢恩毕。正要加封牛皋等一班众将,不道高宗一时头晕,传旨:"候朕病痊,再行封赏。"众将跪送回宫。

到了次日早上,众将到灵官殿前,但见挂着一张榜文,上写着:

武昌开国公少保统属文武都督大元帅岳,为晓谕事:照得本帅恭承王命,统属六军,共尔众将,必期扫金扶宋,尽力王事。所有条约,各宜知悉:
听点不到者斩。擅闯军门者斩。闻鼓不进者斩。闻金不退者斩。私自开兵者斩。抢夺民财者斩。奸人妻女者斩。泄漏军机者斩。临阵反顾者斩。兵卒赌博者斩。妄言祸福者斩。不守法度者斩。笑语喧哗者斩。酗酒入营者斩。

大宋建炎某年某月某日

那牛皋听见众人在那里一款一款念到后来两条,便道:"胡说!大哥明明晓得我喜欢吃酒,是这样高声乱嚷的,却将这两件事写在上边!停一会,待我闯一个辕门与他看,看他怎样斩我。"众将齐至营前,只见张保传出令来:"元帅今日不升帐了,诸将明日早上候令吧。"众将得令,各自散去。牛皋道:"明早待我吃个大醉而来,看他怎样。"

再说元帅命张保去请汤怀,直至后营相见。岳爷道:"请贤弟到来,非为别事。今日所挂斩条上,有两件事犯着牛兄弟的毛病,故此愚兄今日不升帐。发令之初,若不将他斩首,何以服众?若准了法,又伤了弟兄之情。贤弟可如此如此,方得无事。"汤怀领令,来到牛皋帐中,见他正在吃酒。牛皋道:"汤二哥来得好,也来吃一杯。"汤怀就坐下,吃了几杯,便道:"我有一事,与你相商。"牛皋道:"是什么事?"汤怀道:"你道大哥今日为何不升帐?打听得他要差个人到相州去催粮,因为山下有番兵阻住,无人敢去,为此愁闷不能升帐。我想我一人实不敢去,怎么作个计较,干得这件大功劳,特来与你商量。"牛皋道:"谅这些小番兵,怕他怎的?明日看我自去。"汤怀道:"既如此,明日你且休要吃酒,悄悄的来,不要被别人抢去头功。"牛皋道:"多谢你了。"汤怀别了牛皋回营。

到了次日,元帅升帐,众将参谒已毕,站立两旁听令。汤怀见牛皋低头走进营来,暗暗欢喜。元帅道:"三军未发,粮草先行;目今交兵之际,粮草要紧。但山下有金兵阻路,如何出得他的营盘? 那一位大胆,敢领本帅之令前往相州催粮?"话声未绝,牛皋上前道:"末将敢去。"元帅道:"你的本事,怎能出得番营去?"牛皋道:"元帅何得长他人志气! 谅这些毛贼,怕他怎的? 小将若出不得番营,愿纳下这颗首级。"元帅道:"既如此,有令箭一枝,文书一封,限你四日四夜到相州,小心前去。"

牛皋得令,将文书揣在怀中,把这令箭插在飞鱼袋内,上马提锏,独自一个跑下山来。

毕竟不知牛皋此去如何,且听下回分解。

第二十五回　保宋室英雄从军　进金营福将下书

却说牛皋一马跑到粘罕营前,大叫一声:"快些让路!好等老爷去催粮。"就舞动双锏,踹进营来,逢人便打。众番兵见他来得凶,慌忙报知粘罕道:"山上有个黑炭团杀进营来了。"粘罕大怒,拿了溜金棍上马来迎。刚刚碰着牛皋,被牛皋一连七八锏,粘罕招架不住,往斜刺里败走。却被牛皋冲出后营,到相州去了。粘罕回帐,叫小番收拾尸首,整顿营盘。一面再差人去催趱各位王兄王弟,速到牛头山来,围住他君臣再处。

且说岳元帅这日升帐,忽有探军来报:"山下有一枝番兵下寨。"不多时,探子又来报:"又有一枝番兵下寨。"一连报了四五次。元帅想:"牛皋虽已踹出番营,那粮草怎能上得山来?"心下十分愁闷。

再说牛皋昼夜兼行,到了相州,一直到了节度使辕门下马;大声叫道:"快些通报!"就把那锏在鼓上扑通的一下,把那鼓竟打破了。传宣进内禀知,刘都院传令牛皋进见。牛皋来至大堂跪下道:"都爷快看文书!快看文书!"刘光世看了文书道:"牛皋差了!限你四日,如今只才三日半,如何这般性急?且到耳房便饭。"牛皋道:"饭是自然要吃的。但粮草是要紧的,明早就要起身的吓!"刘爷道:"这是朝廷大事,岂敢迟延?"传令准备粮草。至二更时分,俱已端正;一面点兵三千护送。刘爷一夜不曾睡着。刚刚天亮,牛皋早已上堂来见都爷催促。刘爷道:"军粮俱已整备。有道表章,烦你带去;外有书一封,候你家元帅的。"牛皋收了表章书信,叩头辞别,上马便行。

这日正行之间,忽然大雨下来,要寻个地方躲雨。望见前面有一带红墙,必然是个庙宇,忙忙催动粮车。赶到红墙边一望,不是庙宇,却是一座王殿。牛皋也不管他三七二十一,命众军士,把粮车推进殿内躲雨。

却说这殿乃是汝南王郑恩之后郑怀的赐第。那郑怀生得身长丈二,使一条酒杯口粗的铁棍,力大无比,善于步战。当时有家将进内报说:"不知何处军马,推着许多粮车,在殿上喧哗糟蹋。特来报知。"郑怀道:"那有这样事!先王御赐的地方,那个敢来糟蹋!"便提了大棍走到殿前,大喝道:"何处野贼,敢来这里讨野火吃?"牛皋见来得凶,只道是抢粮的,不问情由,举锏就打。郑怀抢棍招架。不上四五个回合,被郑怀拦开锏,只一把,把牛皋擒住。走进里边厅上,叫家人绑了,推至面前,喝道:"你是何方草寇,敢来糟蹋王殿?"牛皋大喝道:"该死的狗囚!你眼又不瞎,不见粮车上的旗号么?我叫牛皋,奉岳元帅将令,催粮上牛头山保驾,在此躲雨。你敢拿了我,可不该凌迟剐罪?"郑怀道:"原来是牛将军,你也该早说个明白。"慌忙来解了绑,扶牛皋中间坐了,请罪道:"小弟乃汝南王郑恩后裔,名唤郑怀。久慕将军大名,今日愿拜将军为兄,同上牛头山保驾立功,未知允否?"牛皋道:"我本是不肯的;见你本事也好,还有些情重的,且收你为弟吧。只是肚中饥了,且收拾些酒饭来我吃了,好同你去。"郑怀道:"这个自然。"就同牛皋对天结拜为弟兄。吩咐家人整备酒饭,杀了两头牛,抬出十来坛酒,到殿上犒赏三军。郑怀一面收拾行李,吃完酒饭,就同了牛皋起身。

　　说话的,那牛皋来时是连夜走的,故此来得快;此时回去有了粮车,须要昼行夜住,那能就到。这日行至一座山边,忽听得一棒锣声,拥出五六百喽啰。为首一员少年,身骑白马,手提银枪,白袍银甲,头戴银盔;口中大叫:"会事的留下粮车,放你过去。"牛皋大怒,方欲出马。郑怀道:"不劳哥哥动手,待小弟去拿这厮来。"提棍上前便打。那英雄抡枪就刺。大战三十多合,不分胜负。牛皋暗想:"我与郑怀战不上四五合,被他拿了。他两个战了三十多合,尚无胜败,好个对手!"就拍马上前,叫道:"你们且住手!我有话说。"郑怀架住了枪道:"住着!俺哥哥有话讲,讲了再战。"那将收了枪道:"你有何话,快快说来。"牛皋道:"俺非别人,乃岳元帅的好友牛皋。我看你年纪虽小,武艺倒好。目今用人之际,何不归顺朝廷,改邪归正,岂不胜如在这里做强盗?"那将听了道:"原来是牛将军,何不早说!"遂弃枪下马道:"将军若不见弃,愿拜为兄,同往岳元帅麾下效用。"牛皋道:"这才是个好汉!但不知你姓甚名谁?"那将道:"小弟乃东正王之后,姓张名奎;因见朝廷奸臣乱国,故尔不愿为官,在此落草。"牛皋道:"既如此,军粮紧急,速即收拾同行。"张奎就请牛、郑二人上山,结为兄弟。一面整备酒席,一面收拾粮草合兵同行。

　　又一日,来到一个地方,军士报说:"前面有四五千人马,扎住营盘,不知是何处兵马。特来报知。"牛皋吩咐也扎住了营头,差人探听。不一时军士来报:"有一将在营前,声声要老爷送粮草。"牛皋大怒,同了郑怀、张奎出营。看那后生生得身长八尺,头戴金盔,身穿金甲,坐下青鬃马,手提一杆錾金虎头枪。见了牛皋便喝道:"你可就是牛皋么?"牛皋道:"老爷便是。你是什么人,敢来阻我粮草?"那人道:"你休要问我,我只与你战三百合,就放你过去。"郑怀大怒,举棍向前便打。那将架开棍,一连几枪,杀得郑怀浑身是汗,气喘吁吁。张奎把银枪一摆,上来助阵,两个战了二十余合。牛皋见二人招架不住,举双锏也上来助战。三个战一个,还不是那将的对手。正在慌忙,那将托地把马一拎,跳出圈子外,叫声:"且歇!"三人

第二十五回　保宋室英雄从军　进金营福将下书

收住了兵器,只是气喘。那将下马道:"小将非别,乃开平王之后,姓高名宠。当年在红桃山保母,有番兵一枝往山西而来。被小弟枪挑了番将,杀败了番兵,夺得金盔金甲,金银财帛几车,留下至今。目下听见朝廷被困牛头山,奉母命前来保驾,今日幸得相会,特来献献武艺。"牛皋大喜,叫声:"好兄弟!你既有这般本事,就作我哥哥也好。何不早说!"当时就与高宠并了队伍,在营中结为兄弟,用了酒饭。高宠就在前头开路,牛皋同郑怀、张奎押后,催兵前进,望牛头山进发。

且说兀朮大兵已到,粘罕接着,将张邦昌、王铎的事说了一遍。兀朮道:"既是康王同岳南蛮在山上,某家只分兵困住此山,绝了他的粮饷,怕不饿死?"遂分拨众狼主,四方八处,扎住大营。六七十万大兵,团团围住牛头山,水泄不通。岳爷闻报,好不心焦!

且说牛皋等在路上非止一日,已到牛头山。高宠望见番营连络十余里,便向牛皋道:"小弟在前冲开营盘;兄长保住粮草,一齐杀入。"牛皋便叫郑怀、张奎左右辅翼,自己押后。高宠一马当先,大叫:"高将军来踹营了!"拍马挺枪,冲入番营,远者枪挑,近者鞭打,如同砍瓜切菜一般,打开一条血路。左有张奎,右有郑怀,两条枪棍犹如双龙搅海;牛皋在后边舞动双锏,犹如猛虎搜山。那些番兵番将,那里抵挡得住,大喊一声,四下里各自逃生。兀朮忙差下四个元帅来,各使兵器,上前迎战。被高宠一枪,一个翻下马去;第二枪,一个跌下地来;第三枪,一个送了命;再一枪,一个胸前添了一个窟窿。后边又来了一个黄脸番将,使一条狼牙棒打来。被高宠望番将心窝里一枪戳透,一挑,把个尸首直抛向半天之内去了。吓得那番营中兵将,个个无魂,人人落魄。更兼郑怀、张奎两条枪棍,牛皋一对锏,翻江搅海一般。杀得尸如山积,血流成河,冲开十几座营盘,往牛头山而去。兀朮无奈,只得传令收拾尸首,整顿营寨。

却说岳元帅正在帐中,忽探子来报道:"金营内旗旛撩乱,喊杀连天,未知何故?"岳元帅道:"他见我们按兵不动,或是诱敌之计,可再去打听。"不一会又有探子来报:"牛将军解粮已到荷叶岭下了。"岳元帅举手向天道:"真乃朝廷之福也!"

不一时,牛皋催趱粮车,上了荷叶岭。在平阳之地,把三军扎住,对三位兄弟道:"待我先去报知元帅,就来迎见。"高宠道:"这个自然。"牛皋进营见过了元帅,将刘都爷本章并文书送上。岳爷道:"粮草亏你解上山来,乃是第一个大功劳!"吩咐上了功劳簿。牛皋道:"那里是我的功劳?亏得新收了三个兄弟:一个叫高宠,一个叫郑怀,一个叫张奎。他三个人本事高强,冲开血路,保护粮草,方能上山。现在看守人马粮车,在岭上候令。"岳爷道:"既如此,快请相见。"牛皋出营,同了三人进来。岳爷遂问三人家世,高宠等细细说明。元帅道:"既是藩王后裔,待本帅奏过圣上封职便了。"遂命将粮草收贮；自引三人来至玉虚宫内，朝见了高宗，将三人前来保驾之事奏明。高宗问李纲道："该封何职？"李纲奏道："暂封为统制；待太平之日，再袭祖职。"高宗依奏封职。三人一齐谢恩而退，同元帅回营。牛皋上来禀道："这三个兄弟，可与小将同住。"岳爷应允。就将他三人带来人马，分隶部下；金银财帛，送入后营，为劳军之用。专等择日开兵，与兀朮打仗。

到了次日，元帅升帐，众将站立两旁听令。元帅高声问道："今粮草虽到，金兵困住我兵在此，恐一朝粮尽，不能接济；必须与他大战一场，杀退了番兵，奉天子回京。不知那位将军，敢到金营去下战书？"话声未绝，早有牛皋上前道："小将愿往。"元帅道："你昨日杀了他许多兵将，是他的仇人，如何去得？"牛皋道："除了我，再没有别人敢去的。"岳爷就叫张保："替牛爷换了袍帽。"张保就与牛皋穿起冠带来。

牛皋冠带停当，就辞了元帅，竟自出营。岳爷不觉暗暗伤心，恐怕不得生还。又有一班弟兄们，俱来相送到半山，对牛皋道："贤弟此去，须要小心！言语须要留意谨慎！"牛皋道："众位哥哥，自古道：'教的言语不会说，有钱难买自主张。'大丈夫随机应变，着什么忙？做兄弟的只有一事相托：承诸位兄弟结拜一场，倘或有些差池，只要看待这三个兄弟，犹如小弟一般，就足见盛情了！"众弟兄听了，含泪答道："一体之事，何劳嘱咐，但愿吉人天相！恕不远送了。"众将各自回山。

且说牛皋独自一个下山，揩抹了泪痕道："休要被番人看见，只道是我怕死了。"再把自己身上衣服看看，倒也好笑起来："我如今这般打扮，好象那城隍庙里的判官了。"

一马跑至番营前，平章看见喝道："咦，这是牛南蛮，为何如此打扮？"牛皋道："能文能武，方是男子汉。我今日来下战书，乃是宾主交接之事，自然要文绉绉的打扮。烦你通报通报。"平章不觉笑将起来，进帐禀道："有牛南蛮来下战书。"兀朮道："叫他进来。"平章出营叫道："狼主叫你进去。"牛皋道："这狗头，'请'字不放一个，'叫'我进来，如此无礼！"遂下马，一直来至帐前。那些帐下之人，见牛皋这副嘴脸，这般打扮，无不掩着口笑。

牛皋见了兀朮道："请下来见礼。"兀朮大怒道："某家是金朝太子，又是昌平王，你见了某家，也该下个全礼；怎么反叫某家与你见礼？"牛皋道："什么昌平王！我也曾做过公道大王。我今上奉天子圣旨，下奉元帅将令，来到此处下书。我乃堂堂天子使臣，礼该宾主相见，怎么肯屈膝于你？我牛皋岂是贪生怕死之徒，畏箭避刀之辈？若怕杀，也不敢来了。"

兀朮道："这等说，倒是某家不是了。看你不出，倒是个不怕死的好汉，某家就下来与你见礼。"牛皋道:"好吓!这才算个英雄!下次和你在战场上,要多战几合了。"兀朮道:"牛将军,某家有礼。"牛皋道:"狼主,末将也有礼了。"兀朮道:"将军到此何干!"牛皋道:"奉元帅将令,特来下战书。"兀朮接过看了,遂在后批着"三日后决战",付与牛皋。牛皋道:"我是难得来的,也该请我一请!"兀朮道:"该的,该的。"遂叫平章同牛皋到左营吃酒饭。

牛皋吃得大醉出来,谢了兀朮,出营上马,转身回牛头山来。

到了山上,众人看见大喜,俱来迎接,说道:"牛兄弟辛苦了!"牛皋道:"也没有甚么辛苦。承他请我吃酒饭,饭都吃不下,只喝了几杯寡酒。"来到大营,军士报知元帅。元帅大喜,吩咐传进。牛皋进帐,见了元帅,将原书呈上。元帅叫军政司,记了牛皋功劳。回营将息。

次日元帅升帐,众将参见已毕。元帅唤过王贵来道:"本帅有令箭一枝,着你往番营去拿一口猪来,候本帅祭旗用。"王贵得令,上马下山而去。元帅又将令箭一枝,唤过牛皋道:"你也领令到番营去拿一口羊来,候本帅祭旗用。"牛皋也领令而去。

毕竟不知王贵、牛皋怎生进得番营,去拿他的猪羊,且听下回分解。

第二十六回　祭帅旗奸臣代畜　挑华车勇士献身

却说王贵领令下山，暗想："这个差使却难！那番营中有猪，也不肯卖与我。若是去抢，他六七十万人马，那里晓得他的猪藏在那里？不要管他，我只捉个番兵上去，权当个猪缴令，看是如何。"想定了主意，一马来至营前，也不言语，两手摇刀，冲进营中。那小番出其不意，被他一手捞翻一个，挟在腰间，拍马出营，上荷叶岭来。恰好遇着牛皋下山，看见王贵捉了一个番兵回来，牛皋暗想："吓！原来番兵当得猪的，难道就当不得羊？且不要被他得了头功，待我割去他的猪头。"遂拔剑在手，迎上来道："王哥，你来得快吓！"王贵道："正是。"两个说话之间，两马恰是交肩而过，牛皋轻轻把剑在小番颈上一割，头已落地。王贵还不得知，来到山上。诸葛英见了，便道："王兄，为何拿这没头人来做什么？"王贵回头一看道："呀！这个头被牛皋割去了。"就将尸首一丢，回马复下山来。

行至半路，只见牛皋也捉了一个小番来了。那牛皋看见了王贵，就勒住马，闪在旁边，叫声："王哥请便。"王贵道："世上也没有你这样狠心的人！你先要立功，怎么把我拿的人割了头去？"牛皋道："原是小弟不是。王哥，把这一功让了我吧！"王贵拍马竟去。牛皋来至大营前，叫家将："把这羊绑了。"进帐禀道："奉令拿得一腔羊缴令。"元帅吩咐将羊收了。牛皋道："这羊是会说话的。"元帅道："不必多言。"牛皋暗暗好笑，出营去了。

再说王贵复至番营叫道："再拿一口猪来！"抡刀冲进营去，小番围将上来厮杀。王贵勾开兵器，又早捞了一个。粘罕闻报，拿了溜金棍上马，领众赶来；王贵已上了荷叶岭去了，那里追得着？王贵到了大营门首，将番兵绑了，进帐来见元帅道："末将奉令拿得一猪在此缴令。"元帅叫张保收了猪；上了二人的功劳。

次日，元帅请圣驾至营祭旗。众大臣一齐保驾，离了玉虚宫，来上大营。元帅跪接进营。将小番杀了，当做猪羊，祭旗已毕。元帅奏："请圣驾明日上台，观看臣与兀术交战。请王元帅报功，李太师上功劳簿。"天子准奏。

再说兀术在营中对军师道："岳飞叫人下山，拿我营中兵去，当作福礼祭旗，可恨可恼！我如今也差人去拿他两个南蛮来祭旗，方泄我恨。"军师道："不可。若是能到他山上去拿得人来，这座山久已抢了。请狼主免降此旨吧。"兀术想道："军师此言亦甚有理。这山如何上去得？我想张邦昌、王铎两人要他何用？不如将他当

第二十六回　祭帅旗奸臣代畜　挑华车勇士献身

作福礼吧。"遂传令将二人拿下。一面准备猪羊祭礼,邀请各位王兄王弟,同了军师、参谋、左右丞相、大小元帅、众平章等,一同祭旗。将张、王二人杀了,请众人同吃利市酒。

那兀朮祭过了旗,正同众将在牛皮帐中吃酒,小番来报道:"元帅哈铁龙送'铁华车'至营。"兀朮遂传令,叫他带领本部军兵,在西南方上埋伏。哈元帅得令而去。

次日,兀朮自引大队人马,来至山前搦战①。岳元帅调拨各将紧守要路,多设擂木炮石。张奎专管战阵儿郎。郑怀单管鸣金士卒。高宠掌着三军司令的大旗。岳元帅自己坐马提枪,只带"马前张保,马后王横"两个下山,来与兀朮交兵。只见金阵内旗门开处,兀朮出马,叫声:"岳飞,如今天下山东、山西、湖广、江西,皆属某家所管;尔君臣兵只十余万,今被某家困住此山,量尔粮草不足,如釜中之鱼。何不将康王献出,归顺某家,不失封王之位。你意下如何?"岳元帅大喝道:"兀朮,你等囚天子于沙漠,追吾主于湖广。本帅兵虽少而将勇,若不杀尽尔等,誓不回师。"大吼一声,走马上前,举枪便刺。兀朮大怒,提起金雀斧,大战有十数个回合,那四面八方的番兵,呐喊连天,俱来抢牛头山。当有众将各路敌住。岳元帅记念有康王在山,恐惊了驾;勾开斧,虚晃一枪,转马回山去了。那张奎见元帅回山,即便鸣金收军。

不道那高宠想道:"元帅与兀朮交战,没有几个回合,为何即便回山?必是这个兀朮武艺高强,待我去试试,看是如何?"便对张奎道:"张哥,代我把这旗掌一掌。"张奎拿旗在手,高宠上马抡枪,往旁边下山来。兀朮正冲上山来,劈头撞见。高宠劈面一枪,兀朮抬斧招架。谁知枪重招架不住,把头一低,被高宠把枪一拎,发断冠坠,吓得兀朮魂不附体,回马就走。高宠大喝一声,随后赶来,撞进番营。这一杆碗门粗的枪,带挑带打;那些番兵番将,人亡马倒,死者不计其数。那高宠杀得高兴,进东营,出西营,如入无人之境,直杀得番兵叫苦连天,悲声震地。看看杀到下午,一马冲出番营,正要回山。望见西南角上有座番营,高宠想道:"此处必是屯粮之所。常言道:'粮乃兵家之性命。'我不如就便去放把火,烧他娘个干净,绝了他的命根,岂不为美。"便拍马抡枪,来到番营,挺着枪冲将进去。

小番慌忙报知哈元帅。哈铁龙吩咐快把"铁华车"推出去。众番兵得令,一片声响,把"铁华车"推来。高宠见了说道:"这是什么东西?"就把枪一挑,将一辆"铁华车"挑过头去。后边接连着推来,高宠一连挑了十一辆。到得第十二辆,高

---

① 搦(nuò)战——挑战。

宠又是一枪。谁知坐下那匹马,力尽筋疲,口吐鲜血,蹲将下来,把高宠掀翻在地,早被"铁华车"碾得稀扁了。

却说哈铁龙拿了尸首,来见兀朮道:"这个南蛮,连挑十一辆'铁华车',真是楚霸王重生,好生厉害!"兀朮吩咐哈元帅,再去整备"铁华车"。叫小番在宫门口立一高竿,将高宠尸首吊起。

此时岳爷正同众将在山前打听高宠下落,忽见番营门首,吊起一个尸首来。牛皋远远望见,叫声:"不好了!"就拍马冲下山去。那岳爷此时也不能禁止,忙令张立、张用、张保、王横四人,飞步下山。再命何元庆、余化龙、董先、张宪,速去救应。众将得令,一齐下山。

且说牛皋一马跑至营前,有小番上来挡路,被他把锏一扫一挥,那些小番好象西瓜般的滚去。直至高竿前,拔出剑来只一剑,将绳割断。那尸首坠下地来。牛皋抱住一看,大叫一声,翻身跌落马下。那些番兵见了,正待上前拿捉,却得张宪等四员马将、张立等四员步将,一齐赶来,杀退番兵。张立、张用前后护持,王横扶牛皋上了马;张保将高宠尸首驮在背上,转身就走。又有几个平章晓得了,领着番兵追来。被何元庆、余化龙二人,回马大杀一阵,锤打枪挑,伤了许多人马,番兵不敢追赶。众将一齐上了牛头山。

那兀朮得报,领人马飞风赶来,这里已经上山了。兀朮只得回马转去,自忖:"这些南蛮,有这等大胆,又果然义气;反伤了某家两员将官,杀了许多兵卒。"只得叫小番收拾杀伤尸首,紧守营门。

再说众将将牛皋救得上山,牛皋大哭不止,连晕几次。人人泪落,个个心伤。高宗传下圣旨:"高将军为国亡身,将朕衣冠包裹尸首,权埋在此;等太平时,送回安葬。"岳元帅又命汤怀住在牛皋帐中,早晚劝他不要过于苦楚。汤怀领令,自此就在牛皋帐中同住。

却说兀朮一日在帐中呆坐思想,忽然把案一拍,叫声:"好厉害!"军师忙问:"狼主,有何事厉害?"兀朮道:"某家在这里想前日被高宠一枪,险些丧了性命;有本事连挑我十一辆'铁华车',岂不厉害!"军师道:"任他厉害,也做了个扁人。臣今已想有一计,捉拿岳南蛮,不知狼主要活的,还是要死的。"

兀朮听了此言,不觉心中不然起来,脸色一变,说道:"军师,你在那里说梦话么?前门某家要拿他两个小卒,来当福礼,你说:'若能拿得他的人来,久已抢了牛头山了。'两个小卒尚不能拿他,今日怎么说出这等大话来,岂不是做梦?"哈迷蚩道:"凡事不可执一而论。要上山去拿小卒,实是烦难;要拿岳南蛮,臣却有一计,任那岳南蛮有通天本事,生死俱在吾手中。"兀朮忙问:"军师,有何奇计拿得岳南蛮?"

哈迷蚩不慌不忙,伸两个指头,说出这个计来。

不知哈迷蚩有何计拿捉岳元帅,且听下回分解。

第二十七回　杀番兵岳云保家　赠赤兔关铃结义

话说兀朮对军师道:"怎么要拿他两个小卒不能得,拿岳南蛮倒容易?"军师道:"他山上把守得铁桶一般,我兵如何得上去,故此拿他不得一个小卒。臣今打听得,岳飞侍母最孝。他的母亲姚氏并家小,现今住在汤阴。目下我们在此相持,他决不提防。我今出其不意,悄悄的引兵去,将他的家属拿来。那时叫他知道,不怕他不来投降,岂不是活的?若要死的,将他一门尽行送往本国,他必然忧苦而死。岂不是生死出在我手中?"兀朮闻言大喜,随差元帅薛礼花豹,同牙将张兆奴领兵五千,扮作勤王样子,暗暗渡过黄河,星夜前往汤阴,不许伤他家口,要一个个活捉回话。薛礼花豹领令,悄悄起身,望汤阴而来。

再说岳爷府中,大公子岳云,年已长成十二岁,出落得一表人材,威风凛凛。太太先前也曾请个饱学先生,教他读书;无奈这岳云天资聪敏,先生提了一句,他就晓得了。差不多先生反被学生难倒,只得见了太夫人说:"小子才疏学浅,做不得他的业师,只好另请高才。"辞别去了。一连请了几个,都是如此;所以无人敢就此馆。岳云独自一个在书房中,将岳爷的课程,细细翻阅,那些兵书战策,件件熟谙;他原是将门之子,膂力①过人,终日使枪弄棍。叫家将置了一副齐整盔甲,家中自有弓箭枪马,常常带了家将,到郊外打围取乐。有时同了家将到教场中,看刘都院操兵。太太爱如珍宝,李夫人也禁他不得。

忽一日天气炎热,瞒了两位夫人,带了两个家将,私自骑马出门,向城外河边柳阴深处去玩耍了一会。不道天上忽然云兴雾起,雷电交加,家将叫声:"公子,大雨来了,那里去躲一躲才好!"四下一望,并无人家,那雨又倾盆的下将起来。公子无奈,只得把马加上一鞭,冒雨走了一二里,方见一座古庙。四个人赶到一看,却是个坍颓冷庙。忙忙的到殿上,公子下了马,拴在柱上。幸亏得俱是单衣,浑身湿透,各去脱下来,搭在破栏干上晾着。伸着头看那天上的雨越下越大了,两个家将呆呆的望着。

那岳云就去拜台上坐下。不一会,身子觉得困倦,就倒在拜台上蒙眬的睡去。忽听得后边喊杀之声,岳云暗想:"这荒郊野外,那里有此声?"随即起身走到后边

---

① 膂(lǚ)力——体力。

第二十七回　杀番兵岳云保家　赠赤兔关铃结义

一看,原来是一片大空地。上边设着公案,坐着一位将军,生得青脸红须,十分威武,两边站立着一二十个将吏,看下边二人舞锤。岳云就挨身近前观看。但看那两个将官,果然使得好锤。

岳云看到好处,止不住失声喝彩:"果然使得好锤!真个是人间少有,天上无双!"赞声未绝,那位青脸将军,喝声:"谁人在此窥探,与我拿来!"岳云听见,便慌忙上前一揖,禀道:"晚生乃岳飞之子,名唤岳云。因避雨至此。因见锤法高妙,不觉失口,惊动将军,望乞恕罪!"那将军道:"原来你是岳飞之子。也罢,你既爱武艺,我就将这锤法传你何如?"岳云道:"若蒙教训,感德不忘!"那位将军,就叫一声:"雷将军,可将双锤传与岳云,使他日后建功立业。"那位将军应了一声,走下来,将一对银锤,前三、后四、左五、右六,教岳云照式也舞一回。岳云一霎时觉道前时会的一般。

正使得高兴,只听得耳跟前叫道:"天晴了,公子快回城去吧!"岳云猛然惊醒,开眼看时,身子却在拜台上睡着,原来是一个大梦。家将道:"雨已止了,趁早回城去吧!"岳云立起身来,将神厨帐幔揭起一看:但见上边坐着一位神道,青脸红须,牌位上写着:"敕封东平王睢阳①张公之位"。旁边塑着两位将官,一边写着"雷万春将军位",一边写着"南霁云将军位",恰与梦中所见的一般。岳云便向神前拜了两拜,将湿衣交家将一总收拾,赤身下殿上马,出了庙门,飞马回转帅府,自到书房中去。

却说岳云次日即命家将打造两柄银锤。家将领命,叫匠人打了一对三十斤重的。岳云嫌轻,重教打造,直换到八十二斤,方才称手。天天私自习练。

光阴易过,不觉又是一年过了,岳云已是十三岁。那日在后堂参见太太请安,太太道:"岳云,你这样长成了,一些世事多不晓得。你父亲象你这样年纪,不知干了多少事业!那刘都爷几次差人来问候,你也不去谢谢。"岳云道:"太太不叫孙儿去,孙儿怎敢专主?待孙儿今日就去便了。"遂辞了太太,到他母亲房中来,与母亲说知。带了四个家将,出门上马前行。心下暗想:"我正要去问都爷,我的父亲在那里,我好去帮爹爹打仗。"

主仆五人进了城,到得辕门,公子直进后堂参拜。刘光世双手扶起命坐。公子道:"奉祖母之命,特来请老大人的金安。"刘爷道:"多谢老太太。公子回府,与我多拜上太太,说我另日再来问候。"公子道:"不敢!晚侄请问老大人,家父近日在于何处?"都爷想道:"岳太太曾嘱咐不要对他说知,不知何故。"就随口答道:

---

① 睢(suī)阳——地名,今河南商丘县南。

"自从进京,并无信来,不知差往那里出征,又不知随驾在京。且待得了实信,再来报知。"公子遂谢了都爷,告辞出来。出了后堂,一直来到仪门首,听得家将说:"这面鼓破了,也该换一面。你家老爷怎这样做人家!"门上人道:"你不晓得,这是你家老爷在牛头山保驾,差牛将军来催粮,牛将军是个性急的人,恐误了限期,将鞭来击鼓,被他打破。我家大老爷不肯换,要留此故迹,使人晓得你家老爷赤心为国的意思。"两个正说之间,岳云听得明白,只做不知。出了仪门,家将接着,一路回府。

到了门首,下马进来,见太太复命。太太便问:"都爷没甚话说么?"岳云道:"不要说起,倒被他埋怨了一场,说:'你爹爹在牛头山保驾,与兀朮交兵;你为何不去帮助,反在家中快乐?'"太太道:"胡说,快到书房中去!"太太喝退了岳云,便对李夫人道:"刘都爷不该对孙儿说知便好。他今得知此信,须要防他私自逃去。"夫人道:"媳妇提防他便了。"

到了次日,忽见家将慌慌张张来报道:"不好了!有无数番兵,来捉我们家属,离此不远了!"吓得太太、李夫人面面相觑,无计可施。众家人正在七张八嘴,没做理会处,只见岳云走将进来,叫声:"太太母亲,不要惊慌!闻得番兵只有三五千人马,怕他怎的?待孙儿出去杀他个尽绝。"太太道:"孙儿不知世事,你小小年纪,如何说出这样大话来!"岳云道:"且看,若是孙儿杀不过他,再与太太逃走未迟。"就连忙披了衣甲,提了双锤,带了一百多名家将,坐上战马,出了帅府门,一路迎来。

不到二三里路,正遇番兵到来。岳云大喝一声:"你们可是到岳家庄去的么?我小将军在此,快叫你那为头的出来受死!"小番转身报与元帅道:"前面有一小南蛮挡路。"薛礼花豹遂提了大刀,走马上前,大喝道:"小南蛮是何人,敢挡某家的路?"公子道:"我小将军,乃是岳元帅的大公子岳云是也。你为何辛辛苦苦的,赶到这里来送死!"薛礼花豹道:"我奉狼主之命,正要来拿你。"岳云道:"且吃我一锤!"一面话还未说完,举起锤来,照着番将顶门上一锤。那番将明欺岳云是个小孩子家,不提防他手快,措手不及,早被岳云打下马来。张兆奴吃了一惊,提起宣花月斧来砍岳云。岳云一锤枭开斧,还一锤打来,张兆奴招架不及,一个天灵盖打得粉碎,死于马下。那些番兵见主帅死了,就拨转身逃走。岳云抡动双锤赶上来,打死无数。适值刘节度闻得金兵来捉岳元帅的家属,连忙点起兵卒,前来救应。恰好遇着番兵败下来,大杀一阵,把那些番兵杀得尽绝,不曾走了一个。刘都院与公子同到岳府来见老太太问安。那地方官属晓得了,都来请候,公子一一谢了。各官俱各辞去。

岳云便向太太说:"孙儿要往牛头山去帮助爹爹,求太太放孙儿前去。"太太

第二十七回　杀番兵岳云保家　赠赤兔关铃结义

道："且再停几日，待我整备行装，叫家将同你去便了。"岳云辞了太太，回到书房，想道："'急惊风，撞着慢郎中！'既知了牛头山围困甚急，星夜赶去才是；怎说迟几日？恐怕是骗我，我不如单身匹马赶去，岂不是好？"主意定了，竟写了一封书，到了黄昏以后，悄悄的叫随身小厮，将书去呈与太太看。却自开了大门，提锤上马，一溜烟竟自去了。

这里守门的不敢违拗，连忙进去报知太太。太太一见了书，慌忙的差下四五个家丁，分头追赶，已不知那里去了。只得再着人带了盘缠行李，望牛头山一路追去。

且说岳云一路问信，走了四日四夜，到了牛头山。但见一片荒山，四面平阳，都是青草；并不见有半个兵马。心中暗想道："难道番兵都被爹爹杀完了？"正在疑惑，忽听得山上叮叮当当，樵夫伐木之声。公子跑马上前，叫一声："樵哥，这里可是牛头山么？"樵夫回答道："此间正是牛头山。小将军要往何处去？"公子道："既是牛头山，那些番兵往何处去了？"那樵夫笑道："小将军你走错了路头了！这里乃是山东牛头山；那有番兵的是湖广牛头山，差得多了！"公子道："我如今要往湖广去，请问打从那一条路去近些？"樵夫道："你转往相州，到湖广这条大路去极好走。若要贪近，打从这里小路抄去近得好几天。只是山径丛杂难走些。"公子谢了樵夫，拍马竟往小路走去。

走不上十来里路，那马打了一个前失，公子把丝缰一提，往后一看道："我的马落了膘了！要到湖广去，不知有多少路，这便怎么处！"正想之间，听得马嘶声响，回头一看，只见树林中，拴着一匹马，浑身火炭一般，鞍辔俱全。岳云失声道："好一匹良马！"又看看四下无人："不如换了他的吧？"

正想要上前去换，忽听得山冈上喝道："孽畜还不走！"公子抬头看时，见一个小孩子，年纪十二三岁，在那冈上拖一只老虎的尾巴，喝那虎走。公子想道："这个人大起来，定然是个好汉。这匹马，想必是他的了。待我来耍他一耍。"便望着冈子上高声叫道："咄！小孩子，这个虎是我们养熟了玩的，休要伤了他，快些送来还我！"那小孩子听了，心中暗想："怪道今日擒这个虎，恁般容易。原来是他养熟的。"便道："既是你们的，就还了你。"遂一手抓着虎颈，一手扑着虎腿，望冈子下掼将下来。不道使得力猛，扑的一声丢下冈来，那虎早已跌死了。

公子想道："真个好力气！"就下马来道："我的虎被你掼死了，快赔我一只活的来。"就把那死虎提起，望着冈子上掼将上去。

那孩子心中也想道："他的力气比我更大。"遂双手提着死虎，走下冈来，对公子道："你改日来，等我拿着一个活的赔你吧。"公子道："这虎是我家养的。你就拿着了,也是死的,要他何用?"孩子道:"如今已掼死了,你待要怎的?"公子道:"也罢,你把这匹马赔了我吧。"那孩子听了,微微笑道:"呆子!古人说的'关门养虎,虎大伤人'。这个东西,如何养得熟的?你原是想我这匹马,来哄我的!"便在青草内去拿出一口青龙偃月刀来,跳上马,叫声:"你且来与我比比手段看:若胜得我这把刀,我就把这马送你;若胜不得我,你走你的路,休要妄想。"公子道:"既如此,好汉子说话,不要放赖。"孩子说:"不赖,不赖。"

　　岳云听了,提锤上马。两人在山坡之下,各显手段,战了四五十合,未分胜负。公子暗想:"这样一个孩子,战他不过,怎么到得百万军中去?"两人直战到晚。那小孩道:"住着!我对你说,天色晚了,我要回去吃饭了,明日再来与你比武吧。"公子道:"你明日倘然不来,我倒等你不成?你若要去,须把马留下做个当头,方许你去。"小孩道:"你只是想我的马。也罢,我把这口刀留在你处,明日来与你定个胜败。"竟将刀递与公子,拍马而去。

　　岳公子见天色已晚,无处投宿,只得就在林中过夜。到了更深,身上觉得有些寒冷,公子就把死虎扯过来,抱在怀中,竟蒙眬的睡去。

　　再说这前头庄上,有一位员外,带了庄丁,挑了一担东西,掌着灯火,正往前行。一个庄丁说道:"不好了!有个老虎在林子内吃人哩!"员外拿灯近前一看,原来这个人,是抱着虎睡的。员外叫声:"小客官醒来!"岳公子被员外叫醒,开了眼,坐起来问道:"老丈何来?"员外道:"这里岂是睡觉的所在?那里来的死虎,你抱着他睡?倘再走出一个活虎来,岂不伤了性命么!"公子道:"不瞒老丈说:晚生要往牛头山去;遇着一位小英雄,与我比武,杀了一日,未分胜负,约定明日再来,故此在这里候他。"员外道:"你也呆了!倘他明日不来,岂不误了你的路程?"公子道:"他将刀放在此做当头,一定来的。"员外道:"刀在那里?"公子道:"这不是?"员外一看,原来是自己外甥的,遂问道:"足下尊姓大名?居住何处?"公子道:"汤阴县岳飞,就是家父。晚生名唤岳云。"员外听了,道:"原来是岳公子,得罪得罪!且请到寒庄过夜,明日再作商量吧。"岳云道:"只是惊动不当!"就提了刀锤,带了马,跟着员外到了庄上。

　　在中堂见礼毕,员外吩咐备酒款待。公子请问老丈尊姓大名。员外道:"老汉姓陈名葵。日间比武的,就是舍甥。"叫庄丁:"请少爷出来,与公子相见。"公子道:"这位小哥,果然好刀法,必然是老丈传授的了。"员外道:"此子名唤关铃。他的父亲,原是梁山泊上好汉,叫做大刀关胜。这刀法是家姊丈传我,我又传他的。"

　　正说之间,关铃走将出来,见了岳云,便道:"舅舅不要睬他,他是拐子,想要拐我的马。"员外道:"胡说!这位少爷就是我常日间和你说的汤阴县岳元帅的大公

第二十七回　杀番兵岳云保家　赠赤兔关铃结义

子岳云。还不快来见礼！"关铃道："你果然是岳公子，何不早说？我就把这匹马送你了，何苦战这一日？"岳云道："若不是小弟赖兄这个死虎，怎能领教得小哥这等好刀法！"两个不觉大笑起来。见过了礼，重新入席饮酒。岳云与关铃结为异姓兄弟，关铃年只十二，遂认岳云为兄。两个又拜了员外。再坐饮酒，当夜尽欢而散。员外叫庄丁收拾房间，关铃遂陪岳云同宿。

到了次日，员外细细写了牛头山的路程图，又取出金银赠与岳云作盘费，对公子道："待等舍甥再长两年，就到令尊帐下效力。"公子称谢不尽，关铃将赤兔马牵出来赠与岳云。公子拜辞了员外。关铃不舍，又相送了一程，方才分手回庄。

且说岳云拍马加鞭，上路而行。到了下午，来到一个地方；团团一带，俱是山冈，树木丛杂。正在难走之间，那马踏着陷坑，哄咙的一声，连人带马跌在坑内。两边铜铃一响，树林内伸出几把挠钩，来搭公子。

不知岳公子性命如何，且听下回分解。

第二十八回　巩家庄岳云聘妇　牛头山张宪救主

却说岳公子跌落陷坑,两边伸出几把挠钩来捉公子。公子大吼了一声,那匹马就猛然一纵,跳出陷坑,公子舞动双锤,将挠钩打开,拍马便走。那强盗见岳公子跌入陷坑,又被他逃脱;见了那匹赤兔马,好不可爱,就上马提刀,带领喽啰赶将上来。

那岳公子离脱了山冈,一路而来。看看天色晚将下来,无处歇宿。又走了一程,望见一座大庄院。公子把马加上一鞭,赶到庄前,已是黄昏时分了。庄丁正出来关门,公子下马,向庄丁道:"我是过路的,因错过了宿头,欲求借宿一宵,望大哥方便!"庄丁道:"我家员外,极是好说话的,但是此时已经安寝,不便通报。只好就在这旁边小房里将就暂歇,可好?但是没有铺盖。"公子道:"不妨。略坐坐,天明就行。只是这匹马怎么处?"庄丁道:"小客人,我家后头也有牲口,待我取些料来喂他就是。"公子再三称谢不尽。当时公子就在小房内坐下,细细的请问庄丁。庄丁说:"这里是叫做巩家庄。主人巩致十分好客,小客人若早来时,必定相待。如今有屈了!"公子道声:"不敢。多蒙相留,已是极承盛意的了。"

再说那强盗领着喽啰一路追来,不见了公子。看看天色已晚,便问道:"前面是那里了?"喽啰禀道:"是巩家庄了。"强盗想道:"我久有此心,要抢他的女儿,做个押寨夫人。如今顺便,不如打进庄去。"吩咐喽啰:"与我打进庄去!"当时庄丁忙报知庄主。庄主慌忙聚集庄丁,出庄抵敌。那庄丁那能抵挡得住。正在危急,早惊动了耳房中的岳公子,手抡双锤,走将出来,大喝道:"强盗往那里走?"举锤就打。强盗不曾提防,被公子这一锤,早已打死。众喽啰见头目已死,只得四散逃走。公子追上来,打死五六个喽啰。那庄主巩致上前接着,同进庄来。

到了堂上坐定,巩致道:"这位恩公,救我一门性命,望乞留名,他日好补报。"公子道:"我乃岳元帅的长子岳云便是。"巩致听见,连称:"失敬!"吩咐家人忙备酒席相待;一面吩咐把那强盗的尸首收拾。那里边安人,偷看公子相貌非常,着人来请员外进去,说道:"我看这公子年纪尚幼,必定未有亲事。我意欲招他为婿,你道如何?"巩致道:"我出去将言语探他,便知分晓。"员外出来,对岳云道:"老妻说:若不是公子相救,一门性命难保,只是无可报恩。我夫妻只生一女,年方一十四岁,要送与公子成亲,万勿推却!"岳云道:"婚姻大事,必须禀告父母,方敢应

第二十八回　巩家庄岳云聘妇　牛头山张宪救主

允。"员外道："只要公子一件信物为定。待禀过令尊令堂，将来迎娶何如？"公子便在身边取出那十二文金太平钱来，奉上道："此乃祖母与我小时带着压惊之物，即将此钱为定。日后太平时，再来迎娶便了。"员外收了金钱，当晚请进书房安歇了。至次日，公子别了员外，往牛头山而去。

再说牛皋在山上，这一日乃是八月十五日，牛皋坐在帐中，回头见汤怀在旁，牛皋道："汤二哥，我从今不哭了。"汤怀道："贤弟不哭了，我就去回复元帅。"牛皋道："二哥请便。"汤怀就辞了出来。牛皋吩咐家将，收拾酒饭，来到高宠坟前。牛皋叫几声"兄弟啊，兄弟！"叫不答应，又大哭起来，哭个不止，一交竟晕倒在坟前了。

这日岳元帅问张保出来探看番营，直看到兀术营前，元帅道："这许多番兵，怎保得主公下山？恐一朝粮尽，如何是好！"又看到西南上去，只见一派杀气迷天。元帅想道："前日高宠死在番营，不知何物埋伏在彼。"看了一番，回转营中，身体有些不遂，走进后营。命张保："你去各营要路口子上，叫他们今夜用心看守。"张保领命前去，吩咐各处守山将校俱要用心保守。

又说朝廷在玉虚宫内，正值中秋佳节，只有李纲在旁，面前摆着水酒素菜。天子道："老卿家！想朕如此命苦：前被番人带往他国，幸亏崔卿传递血诏，逃过夹江，在金陵即位；后来遭番兵追迫；今日又被围困在此地！不知几时方享太平也！"说罢，不觉流下泪来。李太师见天子悲伤，便奏道："陛下还算恭喜的。苦了二位老主公，在北国坐井观天；吃的是牛肉，饮的是酪浆，也要挨日子过去哩！"那高宗听见太师说着那二帝，放声大哭起来。李纲再三劝不住，只得道："陛下！古人道得好：'人生几见月当头？'值此中秋佳节，且看看月色，以散闷怀如何？"天子道："如此，老卿家同去更妙。"李纲只得命内侍备了两匹马，保了高宗出玉虚宫来。到了灵官殿前，早有统制陶进等上来接驾道："万岁爷何往？"天子道："朕要下山看月色解闷。"陶进道："臣奉将令守在此处，万岁爷若下山看月，元帅定要加臣之罪。"天子道："不妨。若是元帅知道罪你，孤当与你说情。"陶进等只得送高宗、太师出了口子，往荷叶岭而来。有诸葛英等亦跪下阻挡。高宗道："诸事孤家自有主意，决不妨事。"诸葛英无奈，只得放开挡木说道："太师爷，要保万岁速回，不可久留！"李太师点头应允。君臣二人走马下山，太师道："陛下正好在这里看观番营。"高宗勒马观看营头。

岂知那番营中兀术，看见月明如昼，遂同了军师出营来看月色，也到山下偷看此山何处可以上去得。正在指指点点，抬头观看，只听得上边有人说话响。兀术忙躲在黑影之中细听。原来是康王的声音。便对军师道："上面乃是康王。待某家悄悄上去捉他。你可速回营去,发大兵来抢山。"哈迷蚩领命而去。那高宗正在山上骂那兀术。兀术已悄悄走马上山来,大叫道:"王儿休要破口伤人,某家来也!"高宗、李纲听见了,忙忙转马便跑。兀术随后追赶。那诸葛英等上边瞧见,连忙上前挡住兀术。又有小校急往元帅帐前击起鼓来,报说道:"不好了!圣驾私行荷叶岭下,兀术已赶上山来了!"

元帅大惊,忙唤备马。张保道:"张公子已骑了元帅的马去救驾了。"慌得元帅就步行出帐。那张宪因心忙了,不管三七二十一,扯着元帅的马骑上去,泼喇喇跑下山来。看见诸葛英等俱被兀术战败,正在危急,张宪拍马上来,只一枪望兀术面上刺来,兀术叫声"不好",把头一侧,那一枪,把他一只耳朵挑开。兀术惊慌,转马败下山来。张宪追赶下来。

再说岳元帅出营不多路,正遇着高宗,便道:"陛下受惊了!"请天子回转玉虚宫。

再说张宪追赶那兀术,紧紧不放。兀术进了营盘,张宪踵进去,远者枪挑,近者鞭打,番将那里敌得住,直追得兀术往后营逃去。那张宪追杀了一会,直到二鼓时分,方转牛头山来报功。

却说牛皋睡倒在高宠坟上,忽听见人喧马嘶,惊醒过来,蒙蒙眬眬起来,上马提锏,冲下山来。那些守山战将,只道元帅令他下山的,故不通报。这牛皋杀进番营,小番报与兀术。兀术大怒道:"牛皋也来欺我?"遂起身上马,来战牛皋。牛皋一见,勾开兀术的斧,一锏打来。兀术躲避不及,早被打中肩膀,回马败走。那些众番兵围将拢来,牛皋杀得两臂酸疼,汗如雨下。众番兵把牛皋困住了。

不说牛皋被困在番营,存亡未卜。再讲岳云来至牛头山,望见番营连扎十数里。岳云道:"妙啊!还有这许多番兵在此,待我进去杀他一个干净。"便拍马摇锤,大喝一声:"岳云公子来踹营了!"举锤便打,番兵难以招架。小番急忙报与兀术。兀术大怒,提斧上马,来与岳云交战。兀术喝声:"看斧!"一斧砍来。岳公子左手架开斧,右手举锤,照兀术面门一锤打来。兀术见锤打来,向后一退;那锤在他肚皮上一刮,兀术几乎落马,痛不可当,拍马往旁侧而走。公子也不来赶,只是打进番营来,如入无人之境,打得尸如山积,血流成川。打至前面,但见番兵正围住牛皋在那里厮杀。岳云手起锤落,打散番兵。牛皋看见,也不认得,举锏乱打。倒是公子高叫道:"牛叔父,不要动手!侄儿岳云在此!"牛皋方才定了,却问道:"你为何到此?"就同了岳云杀出番营,回山而去。

却说兀术这一夜吃了三次亏,本营中又被岳云打杀多少兵将,只得吩咐众将,重整营头,收拾尸首。

第二十八回　巩家庄岳云聘妇　牛头山张宪救主

　　岳元帅在帐中聚集众将商议，只听得传宣官禀道："牛将军在外候令。"岳爷道："令他进来。"牛皋进来禀道："小将缴令。"元帅道："你缴的是何令？"牛皋一想道："我在高兄弟坟上睡着，不知怎样下山，杀进番营，得遇公子同归。并非差遣，有何令缴？"忙改口道，"小将因知侄儿杀到番营，故此下山救了侄儿上来，现在营门候令。"岳元帅方才得知，便传令叫岳云进来。公子领令来见父亲，跪下叩头。元帅忙叫他起来，令与众位叔父见过了礼，然后问道："你不在家中读书用功，却到此为何？"岳云便将番将来捉家属，当即杀退之事禀知。岳元帅又问他一路上来的事。公子又将错走山东，相会关铃，打死强盗，聘定巩氏之言，一一禀上。岳爷吩咐岳云在后营安歇。

　　到了次日，元帅升帐，众将参见已毕，站立两旁。元帅叫张保与公子收拾马匹，端正干粮。张保领令。元帅叫岳云听令："为父的令你往金门镇傅总兵那边下文书；叫他即刻发兵调将，来破番兵，保圣驾回金陵。此乃要紧之事，限你日期，须得要小心前去！"公子领令，接了文书，辞父出营。张保将文书包好，送与公子藏了。坐上赤兔马，手抡双银锤，下荷叶岭而来。心中想道："我有要紧之事，须从粘罕营中杀出，方是正路。"主意已定，便催马到粘罕营前，手摆双锤，大喝道："小将军来踹营了？"举锤便打，杀进番营。

　　未知岳公子冲进番营胜败如何，且听下回分解。

第二十九回　岳云锤打免战牌　彦直枪挑大王子

话说岳云摆动那双锤，犹如雪花乱舞，打进番营。小番慌忙报知粘罕。粘罕闻报，即提着生铜棍，腰系流星锤，上马来迎敌。正遇着公子，喝声："小南蛮慢来！"捻下生铜棍，举起流星锤，一锤打去。岳云看得亲切，左手烂银锤当的一架，锤碰捶，真似流星赶月；右手一锤，正中粘罕左臂。粘罕叫声："啊唷，不好！"负着痛，回马便走。公子也不去追赶，杀出番营，竟奔金门镇而来。

不一日，到了傅总兵衙门，旗牌通报进去。总兵即请公子到内堂相见。公子送过文书，总兵看了，便道："屈留公子明日起身。待本镇一面各处调兵遣将，即日来保驾便了。"当夜无话。

到了次日早堂，傅总兵先送公子起身；随即往校场整点人马。忽听见营门外喧嚷，军士禀道："外面有一花子，要进来观看。小的们拦他，他就乱打，故此喧嚷。"傅爷道："拿他进来！"众军士将花子拿进跪下。傅光低头观看，见他生得身材长大，相貌凶恶，便问："你为何在营外嚷闹？"花子道："小的怎敢嚷闹，指望进来看看老爷定那个做先锋；军士不许小人进来，故此争论。"傅爷道："你既然要进来看，必定也有些力气。"花子道："力气却有些。"傅爷又问："你既有些力气，可会些武艺么？"花子道："武艺也略知一二。"傅爷就吩咐左右："取我的大刀来与他使。"花子接刀在手，舞动如飞，刀法精通。傅爷看了，想道："我这口大刀有五十余斤，他使动如风，却也好力气！"问道："你叫甚名字？"那人道："小人乃是平西王狄青之后，名叫狄雷。"傅光道："本镇看你武艺高强，就命你做个先锋。待有功之日，另行升赏。"狄雷谢了傅爷。傅爷挑选人马已毕，择日起行，到牛头山救驾。

且说那粘罕被岳云伤了左臂，败回帐中坐定，对众将说："岳南蛮的儿子如此厉害，想必元帅薛礼花豹已被他伤了性命。"忽有小番道："二殿下完颜金弹子到，在营外候命。"粘罕大喜，就唤进来，同来见兀朮。完颜金弹子进帐，见了各位狼主。你道那殿下是谁？乃是粘罕第二个儿子；使两柄铁锤，有万夫不当之勇。金弹子道："老王爷时常记念，为何不拿了那岳南蛮，捉了康王，早定中原？"兀朮把岳飞兵将厉害，一时难擒的话，说了一遍。金弹子道："叔爷爷，今日尚早，待臣儿去拿了岳南蛮回来，再吃酒饭吧。"兀朮心中暗想道："他也不晓得岳飞兵将的厉害，且叫他去走走也好。"兀朮就令殿下带兵去山前讨战。

第二十九回　岳云锤打免战牌　彦直枪挑大王子

山上军士报与元帅。元帅道："谁敢迎敌？"牛皋应声道："末将愿往。"元帅道："须要小心！"牛皋上马提锏，奔下山来，大叫道："番奴快通名来，功劳簿上，好记你的名字。"金弹子道："某乃金国二殿下完颜金弹子是也。"牛皋道："那怕你铁弹子，也要打你做肉弹子。"举锏便打。那金弹子把锤架开锏，一连三四锤，打得牛皋两臂酸麻，抵挡不住，叫声："好家伙，赢不得你。"转身飞奔上山来。到帐前下马，见了元帅道："这番奴是新来的，力大锤重，末将招架不住，败回缴令，多多有罪！"

只见探子禀道："启上元帅：番将在山下讨战，说必要元帅亲自出马。请令定夺。"岳爷道："吓！既然如此，待本帅去看看这小番，怎生样的厉害。"就出营上马。一班众将，齐齐的保了元帅，来至半山里。

那金弹子在山下，手抡双锤，大声喊叫。元帅道："那位将军去会战？"只见余化龙道："待末将去拿他。"一马冲下山来。金弹子道："来的南蛮是谁？"余化龙答道："我乃岳元帅麾下大将余化龙是也。"金弹子道："不要走，照锤！"举锤便打。两马相交，战有十数个回合。余化龙战不过，只得败上山去。当时恼了董先，大怒道："看末将去拿他！"拍马持铲，飞跑下山来，与金弹子相对，锤铲相交，斗有七八个回合。董先也招架不住，把铲虚摆一摆，飞马败上山去。旁边恼了何元庆，大怒道："待末将去擒这小番来！"催开战马，提着斗大双锤，一马冲下山来。金弹子想道："这个南蛮，也是用锤的，与我一般兵器，试他一试看。"举锤相迎。锤来锤架，锤打锤当。二人大战有二十余个回合，何元庆力怯，抵挡不住，只得往山上败走。番兵报与兀术。兀术大喜，心中想道："这个王儿，连败南蛮，不要力怯了，待他明日再战吧。"传令鸣金收兵。金弹子来至营前下马，进了牛皮帐，来见兀术道："臣儿正要拿岳南蛮，王叔为何收兵？"兀术道："恐王侄一路远来，鞍马劳顿，故令王侄回营安歇。明日再去拿他未迟。"金弹子谢了恩，兀术就留他饮酒。酒席之间，说起小南蛮岳云骁勇非常。金弹子道："明日臣儿出阵去，决要拿他。"

再说岳元帅回营，传令各山口子上，用心把守："如今番营内，有了这个小番奴，恐他上山来劫寨。"

到了次日。兀术命金弹子带兵至山前讨战。守山军士报与元帅。元帅命张宪领令下山，与金弹子会战。张宪把手中枪一起，望心窝里便刺。金弹子举锤相迎，心中想道："怪不得四王叔说这些南蛮了得。我须要用心与他战。"把锤一举打来。张宪挺枪来迎。一个枪刺去，如大蟒翻江；一个锤打来，如猛虎离山。那张宪的枪，十分厉害；这殿下的锤，盖世无双。二人在山下大战有四十余合，张宪看看力怯，只得败回山上，来见元帅。元帅无奈，令将"免战牌"挂出。金弹子不准免战，只是喊骂，岳爷只得连挂七道免战牌。兀术闻报，差小番请殿下回营。

再说岳云从金门镇转来。将近番营，催开战马，摆着双锤，打进粘罕营中。撞着锤的就没命，旁若无人。这公子左冲右突，直杀透番营。来至半山之中，忽见挂着七道免战牌，暗想道："这也奇了！吾进出皆无勇将抵挡，怎么将'免战牌'高挂？想是那怕事的瞒了爹爹，偷挂在此的，岂不辱没了我岳家的体面！"当下大怒，把牌都打得粉碎。

元帅正坐帐中纳闷，忽见传宣来报道："公子候令。"岳爷道："令他进来。"岳云进帐跪下道："孩儿奉令到金门镇，见过傅总兵，有本章请圣上之安，即日起兵来也。"元帅接了本章。岳云禀道："孩儿上山时，见挂着七面'免战牌'，不知是何人瞒着爹爹，坏我岳家体面，孩儿已经打碎。望爹爹查出挂牌之人，以正军法。"元帅大喝道："好逆子！吾令行天下，谁敢不遵！这牌是我军令所挂，你敢打碎，违吾军令！"叫左右："绑去砍了！"众将一齐上前道："公子年轻性急，故犯此令，求元帅恕他初次。"元帅道："众位将军，我自己的儿子，尚不能正法，怎能服百万之众？"众将不语。

牛皋道："末将有一言告禀。元帅挂'免战牌'，原为那金弹子骁勇，无人敌得他过耳。公子年轻，不知军法，故将牌打碎。若将公子斩首：一则失了父子之情，二则兀朮未擒，先斩大将，于军不利；三来若使外人晓得是打碎了'免战牌'，杀了儿子，岂不被他们笑话！不若令公子开兵，与金弹子交战，若然得胜回来，将功折罪；若杀败了，再正军法未迟。"岳爷道："你肯保他么？"牛皋道："末将愿保。"元帅道："写保状来！"牛皋道："我是不会写的，烦汤怀哥代写罢了。"汤怀就替他写了保状。牛皋自己画了花押。元帅收了保状，吩咐放了岳云的绑；就令牛皋带领岳云去对敌。

牛皋领令出来，只见探子进营报事。牛皋忙问："你报何事？"探子说道："有完颜金弹子讨战，要去报上元帅。"牛皋道："如此你去报吧。"牛皋道："侄儿，我教你一个法儿：今日与金弹子交战，若得胜了不必说；倘若输了，你竟打出番营，逃回家去见太太，自然无事了。"岳云点头称谢。叔侄一齐上马，来至山前。岳云一马冲下山来，金弹子大喝道："来将通名！"公子道："我乃岳元帅公子岳云是也。"金弹子道："某家正要擒你。不要走！"举锤便打。岳云提锤便迎。一个烂银锤摆动，银光遍体；一个浑铁锤舞起，黑气迷空。二人战有四十多个回合，不分胜败。岳云暗想："怪不得爹爹挂了免战牌，这小番果然厉害！"又战到八十余合，渐渐招架不住。牛皋看见，心中着了急，大叫一声："我侄儿不要放走了他！"那金弹子只道是后边兀朮叫他，回头观看，早被公子一锤打中肩膀，翻身落马。岳云拔剑上前取了首级，回山来见元帅缴令。岳爷就赦了岳云，令将首级在营前号令。

那边番将，只抢得一个没头尸首回营。众王子见了，俱各放声大哭。兀朮命

第二十九回　岳云锤打免战牌　彦直枪挑大王子

雕匠雕个木人头凑上，用棺木成殓，差人送回本国去了。兀朮对军师哈迷蚩道："军师！倘若宋朝各处兵马齐到，怎生迎敌！"军师道："臣已计穷力尽，只好整兵与他决一死战。"兀朮嘿然不语，在营纳闷。且按下慢表。

如今要说到那韩世忠与夫人梁氏，公子韩尚德、韩彦直，在汝南征服了曹成、曹亮、贺武、解云等，收了降兵十万，由水路开船下来。到了汉阳，将兵船泊住。那汉阳离牛头山，只有五六十里地面。韩元帅与夫人商议，欲往牛头山保驾，梁夫人道："相公何不先差人上山，报知岳元帅，奏闻天子？若要我们保驾，便发兵前去；若叫我们屯扎他处，便下营屯扎，何如？"韩爷道："夫人之言，甚为有理。"就写了本章，并写了一封书，封好停当。便问："谁敢上牛头山去走一遭？"当有二公子韩彦直，年方一十六岁，使一杆虎头枪，勇不可当，遂上前领差，说："孩儿愿去。"元帅便将本章书信交与公子，吩咐："到岳爷跟前，须要小心相见！"公子领令上岸，坐马望牛头山来。

行有二十余里，只见一员将官败奔下来。看见了公子，便叫声："小哥！快些转去，后面有番兵杀来了！"韩公子笑了一笑，尚未开言，那在后面追赶的粘罕已到跟前。公子把枪一摇，当心就刺；粘罕举棍一架，觉得沉重。被公子刷刷刷一连几枪，粘罕招架不住。正要逃走，被公子大喝一声，只一枪挑下马来，取了首级。

那位将官下马来，走至韩公子马前，深深打了一躬道："多蒙小将军救了我性命！请问贵姓大名？"公子道："小将还未曾请教得老将军尊姓大名，因何被他赶来？"那位将官道："我乃藕塘关总兵，姓金名节。奉岳元帅将令，来此保驾。到了番营门首，遇着这番将，不肯放我过去。战他不过，逃败下来。幸得遇见将军，不然性命休矣！"公子听了连忙下马道："原来是总爷，多多有罪了！"金总兵道："将军何出此言！幸乞通名。"公子道："家父乃两狼关元帅，家母都督府梁夫人。末将名唤韩彦直的便是。奉令上牛头山去见岳元帅，不想得遇总爷。"金节道："原来是韩公子，失敬了！本镇被金兵杀败，无颜去朝见天子。有请安本章一道，并有家信一封，与舍亲牛皋的，拜烦公子带去；本镇且扎营在此候旨。未知允否？"公子道："顺便之事，有何不可？"

金节遂将本章、家信，交与公子。公子藏在身边；把粘罕的首级挂在腰间；又对金节道："番奴这匹马甚好，总爷何不收为坐骑？"金爷道："正有此意。"遂将坐骑换了。二人一同行至三叉路口，金节道："前面将近牛头山了，俱有番营扎住，请公子小心过去！"二人分别。

金节自远远扎住营盘，候旨不题。单说韩二公子却一马冲进番营。

不知韩公子过得番营否，且听下回分解。

第三十回　岳家猛将破金兵　韩氏水军困兀术

却说那韩公子一马冲进金营，大喝一声："韩元帅的二公子来踹营了！"摇动手中银杆虎头枪，犹如飞雷掣电一般，谁人挡得住？竟被他杀出番营，上牛头山而去。小番忙去报知太子道："不好了！又来了一个小南蛮，把大狼主伤了！冲破营盘，上山去了。"兀术听了，又惊又苦。一面差人打探，一面去收拾粘罕尸首。

再说韩公子到了荷叶岭边，口子上守山军士问明放进，来至大营前，军士进帐禀知岳元帅。元帅吩咐："请进来！"公子来到帐中，行礼毕，便道："小将奉家父之命，来见元帅，有本章请圣上龙安。适在路上遇见粘罕追赶藕塘关总兵金节，被小将挑死，将首级呈验。金总兵离此二十里扎营候旨，带有问安本章，并牛将军家信呈上。"岳元帅大喜道："令尊平贼有功，公子又得此大功。请同本帅去见天子候旨。"随即引了公子来到玉虚宫，朝见高宗，将两道本章呈上，又将韩公子挑死金国粘罕奏闻。高宗便问李纲："应当作何封赐？"李纲奏道："韩世忠虽失了两狼关，今讨曹成有功，可复还原职。韩尚德、韩彦直俱封为平虏将军；命他引本部人马去复取金陵；候圣驾还朝，另加升赏。"高宗依奏，传旨下来。岳元帅同韩公子谢恩，辞驾出宫。回至营前下马。公子即辞别了岳爷，要回去。岳爷道："本欲相留几日，奈有君命，不好相强。"随命岳云送韩公子出番营去。岳云遂同韩公子并马下山。

将近番营，韩公子道："请公子回山吧。"岳云道："家父命小弟送出番营，岂敢有违！"韩公子再三推让。岳公子决意要送，便道："待小弟在前打开番兵，送兄出去。"就把双锤一摆，大喝一声："快些让路，待小爷送客！"那些番兵见是打死金弹子的小将军，人人胆战，个个心惊，俱向两旁闪开。略略近些的：一锤一个，不是碎了头，就是折了背，谁敢上前？一直杀出大营。韩彦直心中暗想道："果然厉害，名不虚传！我何不也送他转去，也显显我的威名？"遂向岳云道："蒙兄送出番营，小弟再无不送转去之理。"岳公子再三不肯。韩公子立意要送，岳云只得从命。韩公子复身向前拍马冲进，逢人便挑，如入无人之境。番兵已是被他杀怕了的，口中呐喊，却已四散分开；近前的就没了命。二位公子冲透营盘，来至山下。韩公子道："请兄回山吧。"岳云说："既承兄送转来，自然再送兄出去。"韩公子再四推辞。岳云那里肯，复回马向前，韩公子在后，两个又杀入番营。那些番兵被他二人送出送

第三十回　岳家猛将破金兵　韩氏水军困兀朮

进,不知杀伤了多少,一个个胆战心惊,让开大路。二人冲出了番营,韩公子再要送回。岳云道:"如此送出送进,这到何时是了?难得我二人意气相投,小弟欲与兄结为兄弟,不知尊意若何?"韩公子道:"小弟亦有此心,但是高攀不起。"岳云道:"何出此言!"二人遂向树林中去,下马来,撮土为香,对天八拜。韩公子年长为兄,岳公子为弟。二人遂上马分手。

岳云独自一个,再杀进番营,回荷叶岭来。那番兵被二人杀得害怕;况因粘罕被韩公子挑死,众王子俱在兀朮帐中悲苦,忙忙碌碌,所以无人阻挡,由他二人进出。那岳云上山,将送韩公子结义之事,禀知元帅。元帅亦甚欢喜。

再说韩公子回至汉阳,上船来见父亲,禀道:"圣上复了爹爹母亲之职。令我们兄弟领兵复取金陵,不必往牛头山去。"又把与岳云结拜之事禀知元帅夫人,遂命兵船望金陵进发。

一日有探子来报:"留守宗方杀破杜吉、曹荣两个,威镇金陵。特来报知。"元帅问梁夫人道:"如今待怎么处?"夫人道:"我们且将大小战船,在狼福山扎住,以扼兀朮之路。"韩元帅就传令各战船,齐往狼福山下,扎成水寨。差人往金陵打听虚实,一面差人探听牛头山消息。

且说牛头山上岳元帅,专等各路勤王兵到,准备与兀朮交兵。兀朮也在与众王子众平章商议开战之事。有探事小番进帐来报道:"启上狼主:小的探得有南朝元帅张浚,领兵六万;顺昌元帅刘琦,领兵五万;四川副使吴玠同兄弟吴璘,统兵三万;定海总兵胡章,象山总兵龚相,藕塘关总兵金节,九江总兵杨沂中,湖口总兵谢昆,各处人马,共有三十余万;俱离此不远,四面安营。特来报知。"兀朮闻报,遂传令点四位元帅,向东西南北四路,探听那一方可以行走。那四位元帅领令前去。不多时一齐回来,进帐来禀道:"四面俱有重兵;只有正北一条大路,可以行走。"兀朮就传令晓谕前后左右中五营兵将知悉:"若与南蛮交战,胜则前进,倘不能取胜,只望正北退兵。"谁知探路的,只探得四十余里就转来了,不曾探到五十里外。故此一句话,断送了六七十万人马的性命。

却说岳元帅请天子离了玉虚宫,到灵官殿前,与众位大臣都坐在马上。传令施放大炮,连声不绝。那些各处总兵节度,听见炮响,各各准备领兵杀来夹攻。兀朮传齐各位王子、众平章、众元帅,一众番将,俱各领兵上马。传下令来:"今日拼了命,与岳南蛮决一死战,擒了康王,以图中原。"

这里岳元帅传下令来,命何元庆、余化龙、张显、岳云、董先、张宪、汤怀、牛皋等为首,带领众将,一齐放炮,呐喊踹入番营。那些各路总兵节度,听得炮声,四面八方杀将拢来。

这场大战,真个是天摇地动,日色无光。杀得那些番兵,人尸堆满地,马死遍尘埃。岳元帅带领这一班猛将,逢人便杀,遇将就擒;摆动这杆沥泉枪,浑如蛟龙搅海,巨蟒翻身。那些众番将番兵见了岳爷,一个个抱头鼠窜,口中只叫:"走,走,走!岳爷爷来了!"

　　岳爷望见南朝元帅张浚、顺昌元帅刘琦的旗号,遂令军士请来相见。张、刘二位元帅,在马上见了岳元帅,岳元帅叫道:"二位元帅!今日本帅,将圣上并众大臣交与二位元帅,速速保驾回京。本帅好去追赶金兵。"遂辞了天子,带了张保、王横,催兵掩杀。从辰时直杀到半夜,杀得番兵抛旗弃甲,四散败走。众将各各在后追赶。

　　单讲岳爷追着兀朮,连日连夜,直赶到金门镇相近;有傅光的先锋狄雷在此截杀番兵。众番兵无处逃命,被狄雷杀伤大半。岳爷刚到跟前,狄雷不分皂白,举起锤望岳爷便打。一连几锤,岳元帅连忙招架,觉得沉重,便大喝道:"你是何人,敢挡本帅去路?"狄雷听了,细细一认,晓得是岳元帅,心中惊慌,惧罪而逃。岳爷只是紧紧追赶兀朮。

　　兀朮只顾望北逃去。看看来到江口,只听得众番兵一片声叫苦。原来一派大江,并无船只可渡;后面追兵又近;吓得兀朮浑身发抖,仰天大叫:"天亡我也!某家自进中原以来,未有如此之败!今前有大江,后有追兵,如之奈何!"

　　正在危急,那军师哈迷蚩用手一指道:"主公且慢惊慌!看这江中,不是有船来么?"兀朮定睛一看,却是金兵旗号。原来是杜吉、曹荣的战船,因被宗方杀败,故此驾船逃走。军师大叫:"快来救主!"那船上见是番兵,如飞拢岸。兀朮与军师众平章等一齐争下船来。船少人多,那里装得尽?看见岳元帅追兵已近,慌忙开去。落后番兵,无船可渡,岳元帅追至江口,犹如砍瓜切菜一般。可怜这些番兵,啼啼哭哭,望江中乱跳,淹死无数。兀朮望见,掩面流泪,好不苦楚!

　　且说那岳爷兵马到了汉阳江口,安下营寨。差人找寻船只,欲渡江去追拿兀朮;忽听得营门口齐声喊冤。岳爷便问:"何人喊冤?"早有传宣来到外边查问明白,进来禀道:"是七八个船户。因临安通判万俟卨①、同知罗汝楫,解送粮草至此,私将粮草运回家中,反要船户赔补,为此众船户在营前喊冤。"元帅吩咐:"将万俟卨、罗汝楫二人抓进来。"两旁军士答应一声,即将二人一把一个抓进帐来跪下。岳爷喝道:"尔等既然解粮到此,何不缴令?"二人道:"因番兵围困牛头山,只得在此伺候。船户人多,将粮草吃尽,故此要他赔补。望元帅开恩,公侯万代,感恩不

---

①　万俟卨(Mò qí xiè)——人名。万俟,复姓。

第三十回　岳家猛将破金兵　韩氏水军困兀朮

浅!"元帅大喝一声:"绑去砍了!"两边一声吆喝,登时绑了起来。二人齐叫:"开恩!"旁边闪过张宪、岳云,跪下禀道:"他二人因见番兵扎营山下,不敢上山缴令,虽系偷盗粮草,理当处斩;但实系日久,情有可原。望爹爹饶他性命!"元帅道:"你且起来。"二人谢了元帅,站立一边。元帅向万俟卨、罗汝楫喝道:"本当斩你二人驴头。他二人求饶,饶了你死罪,拿下去打!"军士答应一声,将二人按倒在地;每人打了四十大棍,发转临安。二人受责,谢了元帅不斩之恩,出营自回临安而去。

忽有探子进营来报道:"探得韩元帅扎营在狼福山下,阻住兀朮去路。特来报知。"岳元帅想道:"这一功让了韩元帅吧。"遂唤过岳云来,吩咐道:"你可引兵三千,往天长关守住。倘兀朮来时,用心擒住,不可有违!"岳云得令,带领人马,竟往天长关而去。元帅大队人马,自回潭州。

且说兀朮败在长江之中,有那金陵杀败的兵将战船陆续到来;南岸上还有杀不尽的番兵逃来。兀朮吩咐把船拢岸,尽数装载。看见北岸有韩元帅扎营,不能过去;兀朮就吩咐将船只拢齐,查点数目,共有五六百号,计点番兵,不上四五万,兀朮叹道:"某家初进中原,带有雄兵数十万,战将数百员。今日被岳南蛮杀得只剩四五万人马,又伤了大王兄与二殿下;有何面目去见父王!"说罢,痛哭起来。众平章劝道:"狼主不必悲伤,保重身体,好渡长江。"

兀朮望见江北一带,战船摆列,有十里远近;旗旛飘动,楼橹密布,如城墙一般。又有百十号小游船,都是六桨,行动如飞;弓箭火器乱发。那中军水营,都是海鳅舰,坚定桅樯,高有二十来丈,密麻相似。两边金鼓旗号,中间插着"大元帅韩"的大旗。兀朮自想:"不过五六百号战船,如何冲得他动,怎敢过去?"好生忧闷,便与军师商议。哈迷蚩道:"江北战船密布,亦不知有多少号数。须要差人去探听虚实,方好过江。"兀朮道:"今晚待某家亲自去探个虚实。"哈迷蚩道:"狼主岂可深入重地!"兀朮道:"不妨。某家昨日拿住个土人,问得明白。这里金山寺上,有座龙王庙最高,待某家上金山去细看南北形势,便知虚实矣。"哈迷蚩道:"既如此,必须如此如此,方保万全。"兀朮依计,即时叫过小元帅何黑闼①、黄柄奴,二人近前,悄悄吩咐:"你二人到晚间照计而行。"二人领命,准备来探南兵。

且说那韩元帅见金兵屯扎在黄天荡,便集众将商议道:"兀朮乃金邦名将,今晚必然上金山来偷看我的营寨。"即令副将苏德引兵一百,埋伏于龙王庙里:"你可躲在金山塔上,若望见有番兵到来,就在塔上擂起鼓来,引兵冲出,我自有接应。"苏德领令去了。又命二公子彦直道:"你也只消带领健卒一百,埋伏在龙王庙

---

① 闼(tà)。

左侧。听得塔上鼓响,便引兵杀出来擒住番将,不可有误!"二公子领令去了。又命大公子尚德带领兵三百,架船埋伏南岸:"但听江中炮响,可绕出北岸,截他归路。"大公子亦引兵去了。

这里端正停当。果然那兀朮到了晚间,同了军师哈迷蚩,小元帅黄柄奴三人,一齐上岸,坐马悄悄到金山脚边。早有番将何黑闼已带领番兵,整备小船伺候。兀朮与哈迷蚩、黄柄奴,上了金山,勒马徐行。到了龙王庙前一箭之地,立定一望,但见江波浩渺,山势嵝峻①正待观看宋军营垒;那苏德在塔顶上望见三骑马将近龙王庙来;后面几百番兵,远远随着;便喝采道:"元帅真个料敌如神!"遂擂起鼓来,庙里这一百兵,呐声喊,杀将出来。左首韩二公子听得鼓响,亦引兵杀出。兀朮三人,听得战鼓齐鸣,心惊胆颤。正待勒马回去,忽然韩彦直飞马大叫:"兀朮往那里走?快快下马受缚!"这一声喊,早惊得三人飞马便走。不说山路高低,一将坐马失足,连人掀下。彦直举枪便刺。兀朮举起金雀斧劈面砍来,救出那将,就与二公子大战。众番兵连忙下山逃走。何黑闼接应上船,飞风开去。大江中一声炮响,韩尚德放出小船来赶,已去远了。那二公子在山上与兀朮战不上七八合,被二公子逼开斧,一手擒过马来,下船回营。

天已大明,元帅升帐,诸将俱来报功。韩元帅大喜,命将兀朮推来。左右一声得令,将兀朮推进来。

毕竟不知兀朮性命如何,且听下回分解。

---

① 嵝峻(lōng zōng)——山高耸貌。

第三十一回　梁夫人金山击鼓　金兀术死港栖身

那韩元帅一声吩咐，两边军士答应，将兀术推进帐前。元帅把眼望下一看，原来不是兀术。元帅大喝道："你是何人？敢假冒兀术来诳我！"那将道："我乃金国元帅黄柄奴是也。军师防你诡计，故命我假装太子模样，果不出所料。今既被擒，要砍就砍，不必多言。"元帅道："原来番奴这般刁滑！无名小卒，杀了徒然污我宝刀。"吩咐："将他囚禁后营，待我擒了真兀术，一齐碎剐便了。"又对二公子道："你中了他'金蝉脱壳'之计，今后须要小心！"公子连声领命。

元帅因走了兀术，退回后营，闷闷不乐。梁夫人道："兀术虽败，粮草无多，必然急速要回，乘我小胜无意提防，今夜必来厮杀。金人多诈，恐怕他一面来与我攻战，一面过江，使我两下遮挡不住。如今我二人分开军政：将军可同孩儿等专领游兵，分调各营，四面截杀；妾身管领中军水营，安排守御，以防冲突。任他来攻，只用火炮弩箭守住，不与他交战；他见我不动，必然渡江。可命中营大桅上立起楼橹，妾身亲自在上击鼓；中间竖一大白旗。将军只看白旗为号，鼓起则进，鼓住则守。金兵往南，白旗指南；金兵往北，白旗指北。元帅与两个孩儿协同副将，领兵八千，分为八队，俱听桅顶上鼓声，再看号旗截杀。务叫他片甲不回，再不敢窥想中原矣。"韩元帅听了，大喜道："夫人真乃是神机妙算，赛过古之孙吴也！"梁夫人道："既各分任，就叫军政司立了军令状：倘中军有失，妾身之罪；游兵有失，将军不得辞其责也！"

夫妇二人商议停当，各自准备。夫人即便软扎披挂，布置守中军的兵将。把号旗用了游索，将大铁环系住；四面游船八队，再分为八八六十四队，队有队长。但看中军旗号，看金兵那里渡江，就将号旗往那里扯起。那些游兵，摇橹的，荡桨的，飞也似去了。布置停当，然后在中军大桅顶上，扯起一小小鼓楼，遮了箭眼。到得定更时分，梁夫人令一名家将，管着扯号旗。自己踏着云梯，早已到桅杆绝顶，离水面有二十多丈。看着金营人马，如蝼蚁相似；那营里动静，一目了然。江南数十里地面，被梁夫人看做掌中地理图一般。那韩元帅同二位公子，自去安排截杀，不表。

再说那日兀术在金山上，险些遭擒，走回营中，喘息不定。坐了半日，对军师道："南军虚实不曾探得，反折了黄柄奴，如今怎生得渡江回去？"军师道："我军粮少,难以久持。今晚可出其不意,连夜过江。若待我军粮尽,如何抵敌!"兀朮听得,就令大元帅粘没喝领兵三万,战船五百号,先挡住他焦山大营;却调小船由南岸一带过去,争这龙潭、仪征的旱路。约定:三更造饭,四更拔营,五更过江;使他首尾不能相顾。众番兵番将,那个不想过江,得了此令,一个个磨刀拈箭,勇气十倍。那兀朮到了三更,吃了烧羊烧酒,众军饱餐了。也不鸣金吹角,只以胡哨为号。三万番兵,驾着五百号战船,望焦山大营进发。正值南风,开帆如箭。这里金山下宋兵哨船探知,报入中军。梁夫人早已准备炮架弓弩,远者炮打,近的箭射。俱要哑战,不许呐喊。那粘没喝战船将近焦山,遂一齐呐喊。宋营中全无动静。兀朮在后边船上,正在惊疑;忽听得一声炮响,箭如雨发;又有轰天价大炮打来。把兀朮的兵船,打得七零八落;慌忙下令转船,从斜刺里往北而来。怎禁得梁夫人在高桅之上,看得分明,即将战鼓敲起,如雷鸣一般。号旗上挂起灯球:兀朮向北,也向北;兀朮向南,也向南。韩元帅与二位公子率领游兵照着号旗截杀,两军相拒。看看天色已明,韩尚德从东杀上,韩彦直从西杀来。三面夹攻,兀朮那里招架得住。那些番兵,溺死的,杀伤的,不计其数。这一阵杀得兀朮上天无路,入地无门,只得败回黄天荡去了。那梁夫人在桅顶上,看见兀朮败进黄天荡去,把那战鼓敲得不绝声响。

　　原来这黄天荡是江里的一条水港。兀朮不知水路,一时杀败了,遂将船收入港中,实指望可以拢岸,好上旱路逃生。那里晓得是一条死水,无路可通。韩元帅见兀朮败进黄天荡去,不胜之喜;说道:"只消把江口阻住,此贼焉得出?不消数日,粮尽饿死,从此高枕无忧矣。"即忙传令,命二公子问众将守住黄天荡口。

　　韩元帅回寨,梁夫人接着,诸将俱来献功。苏德生擒得兀朮女婿龙虎大王,霍武斩得番将何黑闼首级。其余有夺得船只军器者,擒得番兵番卒者不计其数。元帅命军政司一一纪录功劳。命后营取出黄柄奴,将龙虎大王一同斩首;并何黑闼首级,一齐号令在桅杆上。是时正值八月中旬,月明如昼。元帅见那些大小战船,排作长蛇阵形,有十里远近;灯球火花,照耀如同白日。军中欢声如雷。

　　韩元帅因得了大胜,心内十分欢喜;又感梁夫人登桅击鼓,要与梁夫人夜游金山看月,登塔顶上去望金营气色。即时传令,安排两席上色酒肴。

　　二人徐徐步上山来,早有山僧迎接,进了方丈。韩元帅便问:"道悦禅师何在?"和尚禀说:"三日前已往五台山游脚去了。"待茶已毕,韩元帅吩咐将酒席移在妙高台上,同夫人上台赏月。二人对坐饮酒。韩元帅在月下一望,金营灯火全

第三十一回　梁夫人金山击鼓　金兀术死港栖身

无,宋营船上,灯球密布;甚是欢喜,不觉有曹公赤壁横槊①赋诗的光景。那梁夫人反不甚开怀,颦眉长叹道:"将军不可因一时小胜,忘了大敌!我想兀术智勇兼全,今若不能擒获,他日必为后患。万一再被他逃去,必来复仇;那时南北相争,将军不为无功,反是纵敌,以遗君忧。岂可游玩快乐,灰了军心,悔之晚矣!"韩元帅闻言,愈加敬服道:"夫人所见,可谓万全。但兀术已入死地,再无生理。数日粮尽,我自当活捉,以报二帝之仇也。"言毕,举起大杯,连饮数杯;拔剑起舞,舞了一回,与梁夫人再整一番酒席,尽欢而罢。早已是五更时分,元帅传令,同夫人下山回营。

再说兀术大败之后,剩不上二万人马,四百来号战船。败入黄天荡,不知路径,差人探听路途。拿得两只渔船到来,兀术好言对渔户道:"我乃金邦四太子便是。因兵败至此,不知出路,烦你指引,重重谢你!"那渔翁道:"我们世居在这里,这里叫做黄天荡;河面虽大,却是一条死港。只有一条进路,并无第二条出路。"兀术闻言,方知错走了死路,心中惊慌。赏了渔人。与军师众王子元帅平章等商议道:"如今韩南蛮守住江面,又无别路出去,如何是好!"哈迷蚩道:"如今事在危急,狼主且写书一封,许他礼物,与他讲和。看那韩南蛮肯与不肯,再作商议。"兀术依言,即忙写书一封,差小番送往韩元帅寨中。

韩元帅拆书观看,上边写道:"情愿求和,永不侵犯。进贡名马三百匹,买条路回去。"元帅看罢,哈哈大笑道:"兀术把本帅当作何等人也!"写了回书,命将小番割去耳鼻放回。小番负痛回船,报知兀术。兀术与军师商议,无计可施。只得下令拼死杀出,以图侥幸。次日,众番兵呐喊摇旗,驾船杀奔江口而来。

那韩元帅料得兀术必来夺路,早已下令,命诸将用心把守。倘番兵出来,不许交战,只用大炮硬弩打去。他不能近,自然退去。众将领令。那兀术带领众将杀奔出来,只见守得铁桶一般,火炮弩箭齐来,料不能冲出。遂传令住了船,遣一番官上前说道:"四太子请韩元帅打话。"军士报知寨中。韩元帅传令,把战船分作左右两营;将中军大营船放开,船头上弩弓炮箭,排列数层,以防暗算。韩元帅坐中间,左边立着大公子韩尚德,右边立着二公子韩彦直,两边列着长枪利斧的甲士,十分雄壮。兀术也分开战船;独坐一只大楼船,左右也是番兵番将,离韩元帅的船约有二百步。两下俱各抛住船脚。兀术在船头上,脱帽跪下,使人传话,告道:"中国与金国,本是一家。皇上金主,犹如兄弟。江南贼寇生发,我故起兵南来,欲讨凶徒;不意有犯虎威!今对天盟誓:从今和好,永无侵犯,乞放回国!"韩元帅也使

---

① 槊(shuò)——古代兵器,杆儿比较长的矛。

传事官回道:"你家久已背盟,掳我二帝,占我疆土。除非送还我二帝,退回我汴京,方可讲和;否则请决一战!"说罢,就传令转船。

兀朮见韩元帅不肯讲和,又不能冲出江口,只得退回黄天荡。心中忧闷,对军师道:"我军屡败,人人恐惧。今内无粮草,外无救兵,岂不死于此地!"军师道:"事已急矣,不如张挂榜文:若有能解得此危者,赏以千金。或有能人,亦未可定。"兀朮依言,命写榜文召募。不一日,有小番来报:"有一秀才求见,说道:'有计出得此围。'"兀朮忙教请进来相见。那秀才进帐来,兀朮出座迎接,让他上坐;便道:"某家被南蛮困住在此,无路可出,又无粮草。望先生教我!"那秀才道:"行兵打仗,小生不能。若要出此黄天荡,有何难处!"兀朮大喜道:"某家若能脱身归国,不独千金之赠,富贵当与先生共之!"

那秀才迭两个指头,言无数句,话不一席。

毕竟不知这秀才有何计出得黄天荡,且听下回分解。

第三十二回　金兀朮脱险逃生　岳元帅辞官归里

却说那秀才道："此间望北十余里，就是老鹳①河，旧有河道可通，今日久淤塞；何不令军士掘开泥沙，引秦淮水通河？可直达建康大路也！"兀朮闻言大喜，命左右将金帛送与秀才。秀才不受，也不肯说出姓名，飘然而去。当下兀朮传下号令，掘土引水。这二三万番兵，俱想逃命，一齐动手。只一夜工夫，掘开三十里，通到老鹳河中，把战船抛了，大队人马上岸，望建康而去。

这里韩元帅水兵，在江口守到十来日，见金兵不动不变，烟火俱无。往前探听，才晓得漏网脱逃，慌忙报知元帅。元帅气得暴跳如雷。梁夫人道："虽然兀朮狡猾，也是将军骄惰玩寇，不为无罪。"世忠心中愤愤，传令大军一齐起行，往汉阳江口驻扎。上表自劾②待罪。

再说兀朮由建康一路逃至天长关，哈哈大笑道："岳南蛮，韩南蛮，用兵也只如此！若于此地伏下一支人马，某家就插翅也难过去！"话还未毕，只听得一声炮响，三千人马一字儿排开。马上簇拥出一员小将：年方一十三岁；头戴束发紫金冠，身穿可体烂银铠；坐下赤兔宝驹，手提两柄银锤；大喝一声："小将军在此，已等候多时！快快下马受缚！"兀朮道："小蛮子，自古赶人不要赶上。某家与你决一死战吧。"举起金雀斧劈面砍来。岳云把锤往上一架，当的一声，那兀朮招架不住，早被岳公子拦腰一把擒过马来。那些番兵亡命冲出关去。可怜兀朮几十万人马进中原，此时只剩得三百六十骑逃回本国！且按下不表。

且说岳元帅那日升帐，探子来报："兀朮在长江内，被韩元帅杀得大败，逃入黄天荡，通了老鹳河，逃往建康。韩元帅回兵驻扎汉阳江口去了。"又有探子来报："公子擒了兀朮回兵。"元帅大喜。不一会，只见岳云进营禀道："孩儿奉令把守天长关，果然兀朮败兵至此，被孩儿生擒来见爹爹缴令。"岳爷喝一声："推进来！"两边答应一声"嗄"，早把兀朮推至帐前。那兀朮立而不跪。岳爷往下一看，原来不是兀朮，大喝一声："你是何人？敢假充兀朮来替死么？"那个假兀朮道："俺乃四太子帐下小元帅高太保是也，今日舍身代狼主之难。要砍便砍，不必多言。"岳爷传令："绑去砍了！"两边一声答应，登时献上首级。岳爷对公子说："你这无用的

---

① 鹳(guàn)。
② 劾(hé)——揭发罪状。

畜生！你在牛头山多时，岂不认得兀朮？怎么反擒了他的副将，被他逃去？"叫左右："绑去砍了！"军士没奈何，只得将岳云绑起，推出营来。

恰遇着韩元帅来见岳元帅，要约同往行营见驾。到了营前，见绑着一员小将，韩元帅便问道："此是何人？犯何军令？"军士禀道："这是岳元帅的大公子岳云。奉令把守天长关，因拿了一个假兀朮，故此绑在这里要处斩。"韩元帅道："刀下留人！不许动手！待本帅去见了你家元帅，自有区处。"即忙进帐。两位元帅见礼已毕，坐定。韩世忠道："大元戎果然有挽回天地之力，重整江山之手！若不是元戎大才，天子怎得回都？"岳元帅道："老元戎何出此言？这乃是朝廷之洪福，众大臣之才能，诸将之用力，三军之奋勇；非岳飞之能也。"韩元帅道："世忠方才进营，看见令公子绑在营外要斩。不知犯何军令？"岳元帅道："本帅令他把守天长关，擒拿兀朮。不想他拿了一个假兀朮，错过这一个好机会，故此将他斩首。"韩元帅道："非令郎之罪也，乞大元戎恕之！"岳爷道："老元戎既如此说，饶了他。"吩咐左右将公子放了。岳云进帐谢了韩元帅。韩元帅与岳元帅谈了一回戎事，约定岳爷一齐班师；世忠由大江水路。岳爷把兵分作三路，由旱路进发。不一日，早到金陵，三军扎营城外。岳元帅率领大小众将进午门候旨。高宗宣进，朝见已毕，即着光禄寺安排御筵，便殿赐宴。当日慰劳多端。

过了两日，有临安节度使苗傅、总兵刘正彦，差官送奏本入朝。因临安宫殿完工，请驾迁都。高宗准奏，传旨整备车驾择日迁都。百官有言："金陵楼橹残破，城郭空虚，迁都为妙。"有的说："金陵乃六朝建都之地，有长江之险，可战可守，易图恢复。"纷纷议论不一。李纲听得，慌忙进宫奏道："自古中兴之主，俱起于西北；故关中为上。今都建康虽是中策，尚可以号召四方，以图恢复。若迁往临安，不过是惧敌退避之意，真是下下之计！愿陛下勿降此旨，摇动民心。"高宗道："老卿家不知：金陵已被兀朮残破，人民离散，只剩得空城，难以久守。临安南通闽、广，北近江、淮；民多鱼盐之利，足以休兵养马。待兵精粮足，然后再图恢复，方得万全。卿家何必阻朕？"李纲见高宗主意已决，料难挽回，便奏道："既然如此，臣已年老，乞圣恩放臣还乡。"高宗本是个庸主，巴不得他要去，省得耳根前聒噪①，遂即准奏。李纲也不通知众朝臣，连夜出京回乡去了。

一日，岳飞闻得此言，慌忙同众将入朝奏道："兀朮新败，陛下宜安守旧都，选将挑兵，控扼要害之地。积草屯粮，召集四方勤王兵马，直捣黄龙府，迎还二圣以报中原之恨。岂可迁都苟安，以失民心？况临安僻近海滨，四面受敌之地？苗傅、

---

① 聒（guō）噪——声音杂乱，吵闹。

刘正彦,乃奸佞之徒,不可被其蛊惑!望陛下三思!"高宗道:"金兵入寇,连年征战,生民涂炭,将士劳心。今幸兀术败去,孤家欲遣使议和,稍息民力,再图恢复。主意已定,卿家不必多虑。"岳飞道:"陛下既已决定圣意,今天下粗定,臣已离家日久,老母现在抱病垂危,望陛下赐臣还乡,少遂乌鸟私情。"高宗准奏。众将一齐启奏乞恩,俱各省亲省墓。高宗各赐金帛还乡。岳飞和众将一齐谢恩退出。

高宗又传旨封韩世忠为咸安郡王,留守润州,不必来京。那高宗恐怕韩世忠到京,谏他迁都;故此差官沿途迎去,省了一番说话之意也。遂传旨择了吉日,起驾南迁。这一日,天子宫眷起程,百官纷纷保驾,百姓多有跟去的。不一日到了临安,苗傅、刘正彦二人来迎接圣驾入城,送进新造的宫殿。高宗观看造得精巧,十分欢喜。传旨改为绍兴元年,封苗、刘二人为左右都督。

且说那兀术逃回本国,进黄龙府来,见了父王,俯伏阶下。老狼主道:"某家闻说:大王儿死在中原,王孙金弹子阵亡,你将七十万雄兵,尽丧中原;还有何面目来见某家!"盼咐:"予我绑出去'哈喇'了吧!"那时众番官把兀术绑了,正要推出,当有军师哈迷蚩奏道:"狼主!不是四太子无能,实系岳南蛮足智多谋。八盘山战败,青龙山战败,渡黄河至爱华山战败,被岳南蛮追至长江,死了多少兵将,逃命过江,回守河间府;直待岳南蛮兵往湖广,定计五路进中原。臣同四太子兵到黄河,有刘豫、曹荣等来献了长江。兵到金陵,追康王等八人八骑,直追至杭州。他们君臣下海,四太子大兵直追至湖广,将康王君臣围在牛头山。有岳飞、韩世忠、张浚、刘琦四元帅,领大兵来救驾,也有三十余万兵马。与他大战,败至汉阳江上。又无船可渡,我兵尽被南蛮杀尽。亏得杜吉、曹荣二人败下,将船来救殿下。方要过江,又被韩世忠水战,败进黄天荡。幸有个秀才指点,掘开沙土,出老鹳河逃生。没有黄柄奴、高太保二人代死,四殿下亦不得归国矣!要求狼主开恩,怜而赦之!"老狼主闻言,传旨放回兀术,兀术谢了恩。众番将尽皆无罪,辞驾出朝,各自回府。

兀术在府内日日想到中原。这一日令哈迷蚩来计议道:"某家初入中原,势如破竹,因康王于国内,陷二帝于沙漠。因出了这岳飞,某家大败数阵,全师尽丧,逃命而归,却是为何?"军师道:"狼主前日之功,所亏者宋朝奸臣之力。狼主动不动只喜的是忠臣,恼的是奸臣,将张邦昌等杀了,如何抢得中原?"兀术想了一回道:"军师说的不差,某家前番进兵,果亏了一班奸臣。如今要这样的奸臣,往那里去寻?"哈迷蚩道:"奸臣是还有一个在这里。当初何卓等共是五个人,跟随二帝到此。那四个俱是铁汉,铮铮不屈,俱死了;惟有秦桧乞哀求活,狼主将他驱逐出来,流落在此。我看此人,乃是个大奸臣;但不知目下在何处,狼主可差人去寻他来,养在府中,加些恩惠与他,一年半载,必然感激;然后多将些金银送他回国,叫他做个奸细。这宋室江山，管教轻轻的送与狼主受用，岂不是好？"兀朮听了道："真个好计策！"随即差小番四处去寻觅秦桧下落。

不知后事如何，且听下回分解。

第三十三回　兀朮施计养秦桧　苗傅衔怨杀王渊

却说那秦桧夫妻二人，自从被掳到金邦，那些同来的大臣，死的死了，杀的杀了；独有秦桧再四哀求，被老狼主赶到贺兰山边草营内，服侍看马的小番。后来小番死了，他夫妻两个就流落在山下，住在一顶破牛皮帐房内。饮食全无措办，只靠王氏与这些小番们缝补缝补，洗浆洗浆，觅些来糊口。又有那些小番与王氏勾搭上了，送些牛肉羊肉与他们，混帐过日。

忽然那一日兀朮坐在府中，心头闷闷不乐；即领了一众小番，骑马带箭，驾着马，牵着犬，往山前山后打围取乐。一路上，也拿了几个獐儿兔儿。刚要回府，看看来到贺兰山脚下，远远望见一个南妆妇人，慌慌张张的躲入林子里去。兀朮向前，命小番往林子里去搜检。不一会，拿出一个妇人来。就叫小番："那里来这南边妇人，且带她回府去审问。"小番一声答应，不由分说，把那妇人一把抱来，横在马上，跟了兀朮一同回到王府。兀朮进了内堂，唤那妇人到跟前来，问道："你是何处人氏？因何在我北地？"那妇人便战战兢兢的跪下道："禀上大王：奴家王氏。丈夫秦桧，乃宋朝状元。随着上皇圣驾到此。狼主将二帝迁往五国城去；奴家与丈夫两个流落在此。方才往树林中去拾些枯枝当柴火；不知狼主到来，多有冒犯，望乞饶恕！"兀朮听了，大喜道："连日着小番寻访秦桧，不道今于无意中得之！"正叫做"踏破铁鞋无觅处，得来全不费工夫"。

兀朮便叫："娘子请起。我久闻你丈夫博学多才，正要请他做个参谋。"就令小番："速速备马去请了秦老爷来！"小番领命而去。不多时，小番进来报说："秦老爷已请到了。"秦桧参见了。兀朮道："卿家且请坐了。"秦桧道："狼主在上，秦桧焉敢坐？"兀朮道："卿家大才，某家久慕。一向因出兵在外，不得与卿家相叙。今日偶然遇见，某家这里缺少一个参谋，正好住在府中，朝夕请教。"秦桧拜谢了。当夜就与他夫妻二人换了衣服，收拾一间书房，与他夫妻居住。每日牛酒供待，十分丰盛。不知不觉，过了一载有余。

忽一日兀朮问道："卿家可想回家去么？"秦桧夫妻二人道："蒙狼主十分抬举，如此受用，怎么还想回家？"兀朮道："古人有言：'树高千丈，叶落归根。'卿家若然思念家乡，某家差人送你回国。"秦桧道："若能使秦桧回去一拜祖坟，实为恩德。但是不好启齿。"兀朮道："这有何难！但是你须要往五国城，讨了二圣的诏书,才可进得中原关口。"秦桧大喜,别了兀朮,径往五国城去。

且说秦桧来至五国城,寻着了二帝,参拜已毕,将纸墨笔砚放下井中道:"臣秦桧要回本国,求二圣诏书。"二圣就书诏与秦桧。秦桧辞驾,回至王府,与兀朮说知。当日大排筵宴饯行。次日兀朮带领一众文武,送他夫妻回国,三十里一营,五十里一寨,迎接秦桧夫妻安歇。在路也非止一日,看看望见潞州,小番报与兀朮。兀朮请二人在帐中摆酒送别;酒毕,秦桧告辞起身。兀朮道:"卿家进中原去,若得了富贵,休忘了某家!"秦桧道:"臣夫妻二人,若得了好日,情愿把宋室江山送与狼主。"兀朮道:"卿家果有此心,何不对天立下一誓?某家方信爱卿之真心也。"秦桧跪下道:"上有皇天,下有后土,我秦桧若忘了狼主恩德,不把宋朝天下送与狼主,后患背疽而死!"兀朮道:"卿家何必如此认真。卿家日后若有要紧事情,命人来通知,某家定当照应。某家今日不能远送了!"秦桧夫妻拜别上马,往潞州而来。

夫妻二人,来至关下,与守关军士说明。军士去报与守关总兵。总兵一一问了来历,然后放他二人进关,又差人送他往临安而来。不一日到了临安,至午门候旨。高宗传旨宣进金銮殿,秦桧道:"二圣有诏书与陛下。"高宗闻言,连忙接了诏书。然后秦桧朝见,高宗降旨道:"今得卿家还朝,得知二圣消息;更得一佳士,甚是可喜。况爱卿保二圣在外有年,患难不改,今封为礼部尚书之职,妻王氏封二品夫人。"秦桧谢恩退朝,就进礼部衙门上任。

却说其时乃是大元帅王渊执掌重兵。那王元帅虽则年过九旬,却是忠心尽力,保扶社稷。那日升帐,聚集众将传令道:"明日乃是霜降节期,在朝诸将俱往教场祭旗,操练兵卒,不可有误。"众将领令。到了次日五鼓,各将俱到教场伺候。王渊查点诸将皆齐,只有左都督苗傅,右都督刘正彦不到。王元帅又差官催请。不一时差官回报说:"两位都督,奉旨往西山打围,不能前来伺候。"王元帅也只得罢了。自己同众将等祭旗已毕,操演了一回兵马,打道回衙。行至众安桥,恰遇着苗、刘二人,吃得醉醺醺,带着几名家将,骑马而来。二人要回避,也来不及,只得下了马,低了头,立在人家门首。王渊在马上见了,吩咐:"唤他二人过来!"二人无奈,走到王元帅马前,打躬站立。王渊道:"好大胆的匹夫!你说天子旨意,命往西山打围,为何反在此处?明明藐视本帅。难道打你不得么?"吩咐:"将这厮扯下去,各打二十!"二人慌忙跪下道:"小将一时冒犯虎威,求元帅看平日之面,饶恕吧!"王渊道:"你仗着天子宠幸,侮慢大臣,本该重处,姑且饶你。若再有无礼,必要奏明天子,斩你的驴头。"王元帅将二人大骂了一场,打道自回去了。

二人满面羞惭,无处申诉。苗傅道:"刘兄,不想我二人今日受这一场羞辱!且同到小弟衙门,别有话说。"二人上马,同至苗傅衙门,下马进去。到内衙坐定,

第三十三回　兀朮施计养秦桧　苗傅衔怨杀王渊

苗傅道："王渊老贼，将我们当街出丑，此恨怎消！况今岳飞已退居林下，韩世忠远在镇江；满朝之中，还怕那个？我意欲点齐你我部下，杀了王渊老贼，以泄此恨。然后杀进宫中，捉了康王，不怕在朝文武不服；与兄平分天下，共享富贵。不知尊意若何？"刘正彦道："此计甚妙！事不宜迟，出其不意，今晚约定点齐人马，俱在王渊门首会齐。不可走漏消息，误了大事！"二人商议已定，再四叮咛。

刘正彦辞了苗傅，上马回衙。暗传号令，命本部兵卒准备器械，饱食酒饭。到了三更时分，二人率领众兵，点起灯球火把，蜂拥一般，来到王渊门首，呐一声喊，杀入府中。可怜王元帅不曾防备得，一门九十多口，尽皆杀害；家财尽被抢劫。二人领兵转身，竟往午门而来。早有一班御林军将拦住，多被杀死，直至大殿。那些大臣太监，慌忙报进宫中。高宗吓得满身发抖，惊慌无措，躲入深宫。二人又杀入宫中，恰遇着刘妃带领宫娥出来迎接。那刘妃乃是刘正彦的堂侄女，新近送与康王，康王收为正妃，见了苗傅道："将军不可惊了圣驾！"苗、刘二人问道："康王在那里？"刘妃道："将军差矣！王渊恃功欺藐天子，众大臣多有不平者。那康王昏昧不明，亦难主宰天下；此举正合我意。你今若是拿了天子，倘四方勤王兵到，众寡不敌，深为可虞①。况岳飞现在汤阴，他手下兵将，十分了得；倘若闻风而来，如之奈何？依我主见，不如将康王留在宫中，逼他传位与太子。换了新君，岳飞必来朝贺，那时先将他斩了，以绝后患。然后听凭你二位作何主见，高枕无忧，天下大事，俱在你二位掌握中矣。"苗、刘二贼听了此一番言语，大喜道："此言深为有理。"苗傅对刘正彦道："事成，和你平分天下；令侄女我必封他为正宫皇后也。"刘正彦笑道："贤侄婿，且休闲讲，料理正事要紧！"二人出宫，来到殿上坐下。吩咐家将，收了王家一门尸首；将财帛分赐众人。又拨心腹家将，去各衙门把守，不许闲人私自出入。假写诏书一道，说是康王传位太子，召岳飞还朝扶助社稷，去哄骗岳飞来京。

且说那尚书仆射朱胜非，见苗、刘二人如此行为，遂修书一封，悄悄差家人朱义，星夜往汤阴报知岳元帅，请他速来救驾。

那岳元帅，自从归乡以来，即差人到巩家庄，迎取了巩氏小姐到来，与岳云完娶了；一门共享家庭之乐。不意太太老病日增，服药无效，忽然归天。岳元帅悲伤哭泣，尽心葬祭，日夕哀痛，废寝忘餐，弄得骨瘦如柴。众弟兄多方劝慰，方才少进饮食。

岳爷在家守孝，足迹不出门户。光阴易过，孝服已满。众弟兄皆在汤阴娶了

---

① 虞——忧虑。

妻小，生儿生女的往往来来，日子过得十分快活。

这一日岳爷同了众弟兄正在郊外打围，忽见家将引了朱义到围场上来见岳爷，将朱胜非的书札呈上。岳爷拆开看了，吃了一大惊，连忙散围回府。细细写了回书，交与朱义道："你回去多多拜上你家老爷，说照此书中行事。须要小心，不可泄漏！"叫家人取过二十两银子，与朱义为盘费。朱义叩谢了岳爷，自回临安。

且说岳爷修书一封，唤过牛皋、吉青二人道："你二人可将此书，到润州去见韩元帅，然后到临安去。只消如此如此，二贼可擒矣。"牛皋道："大哥，我们在此安安逸逸自由自在不好，管他娘什么闲事，我不去！"岳爷道："贤弟！朝廷如今有难，岂可不去救驾？你二人可快快前去。若除得苗、刘二人，圣上留你们，二位就在临安保驾便了。"牛皋道："既是大哥要我们去，成了功，也就回来。终日与兄弟们聚会快活不好？那个要做什么官！"二人辞了岳爷，上马飞奔往润州而来。

不一日到了润州，来到帅府门首。其时韩元帅已封了咸安郡王，十分威武。凡有各路文书，要先到中军衙门递了脚色手本，方得禀见。这牛皋、吉青那里晓得，走到辕门上对旗牌道："快快通报，说我牛老爷同吉老爷，有事要见元帅。"那旗牌道："好大来头！随你羊老爷猪老爷，也不在我心上！"洋洋的走开去了。

牛皋大怒道："你这该死的狗头！你不去报，我就打进去。"一声吆喝，辕门外多少军士，一齐喧嚷起来。

不知后事如何，且听下回分解。

第三十四回　牛皋勤王擒逆贼　岳飞出马遇良才

却说牛皋、吉青二人,正待发作,辕门外一时喧嚷起来。不道惊动了韩元帅,即着家将出外查问。那家将领命出来,见了牛皋、吉青,便问道:"你两个是何人?敢在这里喧嚷!"牛皋道:"俺们两个,乃是岳元帅帐前的统制官。奉令来见元帅,有机密大事;偏偏这狗头,不肯与我通报。"那家将听得是岳爷差来的将官,况有机密事,不敢怠慢,便道:"二位将军请息怒!旗牌不晓得是将军,多有得罪!且请少待,待小将进去通报便了。"牛皋道:"还是你好说话,便宜了这狗头一顿拳头。"那家将慌忙进内报知,韩元帅即命请进来相见。二人直至后堂,参见已毕,将书呈上。韩元帅拆开看毕,十分吃惊,说道:"既有此变,你二位先行,照计行事。本帅即起兵随后就来便了。"

二人别了韩元帅,飞奔望临安一路而来。将近城不多远,牛皋对吉青道:"待我先去。吉哥你随后就来。"牛皋拍马来至城下,高叫道:"俺乃岳元帅部将牛皋,有紧要事,要见苗、刘二位王爷的。"那苗、刘二人正在巡城,见牛皋来叫门,况是单人匹马,便令军士开城放进。牛皋见了苗、刘道:"乞退左右,小将有要言奉告。"二贼道:"我左右俱是心腹将士,有话但说不妨。"牛皋道:"岳元帅叫小将多多拜上二位王爷,说:我家元帅,立了多少大功,杀退金兵。那康王全无封赏,反将他黜退闲居;那些无功之人,反在朝中大俸大禄的快活,心中实是不平。今二位王爷,何不将康王贬入冷宫?太子三四岁的孩子,那里做得皇帝!二位王爷何不将天下平分?我元帅情愿小助一臂。"苗、刘二人听了,大喜道:"若得你家元帅肯来助我,我就封他王位,同享富贵,决不食言!"

随带了牛皋来至午门,进大殿坐下,牛皋站在旁边,商议写书报复岳元帅。忽见军士来报:"城外有一姓吉名青的将军叫门,候二位王爷发令。"牛皋道:"这是我的兄弟。因康王不用他,逃在太行山落草。是我前日写书叫他来的。"苗、刘二贼道:"既如此,放他进来。"不一时,吉青来至午门下马,进大殿来朝见了,站在旁边。又一会,又有军士来报道:"韩世忠带领人马已到城下,口口声声,要拿二位王爷。"二贼听报,正在惊慌,又有军士来报:"仆射朱胜非已去开城迎接韩世忠了。"二人大惊道:"谁与我先去拿了朱胜非来?"牛皋应声:"待我来拿!"上前一步,伸手一把,把苗傅拿住。吉青也上前把刘正彦拿下。两边众军,正待动手来救,牛皋、吉青大喝一声:"那个敢上来讨死!"牛皋一手举锏就打。吉青一手把刘正彦挟在肩膀下,一手拔出腰刀,大喊:"那个敢上来,我先杀了刘贼,也休想要活一个。"

众军士正在两难之间,那殿后早有一班值宿禁军,晓得拿住了苗、刘二贼,一齐杀将出来。那苗、刘手下这班军士,看见势头不好,一哄的都下殿逃走了。牛皋、吉青拿了二贼,也下殿来。外边韩元帅兵马已至午门,正遇着牛皋、吉青献上二贼,韩元帅吩咐立刻斩首,领兵分往二人家中,将两家人口尽行抄灭。一面搜捕余党,一面聚集文武百官,请高宗登殿。

众朝臣请安已毕,高宗降旨道:"朕遭此二贼之害,几乎不保!韩世忠勤王有功,加封为蕲王,钦赐金帛仍回镇江。牛皋、吉青力擒逆贼,即封为左右二都督,随朝保驾。"牛皋道:"你这个皇帝老儿!不听我大哥之言,致有此祸!本不该来救你,因奉了哥哥之令,故此才来。今二贼已诛,俺们两个要去回复大哥缴令;那个要做什么官!"说完,竟自出朝上马回汤阴去了。高宗传旨:将二贼首级祭奠王元帅,钦赐御葬。韩元帅在临安耽搁了两日,也辞驾仍回润州。

再说高宗皇帝复登大宝,太平无事。到了绍兴七年春日,有兵部告急本章入朝启奏道:"山东九龙山杨再兴作乱。"又报:"湖州太湖水贼戚方、罗纲、郝先,聚众谋反,十分猖獗。"接连几道告急本章,弄得高宗仓惶无措。便问众公卿,有何良策,剿除诸寇。当有太师赵鼎奏道:"诸寇猖狂,须得岳飞去剿,他人恐难当此重任。"高宗道:"前已差官去召他来京受职,被他手下牛皋、吉青等打回,又将旨意扯碎。朕念他前擒苗、刘二贼有功,故尔不究。今若再去召他,恐他不肯奉诏,如之奈何!"当时诸臣计议,并无良策。高宗传旨退朝,明日再议。各官退班,天子回驾入宫。

魏氏娘娘见高宗面带忧容,闷闷不乐,便上前启奏道:"万岁今日升殿,有何事故,龙颜不悦?"高宗遂道:"众寇作乱,太师赵鼎保奏岳飞,方能平服。朕今要召岳飞入朝,命他征剿众寇;恐他不肯应召到京,故尔忧闷。"娘娘听了,奏道:"臣妾为万岁绣成一对龙凤旌旗。如今中间再绣成'精忠报国'四字,主公差官赐与岳飞,或者肯来,亦未可知。"天子大喜,即命娘娘绣成四字。差官赍旨,并娘娘懿旨①龙凤旌旗一对,往汤阴县宣召岳飞,即日进京。差官领旨出京,星夜赶到汤阴。

岳爷闻知,连忙出迎,接到大堂,摆列香案,伏地接旨。圣旨道:"今杨再兴称兵于九龙山,命岳飞前出征讨。"岳爷即一面打点行装,一面去邀众弟兄一齐到来。岳爷道:"圣上特旨,差官来召我们出兵剿寇;皇后又亲绣一对龙凤旗,并赐'精忠

---

① 懿(yì)旨——皇太后或皇后的诏令。

第三十四回　牛皋勤王擒逆贼　岳飞出马遇良才

报国'四字,只得奉诏进京去。特请众弟兄们同去面圣。"牛皋道:"我是不去的。那个瘟皇帝,太平无事,不用我们;动起刀兵来,就来寻着我们替他去厮杀,他却在宫里快活。"岳爷道:"贤弟休如此说!我们此去,必要迎还二圣,恢复中原,方遂一生大愿。贤弟们可将家眷各各送归家乡故里,好放心前去干功立业,方不负此一世!"众人齐声道:"大哥言之有理。"众弟兄们即便辞出。

回到家中,各将家眷送回家乡,陆续来至帅府,伺候岳爷起身。李氏夫人与媳妇巩氏,置酒与岳爷父子送行。岳爷饮酒中间,吩咐些家务,即同众弟兄发扛起程望临安而来。一路来至润州,会见了韩元帅。两人说了些国家之事,即便辞行。韩元帅送了一程,两人分手而别。岳爷到了临安,进朝见驾。天子大喜,命岳飞官复旧职,传旨,命兵部发兵十万,户部支拨粮草。岳元帅辞驾,就要祭旗发兵。

岳爷回到营中,令牛皋带兵三千为先锋。又命公子岳云趱催粮草军前应用,吩咐道:"粮乃三军重事,可晓得军中一日无粮,三军就要鼓噪。不可视为儿戏!"岳公子领令而去。元帅大兵随后起行。

先说牛皋一路上穿州过府而来,到了山东九龙山。牛皋道:"抢了山,然后扎营。"军士领命,一齐来至山下呐喊。那边喽啰报上山来说道:"有宋将在山前讨战,请令定夺。"杨再兴闻报,随即带领喽啰下山来,一字排开,便叫一声:"那里来的毛贼,敢到此地来寻死?"牛皋大喝道:"你这狗强盗,见了俺牛老爷,还不下马受缚?"杨再兴道:"吓!你就是牛皋么?不是我的对手,且等岳飞来会我吧。"牛皋大怒,提起锏便打。杨再兴抢枪招架。战有十二三个回合,牛皋战他不过,只得败下阵来。杨再兴也不追赶,回山去了。牛皋败下来,传令三军,离山数里下营,候元帅大兵到来。

不一日,岳元帅大兵已到。牛皋出营迎接元帅。元帅问道:"牛皋,你曾会战么?"牛皋禀道:"有一个贼子,白马银枪。战有十二三个回合,小将败了,他也不来追我。故此不曾再战。"众将听了,都微微笑道:"如此说,牛哥打了败仗了!"元帅又问道:"那人叫甚名字?"牛皋道:"这却不曾问他。"岳爷道:"牛兄弟!你随我出兵多年,还是这等冒失,连姓名也不问,就与他动手。倘然立了功,那功劳簿上,怎么样个写法?下次交战,必须要问了姓名,然后打仗。可记得当年你在汴京小校场中会的杨再兴?你前日会战的,可是他么?"牛皋连连点头道:"小弟一时却忘了。正是此人。"元帅大笑道:"既然是他,你那里是他的对手!待我明日亲自出马,劝他归顺了,岂不是好?"

到了次日,天尚未明,元帅吩咐:"擂鼓,点齐众将随我出阵。"众将上前禀道:"杀鸡焉用牛刀!谅一草寇,待末将等前去拿来;何劳元帅亲自出马?"岳爷道:

"列位有所不知,非我今日要立功。只因这个杨再兴,乃是一员虎将;本帅亲自出马去,收降这个英雄,来做个臂膀,相助国家,故尔要亲自出马。还有一说:为兄的今日出战,若我胜了他,也不要贤弟们上前;为兄的打了败仗,也不要贤弟们上前。违令定按军法。"众将齐应一声:"得令。"又上前来禀道:"元帅可带末将等去,看看元帅怎么样一个战法。"元帅道:"既然如此,皆可同去,只不要上前帮助就是。"说毕,竟出大营,来到九龙山下讨战。众将俱在后头观看。

那边喽啰飞报上山,杨再兴领兵下山来会岳飞。岳元帅拍马上前道:"杨将军,别来无恙?"杨再兴听了,便道:"岳飞,休得扯谎!我和你在何处会过,今日在此讲这鬼话?"岳爷道:"将军难道忘记了么?曾在汴京小校场中,与将军会过一次!"杨再兴想了一想道:"吓!你可就是那枪挑小梁王的岳飞么?"元帅道:"然也!我有一言奉告:将军乃将门之后,武艺超群,为何失身于绿林?何不归顺朝廷,与国家出力,扫平金虏,迎还二圣?那时名垂竹帛,岂不美哉?"

杨再兴呵呵笑道:"岳飞,你且住口!我杨再兴岂是不知道理之人?当年宣和皇帝,任用蔡京、童贯等一班奸佞,梁师成督造岳庙,大兴工役;朱勔①采办花石纲,竭尽民膏。又听奸臣与金人约会攻辽,以致金人入寇,传位靖康,懦弱无能,俱被掳了。若果有中兴之主,用贤去奸,奋志恢复,何难报仇雪恨,奠安百姓?无奈当今皇帝,只图偏安一隅,全无大志,不听忠言,信任奸邪,将一座锦绣江山,弄得粉碎!岂是有为之君?你不若同我在山东举义,先取了宋室,再复中原,何苦辅此昏君!"岳爷道:"将军差矣!为臣尽忠,为子尽孝。生于大宋,即为宋臣;况你杨门世代忠良,岂可甘为叛逆,玷②辱祖宗!若不听我良言,只得与你决一胜负。"杨再兴道:"我是好言相劝。既然不听,不必多言,放马过来!"岳爷道:"住着!我和你各把兵将退后,只我一个对你一个,各显手段。"杨再兴道:"如此甚好。"即命众喽啰退回山寨。岳爷亦传令众将退后,不许上前。二人大战三百余合,不分胜负。看看天色已晚,各自收兵回营,约定明日再战。到了次日天明,岳元帅带领众将又至阵前。杨再兴早已等候。岳元帅吩咐众将,退下三箭之地观看,如有上来者斩。两个拨开战马,枪枪交战,不分胜败。不道那岳云公子解了兵粮来到营门交割,那军士回禀公子:"元帅不在营中,亲自与杨再兴交战去了。"岳云即叫军士们看守粮草,一马跑到阵前来看。但见父亲与那员贼将厮杀,众位叔父一齐远远的观看。牛皋一眼看见是岳云,便道:"侄儿你来得正好。快些上去帮助你父亲,拿了这个强盗,就完了事了。"岳云不知就里,便应声"晓得",把马一催,出到阵前叫道:"爹

---

① 勔(miǎn)。
② 玷(diàn)——使蒙受耻辱。

第三十四回　牛皋勤王擒逆贼　岳飞出马遇良才

爹少歇。待孩儿来拿这逆贼。"那杨再兴喝声："住着！岳飞你军令不严，还做什么元帅？我不与你战了。"拨转马竟自回山。岳爷红着脸，只得收兵回营。

到帐中坐定，岳云上来交令，元帅大怒，喝叫左右："与我把这逆子绑去砍了！"岳云茫然不知缘故。众将心中是明白的，连忙一齐跪下，苦苦求饶，说道："公子解粮才到，不知就里，故此犯了军令。求元帅开恩！"元帅道："众将求饶，放他转来。死罪饶了，活罪难免，与我捆打四十！"军士只得把公子捆翻，打到二十棍，牛皋在旁想道："这个明明是我害他打的。"连忙上前禀道："牛皋代侄儿打二十，求元帅恩准！"岳爷道："既是兄弟说了，看你面上，免打放起。"叫张保："你可将岳云背上山前，对杨再兴说：公子运粮初到，不知有这军令在先，故此莽撞。本要斩首，因众将求饶免死，打了二十大棍。送来验伤请罪。"

张保得令，背了公子往九龙山来，到了山前，将公子放下，对守山喽啰说知。喽啰上山报知大王。杨再兴下山来看，只见张保跪下禀道："这是公子岳云。为因解粮才到，不知有这个军令，故尔冒犯了大王。元帅回营，要将公子斩首以正军法；众将再四讨饶，故此打了二十大棍。送来验伤请罪。"再兴道："如此还象个元帅。你回去，可约你元帅明日再来会战。"张保答应一声，依先背了公子回营，来见元帅，把杨再兴相约再战的话禀明。

岳爷独自一人坐在那里，心头纳闷，就靠在桌子上蒙眬睡去。忽见小校来报："杨老爷来拜。"岳爷思想："那个什么杨老爷？"正待要问，只见外边走进一位将官来：头戴金盔，身穿金甲；面方耳大，五绺髭须；威风凛凛，雄气昂昂。岳爷即便起身迎接，进帐见礼，分宾主坐定。那人便道："我乃杨景是也。因我玄孙再兴，在此落草；特来奉托元帅，恳乞收在部下立功，得以扬名显亲，不胜感激！"岳爷道："小将久有此心。奈他本事高强，战了几百，胜他不得，难以收服。"杨景道："这个是'杨家枪'，只有'杀手锏'可以胜得。"

杨景说罢，起身抡枪在手。岳爷也把枪拿在手中。二人大战数合，那杨景拔步败走。岳爷在后赶上去。那杨景左手持枪，回转身分心便刺。岳爷才把枪招架，杨景右手举锏，叫一声"牢记此法"，把锏在岳爷背上一捺，岳爷一交跌倒。矍①然醒来，却是一梦。岳爷暗暗称奇，私下把枪锏一法演熟。

过了两日，岳元帅依旧出兵来讨战。杨再兴也领兵下山。二人也不打话，各举兵器交战。大战十数合，岳爷佯输败走。杨再兴笑道："你今日为何不济？"随后赶来。岳爷回转马来，左手持枪便刺。杨再兴忙把枪架住；不提防岳爷右手将银

---

① 矍（jué）——惊视的样子。

锏在杨再兴背上轻轻这一捺。再兴坐不住鞍鞒,跌下马来。岳爷慌忙跳下马来,双手扶起,叫声:"将军请起。本帅有罪了!可起来上马再战。"

杨再兴满面羞惭,跪在地下,叫声:"元帅,小将已知元帅本领,甘心服输,情愿归降。"岳爷道:'将军若肯同扶宋室江山,愿与将军结为兄弟。"杨再兴道:"愿随鞭蹬足矣,焉敢过分?"岳爷不允,就在地下对拜了八拜,结为兄弟。杨再兴道:"元帅先请回营。待小将上山去,收拾了人马粮草,来见元帅。"元帅回转大营。再兴回山收拾了人马粮草,放火烧了山寨,来见岳元帅。元帅十分大喜,吩咐摆酒,合营将士做庆贺筵席。

到了次日,传下号令,起兵入朝奏凯。众兵将一个个鞭敲金镫,齐和凯歌。岳元帅入朝,奏明经过。高宗大喜,即封杨再兴为御前都统制。

欲知后事如何,且听下回分解。

第三十五回　再兴误走小商河　汤怀自刎金兵营

且说岳元帅与杨再兴谈兵论武，十分相得。后又有王佐、花普芳、伍尚志、罗延庆、严成方一班猛将，为解国家之忧，投奔在岳元帅帐下。自此，岳家军如虎添翼，军威大振。

一日，忽有探子来报：今有金邦四太子兀朮领六国三川人马，共有二百余万，来犯中原，将近朱仙镇了。岳元帅听了，吩咐探子再探，慌忙传令军政司，点齐七路人马，每队五千，候本帅发令；又发文书，命各路总兵节度在朱仙镇会齐。

次日，岳元帅升帐，命杨再兴为第一队，岳云为第二队，严成方为第三队，何元庆为第四队，余化龙为第五队，罗延庆为第六队，各领兵五千，速奔朱仙镇去；又命伍尚志亦领兵五千，随后接应。

先说第一队先行杨再兴，奉令前往朱仙镇来。此时正值十一月天气，四下里彤云密布，大雪飘扬，万里江山，如同粉壁。再兴带兵冒雪而行，一连走了两日两夜，已离朱仙镇不远。看那金邦人马，漫山遍野，滔滔而来，不计其数。杨再兴道："三军听者：你等看番兵如蝼蚁一般，你们上前去，岂不白送了性命？尔等可扎好营寨，在此等候。我去杀他一个翻天倒海。"众兵一齐答应，下了营寨。那杨再兴即便拍马摇枪，往番营杀进。

那昌平王兀朮四太子，带领了六国三川大兵，分为十二队，每队人马五万，共有六十五万人马，虚张声势，假言二百万，往小商桥而来。第一队的先锋雪里花南走马上来，正遇着杨再兴一马当先，把枪只一挑，将雪里花南挑下马来。番兵不能抵挡，呐喊一声，两边散开。杨再兴拍马赶上，那第二队先行雪里花北便来接战。早被杨再兴一枪，那雪里花北招架不住，也死于马下。只见那番兵回身一转，杨再兴拍马又上前来。撞见三队先锋雪里花东，早已知道前边之事，催马摇刀上来，正遇杨再兴。他的刀尚没举起，又早被杨再兴一枪将颈下挑了一个窟窿，翻身落马。杀得那些番兵东倒西横，抱头鼠窜，只恨爹娘少生了两只脚，没命的逃走。那四队先行雪里花西闻报，飞马上来接战，撞着杨再兴，不上一合，早被杨再兴挑于马下。不上一个时辰，连把四员番邦大将送了命。四队番兵，共计有二十余万，见主将已亡，大败而走。众番兵惧怕，不知道象这样的南蛮，有多少追杀下来，先自慌了乱跑。人撞人跌，马冲马倒，自相践踏，死者不计其数。但见尸如山积，血若川流。

杨再兴在后追赶，见番兵向北而走，心下想道："我往此处抄去，岂不在番人之前？截住他的归路，杀他个片甲不留。"再兴想定了主意，竟往近路抄去，谁知此地有一条河，名为小商河，早已被这大雪遮满，看不出河路。那些番兵，尽皆知道小商河，前边是小商桥，所以皆往西北而逃。小商河河水虽不甚深，却皆是淤泥衰草，被雪掩盖，不分河路。杨再兴一马来到此处，一声响跌下小商河，犹如跌落陷坑的一般，连人带马，陷在河内。那些番兵看见，只叫一声"放箭"，一众番兵番将，万矢齐发，就象大雨一般射来。可怜杨再兴连人带马，射得如柴蓬一般。

却说那第二队先行岳云赶到，天色已暗。再兴的军士上前迎着公子报道："杨老爷追杀番兵，误走小商河，陷于河内，被番人乱箭射死。特来报知。"岳云听了，不觉大叫道："苦哉，苦哉！救应来迟，此乃我之罪也！"传令三军："与我扎住营盘，待我前去与杨叔父报仇。"三军得令，安下营头。

岳云拍马摇锤，直抵番营，一马冲进金营，大叫："俺岳小爷来踹营了！"舞动那两柄银锤，如飞蝗雨点一般的打来，谁人抵挡得住！况且那些番兵，俱已晓得岳公子的厉害，多向两边闪开。岳公子逢人便打，打得众番兵东躲西逃，自相践踏。

恰好第三队先行严成方已到。两队军士将杨先锋误走小商河，被金兵射死，如今岳公子单身独马，踹进番营的事说了。严成方闻言大怒，即传令三军安下营寨："等我帮他去来！"把马一提，直至番营。高声大叫："俺严成方来踹营也！"抡动紫金锤，打将入来，指东打西，绕南转北。寻见了岳云，两个人并力打来。

那时兀术在大营，见小番报说："岳小南蛮又同了一个小南蛮叫做严成方，踹进营盘，十分凶狠，难以抵敌，望速遣将官擒拿！"兀术思想："某家六十万大兵来到此地，被杨再兴一人一骑，挑死我四个先锋，杀伤我许多人马。如今又有这两个小南蛮如此厉害，叫某家怎能取得宋朝天下！"便即传下令来，点各营元帅平章，速去迎敌。务要生擒二人，如若放走，军令治罪。那些番兵番将，得了此令，层层围住岳公子、严成方厮杀。

再说那第四队先行何元庆领兵来到。军士也将杨再兴射死，岳公子与严成方杀入番营的事说了一遍。何元庆听了，吩咐三军扎下营寨，他也是一人一骑，冲至番营门首，大喝一声："呔，番奴！何元庆来也！"舞动双锤杀进番营。

随即那第五队先行余化龙兵马也到。听了此信，按下三军，飞马冲入番营，大叫一声："番奴闪开！余化龙来也！"把银枪一起，点头点脑挑来，好生厉害，杀得那番兵喊叫道："南蛮狠吓！"霎时间，冲透番营七层围子手，撞翻八面虎狼军。匹马冲入重围，来寻众位先锋。

不久，那第六队罗延庆人马又到。众三军也将前事说了一遍。罗延庆闻言，

第三十五回　再兴误走小商河　汤怀自刎金兵营

大怒道："尔等扎下营盘，等我去与杨将军报仇！"一马飞奔而来。只见杨再兴射死在河内，延庆下马拜了两拜，哭一声："哥哥吓！你为国捐躯，真个痛杀我也！今小弟与兄上前去报仇。"就揩干眼泪，上马提枪，竟往番营而来，杀重入围。罗延庆踹进番营，已是黄昏时分。

第七队伍尚志也到。三军也将前事禀上。伍尚志吩咐三军扎住营盘，飞马来至番营。将马一提，舞动这枝画杆银戟，杀进番营，一层层冲将进去。只见岳云、严成方、何元庆、余化龙、罗延庆皆在围内。伍尚志叫声："有兴头！我伍尚志也来了！"六只大虫杀在番营内，锤打来，遇着便为肉酱；枪刺去，逢着顷刻身亡。真个天昏地暗，日月无光！

兀术看见，便道："不信这几个南蛮，如此厉害！"遂又传集众平章一齐围住，吩咐："务要拿了这几个南蛮，大事就定了。"众将得令，层层围住。

那六个人在里面，杀了一层，又是一层，杀了一昼夜。恰好岳元帅、韩元帅的大兵已到，依河为界，放炮安营。那番阵内六个先行，听见炮响，晓得是元帅兵到。岳公子抡锤打出番营；后边何元庆、余化龙、罗延庆、伍尚志，一齐跟着杀出来。岳云回头一看，单单不见了严成方，大叫："众位叔父！严成方尚在阵内！快些进去救应他出来。"岳公子当头，众将在后，复转身一齐又杀进番营。只见严成方在乱军中，逢人乱打。岳云道："贤弟快回营去吧！"严成方也不回言，举锤便打。岳云连忙架住。却是那严成方杀了一日一夜，已经杀昏了，只往番营杀进去，也认不出自家人了。岳云便一手抡锤，一手拖住严成方左手；何元庆扯住右手；罗延庆抱住身子；余化龙在前引路，伍尚志断后。众英雄裹了严成方，杀出番营，来到大营，进帐见岳元帅缴令。

岳爷吩咐严成方后营将养。只见罗延庆十分悲苦，岳爷道："贤弟休得悲苦！武将当场，马革裹尸！"就吩咐整备祭礼，亲到小商河祭奠；然后收尸，葬在凤凰山。

再说兀术见众英雄去了，但见尸骸满地，血流成河，死者莫知其数，带伤者甚众。一面将尸首埋葬，一面将带伤军士，发在后营医治。又与众将计议道："这岳南蛮如此厉害！他若各处人马到齐，早晚必来决战；某家想那秦桧为何不见照应，难道他死了不成？况某家何等恩义待他！他夫妻二人临别时对天立誓，归到南朝，岂有忘了某家之理？"军师道："狼主今日进中原，秦桧岂有不照应之理？请狼主静候几日，决有好音。"

却说那边张元帅带领五万人马，刘元帅带兵五万，各处节度总兵皆到，共有二十万大兵，扎下了十二座大营，聚在朱仙镇上。

这一日岳元帅升帐，军士来报说："圣旨下。"岳爷连忙出营接旨。钦差开读，却是朝廷敕①赐岳飞"上方剑"一口,札符数百道:有罪者先斩后奏,有功者任凭授职。岳爷谢恩,送了钦差起身。

回到帐中坐下,又有探子进帐来报:"赵太师气愤疾发,已经亡故;将礼部尚书秦桧拜了相位。特来报知。"

过了数日,有新科状元张九成奉旨来做参谋,在营外候令。传宣官进帐通报,元帅遂命进见。岳爷道:"殿元馆阁奇才,何不随朝保驾,却来此处参谋?"九成道:"晚生蒙天子洪恩,不加黜逐,反得叨居②鼎甲。因为晚生乃一介寒儒,前去参见秦太师,没有孝敬,故而秦太师在圣上面前,特保居此职。"岳爷对众元帅道:"岂有此理!我想那秦太师,亦是十载寒窗,由青灯而居相位,怎么重赂轻贤!"

正在说话之间,又报圣旨下了。那钦差道:"圣旨命张九成往五国城去问候二圣,特此钦赐符节,望阙谢恩。"张九成谢恩过了。那钦差道:"圣上有旨,着岳飞速命状元起身,不可迟误!"

各位元帅进帐坐定,议论此事:"那里出自圣旨!必定秦桧弄权陷害殿元!"众人各各愤愤不平,都说道:"如今朝内有了这样的奸臣,忠臣就不能保全了!真正令人胆寒!"岳爷道:"贵钦差不知何日荣行?"张九成道:"晚生既有王命在身,焉敢耽搁?只是一件:家下还有老母与舍弟九思,怎知此事?须得写一信通知。今日便可起身。"岳爷道:"既如此,贵钦差可即写起书来;待本帅着人送到尊府便了。"即叫左右取过文房四宝,将桌子抬到九成面前。九成即含泪修书,将一个香囊封好在内,奉与岳元帅。岳元帅即唤过一名家将,吩咐道:"这封书,着你星夜往常州,送到状元府上,面见二老爷亲自开拆。"家将答应,领书而去。张九成道:"家书已去,晚生就此告辞了!还求元帅差一位将军,送晚生出那番营便好。"岳爷道:"当得遵命。"即传下令来道:"那一位将军敢领令送钦差出番营去?"下边应声道:"末将愿往。"岳爷举目一看却是汤怀,不觉泪下,叫道:"汤将军好生前往!"这班元帅,各节度总兵,众统制,与张九成、汤怀出营,一齐上马,直送至小商桥。众元帅道:"贵钦差,兄弟们不远送了!"张九成道:"请各位大人回营。"汤怀道:"各位大老爷,末将去了!"又对岳爷道:"大哥,小弟去了!"岳元帅欲待回言,喉中语塞,泪如泉涌,目不忍视。带领众将,回转营中,掩面悲切,退往后营去了。

那汤怀保着张九成直至番营,大喝道:"番奴听者:俺大宋天子,差新科状元张九成往五国城去问候二圣。快去通报,让路与我们走!"小番忙进帐去报与兀朮。兀朮道:"中原有这等忠臣,甚为可敬!"传令把大营分开,让出一路。再点一员平

---

① 敕(chì)——皇帝的诏令。
② 叨(tāo)居——叨,谦词;谓不当而居其位。

第三十五回 再兴误走小商河 汤怀自刎金兵营

章,带领五十儿郎,送他到五国城去。小番得令,传下号令。那五营八哨,众番兵,一齐两下分开,让出一条大路。张九成同着汤怀,一齐穿营进来。那些番兵番将,看见张九成生得面白唇红,红袍金带,乌纱皂靴,在马上手持符节;后边汤怀横枪跃马保着;人人喝采:"好个年少忠臣!"兀术也来观看,不住口的称赞。又见汤怀跟在后头,便问军师道:"这可是岳南蛮手下的汤怀么?"哈迷蚩道:"果然是汤南蛮。"兀术道:"中原有这样不怕死的南蛮,叫某家怎能取得宋朝天下!"吩咐:"将大营合好。若是汤南蛮转来,须要生擒活捉,不可伤他性命。违令者斩!"

却说张九成同汤怀二人出了番营,只见一个平章,带了五十名番兵,上前问道:"呔!俺奉狼主之命,领兵护送。那一位是往五国城去的?"汤怀指着九成道:"这一位便是。一路上尔等须要小心服事!"番兵点头答应。汤怀道:"张大人,末将不能远送了!"张九成道:"今日与将军一别,谅今生不能重会了!"言罢,掩面哭泣而去。

汤怀也哭了一会。望见钦差去远了,揩干了眼泪,回马来到番营;摆着手中银枪踹进重围。众番兵上前拦住,喝道:"汤南蛮,今日你休想回营了!俺等奉狼主之命,在此拿你。你若早早下马投降,不独免死,还要封你一个大大的头目。"汤怀大怒道:"呔,番贼!我老爷这几根精骨头,也不想回家乡的了。"大喝一声,便走马使枪往番营中,冲入重围,与番人大战。那汤怀的手段,本来是平常的;二来那座番营,有五十余里路长,这杆枪如何杀得出去?但见那番兵一层一层围将上来,大声叫道:"南蛮子,早早下马投降!若想出营,今生不能够了!"只一声叫,那些番兵番将,刀枪剑戟一齐杀将拢来。汤怀手中的这杆枪,那里招架得住,这边一刀,那边一枪。汤怀想道:"不好了!我单人独骑,今日料想杀不出重围。倘被番人拿住,那时求生不能,求死不得,反受番人之辱;倒不如自尽了吧!"把手中枪左右勾开许多兵器,大叫一声:"且慢动手!"众番将一齐住手,叫:"南蛮快快投降,免得擒捉!"汤怀喝道:"呔!你们休要想错了念头!俺汤老爷是何等之人,岂肯投降于你?少不得俺哥哥岳大元帅前来将你等番奴扫尽;那时直捣黄龙府,捉住完颜老番奴,将你等番奴斩尽杀绝,那时方出俺心中之气也!"叫一声:"元帅大哥!小弟今生再不能见你之面了!"又叫:"各位兄弟们!今日俺汤怀与你们长别了!"就把手中枪尖调转,向咽喉只一下,早已翻身落马而死。

那些众番兵看见汤怀自尽,报与兀术。兀术吩咐把首级号令军前,将尸骸埋葬。

岳爷正在营中思想汤怀,军士进来报道:"汤将军的首级,号令在番营前了!"岳爷闻言大哭道:"我与你自幼同窗学艺,情同手足。未曾受得王封,安享太平之福;今日先丧于番人之手!"说罢,放声大哭。众将俱各悲咽。元帅吩咐备办祭礼,遥望番营祭奠。

且说兀朮自葬汤怀之后,在帐中与众元帅平章等称赞那汤怀的忠心义气。忽有小番进帐报道:"殿下到了。"兀朮传令宣进。那殿下,原来就是陆登的儿子陆文龙。陆文龙进帐参见,兀朮道:"王儿因何来迟?"文龙道:"臣儿因贪看中原景致,故尔来迟。父王领大兵进中原日久,为何不发兵马到临安,去捉南蛮皇帝,反下营在此?今日天色尚早,待臣儿领兵前去,捉拿几个南朝蛮子与父王解闷!"兀朮道:"王儿要去,必须小心!"文龙领令出来,带领番兵,直过小商桥,来至宋营讨战。

当有小军报入大营:"启上元帅:今有番邦一员小将,在外讨战。"元帅便问两边众将:"那一位敢出马?"话言未绝,旁边闪过呼天庆、呼天保两员将官,上前打恭道:"小将情愿出阵,擒此番奴来献上。"元帅吩咐小心前去。

二人得令,出营上马,带领兵卒来至阵前。两军相对,各列阵势,呼天保一马当先,观看这员番将,年纪十六七岁,白面红唇;头戴一顶二龙戏珠紫金冠,两根雉尾斜飘;穿一件大红团龙战袄,外罩着一副锁子黄金玲珑铠甲;左胁下悬一口宝刀,右胁边挂一张雕弓;坐下一匹红纱马,使着两杆六沉枪。威风凛凛,雄气赳赳。呼天保暗暗喝采:"好一员小将!"便高声问道:"番将快通名来!"文龙道:"某家乃大金国昌平王殿下陆文龙便是。尔乃何人?"呼天保道:"我乃岳元帅麾下大将呼天保是也。看你小小年纪,何苦来受死!倒不如快快回去,另叫一个有些年纪的来,省得说我来欺你小孩子家。"陆文龙哈哈大笑道:"我闻说你家岳蛮子有些本事,故来擒他,量你这些小卒,何足道哉!"呼天保大怒,拍马抡刀,直取陆文龙。陆文龙将左手的枪勾开了大刀;右手那枝枪,豁的一声,向呼天保前心刺来。要招架也来不及,正中心窝,跌下马来,死于非命。呼天庆大吼一声:"好番奴,怎敢伤吾兄长!我来也!"拍马上前,举刀便砍。陆文龙双枪齐举,两个交战,不上十个回合,又一枪把呼天庆挑下马来,再一枪结果了性命。

陆文龙高声大叫:"宋营中还有几个有本事的人出来会战!休使这等无名小卒,白白的来送死!"那败军慌慌忙忙报知元帅。元帅听得二将阵亡,止不住伤心下泪,便问:"那位将军出阵擒拿番将?"只见下边走过岳云、张宪、严成方、何元庆四人一齐上前领令,情愿同去。

岳爷道:"既是四人同去,吾有一计,可擒来将。"四人齐齐听令。

毕竟不知岳元帅说出什么计来,且听下回分解。

第三十六回　文龙奋身战五将　王佐断臂假降金

当时岳云等四人上前听令，元帅道："你等四人出阵，不可齐上。可一人先与他交战；战了数合，再换一人上前：此名'车轮战法'。"

四将领令，出营上马，领兵来至阵前。岳云大叫道："那一个是陆文龙？"陆文龙道："某家便是。你是何人？"岳云道："我乃大宋岳元帅大公子岳云便是。你这小番，休得夸能，快上来领锤吧！"陆文龙道："我在北国，也闻得有个岳云名字；但恐怕今日遇着了俺，你的性命就不能保了。照枪吧！"刷的一枪刺来，岳云举锤架住。一场厮杀，有三十多合。严成方叫声："大哥且少歇！待兄弟来擒他。"拍马上前，举锤便打。陆文龙双枪架住，喝声："南蛮，通个名来！"严成方道："我乃岳元帅麾下统制严成方是也。"陆文龙道："照枪！"两个亦战了三十多合。何庆元又上来接战三十余合。张宪拍马摇枪，高叫："陆文龙，来试试我张宪的枪法！这一枝的比你两枝的何如？"刷刷刷一连几枪。陆文龙双枪左舞右盘。这一个恰如腾蛟奔蟒，那一个好似吐雾喷云。

那金营中早有小番报知兀术。兀术道："此名'车轮战法'。休要坠了岳南蛮之计。"忙传令鸣金收军。文龙听得鸣金，便架住张宪的枪，喝声："南蛮！我父鸣金收兵，今日且饶你，明日再来拿你吧。"掌着得胜鼓，竟自回营。

这里四将也只得回营，进帐来见元帅缴令。岳爷命将呼氏兄弟尸首埋葬好了，摆下祭礼，祭奠一番。又传下号令：各营整备挨弹檑木，小心保守，防陆文龙前来劫营。各营将士，各各领令，小心整备。

到了次日，军士来报："陆文龙又来讨战。"岳元帅仍命岳云等四人出马。旁边闪过余化龙，禀道："待小将出去压阵，看看这小番如何样的厉害。"元帅就命余化龙一同出去。

那五员虎将，出到阵前，见了陆文龙，也不打话。岳云上前，抢锤就打。文龙举枪相迎。锤来枪去，枪去锤来，战了三十来合。严成方又来接战。小番又去报知兀术。兀术恐怕王儿有失，亲自带领众元帅平章出营掠阵。看见陆文龙与那五员宋将轮流交战，全无惧怯。直至天色将晚，宋营五将见战不下陆文龙，吆喝一声，一齐上前。那边兀术率领众番将，也一齐出马，接着混战一阵。天已昏黑，两边各自鸣金收军。

五将进营缴令道:"番将厉害,战他不下。"元帅闷闷不乐,便吩咐:"且把'免战牌'挂出,待本帅寻思一计擒他便了。"诸将告退,各自归营安歇。惟有那岳元帅回到后营,双眉紧锁,心中愁闷。

且说统制王佐,自在营中夜膳,一边吃酒,心中却想:"我未有尺寸之功,怎得分元帅之忧,方遂我的心怀。"又独一个吃了一会,猛然想道:"有了,有了。我曾看过'春秋'、'列国'时,有个'要离断臂刺庆忌'一段故事。我何不也学他断了臂,潜进金营去?倘能近得兀朮,拚得舍了此身,刺死他,岂不是一件大功劳?"主意已定,又将酒来连吃了十来大杯;叫军士收了酒席,卸了甲,腰间拔出剑来,嚯的一声,将右臂砍下,咬着牙关,取药来敷了。那军士看了,惊倒在地,跪下道:"老爷何故如此?"王佐道:"我心中有冤苦之事,你等不知的。你等自在营中,好生看守,不必声张传与外人知道。且候我消息。"众军士答应。

王佐将断下的臂扯下一片旧战袍包好,藏在袖中。独自一人出了帐房,悄悄来至元帅后营,已是三更时分。对守营家将道:"王佐有机密军情,求见元帅。"家将进帐报知。其时岳元帅因心绪不宁,尚未安寝,就命请进来相见。

王佐进得帐来,连忙跪下。岳元帅看见王佐面黄如蜡,鲜血满身,失惊问道:"贤弟为何这般光景?"王佐道:"哥哥不必惊慌。今见哥哥为着金兵久犯中原,日夜忧心;如今陆文龙又如此猖獗。故此小弟效当年吴国要离的故事,已将右臂断下,送来见哥哥,要往番营行事。特来请令。"岳爷闻言下泪道:"贤弟!为兄的自有良策,可以破得金兵。贤弟何苦伤残此臂!速回本营,命医官调治。"王佐道:"大哥何出此言?王佐臂已砍断,就留本营,也是个废人,有何用处?若哥哥不容我去,情愿自刎在哥哥面前,以表弟之心迹。"岳元帅听了,不觉失声大哭道:"贤弟既然决意如此,可以放心前去!一应家事,愚兄自当料理便了。"

王佐辞了元帅,出了宋营,连夜往金营而来。

王佐到得金营,已是天明。站在营前等了一会,小番出营,便向前说道:"相烦通报,说宋将王佐有事来求见狼主。"小番转身进帐禀报,兀朮道:"某家从不曾听见宋营有什么王佐,到此何干?"传令:"且唤他进来。"

不多时,小番领了王佐进帐来跪下。兀朮见他面色焦黄,衣襟血染,便问:"你是何人?来见某家有何言语?"王佐道:"如今狼主大兵到此,又有殿下英雄无敌,诸将寒心。岳飞无计可胜,挂了'免战牌'。昨夜聚集众将商议,小臣进言:'目今中原残破,二帝蒙尘。康王信任奸臣,忠良退位。今金兵二百万,如同泰山压卵,谅难对敌;不如差人讲和,庶可保全。'不道岳飞不听好言,反说臣有二心卖国,将臣断去一臂;着臣来降顺金邦报信。说他即日要来擒捉狼主,杀到黄龙府,踏平金

第三十六回　文龙奋身战五将　王佐断臂假降金

国。臣若不来时，即要再断一臂。因此特来哀告狼主。"说罢，便放声大哭，袖子里取出这断臂来呈上兀朮观看。兀朮见了，好生不忍。兀朮道："岳南蛮好生无礼！就把他杀了何妨。砍了他的臂，弄得死不死，活不活，还要叫他来投降报信；无非叫某家知他的厉害。"

兀朮就对王佐道："某家封你做个'苦人儿'之职。你为了某家断了此臂，受此痛苦，某家养你一世快活吧！"叫平章："传吾号令各营中：'苦人儿'到处为居，任他行走。违令者斩！"这一个令传下来，王佐大喜，心下想道："不但无事，而且遂我心愿，这也是番奴死日近矣。"王佐连忙谢了恩。

这里岳爷差人探听，金营不见有王佐首级号令，心中甚是挂念，那里放得下心。

再说那王佐每日穿营入寨。那些小番俱要看他的断臂，所以倒还有要他去耍的。这日来到文龙的营前，小番道："'苦人儿'那里来？"王佐道："我要看看殿下的营寨。"小番道："殿下到大营去了，不在这里，你进去不妨。"王佐进营来到帐前闲看，只见一个老妇人坐着。王佐上前叫声："老奶奶，'苦人儿'见礼了。"那妇人道："将军少礼！"王佐听那妇人的声口却是中国人，便道："老奶奶不象个外国人吓！"那妇人听了此言，触动心事，不觉悲伤起来，便说："我是河间府人。"王佐道："既是中国人，几时到外邦来的？"那妇人道："我听得将军声音也是中原人声气。"王佐道："'苦人儿'是湖广人。"妇人道："俱是同乡，说与你知道，谅不妨事，只是不可泄漏！这殿下，是吃我奶大的。他三岁方离中原。原是潞安州陆登老爷的公子，被狼主抢到此间；所以老身在此番邦一十三年了。"王佐听见此言，心中大喜；便说道："'苦人儿'去了。停一日再来看奶奶吧。"随即出营。

过了几日，王佐随了文龙马后回营。文龙回头看见了，便叫："'苦人儿'，你进来某家这里吃饭。"王佐领令，随着进营。文龙道："你是中原人。那中原人有什么故事？讲两个与我听听。"王佐道："有，有，有。讲个'越鸟归南'的故事与殿下听！当年吴、越交兵，那越王将一个西施美女进与吴王。这西施带一只鹦鹉，教得诗词歌赋，件件皆能，如人一般。原是要引诱那吴王贪淫好色，荒废国政，以便取吴王的天下。那西施到了吴国，甚是宠爱。谁知那鹦鹉竟不肯说话。"陆文龙道："这却为甚么缘故？"王佐道："后来吴王害了伍子胥；越王兴兵伐吴，无人抵敌，吴王丧命。那西施仍旧归于越国，这鹦鹉依旧讲起话来。这叫做'越鸟归南'的故事。这是说那禽鸟，尚念本国家乡，岂有做了一个人，反不如鸟的意思。"文龙道：

"不好。你再讲一个好的与我听。"王佐道:"我再讲一个'骅骝①向北'的故事吧。"陆文龙道:"甚么叫做'骅骝向北'?"王佐道:"这个故事却不远。就是这宋朝第二代君王,是太祖高皇帝之弟太宗之子真宗皇帝在位之时,朝中出了一个奸臣,名字叫做王钦若。其时有那杨家将俱是一门忠义之人,故此王钦若每每要害他。便哄骗真宗出猎打围,在驾前谎奏:'中国坐骑,俱是平常劣马;惟有萧邦天庆梁王坐的一匹宝驹唤名为"日月骍骝马",这方是名马。只消主公传一道旨意下来,命杨元帅前去要此宝马来乘坐。'"陆文龙道:"那杨元帅他怎么要得马来?"王佐道:"那杨景守在雍州关上,他手下有一员勇将,名叫孟良。他本是杀人放火为生的主儿,被杨元帅收伏在麾下。那孟良能说六国三川的番话,就扮做外国人,竟往萧邦,也亏他千方万计把那匹马骗回本国。"陆文龙道:"这个人好本事!"王佐道:"那匹'骍骝马',送至京都,果然好马。只是一件:那马向北而嘶,一些草料也不肯吃,饿了七日,竟自死了。"陆文龙道:"好匹义马!"王佐道:"这就是'骅骝向北'的故事。"王佐说毕道:"'苦人儿'告辞了。另日再来看殿下。"殿下道:"闲着来讲讲。"王佐答应而去。

一日,王佐来至陆文龙营前,进帐见了文龙。文龙道:"'苦人儿',今日再讲些什么故事?"王佐道:"今日有绝好的一段故事,须把这些小番都叫他们出去了,只好殿下一人听的。"文龙吩咐伺候的人尽皆出去。

王佐见小番尽皆出去,便取出一幅画图来呈上道:"殿下请先看了,然后再讲。"文龙接来一看,见是一幅画图,那图上一人有些认得,好象父王。又见一座大堂上,死着一个将军,一个妇人。又有一个小孩子,在那妇人身边啼哭。又见画着许多番兵。文龙道:"'苦人儿',这是什么故事?某家不明白,你来讲与某家听。"

王佐道:"殿下略略闪过一旁,待我指着画图好讲,这个所在,乃是中原潞安州。这个死的老爷,官居节度使,姓陆名登。这死的妇人,乃是谢氏夫人。这个是公子,名叫陆文龙。"陆文龙道:"'苦人儿',怎么他也叫陆文龙?"王佐道:"你且听着:被这昌平王兀术兵抢潞安州,这陆文龙的父亲尽忠,夫人尽节。兀术见公子陆文龙幼小,命乳母抱好,带往他邦,认为己子;今已十三年了。他不与父母报仇,反叫仇人为父,岂不痛心!"

陆文龙道:"'苦人儿',你明明在说我。"王佐道:"不是你,倒是我不成?我断了臂膀皆是为你!若不肯信我言,可进去问奶妈便知道。"

言未了,只见那奶妈哭哭啼啼走将出来,道:"我已听得多时。将军之言,句句

---

① 骅骝(huáliú)——骏马。

第三十六回　文龙奋身战五将　王佐断臂假降金

是真！老爷夫人死的好苦呀！"说罢，放声大哭起来。

陆文龙听了此言，泪盈盈的下拜道："不孝之子，怎知这般苦事，今日才知；怎不与父母报仇！"便向王佐下礼道："恩公受我一拜，此恩此德，没齿不忘！"拜罢起来，拔剑在手，咬牙恨道："我去杀了仇人，取了首级，同归宋室便了。"王佐急忙拦住道："公子不可造次！他帐下人多，大事不成，反受其害。凡事须要三思而行！"公子道："依恩公便怎么？"王佐道："待早晚寻些功劳，归宋未迟。"公子道："领教了！"那众小番在外，只听得啼哭，那里晓得底细。

一日，兀术坐帐，小番来报说："本国元帅完木陀赤、完木陀泽带领'连环甲马'候令。"兀术大喜，传令请二位元帅进见。不一时，二位元帅进帐，参见已毕。兀术便道："这'连环甲马'，教练了数载功夫，今日方得成功！明日就烦二位出马。擒拿岳飞，在此一举也。"二人领令出帐，左右安营。

到了次日，完木陀赤、完木陀泽二人，领兵来至宋营讨战。军士报进大营。岳元帅便问："何人敢出马？"只见董先同着陶进、贾俊、王信、王义一同上来领令。元帅就分拨五千人马，命董先率领四将出战。

董先等五人得令，带领人马出营。来到阵前，董先大喝一声："来将通名！"番将答道："某乃大金国元帅完木陀赤、完木陀泽是也。奉四太子之命，前来擒捉岳飞。你是何人，可就是岳飞么？"董先大怒道："放你娘的屁！我元帅怎肯和你这样丑贼来交手。照我董爷爷的家伙吧！"当的一铲打去。完木陀赤舞动铁杆枪，架开月牙铲，回手分心就刺。战不得五六个回合，马打七八个照面，完木陀泽看见哥哥战不下董先，量起手中浑铁镋①，飞马来助战。这里陶进等四人见了，各举大刀一齐上前。

七个人跑开战马，犹如走马灯一般，团团厮杀。

这两员番将，怎敌得过五位将军，只得回马败走，完木陀赤且走且叫道："宋将休得来赶。我有宝贝在此！"董先道："随你什么宝贝，老爷们也不惧怕。"拍马赶来。

毕竟不知胜负如何，且听下回分解。

---

① 镋(tǎng)——古代兵器。形似马叉，上有利刃，两面出锋。刃下横两股，向上弯。可以刺击，也可防御，兼矛、盾之用。

第三十七回　钩枪大破连环马　箭书潜报铁浮陀

话说完木陀赤、完木陀泽二人,引得董先等赶至营前,一声号炮响,两员番将左右分开,中间番营里拥出三千人马来。那马身上都披着生驼皮甲;马头上,俱用铁钩铁环连锁着,每三十匹一排。马上军兵,俱穿着生牛皮甲,脸上亦将牛皮做成假脸戴着,只露得两只眼睛。一排弓弩,一排长枪:共是一百排,直冲出来。把这五位将官,连那五千军士,一齐围住,枪挑箭射,不上一个时辰,可怜董先等五人,并五千人马,尽丧于阵内;不过逃得几个带伤的。

那败残军士回营,报与元帅道:"董将军等全军尽殁于阵内了!"元帅大惊问道:"董将军等怎么样败死的?"军士就将"连环甲马"之事,细细禀明。岳元帅满眼垂泪道:"苦哉,苦哉!早知是'连环甲马',向年呼延灼曾用过,有徐宁传下'钩连枪'可破。可怜五位将军,白白的送了性命,岂不痛哉!"遂传令整备祭礼,遥望着番营哭奠了一番。回到帐中,就命孟邦杰、张显各带兵三千,去练"钩连枪";张立、张用各带兵三千,去练"藤牌"。四将领令,各去操练。

且说那兀朮坐在帐中,对军师道:"某家有这许多兵马,尚不能抢进中原,只管如此旷日持久。军师有何良策?"哈迷蚩道:"岳南蛮如此厉害!况他兵马又多,战他不下。臣有一计:狼主可差一员将官,暗渡夹江,去取临安。岳南蛮若知,必然回兵去救。我以大兵遏其后,使他首尾不能相顾。那时岳南蛮可擒也。"兀朮听了大喜,就命鹘眼郎君领兵五千,悄悄的抄路,望临安一路进发。

却说朝中有一奸臣,姓王名俊,本是秦桧门下的走狗,因趋奉得秦桧投机,直升他做了都统制。又奏过朝廷,差他带领三千人马,押送粮草到朱仙镇来,就在那里监督军粮;原是提拔他的意思。

这一日行至中途,恰恰那个鹘眼郎君带领番兵到来正遇个着。鹘眼郎君提刀出马,王俊只得举刀相迎。不上七八个回合,番将厉害,王俊那里招架得住,只得回马落荒败走。鹘眼郎君从后面赶来。

正在危急之时,忽见前面来了一枝兵马,乃是总领催粮将军牛皋。牛皋见了想道:"这里那有番兵?不知是何处来的?追着的又不知是何人?"便道:"孩儿们站着!待我上前去看个明白。"便纵马迎上前来,叫道:"不要惊慌,有牛爷爷在此。"那王俊道:"快救救小将!"牛皋上前大喝一声:"番奴住着!你是何人?往那

第三十七回　钩枪大破连环马　箭书潜报铁浮陀

里去的？"鹘眼郎君道："某家要去抢临安的。你问某家的大名，鹘眼郎君便是。"牛皋大怒，举锏便打。两人战了二十个回合，鹘眼郎君手中的刀略迟得一迟，被牛皋一锏打中肩膀上，翻身落马。牛皋取了首级，乱杀番兵。那些番兵，死的死了，得命的逃了些回去。牛皋转来，见了王俊问道："你是那里来的将官？这等没用，被他杀败了！"王俊道："小将官居都统制，姓王名俊。蒙秦丞相荐我解粮往朱仙镇去，就在那里监督粮草。偏偏遇着这番贼，杀他不过。幸得将军相救，后当图报！不知将军高姓大名？"牛皋道："俺乃岳元帅麾下统制牛皋，奉令总督催趱各路粮草。王将军既然解粮往朱仙镇去，我的粮草，烦你一总带去，交与元帅；说牛皋还有几个所在去催粮，催齐了就来。"王俊道："这个当得。"牛皋道："这首级也带了去，与我报功。"王俊道："将军本事，天下无双！望将军把这功送与末将吧！"牛皋暗想："我把这功且送了他；回营时，再出他的丑也未迟。"便道："将军若要，自当奉送。将此粮草小心解去，勿得再有差失！"拱了一拱别去。那王俊领兵护送粮草，望朱仙镇行来，在路无事。

　　这一日，看看到了大营相近，把兵扎住，来到营门候令。传宣禀进。岳爷想："他此差是奸臣谋来的。且请他进来。"王俊进帐，向各位元帅见了礼，禀道："卑职奉旨而来，行至中途，遇见牛皋，被番兵追赶；卑职上前救了牛皋，带了粮草，并那番将的首级，俱在营门。候元帅号令定夺。"岳爷听了且记了他的功劳，收了粮草。将番人首级号令。

　　到了次日，孟邦杰、张显、张立、张用各将所练的枪牌已熟，前来缴令。元帅就命四将去破番阵，又叮咛了一回。四将领命而去。又令岳云、严成方、张宪、何元庆，领带人马五千，外边接应。四将领令而去。

　　且说那孟邦杰、张显等四将到番营讨战。那完木陀赤、完木陀泽二元帅提兵出营，双方拍马抢枪，战了数合，番将诈败进营，那四将追来。只见那些小番吹动觱篥，打起驼皮鼓，一声炮响，三千"连环马"周围团团裹将上来。张立看见，吩咐三军将"藤牌"四面周围遮住：弓矢不能射，枪弩不能进。孟邦杰、张显带领人马，使开"钩连枪"；一连钩倒数骑"连环马"，其余皆不能行动，都自相践踏。又听得营中炮响，岳云、张宪从左边杀入；何元庆、严成方从右边杀入；番将怎能招架。这一阵，将"连环马"尽挑死了。张立、岳云等得胜收兵回营，见元帅缴令。

　　却说那兀术正望着完木陀赤弟兄"连环马"成功，只见小番来报道："岳飞差八个南蛮将'连环马'破了。"正说间，二人败回，来见狼主。兀术问道："南蛮怎么破法？"二将将"藤牌"、"钩连枪"如此破法，说了一遍。兀术大哭道："军师，某家这马，练了数载功夫，不知死了多少马匹，才得成功！今日被他一阵破了！"军师道:"狼主不必悲伤,只待那'铁浮陀'来时,何消一阵,自然南蛮尽皆灭矣。"兀朮道:"某家也只想待这件宝贝了。"

再说牛皋回营缴令道:"末将前者救了王俊,有番将鹘眼郎君的首级,并粮草可曾收到否?"元帅道:"有是有的,但王俊说是他救了你,这功劳是他的;本帅已将功劳簿上写了他的名字了。"牛皋道:"王俊怎么冒功?"王俊在旁答道:"人不可没有了良心,小将救了你的性命,怎么反来夺我的功劳?"牛皋道:"我与你比比武艺,若是胜得我,便将功劳让你。"

二人正在争功,只听得营门前数百人喧哗。传宣进来禀道:"有数百军卒在外要退粮。求元帅发令定夺。"元帅问道:"何处军兵要退粮?"传宣禀道:"是大老爷的兵要退粮。"韩世忠、张信、刘琦三个元帅齐声的道:"岂有此理!若讲别座营的兵,或有此事;若说元帅的兵,皆是赴汤蹈火,血战争先,怎肯退?必有委曲。元帅可令那班兵丁会说话的,走十数个来问他。"岳爷答道:"元帅们所言有理。"吩咐出去叫兵丁进来。那兵丁跪下道:"求元帅准退了小人们的粮,放小人们去归农吧。"岳爷道:"别座营头,尚无此等事情,何况本帅待兵如子?现今金兵寇乱,全仗你等替国家出力,怎么反说要退粮?"兵丁道:"小人们平日深感元帅恩养,怎敢退粮?但是近日所发粮米,一斗只有七八升,因此众心不服。"元帅道:"王俊,钱粮皆是你发放,怎么克减,以致他们心变?"王俊禀道:"钱粮虽是卑职管,却都是吏员钱自明经手关发,卑职实不知情。"元帅道:"胡说!自古道:'典守者不得辞其责。'怎么推诿?且传钱自明来!"不一会,钱自明进帐来叩见,元帅喝道:"你为何克减军粮?"钱自明禀道:"这是王老爷对小吏说的:粮米定要折扣;若不略减些,缺了正额,那里赔得起?"元帅大喝一声:"绑去砍了!"一声令下,两边刀斧手即将钱自明推出,霎时献上首级。元帅又叫王俊:"快去把军粮赔补上来!再行发落。"众军兵一齐跪下道:"这样号令,我等情愿尽力苦战,也不肯舍了大老爷。"俱各叩头谢恩而去。王俊只得将克减下的粮草照数赔补了,来见元帅缴令。元帅道:"王俊!你冒功邀赏,克减军粮,本应斩首!今因是奉旨前来,饶你死罪;捆打四十,发回临安,听凭秦丞相处治。"左右一声吆喝,将王俊拖下去,打了四十大棍;写成文书,连夜解上临安相府发落。

牛皋禀道:"小将杀败番兵,救了他的性命,这奸贼反冒我的功劳,又来克减军粮;况是秦桧一党:元帅何不将他斩了,以绝后患,反解到奸臣那里去?"岳爷道:"贤弟不知:他是秦桧差来的。秦桧现掌相位。冤家宜解不宜结!"牛皋听了,心中愤愤不平,辞了元帅,自回本营。

再说那番营中兀朮,被岳飞破了"连环马",心中郁郁不乐。正在聚集众将商

第三十七回　钩枪大破连环马　箭书潜报铁浮陀

议,忽见小番来报:"本国差兵解送'铁浮陀'在外候令。"兀术大喜,传令:"推过一边,待天晚时,推到宋营前打去。任那岳飞足智多谋,也难逃此难。"一面整备火药,一面暗点人马,专等黄昏施放。那陆文龙在旁听了,就回营对王佐道:"今日北国解到'铁浮陀',今晚要打宋营,十分厉害;却便怎处?"王佐道:"宋营如何晓得?须要暗送一信,方好整备。"陆文龙道:"也罢。待我射封箭书去报知岳元帅;明早即同将军归宋何如?"王佐大喜。看看天色将晚,陆文龙悄悄出营上马,将近宋营,高叫一声:"宋军听者:我有机密箭书,速报元帅,休得迟误!"飕的一箭射去。随即转马回营。

宋营军士拾得箭书,忙与传宣说知。传宣接了,即时进帐跪下禀道:"有一小番将,黑暗里射下箭书;说有机密大事,求元帅速看。"元帅接了书,将手一挥,传宣退下。岳爷把箭上之书取下,拆开观看,吃了一惊。便暗暗传下号令,先叫岳云、张宪吩咐道:"你二人带领人马如此如此。"二人得令,领兵埋伏去了。又暗令兵士通知各位元帅,将各营虚设旗帐,悬羊打鼓;各将本部人马,一齐退往凤凰山去躲避。

且说金营中到了二更时分,传下号令,将"铁浮陀"一齐推到宋营前,放出轰天大炮,向宋营中打来。但见烟火腾空,山摇地动:好似雷公排恶阵,分明霹雳震乾坤。

当时众位元帅在凤凰山上看见这般光景,好不怕人。若不是陆文龙报信,岂不把宋营人马打成齑粉①? 也亏了王佐一条臂膀,救了六七十万人马的性命!

那岳云、张宪领了人马埋伏在半路,听得大炮打过,等那金兵回营之后,在黑影里,身边取出铁钉,把火炮的火门钉死。令军士一齐动手,将"铁浮陀"尽行推入小商河内。转马来到凤凰山缴令。岳爷仍命三军回转旧处,重新扎好营盘。

再说那兀术自在营前看那"铁浮陀"大炮打得宋营一片漆黑,回到帐中对军师道:"这回才得成功也!"众将齐到帐中贺喜。兀术传令摆起酒席,同众元帅等直饮到天明。只见小番进帐报道:"'苦人儿'同殿下带了奶母五鼓出营,投宋去了。"兀术听了,大叫道:"罢了,罢了! 此乃养虎伤身也!"正在恼恨,又有小番来报:"启上狼主:岳营内依然如此,旗幡分外鲜明,越发雄壮了。"兀术好生疑惑,忙出营前观看;果然依旧旗帜鲜明,枪刀密布,不知何故。传令速整"铁浮陀",今晚再打宋营。小番一看,"铁浮陀"不知那里去了。慌往四下搜寻。呀! 俱推在小商河内了。忙来禀知。直气得兀术暴跳如雷。众将上前劝解。

---

① 齑(jī)粉——细粉,碎屑。

兀朮回营坐定,叹了口气道:"那岳南蛮真真厉害,能使将官舍身断臂,来骗某家!'铁浮陀'一旦成空,枉劳数载功夫,空费钱粮不少。情实可恨!如今怎么处!"哈迷蚩道:"狼主不必心焦。待臣明日摆下一阵,名为'金龙绞尾阵',诱那岳南蛮来打阵,可以擒他。"兀朮道:"如此速去整备。"哈迷蚩领令,自去操演。

再说那晚"铁浮陀"打过宋营之后,将至天明,陆文龙同奶娘暗将金珠宝贝收拾停当,同王佐出营,竟往宋营而来。岳爷已将营寨重复扎好。王佐到了营前下马,进见元帅,禀明前事。各位元帅、总兵、节度、统制,俱各致谢王佐活命之恩。岳元帅传令,请陆公子相见。陆文龙进帐参见道:"小侄不孝,错认仇人为父!若非王恩公说明,怎得回来!"元帅吩咐送公子后帐居住,拨二十名家将伏侍。一面差人送奶娘回到陆公子的家乡居住。

却说金营内哈迷蚩来禀上兀朮道:"狼主可差人将一封箭书射进宋营,叫岳南蛮暂停一月。待臣摆好阵势,然后开兵擒捉岳南蛮,早定大事。"兀朮听了,就写一书,差番将来到宋营前,高声叫道:"南蛮听着:俺乃金邦元帅,有书一封与你宋营主将。快些接去!"说罢,一箭射来。小军拾得箭书,送与传宣。传宣将书呈上。元帅看毕,吩咐道:"你去与他说,教他摆好阵势,快来知会打阵。"传宣得令,出营大声喝道:"番奴听着:俺家元帅有令,教你们速去练熟些摆来,好等我们来打。"番将听了,回营复命。哈迷蚩即将大兵尽数调齐,操演阵势。

要知后事如何,且听下回分解。

第三十八回　破敌阵关铃逞能　撞石壁兀术自尽

过了十余日,岳元帅暗想:"今已半月有余,金营不见动静;不知排的什么阵,这等烦难?"等到晚上,悄悄带了张保出营,来到凤凰山边茂林深处,攀上一株大树顶上偷看金营。果有百十万人马,诈言二百万,摆着两条"长蛇阵",头并头,尾搭尾,所以名叫"金龙绞尾阵"。

再说金营哈迷蚩阵已摆完,来禀兀术。兀术大喜,即差人来下战书。

岳元帅约定来日决战。一面请各位元帅,齐到中军商议。那四位元帅各处人马,合来共有六十万。岳元帅同张元帅带领人马,打左边的"长蛇阵"。韩元帅和刘元帅领兵去打右边的"长蛇阵"。命岳云、严成方、何元庆、余化龙、罗延庆、伍尚志、陆文龙、郑怀、张奎、张宪、张立、张用,从中杀来。准备停当。

到了次日,三个轰天火炮,中间这六柄锤,六条枪,一枝银剪戟,三条铜铁棍,冲进阵来。撞着锤,变为肉饼;挨着棍,马仰人翻。金营将台上一声号炮,左右营阵脚走动。方才围裹拢来,岳元帅已从左边杀入,举起沥泉枪乱挑。"马前张保",抡动镔铁棒;"马后王横",舞着熟铜棍,好似天神出世。后边牛皋、吉青、施全、张显、王贵等众英雄,一齐杀入阵来。右边韩元帅手舞长枪,左手大公子,右手二公子,后边苏胜、苏德等众将,一齐杀进。金营将台上,又是一声号炮,四面八方团团围裹拢来。那"金龙阵"原是两条"长蛇阵"化出来的,头尾各有照应,犹如两个剪刀股形一般,一层一层围拢来;杀了一层,又是一层;都是番兵番将,杀不散,打不开。这四位元帅,大小将官,俱在阵中狠杀。真个是:杀得天昏地黑,日色无光,好生厉害。

却说那四位元帅同众将正在阵中厮杀,阵外忽然来了三个少年英雄。

原来那金门镇的先行官狄雷,自从遇见岳元帅之后,每每要想去投奔在他麾下去立功,却无门可入。那日闻得兀术又犯中原,与岳爷在朱仙镇上交兵,便心下暗想道:"我此时不去立功,更待何时?"遂披挂停当,拿了两柄银锤,跨上青骔马,飞奔往朱仙镇而来。在路非止一日。到了朱仙镇,方知岳元帅杀了一日一夜,尚未出来。正要打点杀进阵去,但见正南上一个少年英雄,飞马而来。狄雷定睛一看,那位小将:不上二十岁年纪,骑着一匹红骔马,使着一杆錾金枪。狄雷就迎上一步问道:"将军尊姓大名?到此何干?"那人道:"小可樊成,乃是岳元帅麾下统制官孟邦杰的妻舅。今闻得金兵在此与岳元帅交战,特地到此助他一臂之力。请问将军尊姓大名?因何问及小可?"狄雷道:"我乃金门镇先行官便是,姓狄名雷。因昔日岳元帅追杀金兵,小将一时误认,冒犯了元帅,惧罪潜逃。今因兀朮又犯中原,故此欲来立功赎罪。"樊成道:"既如此,我二人就杀入阵去助战何如?"狄雷道:"虽然说得是,但是番兵重重叠叠如此之多,不知岳元帅在何处,我们从那一方杀入方好?"两个正在商议,只见前面一位将官飞马而来。二人抬头看时,只见那人:生得面如重枣,丹凤眼,卧蚕眉;坐下黄骠马,横提青龙偃月刀;年纪不上二十。樊、狄二人催马上前来问道:"将军且住马。前有金兵阻路。要往何处去?"那人道:"在下姓关名铃,曾与岳元帅的公子八拜为交。闻得兀朮与元帅交兵,故此特来帮助杀贼。请问二位尊姓大名?"樊成、狄雷各通了姓名,将前来助阵之事大家说了一遍。关铃道:"如此甚好。我们一同杀入阵去便了。"樊成道:"我二人本欲杀入阵去;因见番兵甚多,不知排的何阵,从那一头杀入方好,故尔在此商议。"关铃道:"二位仁兄,自古大丈夫堂堂正正,既来助阵,不管他什么阵,我们只从正中间杀入去,怕他什么!"二人大喜,叫声"好",就一齐拍马,望着正中间,杀将进去。

番兵那里招架得住,慌忙报上将台道:"启上狼主:有三个小南蛮杀入阵中,十分骁勇;众平章俱不能抵敌,杀进中心来了。"其时兀朮正坐在将台上,看军师指挥布阵。听了此报,便把号旗交与哈迷蚩,自己提斧下台,跨马迎上来,正遇见关铃等三人。兀朮大喝一声:"咄!小南蛮,是何等之人,擅敢冲入某家的阵内来?"关铃喝道:"我乃梁山泊大刀关胜爷爷的公子关铃便是。你是何人?说明了好记我的头功。"兀朮看见关铃年纪幼小,威风凛凛,相貌堂堂,心中十分喜爱,便叫:"小南蛮,某家乃是大金邦昌平王兀朮四太子是也。我看你小小年纪,何苦断送在此地!若肯归顺,某家封你一个王位,永享富贵,有何不美?"关铃听了笑道:"咦!原来你就是兀朮!也是我小爷的时运好,出门就撞见个宝货。快拿头来,送我去做见面礼。"兀朮大怒,骂一声:"不中抬举的小畜生!看某家的斧吧!"遂抡动金雀斧当头砍来。关铃举起青龙偃月刀,拨开斧,劈面交加。两人战了十余合。恼了狄雷、樊成,一杆枪,两柄锤,一齐上前助战,兀朮那里敌得住这三个出林乳虎,直杀得两肩酸麻,浑身流汗,只得转马败走。又恐他们冲动阵势,反自绕阵而走。因是兀朮在前,众兵不好阻挡,那三人在后追赶,反把那"金龙阵"冲得七零八落。

那阵内四位元帅,见阵脚散乱,就指挥众将,四处追杀。关铃正杀得热闹,看见了岳云,便高声大叫:"岳大哥!小弟在此。"岳云见是关铃,好不欢喜,便道:"贤弟来得好。快些帮我杀尽了这些番兵,同你去见爹爹。"那樊成舞动这杆錾金

第三十八回 破敌阵关铃逞能 撞石壁兀朮自尽

枪,一枪一个,正杀得高兴,正撞着孟邦杰,叫声:"姊夫,我来也!"孟邦杰见了,大喜道:"小舅来得甚好。快上些功,好见元帅报功。"那狄雷杀进番营中,正遇见岳爷,便高叫:"元帅,小将狄雷在金门镇上误犯虎驾,今日特来投在元帅麾下效劳!"岳爷道:"将军与国家出力,杀退了金兵,报功受职。"狄雷得令,抖擞精神,去打番兵。

当时刘琦对岳爷道:"元帅少陪了。"竟带领本部人马,匆匆的杀出阵去了;连岳爷也不知其故。

再说岳公子银锤摆动,严成方金锤使开,何元庆铁锤飞舞,狄雷双锤并举;一起一落,金光闪灿,寒气缤纷:这就叫做"八锤大闹朱仙镇"。杀得那些金兵尸如山积,血若川流,好生厉害!

这一阵,杀得那兀朮大败亏输,往下败走。众营头立脚不住,一齐弃寨而逃,乱乱窜窜,败走二十余里,追兵渐远。不道前队败兵发起喊来,却原来是刘琦元帅抄着小路到此。将树木钉桩,阻住去路;两边埋伏弓弩手。一声梆子响,箭如飞蝗一般的射来。兀朮传令转望左边路上逃走。又走了一二十里,前军又发起喊来。兀朮查问为何,小番禀道:"前面乃是金牛岭,山峰陡峭,石壁危立。单身尚且要攀藤附葛,方能上去;何况这些人马,如何过得?"

兀朮下马走上前一看,果然危险,不能过去;欲待要再寻别路,又听得后边喊声震耳,追兵渐近,弄得进退两难;心中一想:"某家统领大兵六十余万,想夺中原。今日兵败将亡,有何面目见众将!死于此地罢休!"遂大叫一声:"罢,罢,罢!此乃天亡某家也!"遂撩衣望着石壁上一头撞去。但听得震天价一声响,忽然那石壁倒将下去。兀朮爬将起来一看,即跨上马,招呼众将上岭。那些番兵个个争先,一拥而上,反挤塞住了。后边人马不得上山。看看追兵已到,把那些金兵,犹如砍瓜切菜一般,无路逃生。兀朮在岭上,望见山下,见邳本邦人马死得可怜,不觉眼中流泪,对着哈迷蚩道:"某家自进中原,所到之处,望风瓦解;不想遇着这岳南蛮如此厉害,六十万人马,被他杀得只剩五六千人!还有何面目回去见老狼主,倒不如自尽了吧!"说罢,便拔出腰间佩剑欲要自刎。哈迷蚩将他双手紧紧抱住,众将上前夺下佩刀。哈迷蚩叫声:"狼主,何必轻生!胜败乃兵家常事。且暂回国,再整人马,杀进中原,以报此仇。"

兀朮就吩咐早早安营,且埋锅造饭,吃了一餐。哈迷蚩道:"狼主且暂住营。待臣私入临安,去访秦桧,等他寻个机会,害了岳飞;何愁天下不得?"兀朮大喜道:"既如此,待某家写起一书来,与军师带去。"当下就取过笔砚,写了一书,外用黄蜡包裹,做成一个蜡丸,递与哈迷蚩道:"军师,你进中原,须要小心!"哈迷蚩道:"不劳狼主嘱咐，小臣自会见机而行。"遂将蜡丸藏好，辞了兀朮，悄悄的暗进临安而去。

　　毕竟那秦桧如何勾当，且听下回分解。

第三十九回　秦桧矫旨发金牌　三畏勘狱弃官职

且说岳元帅就在金牛岭下扎住营盘，赏劳兵将。一面写本进朝报捷，一面催趱粮草，收拾衣甲，整顿发兵扫北。按下慢表。

再说那哈迷蚩打扮做个汴京人模样，悄悄的到了临安。那一日打听得秦桧同了夫人王氏在西湖上游玩，即忙也寻到湖上来。只见秦桧正在苏堤边泊下座船，与夫人对坐饮酒，赏玩景致。哈迷蚩就高声叫道："卖蜡丸，卖蜡丸！"叫过东来，又叫过西去。那王氏听得卖蜡丸的只管叫来叫去，就望岸上一看，便叫："相公，这不是哈军师么？"秦桧一眼望去，正是哈迷蚩，便吩咐家人："去叫那卖蜡丸的上船来见我。"家人忙叫那卖蜡丸人上船来。秦桧问道："你卖的是什么蜡丸？可医得我的心病么？"哈迷蚩道："我这蜡丸，专治的是心病；且有妙方在内。但要早医，缓则恐其无效。"秦桧道："既如此，且把丸子留下，我照方而服便了。"叫家人："赏他十两银子去吧。"哈迷蚩会意，谢赏而去。

秦桧将蜡丸剖开看时，却是兀术亲笔之书，责备秦桧负盟，[有]"致被岳飞杀得大败亏输；若能谋害得岳飞，方是报我国之恩；倘得了宋朝天下，情愿与汝平分疆界"等语。秦桧看完，即将书递与王氏道："四太子要我谋害岳飞，当如何处置？"王氏道："相公官居宰辅，职掌群僚，这些小事，有何难处。为今之计：不如慢发粮草，只说今日欲与金国议和，且召岳飞收兵，暂回朱仙镇养马。然后再寻一计，将他父子害了，岂不为美？"秦桧大喜道："夫人言之有理。"遂命罢宴开船，上岸回府。

那哈迷蚩依旧扮作客商模样，取路回营，来见兀术道："臣在西湖上，见过秦桧夫妻。接了蜡丸，已是会意，料他必然有计与狼主抢天下。我等且回关外，再差人打听消息便了。"兀术遂命拔寨，带领了败残人马，往关外去了。

却说岳元帅与各元帅在营中商议调兵养马，打点直捣黄龙府，迎还二圣，早晚成功。却是粮草不至，不知何故。正在差官催趱军粮，刻日扫北，忽报有圣旨下。那旨意却是：召岳飞班师，暂回朱仙镇歇息养马，待秋收粮足，再议发兵。

岳爷送了钦差，回营坐定。当下韩元帅开言道："大元戎以十万之众，破金兵百万，亦非容易。今成功在即，不发兵粮，反召元帅兵回朱仙镇，岂不把一段大功，沉于海底！这必是朝中出了奸臣，怕大将立功。元帅且自酌量，不可轻自回兵。"

岳元帅道："不可贪功,逆了旨意。"刘元帅道："元帅差矣。古云:'将在外,君命有所不受。'今金人锐气已失,我兵鼓舞用命,恢复中原,在此一举。依着愚见,不如一面催粮,一面发兵,直抵黄龙府,灭了金邦,迎回二圣;然后归朝,将功折罪,岂不为美?"岳爷道："众位元帅有所不知:本帅因抢挑小梁王,逃命归乡。年荒岁乱,盗贼四起。我母恐我一时失足,将本帅背上刺了'精忠报国'四个大字,所以一生只图尽忠。既是朝廷圣旨,那管他奸臣弄权!"遂传令拔寨起营。一声炮响,十三处人马,分作五队,滔滔的回转朱仙镇。依旧地扎下十三座营头,各各操兵练卒,专待秋收后进兵。

一面唤过岳云,暗暗吩咐道："方今奸臣弄权,专主和议;朝廷听信奸言,希图苟安一隅,无用兵之志;不知将来如何。你可同张宪回到家中,看望母亲,传教兄弟些武艺。倘有用你之处,再来唤你。"二人领命,拜别了岳爷,来与关铃作别。岳云便道："向日承我弟所赠宝驹,愚兄目下归乡,并无用处,今日物归故主。愚兄暂时拜别,不久再得相会。"关铃只得收了赤兔马,依依不舍,直送至十里方回。那岳云自和张宪二人一同归乡去了。

一日岳元帅同众元帅坐谈议论,忽叫一声:"张保何在?"张保应声道："有。小人在此,元帅有何吩咐?"岳爷对着众元帅道："这个张保,乃是李太师的家丁,送与我做个伴当,想要寻个出身。他随我数年苦战,元帅们也知他的功劳。今蒙圣恩赐我的空头札付,本帅意欲与他一道,往濠梁去做个总兵,可使得么?"众元帅道："大元戎何出此言?张将军在帐下,不知立了多少大功,莫说总兵,再大些也该。"岳元帅便取过一道札付,填了姓名,就付与张保道："你可回去领了家小,一齐上任。"张保道："小人不愿为官,情愿在此跟随元帅。"岳爷道："你去,不必多言。"张保见岳爷主意已定,只得禀道："小人去便去,若做不来总兵,是原要来伏侍元帅的。"岳爷道："只要你尽心保国,有何做不来之事?"张保叩辞了,并拜别了众位元帅,出营起身去了。

岳爷又叫声:"王横。"王横跪下道："元帅有何吩咐?"岳爷道："我欲叫你去做个总兵,你心下如何?"王横连忙叩头禀道："啊呀!小人是个粗人,只晓得跟随大老爷过日子,不晓得做什么总兵总将的。若要小人去做官,情愿就在老爷跟前自尽了吧!"岳爷道："既然如此,便罢了。"王横谢了元帅,起来走过一边。众元帅道："难得元帅手下多是忠义之人,所以兀朮屡败。"

正在闲谈,忽报圣旨又下。众元帅一同接进,天使开读,却是:命岳元帅在朱

第三十九回　秦桧矫旨发金牌　三畏勘狱弃官职

仙镇屯田养马；众元帅节度且暂回本汛①，候粮足听调。众元帅送出天使。回营养马三日，韩元帅、张元帅、刘元帅，与各镇总兵、节度使，齐到大营，与岳元帅作别，俱各拔寨起身，各回本汛去了。

且说岳爷在朱仙镇上，终日操兵练将。又令军士耕种米麦，专等旨意扫北。不道秦桧专主和议，使命在金国往返几回终无成议，看看腊尽春残，又是夏秋时候。一日闲坐帐中，观看兵书，忽报圣旨下。岳飞连忙迎接开读，却是：因和议已成，召取岳飞回兵进京，加封官职。岳爷谢恩毕，送出天使。回到营中，对众将道："圣上命我进京，怎敢抗旨？但奸臣在朝，此去吉凶未卜。我且将大军不动，单身面圣，情愿独任扫北之事。倘圣上不听，必有疏虞。众兄弟们务要戮力同心，为国家报仇雪耻，迎得二圣还朝，则岳飞死亦无恨也！"众将道："元帅还该商议，怎么就要进京？"岳爷道："此乃君命，有何商议。"

正说之间，又报有内使赍着金字牌，递到尚书省札子，到军前来催元帅起身。岳爷慌忙接过。又报金牌来催。不一时间，一连接到十二道金牌。内使道："圣上命元帅速即起身，若再迟延，即是违逆圣旨了！"岳爷默默无言，走进帐中，唤过施全、牛皋二人来道："二位贤弟，我把帅印交与二位，暂与我执掌中营。此乃大事，须当守我法度，不可纵兵扰害民间，也不枉我与你结义一番！"说罢，就将帅印交付二人收了；再点四名家将，同了王横起身。众统制等并一众军士，齐出大营跪送，岳爷又将好言抚慰了一番，上马便行。但见朱仙镇上的居民百姓，一路携老挈幼，头顶香盘，挨挨挤挤，众口同声攀留元帅，哭声震地。岳爷挥泪对着众百姓道："尔等不可如此！圣上连发十二道金牌召我，我怎敢抗违君命！况我不久复来，扫清金兵，尔等自得安宁也。"众百姓无奈，没一个不悲悲楚楚，只得放条路让岳爷过去。众将送了一程，岳爷道："诸位将军，各自请回吧！"众将俱各洒泪作别，直待看不见了岳爷，方各回营。

且说岳爷同王横带着四名家将，离了朱仙镇，望临安进发。在路非止一日，来到平江，忽见对面来了锦衣卫指挥冯忠、冯孝，带领校尉二十名。两下正撞个着。冯忠便问："前面来的，莫非是岳元帅么？"王横上前答道："正是帅爷。你们是什么人？问他做甚？"冯忠道："有圣旨在此。"岳爷听得有圣旨，慌忙下马俯伏。冯忠、冯孝即将圣旨开读道：

岳飞官封显职，不思报国；反按兵不动，克减军粮，纵兵抢夺，有负君恩。

---

① 汛——驻防巡逻的地区。

着锦衣卫扭解来京,候旨定夺。钦哉!

岳爷方要谢恩,只见王横环眼圆睁,双眉倒竖,抢起熟铜棍,大喝一声:"住着!我'马后王横'是也!俺随元帅征战多年,别的功劳休说,只如今朱仙镇上二百万金兵,我们舍命争先,杀得他片甲不留,怎么反要拿俺帅爷?那个敢动手的,先吃我一棍!"岳爷道:"王横,此乃朝廷旨意,你怎敢啰唣,陷我不忠之名!罢罢,不如自刎了,以表我之心迹吧。"遂向腰间拔出宝剑,即欲自刎。四个家将慌了,一齐上前抱住,夺下宝剑。王横跪下哭道:"老爷难道凭他拿去不成?"冯忠见此光景,随提起腰刀来砍王横。王横正待起身,岳爷喝一声:"王横,不许动手!"王横再跪下来,已被冯忠一刀砍中头上,众校尉一齐上来。可怜王横半世豪杰,今日被乱刀砍死!

却说那四个家将见风色不好,骑着岳爷的马,拾了铜棍带了宝剑,乘闹里一齐走了。岳爷止不住两泪交流,对冯忠道:"这王横亦曾与朝廷出力,今日触犯了贵钦差,死于此地。望贵钦差施他一口棺木盛殓,免得暴露形骸!"冯忠应允,就传地方官备棺盛殓。一面暗暗将秦桧的文书,传递各汛地方官府,禁住往来船只,细细盘诘,不许走漏风声;一面将岳爷上了囚车,解往临安。到了城中,暗暗送往大理寺狱中监禁。

次日秦桧传一道假旨,命大理寺正卿周三畏勘问。三畏接了圣旨,供在公堂,即在狱中取出岳飞审问。岳爷来到堂上,见中央供着圣旨,连忙跪下道:"犯臣岳飞朝见。愿我皇万岁万岁万万岁!"拜毕,然后与三畏见礼道:"大人,犯官有罪,只求大法台从公审问!"三畏盼咐请过了圣旨,然后正中坐下,问道:"岳飞,你官居显爵,不思发兵扫北,以报国恩;反按兵不动,坐观成败,又且克减军粮,你有何辩?"岳爷道:"法台老大人差矣!若说按兵不动,犯官现败金兵百余万,扫北成功,已在目前;忽奉圣旨召回朱仙镇养马。现有元帅韩世忠、张信、刘琦等可证。"周三畏道:"这按兵不动,被你说过了。那克减军粮之事是有的了。还有何说?"岳爷道:"岳飞一生爱惜军士,如父子一般,故人人用命。克了何人之粮,减了何人之草,也要有人指实。"三畏道:"现有你手下军官王俊告帖在此,说你克减了他的口粮。"岳爷道:"朱仙镇上共有十三座大营,有三十余万人马,何独克减了王俊名下之粮?望法台大人详察!"周三畏听了,心中暗暗想道:"这桩事,明明是秦桧这奸贼设计陷害他。我如今身为法司,怎肯以屈刑加于无罪?"便道:"元帅且暂请下狱;待下官奏过圣上,候旨定夺?"岳爷谢了,狱卒复将岳爷送入狱中监禁。

那周三畏回到私衙,闷闷不悦,仰天叹息道:"得宠思辱,居安虑危。岳侯做到这样大官,有这等大功,今日反受这奸臣的陷害。我不过是一个大理寺,在奸臣掌握之中,若是屈勘岳飞,良心何在!况且朋恶相济,万年千载,被人唾骂。若不从奸贼之谋,必遭其害。真个进退两难!不如弃了这官职,隐迹埋名,全身远害,岂不为美?"定了主意,暗暗吩咐家眷,收拾行囊细软。解下束带,脱下罗袍,将印信幞①头象简,俱安放在案桌之上。守到五更,带了家眷,并几个心腹家人,私出涌金门,潜身走脱。

到了次日天明,吏役等方才知道本官走了,慌忙到相府去报知。秦桧大怒,要将衙吏治罪;众人再三哀求,方才饶了。就限在这一干人身上,着落他们缉拿周三畏;又行移文书,到各府州县勒限缉获。秦桧见周三畏不肯依附他,挂冠逃去,想了一会,便吩咐家人道:"你悄悄去请了万俟卨、罗汝楫二位老爷来,我有话说。"家人领了钧旨,来请二人。那万俟卨乃是杭州府一个通判,罗汝楫是个同知。这两个人在秦桧门下走动,如狗一般。听说是太师相请,连忙坐轿到相府,下轿,一直进书房内来参见。秦桧赐坐待茶毕,二人问道:"太师爷呼唤卑职二人,不知有何钧②谕?"秦桧道:"老夫相请二位到此,非为别事;只因老夫昨日差大理寺周三畏审问岳飞罪案,不想那厮挂冠逃走,现在缉拿治罪。老夫明日奏闻圣上,即升你二位抵代此职,委汝勘问此案。必须严刑酷拷,审实他的罪案,害了他的性命!若成了此段大功,另有升赏。不可违了老夫之言!"二人齐声道:"太师爷的钧旨,卑职怎敢不遵?总在我二人身上,断送了他就是。"说罢,遂谢恩拜别,出了相府回衙。

次日秦桧就将万俟卨升做大理寺正卿,罗汝楫做了大理寺丞。二人即刻上任。

毕竟二人如何冤屈岳飞,且听下回分解。

---

① 幞(fú)——古代男子用的一种头巾。
② 钧——敬辞(对尊长或上级用)。

第四十回　伸正气岳飞写供　探监狱张保死义

　　过了一日，就在狱中提出岳飞审问。岳爷来到滴水檐前，抬头一看，见堂上坐着他两个，却不见周三畏，便问提牢狱卒道："怎不见周老爷？"狱卒道："周老爷不肯勘问这事，挂冠走了。今日是秦丞相升这万俟老爷、罗老爷做了大理寺，差他来勘问的。"岳爷道："罢了，罢了！他前日解粮来，被我打了四十。当初懊悔不曾杀了他，今日倒反死于二贼之手也！"就走上堂对着二人举手道："大人在上。岳飞没有公服，恕不施礼了！"万俟卨道："胡说！你是朝廷的叛逆，我奉旨勘问，怎见了我不跪？"岳爷道："我有功于国家，无罪于朝廷，勘问甚么？"罗汝楫道："现有你部下军官王俊告你：按兵不举，虚运粮草，诈称无粮。"岳爷道："朱仙镇上现有十三座大营，三十万人马，怎说得个无粮？"万俟卨道："无粮不成，反输一帖，难道我倒跪了你吧？"岳爷道："我是统兵都元帅，怎么反来跪你？"二人道："不要与他讲，请过圣旨来。"二贼即将圣旨供在中间，岳爷只得跪下。那二贼将公案移在旁边下首坐着，便道："岳飞，你快快将按兵不举，私通外国的情由招上来。"岳爷道："既有告人王俊，可叫他来面证。"万俟卨道："那王俊是北边人，到了这临安来，不服水土，吃多了海蜇胀死了。人人说你是个好汉，这小小的杀头罪就认了吧，何必有这许多牵扯？"岳爷道："胡说！别样犹可，这叛逆的罪，如何屈得我！"二贼叫左右："先与我打四十。"左右一声吆喝，将岳爷扯下来，重重的打了四十。可怜打得鲜血迸流，死去复醒，只是不肯招认。二贼又将岳爷拷问一番，用檀木拶指①，命二人用杖敲打，打得岳爷头发散开，就地打滚，指骨尽碎！岳爷只是呼天捶胸，那里肯招。二贼只得命狱卒仍旧带去收监，明日再审。

　　二贼退回私宅，商议了一番。弄出一等新刑法来，叫做："披麻问"，"剥皮拷"。连夜将麻皮揉得粉碎，鱼胶熬得烂熟，端整好了。次日又带岳爷出来审问。万俟卨道："岳飞，你好好将按兵不动，意图谋反，快快招来，免受刑法。"岳爷道："我一生立志恢复中原，雪国之耻。现在朱仙镇上同着韩、张、刘众元帅，力扫金兵二百万。若再宽几日，正好进兵燕山，直捣黄龙，迎取二圣还朝。不意圣旨促回兵歇马，连用金牌十二道召我回来。那有按兵不动之事？十三座营头，三十多万人

---

① 拶（zǎn）指——旧时用拶子夹手指的酷刑。

第四十回　伸正气岳飞写供　探监狱张保死义

马,若有克减军粮,怎能够安然如堵？岳飞一点忠心,惟天可表！叫我招出什么来？"万俟卨道:"既不招,夹起来。"左右即将岳爷夹起,又喝打了一回。岳爷受刑不过,大叫道:"既要我招,取纸笔来,待我亲写招状。"二贼大喜,叫典吏与他纸墨笔砚。

岳爷接了,写成一张招状,递与二贼。二贼接来一看,只见上面写道:

自中原板荡,夷狄交侵,余发愤河朔,起自相台,总发从军,历二百余战。建康之役,朱仙之战,一鼓败虏,恨未能使匹马不还耳。正待激励士卒,功期再战,北逾沙漠,喋血虏廷,尽屠夷种,迎二圣归京阙,取故土上版图。不意十二金牌召转,陷余于冤狱。男儿一死何足惜,但悲河山破碎,父老涕泣耳。寸心自知,苍天可鉴。

二贼看了大怒,喝教左右将岳爷衣服去了,把鱼胶敷上一层,将麻皮搭上。一时间将岳飞身上搭了好几处。便问:"岳飞,招也不招？"岳爷道:"你误了军粮,打了你四十,今日欲陷我于死地。我死必为厉鬼,杀你二贼！"二贼大怒道:"你性命只在顷刻,还敢胡言！"吩咐左右:"与我扯。"左右一声答应,就把麻皮一扯,连皮带肉去了一块。岳爷大叫一声:"痛杀我也！"霎时晕去。左右连忙将水来喷醒。万俟卨又叫:"岳飞,你若不招,叫左右再扯。"岳爷大声叫道:"罢罢！我如今就死了也罢！我那岳云、张宪,不要坏了我一世忠名才好！"那二贼听见此言,直吓得汗流浃背,把舌一伸,就吩咐掩门。二贼假意起身,请岳爷坐了,说道:"下官看元帅的供词,尽是大功；我二人本欲上本保留元帅,奈是秦丞相主意,此本决难到得圣前。方才元帅说有公子并贵部张宪,何不修书一封,请他到此,上一辨冤本；下官二人就好于中帮助,不知元帅意下如何？"岳爷道:"甚好！甚好！即使圣上不准,我亦情愿与这两个孩儿同死于此,方全得我父子二人忠孝之名。"随即写了一封家书,交与万俟卨。万俟卨吩咐仍送进狱中。

这两个贼子,就带了岳爷的招状,忙到相府通报。秦桧命进私宅相见。二人进来见了秦桧道:"奉太师爷的钧旨,连日勘问,岳飞受了多少严刑,今日写下一张供状在此。"就双手呈上。秦桧看罢,大怒道:"那厮如此无理,何不一顿就打杀了他！"万俟卨道:"太师爷不知:岳飞写了此辞,小官即要加以严刑。忽听他大叫道:'我死之后,岳云、张宪这两个孩儿,不要坏了我一世忠名方好！'小官倘打杀了他,那岳云、张宪有万夫不当之勇,领兵前来,不要说我与丞相,连朝廷也难保！为此小官忙掩了门,向岳飞假说救他,骗他写书叫岳云、张宪来上辨冤本。特来呈与太师爷定夺。"秦桧看了大喜道："这是二位贤契的大才。"就同进书房中去，唤过惯写字的门客来，将岳飞的笔迹，照样套写更改了数句。说是："奉旨召回临安，面奏大功，朝廷甚喜。你可同了张宪，速到京来，听候加封官职。不可迟误。"写完封好，即差能事家丁徐宁，星夜往汤阴县去哄骗岳公子、张宪到来，只望一网打尽。这里就委二贼在监内另造十间号房，名唤："雷""霆""施""号""令"，"星""斗""焕""文""章"，专等监禁家属人等。二贼辞出，即去建造号房。

其时临安有两个读书君子。一位姓王名能，一位姓李名直。他二人晓得岳爷受屈，就替岳爷上下使钱。那狱卒得了钱财，多方照看，替岳爷洗净棒疮，用药敷上。那狱官倪完，原是个好人；见岳爷是个功臣，被奸臣所害，明知冤屈，故亦用心伏侍。故此岳爷在监安然无事。

且说濠梁总兵张保，自从和妻子洪氏领了儿子张英到任上来，过得年余。忽然一日有军校来报："打听得：岳元帅在朱仙镇上屯兵耕地，忽然有圣旨召回，不知何事。"张保听了，好生疑惑，一连几日，觉得心神恍惚，坐卧不宁。便对夫人道："不知为什么，这几日我只管心惊肉跳。我想做了这个什么总兵官，反觉得拘拘束束，有甚乐趣？目下岳公子住在家中，我意欲同你到汤阴去，依旧住在帅府中。不知夫人意下若何？"洪氏道："将军！为了些小功名，绊住身子，倒不如到帅府去住。"张保大喜，忙忙的收拾了行李，将总兵印信挂在梁上；带了三四名家将，悄悄的一路望汤阴而来。

不一日，来至岳家帅府，拜见了夫人，又拜见了巩氏夫人；然后将不愿做官的话，说了一遍。夫人道："总兵来得正好。一月前传闻老爷钦召进京，前日老爷忽又着人持书来，把大公子并张将军叫了去，不知为着何事，好生挂念！这几日又只管心惊肉跳，日夜不宁。意欲烦总兵前去探听个消息，未知可否？"张保道："既有此事，夫人不叫小人去，小人也要走一遭。"当时夫人吩咐备办酒席，与张总兵夫妇接风，打扫房间，安歇了一宵。次日饭后，张保吩咐了妻儿几句，打迭了一个包裹，独自一个背了，辞别两位夫人，出门望临安进发。

晓行夜宿，非止一日。到了大江口，前路一望茫茫荡荡，并无一只渡船，走来走去，那里觅处；天又黑将下来，江口又无宿处。正在舒头探望，忽见一个渔人，手中提着一壶酒，篮内不知放些什么东西，一直走向芦苇中去。张保就跟着上去一看，却是滩边泊着小船一只。那人提着东西上船去了。张保叫声："大哥！渡我一渡！"那人道："如今秦丞相禁了江，不许船只往来。那个敢渡你？"张保道："我有紧要事，大哥渡我一渡，不忘恩德！"那人道："既如此，你可下船来耽搁一会，等到半夜里渡你过去。但是不要大惊小怪，弄出事来！"张保道："便依你，决不连累

第四十回　伸正气岳飞写供　探监狱张保死义

你。"张保一面说,一面钻进舱里,把包裹放下。那人便道:"客官你一路来,大约不曾吃得夜饭？我方才在村里赊得一壶酒来,买了些牛肉在此,胡乱吃些,略睡睡；等到三更时分,悄悄过江去便了。"张保道:"怎好相扰！少停,一总奉谢。"那人便将牛肉装了一碗,筛过一碗酒,奉与张保；自己也筛酒奉陪。张保行路辛苦,将酒来一饮而尽,说道:"好酒好酒！"那人又筛来。张保一连吃了几碗,觉得有些醉意,便道:"大哥,我吃不得了。少停上岸,多送船钱与你。"一面说,一面歪着身子,靠在包裹上去打盹。那人自将酒瓶并吃剩的牛肉,收拾往艄上去了。停了好一会,已是一更天气。那人走出船头将缆解了,轻轻的摇出江心；钻进舱来,就把那条缆绳轻轻的将张保两手两脚捆住,喝道:"牛子醒来！"那张保在梦里惊醒,见手脚俱被缚住,动弹不得,叫声:"苦也！我今日就死也罢了！但是不知元帅信息,怎得瞑目！"那人听了,便道:"你实说是何人？"张保道:"我乃岳元帅帐下'马前张保'。为因元帅进京久无信息,故此我要往临安探听。不意撞在你这横死神手内！"那人听了,叫声:"啊呀！不知是岳元帅手下将官,多多有罪了！"连忙解下绳索,再三请罪。张保道:"原来是个好汉。请问尊姓大名？"那人道:"小弟复姓欧阳,名从善。只因宋朝尽是一班奸臣掌朝,残害忠良,故此不想富贵,只图安乐。在此大江边做些私商,倒也快活。你家元帅没有主意。我闻得：岳元帅过江去,到平江路,就奉旨拿了。又听得：有个'马后王横',被钦差砍死了。就从那一日起禁了江,不许客商船只往来,故此不知消息。"张保听了,大哭起来。从善道:"将军休哭,我送你过江去,休要弄出事来！"一面就去把船撑开。到了僻静岸边,说道:"将军,小心上岸,小弟不得奉送了！"张保再三称谢,上了岸。那欧阳从善自把船仍摇过江去了。

　　张保当夜就在树林内蹲了一夜。等到天明,一路望临安走去。路上暗暗打听,并无信息。一日到得临安,在城外寻个宿店安歇。次日挨进城去,访问了几日,毫不知情。一日清晨早起,偶然走到一所破庙门首,听得里边有人说话声。张保就在门缝里一张,只见有两个花子,睡在草铺上闲讲。听得一个道:"如今世界做什么官！倒不如我们花子快乐自在,讨得来就吃一碗,没有就饿一顿；这时候还睡在这里,无拘无束。那岳元帅做到这等大官,那里及得我来？"那一个道:"不要乱说！倘被人听得,你也活不成了。"张保听见了,就一脚把庙门踢开。那两个花子,惊得直竖起来。张保道:"你两个不要惊慌。我是岳元帅家中差来探信的,正访不出消息,你二人既知,可与我说说。"那两个花子那里肯说,只道:"小,小,人,人,们,们,不曾说什么！"张保就一手将一个花子提将起来道:"你不说,我就掼杀了你！"花子大叫道:"将爷不要着恼,放了我,待我说。"张保一手放下道:"快说,快说！"那花子对着另一个花子道:"老大,你把门儿带上了,站在门首探望探望,倘有人走来,你可咳嗽一声。"那个花子走出庙门,这里把门忙掩上了;便道:"秦桧陷害岳爷;又到他家中去将他公子岳云、爱将张宪骗到这里,就一齐下在大理寺狱中,不知做些什么。若有人提起一个'岳'字,就拿了去送了性命:因此小人们不敢说。将军千万不要说是我阿二说的!"张保听了这一席话,惊得半晌作不得声;身边去摸出一块银子,约有二两来重,赏了花子,奔出庙门。

　　再回到下处,取了些碎银子,走到估衣店里,买了几件旧衣服;又买了一个筐篮,央人家备办了些点心酒肴,换了旧衣,穿上一双草鞋,竟往大理寺监门首,轻轻的叫道:"里边的爷!小人有句话讲。"那狱卒走来问道:"有甚话讲?"张保道:"老爷走过来些。"那狱卒就走到栅栏边。张保低低的说道:"里边有个岳爷,是我的旧主人,吃过他的粮,我因病退了粮;今日特来送餐饭与他,聊表一点私心。有个薄礼在此,送与爷买茶吃,望乞方便!"那禁子接过来,约有三四两重,暗想:"王、李二位相公曾吩咐:倘有岳家的人来探望,须要周全。落得赚他三四两银子。"便道:"这岳爷是秦丞相的对头,不时差人来打听的。我便放你进去,切莫高声,要连累我们!"张保道:"这个自然。"那狱卒开了监门,张保走进去,对禁子道:"你可知我是什么人?"那狱卒把张保仔细一看,方才在外面是曲背躬身的;进了监门,站直了,却是长长大大换了一个人了。狱卒道:"爷爷是害我不得的呀!"张保道:"不要惊慌!我非别人,乃濠梁总兵'马前张保'是也。"狱卒听了,慌忙跪下道:"爷爷,小人不知,望老爷饶了小人之命吧!"张保道:"我怎肯害你?你只说我主人在那里。"狱卒道:"丞相为了岳爷爷,新造十间牢房,唤做'雷''霆''施''号''令','星''斗''焕''文''章'。岳爷爷同着二位小将军,俱在'章'字号内。"张保道:"既如此,你可引我去见。"禁子起来,又看了看道:"老爷这酒饭……"张保道:"你放心!我们俱是好汉,决不害你的。"那禁子先进去禀知,然后请张保进来。

　　那张保走进监房,只见岳元帅青衣小帽,同倪狱官坐在中间讲话;岳云、张宪却手铐脚镣坐在下面。张保上前双膝跪下,叫一声:"老爷,为何如此?"岳爷道:"你不在濠梁做官,到此怎么?"张保道:"小人不愿为官,已经弃职回转汤阴。不想公子也至于此!"岳爷道:"你既不愿为官,就该归乡去了;又到这里来何干?"张保道:"一则探老爷消息,二来送饭,三来请老爷出去。"岳爷道:"张保!你随我多年,岂不知我心迹!若要我出去,须得朝廷圣旨。你也不必多言,既来看我,不要辜负了你的好意,把酒饭来领了你的情。快些出去,不要害了这位倪恩公!"张保就将酒饭送上去。岳爷用了一杯酒,叫张保快些出去。张保走下来对岳云、张宪道:"二位爷!难道也不想出去了么!"二人道:"爹爹既不出去,我二人如何出去!"张保道:"是小人失言了!小人也奉敬一杯。"二人道:"也领你一个情。"那倪

第四十回　伸正气岳飞写供　探监狱张保死义

狱官与禁子看了，俱皆落泪道："难得，难得！"岳爷又道："张保出去吧！"张保道："小人还有话禀上。"复上前跪下道："张保向蒙老爷抬举，不能伏侍得老爷终始。小人虽是个愚蠢之人，难道不如王横么？今日何忍见老爷、公子受屈！"遂立起来，望着围墙石上，将头一撞。一声响，头颅已碎，脑浆迸出而死。

欲知后事如何，且听下回分解。

第四十一回　风波亭父子归天　韩家庄英雄结义

且说秦桧命万俟卨、罗汝楫两个奸贼，终日用极刑拷打岳爷父子、张宪三人招认，已及两月，并无实供，闷闷不悦。这一日已是腊月二十九日，秦桧同夫人王氏在东窗下，向火饮酒，忽有后堂院子传进一封书来。秦桧拆开一看，原来不是书；却是心腹家人徐宁递进来民间的传单——是一个不怕死的白衣，名唤刘允升，写出岳元帅父子受屈情由，挨门逐户的分发；约齐日子，共上民表，要替岳爷伸冤。秦桧看了，双眉紧锁，好生愁闷。王氏问道："传进来的是什么书？相公看了就这等不悦？"秦桧就将传单递与王氏道："我只因诈传圣旨将岳飞父子拿来监在狱中，着心腹人万俟卨、罗汝楫两个用严刑拷打，要他招认反叛罪名，今已经两月，竟不肯招。民间俱说他冤屈，想要上民本。倘然口碑传入宫中，岂是儿戏！欲放了他，又恐违了四太子之命；以此疑虑不决。"

王氏将传单略看了看，即将火筯在炉中炭灰上，写着七个字道："缚虎容易纵虎难。"秦桧看了点头道："夫人之言，甚是有理。"即将灰上的字迹搅抹了。

二人正说之间，内堂院子走进来禀道："万俟卨老爷送来黄柑在此，与太师爷解酒。"秦桧收了。王氏道："相公可知这黄柑有何用处？"秦桧道："这黄柑最能散火毒，故尔送来。可叫丫鬟剖来下酒。"王氏道："不要剖坏了！这个黄柑，乃是杀岳飞的刽子手！"秦桧道："柑子如何说是刽子手？"王氏道："相公可将这柑子挖空了，写一小票，藏在里边，叫人转送与勘官，教他今夜将他三个，就在风波亭结果了。一桩事就完结了。"秦桧大喜，就写了一封书，叫丫鬟将黄柑的瓤去干净了，将书安放在内，封好了口，叫内堂院子交与徐宁，送与万俟卨去。

再说这时节已将岳云、张宪另拘一狱，使他父子不能见面的了。到得除夜，狱官倪完备了三席酒；将两席分送在岳云、张宪房里；将这一席，倪狱官亲送到岳爷房内摆好，说道："今日是除夜，小官特备一杯水酒，替帅爷封岁。"岳爷道："又蒙恩公费心！"就走来坐下，叫声："恩公请坐。"倪完道："小官怎敢！"岳爷道："这又何妨？"倪完告坐，就在旁边坐下相陪。饮过数杯，岳爷道："恩公请便吧。我想恩公一家，自然也有封岁的酒席，省得尊嫂等候。"倪完道："大人不必记念。我想大人官至这等地位，功盖天下，今日尚然受此凄凉；何况倪完夫妇乎！愿陪大人在此吃一杯。"岳爷道："如此多谢了。不知外面什么声响？"倪完起身看了一看道："下

第四十一回 风波亭父子归天 韩家庄英雄结义

雨了。"岳飞侧耳一听,果然听得雨声淅淅沥沥,猛可地想起当年写的一首《满江红》来,那时节,壮怀激烈,一心要扫净狼烟,收复中原,曾与众将相约:"直捣黄龙,与诸君痛饮耳!"不意圣上只图偏安,秦桧专事议和,使我报国无门,反成了阶下之囚。想到这里,不禁落下泪来。随又想到牛皋、施全众弟兄,就对倪完说:"借纸笔一用。"

倪完即将纸笔取来。岳爷修书一封,把来封好,递与倪完道:"恩公请收下此书。倘我被奸臣杀害,拜烦恩公前往朱仙镇去。我那大营内,是我的好友施全、牛皋护着帅印;还有一班弟兄们,个个是英雄好汉;倘若闻我凶信,必然做出事来,岂不坏了我的忠名?恩公可将此书投下。"倪完道:"小官久已看破世情,若是帅爷安然出狱便罢;倘果有什么三长两短,小官也不恋这一点微俸,带了家眷回乡为民。小官家离朱仙镇不远,顺便将这封书送去便了。"两个人一面吃酒,一面说话。

忽见禁子走来,轻轻的向倪完耳边说了几句。倪完吃了一惊,不觉耳红面赤。岳爷道:"为着何事,这等惊慌?"倪完料瞒不过,只得跪下禀道:"现有圣旨下了!"岳爷道:"敢是要去我了?"倪完道:"果有此旨意,只是小官等怎敢!"岳爷道:"这是朝廷之命,怎敢有违;但是岳云、张宪犹恐有变,你可去叫他两个出来,我自有处置。"倪完即唤心腹去报知王能、李直,一面请到岳云、张宪。岳爷道:"朝廷旨意下来,未知吉凶。可一同绑了,好去接旨。"岳云道:"恐怕朝廷要去我们父子,怎么绑了去?"岳爷道:"犯官接旨,自然要绑了去。"岳爷就亲自动手,将二人绑了。然后自己也叫禁子绑起。问道:"在那里接旨?"倪完道:"在风波亭上。"岳爷道:"罢了,罢了!不想我三人,今日死于这个地方!"岳云、张宪道:"我们血战功劳,反要去我们;我们何不打出去?"岳爷喝道:"胡说!自古忠臣不怕死。大丈夫视死如归,何足惧哉!看那奸臣受用到几时!"就大踏步走到风波亭上。两边禁子,不由分说,拿起麻绳来,将岳爷父子三人勒死于亭上。

时岳爷年三十九岁,公子岳云二十三岁。三人归天之时,忽然狂风大作,灯火皆灭,黑雾漫天,飞沙走石。

后人读史至此,无不伤心惨切,唾骂秦桧夫妻,并那些依附权奸为逆者。

当时倪完痛哭了一场。那王能、李直得知此事,暗暗买了三口棺木,抬放墙外。狱卒禁子俱是一路的,将三人的尸骨,从墙上吊出,连夜入棺盛殓,写了记号;悄悄的抬出了城,到西湖边扒开了螺蛳壳,将棺埋在里面。那倪完也不等到天明,当夜收拾行囊,挨出城门而去。

且说万俟卨见那岳爷三人已死,同了罗汝楫连夜来到相府,见秦桧复命。秦桧不胜之喜。二贼道:"斩草留根,来春又发。太师爷何不假传一道圣旨,差人前往汤阴,拿捉岳飞的家属来京,一网打尽,岂不了事?"秦桧点头称是,道:"就烦二位出去,吩咐冯忠、冯孝,起身速往相州,捉拿岳飞的家眷,一个不许放走。"二贼领命出府。

再说岳夫人一日与媳妇女儿闲语,张保的妻子洪氏,也在旁边。夫人道:"自从孩儿往临安去后,已经一月有余;张总兵去探听,至今亦无信息:使我日夜不安,心神恍惚。"夫人同着巩氏夫人、银瓶小姐正在疑疑惑惑,忽见岳雷、岳霆、岳霖、岳震,同着岳云的儿子岳申、岳甫一齐走来。岳震道:"母亲,今日是元宵佳节,怎不叫家人把灯来挂挂?到了晚间,母亲好与嫂嫂姐姐赏灯过节。"夫人道:"你这娃子一些事也不晓。你父亲进京,叫了你哥哥同张将军去,不知消息。前日张总兵去打听,连他也没有信息。还有什么心绪,看什么灯!"五公子听了,就走过了一旁。二公子岳雷走上来道:"母亲放心!待孩儿明日起身往临安,到爷爷那里讨个信回来就是。"夫人道:"张总兵去了,尚无信息;你小小年纪,如何去得?"

当时夫人公子五人在后堂闲讲,只见岳安上前禀道:"外面有个道人,说有机密大事,必要面见夫人。小人再三回他,他总不肯去。特来禀知。"夫人听来,好生疑惑,就吩咐岳雷出去看来。岳雷到门首,见了道人问道:"师父何来?"道人也不答话,竟一直走进来。到了大厅上,行了一个常礼,问道:"足下何人?"二公子道:"弟子岳雷。"道人道:"岳飞元帅,是何称呼?"岳雷道:"是家父。"道人道:"既是令尊,可以说得。我非别人,乃是大理寺正卿周三畏。因秦桧着我勘问令尊,必要谋陷令尊性命,故我挂冠逃走。后来只令万俟卨严刑拷打,令尊不肯招认。闻得有个总兵张保,撞死在狱中。"讲到了这一句——里边女眷,其时俱在屏门后听着——洪氏心中先悲起来。及至周三畏说到"去年腊月二十九日,岳元帅父子三人,屈死在风波亭上"这一句,那些众女眷好似猛然半天飞霹雳,满门头顶失三魂,一家男男女女,尽皆痛哭起来。周三畏道:"里面夫人们,且慢高声啼哭!我非为报信而来,乃是为存元帅后嗣而来。快快端正逃难!钦差不久便来拘拿眷属,休被他一网打尽。贫道去了。"夫人们听得,连忙一齐走出来道:"恩公慢行,待妾等拜谢。"夫人就同着一班公子跪下拜谢。周三畏也连忙跪下答拜了,起来道:"夫人不要错了主意,快快打发公子们逃往他乡,以存岳氏香火!贫道就此告别了!"公子们一齐送出大门,回至里面痛哭。

夫人就叫媳妇到里边去,对众家人道:"我家大老爷已死,你们俱是外姓之人,何苦连累?着①你们众人趁早带领家小,各自去投生吧!"说罢,又哭将起来。众

---

① 着(zhuó)——派遣。

第四十一回　风波亭父子归天　韩家庄英雄结义

公子媳妇女儿，并洪氏母子，一齐哭声震天。那岳安、岳成、岳定、岳保四个老家人，对众人道："列位兄弟们，我们四人，情愿保夫人小姐公子们一同进京尽义。你们有愿去者，早些讲来。不愿者，趁早投生，不要临期懊悔，却就迟了。"只听众家人一齐道："不必叮咛，我等情愿一同随着进京去，任凭那奸贼要杀要剐，也不肯替老爷出丑的。"岳安道："难得，难得！"便道："夫人不必顾小人们，小人们都是情愿与老爷争光的。只有一件大事未定，请太夫人先着那位公子逃往他方避难要紧。"夫人道："你们虽是这样讲，叫我儿到何处安身？"岳安道："老爷平日岂无一二好友？只消夫人写封书，打发那位公子去投奔他，岂有不留之理？"夫人哭叫岳雷："你可去逃难吧！"岳雷道："母亲另叫别个兄弟去，孩儿愿保母亲进京。"岳安道："公子不要推三阻四，须要速行！难道老爷有一百个公子，也都要被奸臣害了么？须要走脱一两位，后来也好收拾老爷的骸骨；若得报仇，也不枉了为人一世。太夫人快快写起书来，待小人收拾些包裹银两，作速起身，休得误了。"当时岳安进去取了些碎银子，连衣服打做一包；取件旧衣替公子换了。夫人当即含泪修书一封，递与岳雷道："我儿，可将此书到宁夏，去投宗留守宗方；他念旧交，自然留你。你须要与父亲争气！一路上须要小心！"公子无奈，拜辞了母亲嫂嫂，又别了众兄弟妹子。大家痛哭。众公子送出大门，回进里边静候圣旨。

且说藕塘关牛皋的夫人所生一子，年已十五，取名牛通。生得身面俱黑，满脸黄毛，连头发俱黄；故此人取他个绰号，叫做金毛太岁。生得来千斤膂力，身材雄伟。那日正月初十，正值金总兵小生日；牛夫人就领了牛通来到后堂。牛夫人先拜过了姐夫姐姐，然后命牛通来拜姨爹姨母的寿。金爷就命他母子二人坐了。少停摆上家宴来一同吃着庆春寿酒。闲叙之间，金总兵道："我看内侄年纪长成，武艺也将就看得过。近闻得岳元帅钦召进京，将帅印托付他父亲掌管。贤内侄该到那边走走，挣个出身。但是我昨日有细作来报，说是：'岳元帅被秦桧陷他谋反大罪，去年腊月二十九日，已死于狱中。'因未知真假，已命人又去打听；待他回来，便知的实也。"牛夫人吃惊道："呀！岳氏一门休矣！何不使牛通前往相州，叫他儿子到此避难，以留岳氏一脉？未知姐夫允否？"金总兵道："此事甚好。且等探听回来，果有此事，就着侄儿去便了。"牛夫人道："姐夫差矣！相州离此八九百里，若等细作探回，岂不误事？"牛通接口道："既如此说，事不宜迟。孩儿今日连夜往汤阴去，若是无事，只算望望伯母；倘若有变，孩儿就接了岳家一个兄弟来，可不是好？"金节道："也等明日准备行李马匹，叫个家丁跟去方是。"牛通道："姨爹，亏你做了官，也不晓事！这是偷鸡盗狗的事，那要张皇？我这两只脚，怕不会走路，要甚马匹！"牛夫人喝道："畜生！姨爹面前敢放肆大声叫喊么！就是明日着你去便了。"

当时吃了一会酒,各自散去。

牛通回到书房,心中暗想:"急惊风偏撞着慢郎中!倘若岳家兄弟,俱被他们拿去,岂不绝了岳氏后代!"等到了黄昏时候,悄悄的收拾了一个小包裹背着,提了一条短棒,走出府门,对守门军士道:"你可进去禀上老爷,说我去探个亲眷,不久便回,夫人们不要挂念。"说罢,大踏步去了。那守门军士,那里敢阻挡他,只得进来禀知金总兵。金总兵忙与牛夫人说知,连忙端整些衣服银两,连夜着家人赶上,那里赶得着。家人只得回来复命,说:"不知从哪条路去了。"金节也只得罢了。

那牛通晓行夜宿,一路问信来到汤阴。直至岳府,与门公说知,不等通报,竟望里边走。到大厅上,正值太夫人一家在厅上。牛通拜毕,通了姓名。太夫人大哭道:"贤侄呀,难得你来望我!你伯父与大哥被奸臣所害,俱死在狱中了!"牛通道:"老伯母不要啼哭!我母亲放心不下,叫侄儿来接一位兄弟,到我那边去避难。大哥既死,快叫二兄弟来同我去;倘圣旨一到,就不能走脱了!"夫人道:"你二兄弟已往宁夏投宗公子去了。"牛通道:"老伯母不该叫兄弟到那里去。这边路程遥远,那里放心得下。不知二兄弟几时出门的?"夫人道:"是今日早上去的。"牛通道:"这还不打紧,侄儿走得快,待侄儿去赶着他!就同他到藕塘关去,小侄也不回来了。"说罢,就辞别了夫人。出府门来,问众家人道:"二公子往那一条路去的?"家人道:"望东去的。"牛通听了,竟也投东追赶。不提。

且说那钦差冯忠、冯孝,带了校尉离了临安,望相州一路进发。不一日,到了汤阴岳府门首,传令把岳府团团围住。岳安慌忙禀知夫人。夫人正待出来接旨,那张保的儿子张英——年纪虽只得十三四岁,生得身长力大,满身尽是疙瘩,有名的叫做花斑小豹——上前对夫人道:"夫人且慢。待我出去问个明白了来。"就几步走到门口。那些校尉乱嘈嘈的,正要打进来。张英大喝一声:"住着!"这一声,犹如半天中起了个霹雳,吓得众人俱住了手。冯忠道:"你是什么人?"张英道:"我乃'马前张保'之子张英便是。若犯了我的性,莫说你这几个毛贼,就是二三千兵马,也不是我的心事!但可惜我家太老爷一门,俱是忠孝之人,不肯坏了名节,故来问你一声。"冯忠道:"原来如此。但不知张掌家有何话说?"张英道:"你们此来,我明知是奸臣差你们来拿捉家属。但不知你们要文拿呢,还是要武拿?"冯忠道:"文拿便怎么?武拿又怎么?"张英道:"若是文拿,只许一人进府,将圣旨开读,整备车马,候俺家太夫人、夫人等一门家属起身。若说武拿,定然用囚车镣铐;我却先把你这几个狗头,活活打死,然后自上临安面圣。随你主意,有不怕死的就来!"说罢,就在旁边取过一根门闩,有一二尺长,向膝盖上这一撅,撅成两段,怒冲冲的,立住在门中间。众人吃了一吓,俱吐出了舌头缩不进去。冯忠便道:

第四十一回　风波亭父子归天　韩家庄英雄结义

"张掌家息怒！我们不过奉公差遣,只要有人进京去便罢了；难道有什么冤仇么？相烦掌家进去禀知夫人,出来接旨。我们一面着人到地方官处,叫他整备车马便了。"

张英听了,就将断闩丢在一边,转身入内,将钦差的话禀明夫人。夫人出来接了圣旨,到厅上开读过了,将家中收拾一番,府门内外重重封锁。一门老少,共有三百多人,一齐起程。那汤阴县官,将封皮把岳府府门封好。看那些老少乡民,男男女女,哭送之声,惊天动地。岳氏一家家属,自此日进京,不知死活存亡。

再说那二公子岳雷,离了汤阴,一路上凄凄凉凉。一日行到一个村坊上,地名七宝镇,甚是热闹。岳雷走进一个店中坐定,小二就上来问道:"客人还是待客,还是自饮？"岳雷道:"我是过路的。胡乱吃一碗就去。有饭索性拿一碗来,一总算帐。"那小二应声"晓得",就去暖了一壶酒来,摆上几色菜,连饭一总搬来放在桌子上。公子独自一个吃得饱了,走到柜上,打开银包,放在柜上,叫声:"店家,该多少,称自称去。"主人家取过一锭银子要夹。不想对门门首站着一个人,看见岳雷年纪幼小,身上虽不甚华丽,却也齐整,将这二三十两银子,摊在柜上,就心里想道:"这后生,是不惯出门的,若是路近还好,若是路远,前途去,岂不要把性命送了！"岳雷还了酒饭钱,收了银包,背了包裹将行。却见对门那个人走上前来,叫声:"客官且慢行！在下就住在前面,转弯几步就是,乞到小庄奉茶,有言语相告。"岳雷抬头一看,但见那人生得面如炭火,细目长眉,颔下微微几根髭须,身上穿得十分齐整；即忙答道:"小子前途有事,容他日来领教。"店主人道:"小客人！这位员外最是好客的。到他府上去讲讲不妨。"岳雷道:"只是不当轻造！"员外道:"好说。四海之内,皆兄弟也,在下就此引道。"

当时员外在前,岳雷在后。走过七宝镇,转弯来到了一所大庄院,一同进了庄门。到得大厅上,岳雷把包裹放下,上前见礼毕,分宾主坐下。员外便问:"仁兄贵姓大名？仙乡何处？今欲何往？"岳雷答道:"小子姓张,名龙,汤阴人氏；要往宁夏探亲。不敢动问员外尊姓贵表？有何见谕？"员外道:"在下姓韩,名起龙,就在此七宝镇居住。方才见仁兄露了财帛,恐到前途去,被人暗算,故此相招。适闻仁兄贵处汤阴,可晓得岳元帅家的消息么？"岳雷见问,便答道:"小子乃寒素之家,与帅府不相闻问,不知甚么消息？"一面说,不觉眼中流下泪来。起龙见了便道:"仁兄不必瞒我！若与岳家有甚瓜葛,但请放心！当年我父亲曾为宗留守裨将①,失机犯事,幸得岳元帅援救。今已亡过三年,再三遗嘱:休忘了元帅恩德！你看,上面供

---

① 裨(pí)将——副将。

的,不是岳元帅的长生禄位么?"岳雷抬头一看,果然供的是岳公牌位,连忙立起身来道:"待小子拜了先父牌位,然后奉告。"起龙道:"如此说来,是二公子了!"岳雷拜罢起来,讲过姓名,又说:"周三畏来报信:家父大兄与张将军尽丧于奸臣之手;又来捉拿家属;为此逃难出来。"言毕,放声大哭,起龙咬牙大怒道:"公子且不要悲伤!如今不必往宁夏去,且在我庄上居住,打听京中消息再处。"岳雷道:"既承盛情,敢不如命!欲与员外结为兄弟,未知允否?"起龙大喜道:"正欲如此,不敢启齿。"当时员外叫庄丁杀鸡宰肉,点起香烛,两人结为异姓兄弟。收拾书房,留岳二公子住下。

且说牛通追赶岳雷,两三日不曾住脚。赶到一个镇上,跑得饿了,看见一座酒店,便走将进来;坐在一副座头上,拍着桌子乱喊。小二连忙上前陪着笑脸问道:"小爷吃些什么?"牛通道:"你这个狗头!你店中卖的什么?反来问我?"小二道:"不是呀!小爷喜吃甚的,问问方好拿来。"牛通道:"拣可口的便拿来。管什么!"小二出来,只拣大鱼大肉好酒送来。牛通本是饿了,一上手吃个精光;再叫小二去添来,又吃了十来碗。肚中已是挺饱,抹抹嘴,立起身来,背着包裹,提着短棒,往外就走。小二上前拦住道:"小爷会了钞好去。"牛通道:"太岁爷因赶兄弟,不曾带得银子;权记一回帐,转来还你吧。"小二道:"我又不认得你。怎么说要转来还我?快快拿出来!"牛通道:"偏要转来还你,你怎奈何了我!若惹得我小爷性起,把你这鸟店打得粉碎。"店主人听得,便走来说道:"你这人好没道理!吃了人家东西,不还钱,还要撒野!快拿出银子来便罢,牙缝内迸半个'不'字,连筋都抽断你的。"牛通骂道:"老奴才!我偏没有银子,看你怎样抽我的筋。"店主人大怒,一掌打去。牛通动也不动,反哈哈大笑起来:"你这样气力,好象几日不曾吃饭的,只当替我拍灰。"店主人愈加大怒,再一拳,早把自己的手打得生疼。便吆呼走堂的、烧火的,众人一齐上前,拳头巴掌,乒乓劈拍,乱打将来。牛通只是不动,笑道:"太岁爷赶路辛苦,正待要人捶背;你们重重的捶,若是轻了,恼起太岁爷的性子,叫你这班狗头一个个看打。"那些走堂、火工并小二,也有手打痛的,也有脚踢肿的。

正在无法可处,只见二三十个家丁,簇拥着一位员外,坐在马上,正从店门口经过。店主人看见了,便走出店来,叫声:"员外来得正好。请住马!"员外把马勒住,问道:"你们为何将这个人乱打?"店主人道:"他吃了酒饭,不肯还钱;反要在此撒野,把家伙打坏。小人领的是员外的本钱,故请员外看看。"员外听了一番言语,就下马走进店来,喝道:"你这人吃了酒饭不还钱,反在此行凶,是何道理?"牛通道:"扯淡!又不曾吃你的,干你鸟事?"员外大怒,喝令众人:"与我打这厮!"二三十个家丁,听了主人之命,七手八脚,一齐上前。牛通将右手一格,跌了六七个;

左手一格,又倒了三四个。员外见了,太阳中直喷出火星,自己走上前来,将牛通一连七八拳。却不知这些拳头,那里在他心上。打得有些不耐烦了,拦腰的将员外抱住,走到店门首望街上一丢道:"这样脓包,又要来打人。"员外爬起来,指着牛通道:"叫你不要慌!"家丁簇拥着往西去了。牛通哈哈大笑,背了包裹,提了短棒,出了店门大踏步竟走了。店家打又打他不过,也不敢来追。

牛通走不到二三十家人家门面,横巷里胡风嗦哨,撞出四五十个人来,手中各执棍棒。叫道:"黄毛小贼!今番走到那里去!"牛通举目一看,为头这人,却是方才马上这位员外;手中拿着两条竹节钢鞭。牛通挺起短棒,正待上前厮打,不期两边人家,丢下两条板凳来,牛通一脚踹着,绊了一跌,众人上前按住,用绳索捆了。员外道:"且带他到庄上去,细细的拷问他。"

不知员外将牛通捉去,怎生结果,且听下回分解。

第四十二回　兴风浪忠魂阻兵　投古井烈女殉身

　　却说员外命众人将牛通捆了,抬回庄上,绑在廊柱上。员外掇把椅子坐下,叫人取过一捆荆条来,慢慢的打这厮。那家人提起一根荆条,将牛通腿上打过二三十,又换过一个来打。牛通只叫:"好打!好打!"接连换过了三四个人,打了也有百余下。牛通大叫起来道:"你们这班狗头!打得太岁爷不疼不痒,好不耐烦!"

　　那牛通的声音响亮,这一声喊,早惊动了隔壁一位员外,却是韩起龙。看官听了这半日,却不知这打牛通的员外是谁?原来是起龙的兄弟,叫做韩起凤。那日起龙正在书房同岳雷闲讲,听得隔壁声喊。岳雷问道:"隔壁是何人家?为何喧嚷?"韩起龙道:"隔壁就是舍弟起凤。人见他生得面黑身高,江湖上起他一个浑名,叫做赛张飞。不瞒二弟说:我弟兄两个,是水浒寨中百胜将军韩滔的孙子。当初我祖公公同宋公明受了招安,与朝廷出力,立下多少功劳,不曾受得封赏,反被奸臣害了性命。所以我兄弟两个不想功名,只守这田庄过活,倒也安闲。只是我那兄弟不守本分,养着一班闲汉,常常惹祸。今日又不知做甚勾当?二弟请少坐,待愚兄去看来。"岳雷道:"既是令弟,同去何妨?"

　　二人一同去到隔壁。起凤见了,慌忙迎下来道:"正待要请哥哥来审这人。不知此位何人?"起龙道:"这是岳元帅的二公子岳雷。快来相见!"起凤忙道:"不知公子到此,有失迎接。得罪,得罪!"二公子连称"不敢"。那牛通绑在柱上,听见说是岳二公子,便乱喊道:"你可就是岳雷兄弟么?我乃牛通,是牛皋之子。"岳雷听了,失惊道:"果是牛哥!却从何处来,到这里做甚?"牛通道:"我从藕塘关来,奉母亲之命,特来寻你的。"

　　韩起凤听了,叫声:"啊呀!不知是牛兄,多多得罪了!"连忙自来解下绳索,取过衣服来,替他穿了。请上厅来,一齐见礼,坐定。起凤道:"牛兄何不早通姓名,使小弟多多得罪!勿怪,勿怪!"牛通道:"不知者不罪。但是方才打得不甚煞痒。"众人一齐大笑起来。牛通道:"小弟已先到汤阴,见过伯母,故尔追寻到此。既已寻着,不必到宁夏去了,就同俺到藕塘关去吧。"起龙道:"且慢!我已差人往临安打听夫人公子的消息去了,且等他回来,再为商议。"起凤就吩咐整备筵席,四人直吃到更深方散。牛通就同岳雷在韩家庄住下。

　　这一日正同在后堂闲谈,庄丁进来报说:"关帝庙的住持,要见员外。"员外道:

第四十二回　兴风浪忠魂阻兵　投古井烈女殉身

"请他进来。"庄丁出去不多时，领了一个和尚，来到堂前。众人俱见了礼，坐定，和尚道："贫僧此来，非为别事，这关帝庙原是清静道场，蒙员外护法，近来十分兴旺。不意半月前，地方上一众游手好闲之人，接一位教师，住在庙中，终日使枪弄棍，吵闹不堪。恐日后弄出事来，带累贫僧；贫僧又不敢得罪他。为此特来求二位员外，设个计策打发他去了，免得惹是非。"员外道："这个镇上有我们在此，那个敢胡为？师父先请回去，我们随后就来。"和尚作谢，别了先去。起龙便对起凤道："兄弟，我同你去看看是何等人。他好好去了便罢；若不然，就打他个下马威。"牛通、岳雷道："一同去走走。"四个人带了七八个有力的庄客，出了庄门，径直到关帝庙来。

众人进庙来，不见什么，一直到大殿上，也无动静；再走到后殿一望，只见一个人坐在上面，生得面如纸灰，赤发黄须，身长九尺，巨眼獠牙；两边站着二三十个人，却都是从他学习武艺的了。起龙叫庄丁且在大殿上伺候，自己却同三个弟兄走进后殿来。那些徒弟们多有认得韩员外的，走去悄悄的向教师耳边说了几句。那教师跳下座来说道："小可至此行教半个多月，这个有名的七宝镇上，却未曾遇见有个本事的好汉。若有不惧的，可上来见个高下。"韩起龙走上一步道："小弟特来请教。"说未毕，牛通便喊道："让我来打倒这厮。"就把衣裳脱下，上前就要动手。那教师道："且慢！既要比武，还是长拳，还是短拳？"牛通道："什么长拳短拳，只要打得赢就是。"抢上来，就是一拳。那教师侧身一闪，把牛通左手一扯。牛通仆地一交便倒；连忙爬起来，睁着眼道："我不曾防备，这个不算。"抢将去，又是一拳。那教师使个"狮子大翻身"，将两手在牛通肩背上一捺；牛通站不住，又跌倒在地下。那教师道："你们会武艺的，怎不上来，叫这样莽汉子来吃跌？"岳雷大怒，就脱下上盖衣服，走上前来道："小弟来了。"教师道："甚好。"就摆开门户，使个"金鸡独立"。岳雷就使个"大鹏展翅"。来来往往，走了半日。岳二爷见他来得凶，便往外收步；那教师进一步赶上；岳雷回转身，将右手拦开了他的双手，用左手向前心一捺。那教师吃了一惊，连忙侧身躲过，喝声："住手！这是'岳家拳'。你是何人？那里学得来？乞道姓名！"韩起龙道："教师既识得'岳家拳'，决非庸流之辈。此地亦非说话之所，请同到小庄细谈何如？"教师道："正要拜识，只是轻造不当！"

于是，员外等一共五个人，带了庄丁出了庙门，转弯抹角，到了韩家庄。进入大厅上，各各行礼坐定。岳雷先开口道："请问教师尊姓大名？何以晓得'岳家拳'？"教师道："不瞒兄长说：先祖是东京留守宗泽，家父是宁夏留守宗方，小弟叫做宗良。因我脸色生得淡黑，江湖上多叫小弟做鬼脸太爷。我家与岳家三代世交；岳元帅常与家父讲论拳法：故此识得这'黑虎偷心'，是岳家拳法。目下老父打听得岳老伯被奸臣陷害,叫小弟到汤阴探听。不料岳氏一门,俱已拿捉进京,只走了一位二公子,现在限期缉获;故此小弟各处寻访,要同他到宁夏去。只因盘缠用尽,故此在这庙中教几个徒弟,觅些盘缠,以便前去寻访。不想得遇列位,乞道尊姓大名!"岳雷道:"兄既是宗留守的公子,请少坐,待小弟取了书来。"岳雷起身进去。这里四人各通姓名。岳雷已取了书出来,递与宗良。宗良接书观看,大喜道:"原来就是岳家二弟!愚兄各处访问,不意在此相会!正叫做:'有意种花花不发,无心插柳柳成荫。'既已天幸相遇,便请二弟同回宁夏,以免老父悬望。"牛通道:"我也是来寻二弟的。难道藕塘关近些不走,反走远路,到你宁夏去么?"起龙道:"二位老弟,休要争论。且同住在此,待我的家人探了临安实信回来,再议也未迟。"三人俱说是:"有理。"韩起龙就差人到庙中去,取了宗公子的行李来;一面排下酒席,五人坐下,叙谈心曲。直饮到月转花梢,方各安歇。

再说临安大理寺狱官倪完,自从岳爷归天后,心中好生惨切。过了新年,悄悄收拾行李,带了家小,不止一日,到了朱仙镇上,将家小安置在客寓内。自己拿着岳元帅的遗书,走到营门,对传宣官道:"相烦通报,说岳元帅有书投上。"传宣官即忙进帐禀知。施全道:"快着他进来。"传宣官出来道:"投书人呢?老爷唤你进去。"倪完跟传宣官进来,到帐前跪下,将书呈上。施全接书,拆开观看毕,大哭道:"牛兄不好了!元帅与公子、张将军三人,俱被秦桧陷害,死于狱中了!"牛皋听了,大叫起来道:"把这下书人绑去砍了!"吓得倪完连声叫屈。施全连忙止住道:"这是元帅的恩公,为何反要杀他起来?"牛皋道:"我只道是奸臣叫他来下书,不知道是元帅的恩人,得罪了,得罪了!"

施全又问倪完道:"元帅怎生被奸臣陷害的?"倪完将往事一五一十,细细直说到十二月二十九日屈死在风波亭上。施全、牛皋并众兵将等,一齐痛哭,声震山岳。施全叫左右取过五百两银子,送与倪完。倪完再三推辞,施全再三相送。倪完只得收了,拜谢出营。到寓中取了家小,自回家乡去了。不提。

且说牛皋对众兄弟道:"大哥被奸臣陷害,我等杀上临安,拿住奸贼,碎尸万段,与大哥报仇!"众人齐声道:"有理,有理。"当时吩咐连夜赶造白盔白甲。不数日造完。众将带领兵卒,三声炮响,浩浩荡荡,杀奔临安而来。朱仙镇上众百姓闻知岳元帅被害,哭声震野,如丧考[1]妣[2]一般;莫不携酒载肉,一路犒军,人人切齿,个个咬牙,俱要替岳爷报仇。

大兵不日行至大江,取齐船只,众兵将一齐下船渡江。这一日真正风清日朗。

---

[1] 考——(死去的)父亲。
[2] 妣——(死去的)母亲。

第四十二回　兴风浪忠魂阻兵　投古井烈女殉身

兵船方至江心,忽然狂风大作,云雾迷漫。空中现出两面绣旗,上有"精忠报国"四个大字。但见岳爷站立云端,左首岳云,右首张宪。众人见了,个个在船头上哭拜道:"哥哥,兄弟们今日与哥哥报仇雪恨!"岳爷在云端内,把手数摇,这是叫施全回兵,不许报仇之意。那牛皋令速速开船,众兵卒将船摇动。只见岳爷怒容满面,将袍袖一拂,登时白浪滔天,连翻三四只兵船,余船不能前进。余化龙大叫道:"大哥不许小弟们报仇,何颜立于人世!"大吼一声,拔出宝剑自刎而亡。何元庆也叫一声:"余兄既去,小弟也来了!"举起银锤,向自己头上"噗"的一声,将头颅打碎归天去了。众兵将道:"元帅既不许我等报仇,可将兵船回岸,一齐回乡去吧。"此时便把风篷掉转来,把船拢了岸,大众纷纷的散去。

只剩了牛皋、施全、张显、王贵、赵云、梁兴、周青、吉青八个人,还有三千八百个长胜军不动。施全道:"你们为何不散?"众兵士道:"我等受大老爷莫大之恩,难以抛撇。目今虽遭陷害,我们想那奸臣,少不得有个败坏之日。那时我们得到大老爷坟墓之前,拜奠拜奠,也见我等一点真心。如今情愿跟随众位将军,做些事业;所以不散。"施全道:"只是我等无处安身,怎生是好?"吉青道:"不如依旧往太行山去驻扎,差人探听夫人娘儿们消息,再图报仇何如?"众英雄齐道:"此言有理。"八位英雄带领三千八百长胜军,竟奔太行山而去。

再说冯忠、冯孝解了岳家家属,到了临安,安顿驿中,即来报知秦桧。秦桧假传一道旨意出来,把岳家一门人口,一齐拿往西郊处斩。其时韩元帅正同了夫人梁红玉,进京朝见了高宗,尚未回镇。家将来报知此事,梁夫人就请韩元帅速去阻住假旨,校尉不许动手。自己忙忙的披挂上马,带领了二十名女将跟随,一直竟至相府,不等通报,直至大堂下马。守门官见来得凶,慌忙通报。王氏出来接进私衙,见礼坐下。梁夫人道:"快请丞相相见,本帅有话问他!"王氏见梁夫人怒容满面,披挂而来,谅来有些儿尴尬,假意回道:"夫君奉旨进宫去,尚未回来。不知夫人有何见教?"梁夫人道:"非为别事;只因岳元帅一事,人人生愤,个个不平。闻得今日又要将他家属斩首;所以本帅亲自前来,同丞相进宫去,与圣上讲话。"王氏道:"我家相公,正为着此事,入宫保奏去了,谅必就回。请夫人少待片时。"一面盼咐丫鬟送上茶来,一面暗暗叫女使到书房去通知秦桧,叫他只可如此如此。秦桧也惧怕梁夫人,只得连忙收转行刑圣旨,假意打从外边进来,见了梁夫人。梁夫人大怒道:"秦丞相!你将'莫须有'三字,屈杀了岳家父子三人,还自不甘;又要把他一家斩首,是何缘故! 本帅与你到圣上面前讲讲去。"秦桧连忙陪笑道:"夫人请息怒! 圣上传旨,要斩岳氏一门;下官连忙入朝,在圣上面前再三保奏,方蒙圣恩免死,流发云南为民了。"梁夫人道:"如此说来,倒亏你了。"也不作别,竟在大堂上了马,一直出府去了。

秦桧心中,方把这块石头放下。王氏道:"相公难道真个把岳家一门都免死了么?倘他们后来报仇,怎么处!"秦桧道:"这梁红玉是个女中豪杰,再也惹他不得。倘若行凶起来,我两人的性命,先不保了!我如今将计就计,将他们充发云南,我只消写一封书来送与柴王,就在那边,把他一门尽行结果,有何难哉!"王氏赞道:"相公此计甚妙!"

不言夫妻计定。却说梁夫人出了相府,来至驿中,与岳夫人见礼坐下,述了一会寒温。梁夫人道:"秦贼欲害夫人一门性命,贱妾得知,到奸贼府中,要扭他去面圣;所以免死,发在云南安置。夫人且请安心住下,待妾明日进朝见驾,一定保留不去。"岳夫人听了,慌忙拜谢道:"多感夫人盛情!但先夫小儿既已尽忠报国,妾又安敢违抗圣旨?况奸臣在朝,终生他变,不如远去,再图别计。但有一件大事,要求夫人保留妾等,耽延一月,然后起身。乃莫大之恩也!"梁夫人道:"却为何事?"岳夫人道:"别无牵挂;只是先夫小儿辈既已身亡,不知尸骨在于何处。欲待寻着了,安葬入土,方得如愿。"梁夫人道:"这个不难。待妾在此相伴夫人住在驿中,解差也不敢来催促起身。元帅归天,乃是腊月除夕之事,所以无人知道。不如写一招纸,贴在驿门首:如有人知得尸首下落,前来报信者,谢银一百两;收藏者谢银三百两。出了赏格,必有下落。"岳夫人道:"如此也好。但是屈了夫人,如何做得!"梁夫人道:"这又何妨?"随即写了招纸,叫人贴了。梁夫人当夜就陪伴岳夫人歇在驿中。

过得一夜,那王能、李直已写了一张,贴在招纸旁边。早有驿卒出来开门,见了就来与岳夫人讨赏,说:"元帅尸首在螺蛳壳内。"岳夫人道:"狗奴才!大老爷的尸首,既是你藏过,就该早说,为何迟延?"驿卒道:"不是小人藏的。小人适才开门,看见门上贴着一张报条,所以晓得。小人揭得在此,请夫人观看。"夫人接来一看,只见上面写着:欲觅忠臣骨,螺蛳壳内寻。

夫人流泪道:"我先夫为国为民,死后还有人来嘲笑。"梁夫人道:"报条上写得明白,绝非奸人嘲笑,必是仗义之人,见元帅尽忠,故将尸骨藏在什么螺蛳壳内,夫人可差人寻访寻访。"岳夫人即差岳安等四处去查问。有一个老者道:"西湖上螺蛳壳堆积如山,须往那里去看。"岳安回来禀知岳夫人。梁夫人道:"我同夫人去看,或者在内,亦未可知。"遂一同上马,带领一众家人出城,来到西湖上,果然有一处堆积着许多螺蛳壳。即令家人扒开来看,只见有一口棺木在内。岳安上前看时,但见材头上,写着:"濠梁总兵张保公柩。"岳夫人道:"既有了张保的棺木,大老爷三人也必在内了。"叫众家丁再扒。众家丁一齐动手,霎时间将螺蛳壳尽行扒

第四十二回 兴风浪忠魂阻兵 投古井烈女殉身

开,果然露出三口棺木。俱有记号。遂连忙雇人搭起篷来,摆下祭礼,合家痛哭。

奠祭已毕。那银瓶小姐想道:"我是个女儿,不能为父兄报仇,在世何为?千休万休,不如死休!"回头见路旁有一口大井,遂走至井边,纵身一跳。夫人听得声响,回转头来见了,忙叫家人捞救起来,已气绝了。

不知后事如何,且听下回分解。

第四十三回　信巧言岳雷入狱　救难友欧阳施计

却说岳夫人见银瓶小姐投井身亡，痛哭不止。梁夫人亦甚悲伤。阖家无不哀痛。梁夫人含泪劝道："令爱既死，不能复活；且料理后事要紧。"岳夫人即吩咐岳安速去置备衣衾棺椁，当时收殓已毕。岳夫人对梁夫人道："现今这五口棺木将如何处置？必须寻得一块坟地安葬，方可放心；望夫人索性再待几日，感恩无尽！"梁夫人道："这个自然。可命家人即于近处寻觅便了。"当时岳夫人即命四个家人在篷下看守，自同梁夫人并众家属仍回驿内安歇。

过了两日，岳安来禀道："这里栖霞岭下，有一块坟地，乃是本城一位财主李官人的。他说岳元帅一门俱是忠臣孝子，情愿送与岳元帅，不论价钱。只要夫人看得中，即便成交。"岳夫人听了，即邀梁夫人一同出城，来至栖霞岭下；看了那块坟地，十分欢喜。回转驿中，即命岳安去请李官人来成交。去不多时，李直同了岳安来见岳夫人，送了文契，不肯收价。韩夫人道："虽是官人仗义；但没有个空契之理，请略收些，少表微意可也。"李直领命，收下二十金，告辞回去。岳夫人择取吉日，安葬已毕。

梁夫人送回驿中，已见那四个解官，二十四名解差，催促起身。岳夫人就检点行李，择于明日起身。梁夫人又着人去通知韩元帅，点了有力家将四名护送。梁夫人亲送出城，岳夫人再三辞谢，只得洒泪而别。梁夫人自回公寓。岳夫人一家自上路去。

这里秦桧又差冯忠带领三百名兵卒，守住在岳坟近处巡察。如有来祭扫者，即时拿下。一面行下文书，四处捉拿岳雷；一面又差冯孝前往汤阴，抄没岳元帅家产。

再说韩起龙一日正与岳雷等坐在后厅闲话，那上临安去的家人，打听得明明白白，回来见了员外；将秦桧如何谋害，梁夫人如何寻棺，如何安葬，银瓶小姐投井身亡，岳氏一门已经解往云南，现在差官抄没家私，四下行文捕捉二公子的话，细细说了一遍。岳雷听了，不觉伤心痛哭，晕倒在地。众人连忙将姜汤灌醒。醒来，只是哀哀的哭："爹爹呀！你一生忠孝，为国为民，反被奸臣惨害！一家骨肉，又充发云南！此仇此恨，何日得报！"起龙道："事已至此，二弟不可过伤。你坏了身子，难以报仇！"岳雷道："多承相劝。只是兄弟欲往临安，到坟前去祭奠一番，少尽为子之心；然后往云南去探望母亲。"起龙道："二弟，你不听见说奸臣差人在坟上巡察：凡有人祭奠的，即要拿去问罪？况且行文画影，有你面貌花甲，如何去得？"牛通道："怕他什么！有人看守，偏要去！若有人来拿你，我自抵当。"宗良道："不如我们五个人同去，就有千军万马，也拿我不住。"众人齐声道："对，对！我们一齐去。"韩起龙就吩咐收拾行李，明日一同起身。

那一日，岳雷同着牛通、宗良、韩起龙、韩起凤五个人，一路行至江都，打从一个帐篷前走过。牛通看见聚着一簇人，不知是做什么的。便叫："哥哥们慢走，待我看看。"就向人丛里分开众人，上前一看，说道："是个相面的，什么希罕，聚这许多人！"岳雷听见，便道："我们何不相一相，看他怎么说？"岳雷就走进帐篷，众人也一齐跟进去。不道看相的人多，牛通就大喝道："你们这班鸟人，要相就相，不相的，却挤在这里做什么？快快与我走他娘，不要惹我老爷动手！"那看的人都一哄的散了。岳雷上前把手一拱，说道："先生，求与在下相一相。"那先生抬头将岳雷一看，说道："足下的尊相，非等闲可比！等小子收拾了帐篷，一同到敝寓，细细的相吧。"岳雷道："如此甚好。"那先生即去把招牌放下，卷起帐篷，一同众人来到马王庙中，各各见礼坐下。

那先生道："足下莫非就是岳二公子么？"岳雷吃了一惊，便道："小弟姓张，先生休要错认了！"那先生道："二兄弟休得瞒我！我非别人，乃诸葛英之子诸葛锦也。家父过世，小弟流落至此，且以相面度日。"岳雷大喜道："大哥从未识面，那里就认得小弟？"诸葛锦道："我一路来的关津，俱有榜文张挂，那面貌相似，所以认得。"众人大喜。牛通道："我们何不杀上临安，拿住昏君，杀了众奸臣？二兄弟就做了皇帝，我们都做了大将军。岂不是好？"岳雷道："牛兄休得乱道！恐人家听见了，不是当耍的！"当时诸葛锦一一问了姓名，就在庙中住了一夜。到次日收拾行李，离了马王庙，六个人同望临安上路。

行了一日。到瓜州，已是日落西山。不好过江，且在近处拣一个清净歇店，住了一夜。天明起身，一齐出了瓜州城门。见有一个金龙大王庙，诸葛锦道："我们且把行李歇在庙中坐坐，那一位兄弟先到江边，叫定了船，我们好一齐过江去。"岳雷道："待小弟去。众位可进庙中等着。"

说罢，竟独自一个来到江边。恰好有只船泊在岸边，岳雷叫声："驾长，我要雇你的船过江，要多少船钱？"那船家走出舱来，定睛一看，满面堆下笑来道："客人请坐了。我上去叫我伙计来讲船钱。"岳雷便跳上船，进舱坐下，那船家上岸飞跑去了。岳雷正坐在船中，等一会，只见船家后边跟了两个人一同上船来道："我的伙计就来了。这两个客人也要过江的，带他一带也好。"岳雷道："这个何妨？不知二位过江到何处去公干？"二人流泪道："我二人要往临安去上坟的。"岳雷听了"上坟"两字，打动他的心事，便问："二位远途到临安，不知上何人之坟？"二人道："我看兄是外路人，谅说也不妨。我们要去上岳爷之坟的。"岳雷听了，不知不觉就哭将起来，问道："二位与先父有何相与？敢劳前去上坟？实不相瞒：小弟即是岳雷。二公要去，同行正好。"二人道："你既是岳雷，我二人也不敢相瞒，乃是本州公差，奉秦太师钧旨来拿你的。"二人即在身边取出铁链，将公子锁了上岸，进城解往知州衙门里去。

那知州姓王名炳文，正值升堂理事。两个公差将岳雷雇船拿住之事禀明。知州大喜道："带进来！"两边一声吆喝，将岳雷推至堂上。知州大喝道："你是叛臣之子。见了本州，为何不跪？"岳雷道："我乃忠臣之子，又不犯法，为何跪你？"知州道："且把这厮监禁了，明日备文书起解。"左右答应，就将岳雷推入监中。

且说那众小弟兄在大王庙中，等了半日，不见岳雷转来。韩起龙道："待我去寻寻看，为何这半日还不来？大江边又是死路，走向那里去了？"起凤道："我同哥哥去。"弟兄两个出了庙门，来至江口，只听得三三两两传说："知州拿住了岳雷，明日要解上临安去了！"也有的说："可怜岳元帅，一生尽忠，不得好报！"韩起龙弟兄两个听得明白，慌慌张张回转庙中，报知众人。

牛通便对诸葛锦道："都是你这牛鼻子，叫他去叫船，如今被人捉去。快快还我二兄弟来便罢；不然，我就与你拼了命吧！"诸葛锦也慌了手脚。

且说岳雷在牢中放声大哭，大骂："秦桧奸臣！我父亲在牛头山保驾，朱仙镇杀退金兵，才保得这半壁江山。你将我父兄三个害死风波亭上，又将我满门充发云南！今日虽被你拿住，我死后必为厉鬼，将你满门杀绝，以泄此恨！"带哭带骂，惊动了间壁一个人，便大喝一声："你这现世宝！你老子是个好汉，怎么生出你这个脓包来，这样怕死！哭哭啼啼的，来烦恼咱老子！"那禁子便道："老爷不要理他，过了今日一晚，明日就要解往临安去的。他不晓得老爷在此，待我们去打他，不许他哭就是了。"

你道此人是谁？原来是欧阳从善，绰号叫做五方太岁；昔日渡张保过江的，就是此人。因一日吃醉了酒，在街坊与人厮打，被官兵捉住，送往州里。州官将他监在狱中，那牢子奉承他，便赏他些银钱，倘若得罪了他，非打即骂。那些禁子怕他打出狱去，尽皆害怕，所以称他做"老爷"，十分趋奉他。他倒安安稳稳坐在监房里。

那日听得岳雷啼哭，假意发怒，便对禁子道："今日是我生日。被这现世宝吵得我不耐烦。"就在床头取出一包银子，约有二十来两，说道："你拿去替我买些鸡鹅鱼肉酒曲果子进来庆个寿,也分些众人吃吃。"禁子接了银子,到外边买了许多酒菜。收拾端正,已是下午。禁子将那些东西,搬到从善面前摆着。从善叫分派众囚人;又道:"这一个现世宝,也拿些与他吃吃。"众牢子各各分派了,回到房中坐定。欧阳从善与这些牢头禁子,猜拳打令,直吃到更深;大家吃得东倒西歪,尽皆睡着。

从善见众人俱醉了,立起身,拿了几根索子束在腰间,走过隔壁来,轻轻的对岳雷道:"我乃欧阳从善。日间听见你被捉,故设此计救你!"公子称谢不尽。从善便将公子镣铐去了,便道:"快随我来!"二人悄悄来至监门首,从善将锁轻轻打落。二人逃出监来,如飞的来至城头。欧阳从善解下腰间索子,拴在岳雷腰里,从城上放将下去。牛通同众弟兄正好在城脚下探望。见岳雷在城上缒下,尽皆欢喜。忽听见城上高喊一声:"下边是什么人,走开些!"这一声喊里,欧阳从善即趁势一纵,已跳下城来。与众弟兄相见了,各通姓名。岳雷将从善在监中相救之事,说了一遍。众弟兄十分感激,称谢不尽。

诸葛锦道:"我等不可迟延,速速寻觅船只过江!恐城中知觉,起兵追来,就费手脚了。"众弟兄各各称"是"。一齐同到江口,却见日里那只船还泊在江边;韩起龙跳上船头,喝声:"艄公快起来,本州太爷解犯人过江。"那艄公在睡梦里听见吆喝,连忙披了衣服,冒冒失失钻出舱来。早被韩起龙一把揪住头发,身边拔出腰刀,一刀剁落水去。众兄弟齐上船来,架起橹桨,一径摇过江去了。

不知后事如何,且听下回分解。

第四十四回　小兄弟夜祭岳坟　众英雄大闹乌镇

且说瓜州城里那狱中这些牢头禁子，酒醒来，不见了欧阳从善，慌慌的到各处查看；众犯俱在，单单不见了岳雷。又看到监门首，但见监门大开。这一吓真个是魂飞天外，魄散九霄；忙去州里报知。知州闻报是越了狱，即刻升堂，急急点起弓兵民壮，先在城内各处搜寻；那里有一点影响，空闹了半夜。天色将明，开了城门，赶到江口，一望绝无踪迹。无可奈何，只得回衙，将众禁子各打了四十。一面差人四处追捉。不表。

且说众小弟兄渡过了长江，到京口上岸，把船弃了；雇了牲口，望武林一路进发。不一日，到了北新关外，见一招牌上，写着："王老店安寓客商"。众弟兄正在观望，早有人出店来招接道："众位相公要歇，小店尽有洁净房子。"众弟兄一齐走进店内。小二早把行李接了，搬到后边三间屋内安放。众人举眼看时，两边两间卧房，安排着三四张床铺。中间却是一个客座。中间一只天然几上，供着一个牌位。诸葛锦定睛看时，却写着："都督大元帅岳公之灵位。"众弟兄吃惊，也不解其意。少停，店主人端正酒饭，同了小二搬进来。诸葛锦便请问主人家："这岳公牌位为甚设在此间？"主人道："不瞒诸位相公，相公是外路客人，不避忌讳；这里本地人却不与他得知。小可原是大理寺禁子王德。因岳爷为奸臣陷害，倪狱官也看破世情，回乡去了。小可想在狱中勾当，赚的都是欺心钱，因此也弃了这行业，帮着我兄弟在此开个歇店。因岳爷归天，小子也在那里相帮，想他是个忠臣，故此设这牌位，早晚烧一炷香。"诸葛锦道："原来是一家人，绝不走漏风声的。"指着岳雷道："这位就是岳元帅的二公子，特来上坟的。"王德道："如此，小人失敬了！小可因做过衙门生意，熟识的多，再无人来查察；众位相公尽可安身。但是坟前左右，秦太师着人在彼巡察，恐怕难去上坟；只好待半夜里，悄悄前去方可。"诸葛锦道："且再作商量。"当日弟兄七个在店中宿了一夜。

天明起来梳洗，吃了早饭。诸葛锦取出三四两银子来，对着主人家道："烦你把祭礼替我们端正好了。我们先进城去探探消息，晚间回来，好去上坟。"王德道："祭礼小事，待小的备了就是；何必又要相公们破钞？"岳雷接口道："岂有此理？劳动已是不当了！"等到三更时分，店主人便将三牲祭礼搬将出来。众弟兄收拾齐备，着两个伙计抬了，一齐出门，望栖霞岭而来。到得坟前，将祭礼摆下，岳雷哭奠

第四十四回　小兄弟夜祭岳坟　众英雄大闹乌镇

一番。众人然后一个个拜奠。岳雷跪在旁边回礼，十分悲苦，一阵心酸，不觉晕倒在地。

那秦桧原差冯忠领三百名军兵在岳爷坟上左右巡察：如有人来私祭者，即便拿去究问。那冯忠在坟上守了许多日子，并不见有人来祭奠，因此把人马扎住在昭庆寺前。这一晚点起人马，唿哨而来。诸葛锦道："有兵来了。快快走吧！"众弟兄俱望后山逃走。心急慌忙，却忘了岳雷还睡在坟上。那冯忠赶到坟上，并无一人，但见摆着祭礼。再将灯火照着，却见地下睡着一人，上前细认，与画上面貌一般无异。冯忠大喜，便将来用绳捆了，放在马鞍上，好不欢喜。吩咐三军回营，离了岳坟，往昭庆寺而来。

来至湖塘上，岳雷已悠悠醒转，开眼看时，满生绳索，已知被人拿住，吃了一惊，不敢作声。那冯忠得意洋洋，坐在马上，来到一棵大树旁边经过，因树枝繁茂，低遮碍路，把头一低，在树底下钻过去。岳雷顿生一计：把双脚钩住在树上，用力一蹬，冯忠、岳雷连人带马一齐跌下湖中。众军士见主人跌下水去，一齐上前捞救。乌天黑地，那里去捞得，却往四下里去寻火。那岳雷跌入湖中，挣断绳索，上得岸来，不辨东南西北，拔脚就走。那冯忠在湖中吃了一肚子的清水，等得众军点了火去救时，眼见得不活了。

再说岳雷走了一程，来到一家门首，门儿半掩，里面透出灯光。岳雷走上前去，把门一推，原来是老夫妇二人，在那里磨豆腐。岳雷叫声："老丈，望乞方便，搭救则个！"那老者出来，见岳雷浑身透湿，便问："小客人为何这般光景。"岳雷道："小子是异乡人。因遇着强盗，劫了行囊，跌入河中逃得性命。借个火烘烘衣服。"那老者道："可怜，可怜！如此青年，也不该独自一个出门。快进来，灶内有的是火，可坐在那边去。"又叫婆子："你可去取件旧衣服与他换了，脱下来好烘。"那婆子就取出干衣来，与岳雷换了。岳雷感恩不尽，一面烘衣，一面问道："老丈尊姓大名？"老者道："老汉姓张。本是湖州府城里人氏。今年五十六岁，没了儿子。我两口儿将就在这乌镇市上做些豆腐过活。不知小客人从何处来？因何遇了强盗？"岳雷假说道："小子也姓张，汤阴人。因往临安探亲，在船上遇着强盗。"张老道："汤阴有个岳元帅算得是个大英雄，亏他保全了半壁江山，可惜被奸臣害了！如今还在拿他的子孙哩！"

两人说说话话，不觉天已大明。张老舀了一碗豆腐浆，递与岳雷道："小客人，可先吃些挡寒。"岳雷谢了，接过来正吃，只见两个人推门进来，叫声："张老儿，有豆腐浆舀两碗来吃！"张老举眼看时，却是本镇巡检司内的两个弓兵：一个赵大，一个钱二。张老连忙舀两碗豆腐浆递去；掇条凳子，说："请二位坐下。"二人一面吃，却看见岳雷，便问张老道："这个后生，是那里来的？"张老暗想："衙门中人，与他缠什么帐。"就随口答道："是我的外甥。"赵、钱二人吃了豆腐浆，丢了两个钱，走出门来。

赵大对钱二道："从未见老张有什么亲眷来往。我看这个人，正与岳雷图形无异。我们何不转去盘问他个细底？倘若是岳雷，将他解上去，岂不得了这场富贵？"钱二道："有理。"两个转进店中问道："你这外甥，却是何处人？姓甚名谁？为甚往常从不提起？"张老道："他叫做张小三，因他住得远了，所以不能常来看我。"赵大大喝道："放你的驴子屁！你姓张，那有外甥也姓张！明明是岳雷，还要赖到那里去。"岳雷道："既被你们识破，任凭你拿我去请功何妨。"赵钱二人大喜，上前拿住，就叫拢地方左右邻舍俱到。赵大，钱二道："这个是朝廷要犯，在此拿住。你们俱要护送，若有疏失，你们多有干系！"众人道："自然自然。我们相帮解去。"赵大道："这张老儿窝藏钦犯，假说外甥，也要带到衙门去的。"张老道："他说是被盗落水，到此借烘烘衣服，实是不知情的。"钱二道："不相干。你自到当官去讲。"不由分说，拖了他就走。张老着了急，便叫道："二位不要啰唣。我家中银子实没有分文，只养得一窝小猪在后头，拿来奉送与二位。不要我到官，感恩不尽！"赵大、钱二，还要装腔作势。地方邻舍，俱来替他讨情，二人方才应允；叫张老把小猪赶到他们家里去。遂同地方等将岳雷解到巡检司来。

巡检是个苏州人，姓吕，名柏青，最是贪赃刁恶之人。听说是捉住了钦犯，连忙坐堂。赵大、钱二同着地方等一齐跪下，禀说是："岳雷在那里买豆腐浆吃，被小的们盘倒；故此协同地保邻里一齐擒获。"巡检道："既是岳雷自认不讳，不必审问，且将他锁在后堂。连夜打起一辆囚车来，明日备文起解。你二人再来领赏。"又吩咐衙役去传谕各镇百姓："说我老爷拿了岳雷，十分功劳，朝廷必然加官封爵。你们众百姓须要家家送礼物庆贺。"衙役领命，忙忙的去做囚车，将岳雷囚了。又分头去传谕百姓，俱纷纷的来送礼不绝。

再说众弟兄那晚上坟，听得人喊马嘶，连忙往后山逃走，到僻静处，不见了岳二公子，众人大惊道："方才二兄弟哭倒在墓旁，必然被人马拿去了。如何是好！"只得一齐回转店中，取了行李，辞别了王德，连夜寻找。次日，来到一个所在，恰是乌镇。到得镇上，已是申牌时分。众人腹中饥饿，走进一个饭店来吃饭。但见市镇上来来往往，也有拿着盒子的，也有捧着酒果的，甚是热闹。诸葛锦便问店小二道："今日这镇上有甚事情，这等热闹？"小二答道："只因本镇巡检吕老爷，拿住了一个钦犯，叫做岳雷，要镇上人家送礼庆贺，故此热闹。"诸葛锦道："原来为此。那巡检是我们的乡亲，也该去贺贺才是。"便摸出五六锭银子，替店家回了一个封筒

第四十四回　小兄弟夜祭岳坟　众英雄大闹乌镇

封好了,算还了饭钱,跟着众人来到巡检衙门。

那巡检正坐在堂上,看着两个书吏收礼登簿。诸葛锦等六人,跟了百姓,竟到堂上。见了巡检,深深作揖,送上贺礼。韩起龙道:"我们六人,俱是外路商人,在此经过。听得老爷捉了岳雷,解上京师,老爷定然荣升;故此凑得些贺礼,特来叩贺叩贺。但是商人们听路人传闻,说是那个岳雷脑后有一只眼睛,不知果然否?"那巡检一眼见那礼物沉重,好生欢喜,便道:"难得你们好意。一个人那里脑后有眼的?岂不是妖怪?就囚在后堂,列位何不进去看看?倒是个好人品!"六个人七张八嘴道:"既是老爷叫我们看,也让我们见识见识。"

巡检就叫衙役:"领他六位进去,看看就出来。不许众人进去啰唣。"那六个弟兄,那里等他说完,遂一齐拥到后堂,叫声:"岳雷在那里?"岳雷看见众弟兄俱来,便高声道:"在这里!"便把双足一蹬,囚车已散,将手铐扭断。众弟兄各去抢根排棍竹片,乱打出堂来。

那吕巡检见不是头,慌忙要躲时,早被欧阳从善提起案上签筒,望他头上一下,可怜吕巡检贺礼不曾收用分文,早已脑浆迸裂,死于地下。众书办衙役,只恨爷娘少生了两只脚,四散飞跑。

众弟兄打出巡检衙门来。那些市镇上人,那个肯出头惹祸;况又正恨着吕巡检贪污,不愿替他出力;趁着天已黑将下来,家家把门关上,由他七个人毫无阻挡,安然冲出市镇逃走。走了二十余里,天已昏黑。举眼一望,七个人齐叫一声:"苦!"原来前面白茫茫,一带汪洋!来到这个所在,不是天尽头,却是地绝处。

不知众弟兄怎生脱离此难,且听下回分解。

第四十五回　牛公子直言触父　柴娘娘大义待仇

且说众弟兄急急忙忙走到这个所在,白茫茫一片无边无际,原来是太湖边上。天又昏黑,又无船只,好不惊慌。只得沿着湖边一路下来。见几株绿杨树下,系着四五只渔船;前面又有几只大官船。那兄弟七人走近船边,诸葛锦叫声:"驾长,我们是临安下来,要往京口去的。贪走了几里路,无处歇宿,烦你渡我们过湖,多将银钱送你。"那渔翁道:"天色晚了,过不得湖。"岳雷道:"天既昏黑,又无宿店,没奈何,就借你船里坐坐,等到天明吧。"渔翁道:"我们船不便。"用手一指道:"你再走去,不到半里路,这一带林子里,有个湖山庙,倒可惜宿得一宵。"

岳雷谢了,就同众人到得林子内一看,果然有个古庙。旁边还有一二十间草房,俱是渔户住家。诸葛锦道:"你们且站着。待我先去说明了,休得大惊小怪。"众人依言,就在树林下立着。诸葛锦走到庙前,把门敲了三下。里边走出一个老道来,开门问道:"是那个?"诸葛锦深深作了一揖,说道:"小可弟兄们自临安买卖回来,贪赶路程,失了宿头;特来借宿一夜,明日过湖。望乞方便!"那老道人道:"这个不妨;但是荒凉地面,诚恐亵慢。"诸葛锦道:"说那里话!打扰已是不当了!"把手一招,弟兄们一齐进庙。

忽然殿后边走出一个人来,将众人细细一看,对岳雷道:"官人可是岳二公子么?"岳雷道:"我是姓张。不晓得什么岳二公子。"那人道:"二公子,你不要瞒我。我非别人,乃是营中跟随元帅的王敏。一同四个人,随了大老爷进京。到得平江就被校尉拿了,把王横砍死;我们四人各自逃难。我到此间,恰遇着我那哥哥,就在此庙里安身。我今日在镇上买办香纸,听得吕巡检拿住二公子,明日解上临安;因此,我纠合众人驾着渔船,专等他来时抢劫。你的相貌,宛然与大公子一般,况且图形上一些不差,不知二公子为何到此?"岳雷听了,不觉两泪交流;便把前后事情,细细说明。王敏便道:"二公子且免悲伤。现今秦桧又差冯孝往府中抄没家私,装着几船,今日正泊在这里过夜。我们想个方法,叫那奸臣不得受用我们的东西方好。"众人听了,俱各大怒道:"我们就去,把那些狗奴杀个干净。"诸葛锦道:"不必莽撞。我们只消如此如此,万无一失。"众人大喜,各人准备。王敏端正夜膳,与众人饱食一顿。

挨至二更时分,来至湖边。王敏照会小船上渔人,将引火之物,搬上小船。一

第四十五回　牛公子直言触父　柴娘娘大义待仇

齐摇至大船边,轻轻的将船缆砍断,慢慢的拖至湖心。将引火之物点着,抛上大船,趁着湖风,尽皆烧着。可怜满船之人,走投无路;有的跳出火中,也落在湖内淹死。众人立在小船上面,看得好不快活。牛通道:"妙呵!如今是火德星君拿去送与海龙王了。"看看船已烧完,众人方才摇回岸来。那冯孝死在船中,尸骨葬于湖内,也是附助奸臣,陷害忠良的报应。明日地方官免不得写本申奏朝廷,行文缉拿。

且说众弟兄回转庙中,已是五更将尽。宗良道:"如今坟已上了,冯忠淹死了,冯孝烧死了。二弟还是往那里去好?"岳雷道:"我母亲兄弟等一门家属,俱流往云南,未卜生死;我意下竟往云南去探问何如?"牛通道:"二兄弟既是要往云南,我们众人多一齐同去吧。"诸葛锦道:"不可造次!此去云南甚远,况且二兄弟画影图形,捉拿甚紧,如何去得?我前日一路来时,闻得人传说:牛皋叔叔在太行山上聚有数千人马,官兵不敢征剿。我们不如前往太行山,向牛叔叔那里借些人马,往云南去探望伯母,方为万全。"牛通道:"吓!我一向不知他在何处。原来依旧在那里做强盗,快活受用!待我前去问他,为什么不领兵与岳伯父报仇!"当时众人议定了主意。王敏便去杀了两口猪,宰些鸡鹅之类,煮得熟了,烫起酒来,大家吃得醉饱了。

天色渐明,王敏将众兄弟的行李,搬上小船。另将一船,把向日收得岳元帅那匹白玉驹,并那口宝剑,送还岳雷,物归故主。众人上船渡过太湖,直到宜兴地方上岸。王敏拜别了二公子,仍旧回太湖去了。这里弟兄七人,把那行李一总拴缚在马上,一齐步行。不敢出京口旧路,远远的转到建康过江,望太行山一路而来。

一日来到太行山下,只听得一棒锣声,走出二三十个喽啰拦住,叫道:"快拿出买路钱来!"牛通上前大喝一声:"该死的狗强盗!快快上山去叫牛皋来见太岁。若是迟延,叫你这狗强盗一窝儿都要死!"喽啰大怒,骂道:"黄毛野贼,如此可恶!"方欲动手,岳雷上前道:"休得动手,我乃岳雷,特来投奔大王的,相烦通报!"那些喽啰听得说是岳雷,便道:"原来是二公子!大王日日想念,差人各处打听,并无消息。今日来得恰好!"就飞奔上山通报。

牛皋大喜,随同了施全、张显、王贵、赵云、梁兴、吉青、周青一齐下山迎接。岳雷和众人相见过了,一同上山来到分金亭上,各各通名见礼。牛皋便问起从前一向事情。岳雷将一门拿至临安,幸得梁夫人解救,发往云南。又将上坟许多苦楚,说了一遍。牛皋听了,大哭起来。牛通怒哄哄的立起身走上来,指着牛皋大喝道:"牛皋!你不思量替岳伯父报仇,反在此做强盗快活,叫岳二哥受了许多苦楚!今日还假惺惺哭什么?"牛皋被儿子数说了几句,正要说话,只听得岳雷道:"侄儿欲往云南去探望母亲,因路上难走,欲向叔父借兵几千前去,不知可否?"牛皋道:"我们正有此心。贤侄且暂留几日,待我打造白盔白甲,起兵前去便了。"一面吩咐安排酒席,款待他众弟兄。饮至更深方散,送往两边各寨内安歇。

且说岳太夫人一门家眷,跟着四个解官,二十四名解差,一路往云南进发。一日已到南宁地方。那南宁当初宋朝却叫做南宁州,就是柴王的封疆。自从柴桂在东京教场中被岳爷挑死,他的儿子柴排福就荫袭了梁王封号,镇守南宁。因得了秦桧的书信,晓得岳氏一门到云南,必由此经过,叫他报杀父之仇,那柴排福就领兵出铁炉关,在那巴龙山上把住,差人一路探听消息。那日岳太夫人到了巴龙山下,见一派荒凉地面,又无宿店,只得打下营寨,埋锅造饭。那探子连忙报上巴龙山。

柴排福听报,就上马提刀,带了人马飞奔下山,直至营前。大声喊道:"谁来见我!"这边家将慌忙进来通报,岳太夫人好不惊慌。张英道:"太夫人放心。待小人去问他。"太夫人道:"须要小心!"张英遂提棍出营,但见那小柴王头戴双凤翅紫金盔,身穿锁子狻猊①甲,外罩一件大红镶龙袍,腰间束一条闪龙黄金带;坐下一匹白玉嘶风马,手抡金背大砍刀;年纪只得二十上下,生得来威风凛凛,相貌堂堂。张英把手中浑铁棍一摆道:"这位将军,到来何干?"柴排福道:"岳飞与孤家有杀父之仇,今日狭路相逢,要报昔日武场之恨。你们一门男女,休想要再活一个。你是他家何人,敢来问我?"张英道:"我乃濠梁总兵张保之子张英是也。我家元帅,被奸臣陷害,已死于非命;又将家眷充发云南。就有仇怨,也可释了!望王爷放一条路,让我们过去吧!"柴王道:"胡说!杀父之仇,如何肯罢?你既姓张,不是岳家亲丁,快把岳家一门送出,孤家便饶你;不然也难逃一命。"张英大怒道:"你这狗头!我老爷好好对你说,你不肯听我。不要走,吃我一棍。"便抡起浑铁棍打来。柴王举刀来迎。一个刀如恶龙奔海,一个棍似猛虎离山,刀来棍格,棍去刀迎,来来往往,战了百十来个回合。张英的棍只望下三路打;柴王的刀,在马上望下砍,十分费力。两人又战了几合,看看日已沉西。柴王喝道:"天色已晚,孤家要去用饭了。明日来取你的命吧。"张英道:"且饶你多活一宵。"柴王回马上山。

张英回身进寨,夫人便问道:"却与何人交战这一日?"张英道:"是柴桂之子。因当年先大老爷在武场中,将他的父亲挑死,如今他袭了王位,要报前仇。小人与他战了一日,未分胜负,约定明日再定输赢。"岳夫人听了,十分悲切。

到了次日,柴王领了人马,又到营前讨战。张英带了家将出营,也不答话,交

---

① 狻猊(suānní)——传说中的一种猛兽。

第四十五回　牛公子直言触父　柴娘娘大义待仇

手就战。正是棋逢敌手，又战了百十合。柴王把手一招，三百人马一齐上来捉张英。这里众家将亦各上前敌住，混杀一场。张英一棍，正打着柴王坐的马腿上；那马跳将起来，把柴王掀在地下。张英正待举棍打来，幸得柴王人多，抢得快，败回上山。柴王坐下喘息定了，便吩咐众军士小心牢守："待孤家回府去，多点人马，出关拿他。"众军得令，守定铁炉关，不与交战。

柴王飞骑进关，回转王府。来至后殿，老娘娘正坐在殿中，便问："我儿，你两日出关，与何人交战，今日才回？"柴王道："母亲！昔日父王在东京抢夺状元，却被岳飞挑死，至今尚未报仇；不意天网恢恢，岳飞被朝廷处死；将他一门老小，流徙云南。孩儿蒙秦丞相书来，叫孩儿将他一门杀尽，以报父王之仇。如今已到关外，孩儿与他战了两日，未分胜败，因此回来，多点人马出关，明日务要擒他。"那柴娘娘听了，便道："我儿，不可听信奸臣言语，恩将仇报！"柴王道："母亲差矣！岳家与孩儿有杀父之仇，不共戴天，怎么母亲反说恩将仇报！"娘娘道："吾儿当初年幼，不知其细。你父亲乃一家藩王，为何去大就小，反去抢夺状元？乃是误听了金刀王善之语，假意以夺状元为名，实是要抢宋室江山。所以你父死后，王善起兵谋反，全军尽没。你父亲在教场中，以势逼他，岳飞再三不肯。当日倘然听了王善的话，你父亦与他一样，你我的身命亦不能保，怎得个世袭王位，与国同休？况我闻得岳飞一生为国为民，忠孝两全。那秦桧奸贼，欺君误国，将他父子谋害，又写书来叫你害他一门性命。你若依附奸臣，岂不骂名万代么！"柴王道："孩儿原晓得秦桧是奸臣，因为要报父仇，故尔要杀他。若非母亲之言，险些误害忠良！"娘娘道："我儿明日可请岳夫人进关，与我相见。"柴王道："谨依慈命。"

次日柴王出关，单人独骑，来至营前，对家将道："孤家奉娘娘之命，特来请岳夫人到府中相会。"家将进来禀知夫人。众人齐道："太太不可听他！那奸王因两日战张英不下，设计来骗太太。太太若去，必受其害。"太太道："我此来乃奉旨的，拼却一死，以成先夫之名罢了！"众家将那里肯放岳夫人出去。正在议论纷纷，忽见解军来报道："柴老娘娘亲自驾车来到。特来报知。"岳夫人听了，慌忙出营。一众家将跟着张英，左右扶着岳夫人出营来。恰好柴王扶着柴娘娘下车，岳夫人连忙跪下，口称："罪妇李氏，不知娘娘驾临，未得远迎，望乞恕罪！"柴娘娘慌忙双手扶起道："小儿误听奸臣之言，惊犯夫人；特命他来迎请到敝府请罪。恐夫人见疑，为此亲自来迎。就请同行，切勿推却！"岳夫人道："既蒙恩德，不记前仇，已属万幸，焉敢有屈凤驾来临？"柴娘娘道："你们忠义之门，休如此说。"就挽了岳夫人的手，一同上车；又令柴王同各位公子男妇人等，一齐拔营进关。

来到王府，柴王同众公子在前殿相见。柴娘娘自同岳夫人、巩氏夫人进后殿见礼，分宾主坐下。柴娘娘将秦桧写书来叫柴王报仇之事，细说了一遍。岳夫人再三称谢。柴娘娘又问："岳元帅如何被奸臣陷害？"岳夫人将受屈之事细说一番。柴娘娘听了，也不觉心酸起来。不一时，筵席摆完了，请岳夫人、巩氏夫人入席。柴王另同各位小爷，另在百花亭饮宴。柴娘娘饮酒中间，与岳夫人说得投机，便道："妾身久慕夫人贤德，天幸相逢，欲与结为姊妹，不知允否？"岳夫人道："娘娘乃金枝玉叶，罪妇怎敢仰攀！"柴娘娘道："夫人何出此言？"随叫侍女们去摆起香案来，两人对天结拜，柴娘娘年长为姊，岳夫人为妹。又唤柴王来拜了姨母。众小爷亦各来拜了柴娘娘。重新入席饮酒，直至更深方散。打扫寝室，送岳夫人婆媳安歇。众家将解官等，自有那柴王的家将们料理他们，在外厢安置。

　　到了次日，柴王来禀岳夫人道："姨母往云南去，必定要由三关经过。镇南关总兵名黑虎、平南关总兵巴云、尽南关总兵石山，俱受秦桧嘱托，要谋害姨母。况一路上高山峻岭，甚是难走。姨母不如且住在这里，待侄儿将些金银买嘱解官，叫地方官起个回文，进京复命便了。"岳夫人道："多蒙贤侄盛情，感激非小！但先夫小儿既已尽忠，老身何敢偷生背旨？凭着三关谋害，老身死后，也好相见先夫于九泉之下也！"柴娘娘道："既是贤妹立意要去，待愚姊亲自送你到云南便了。"岳夫人道："妾身身犯国法，理所当然；怎敢劳贤姊长途跋涉？决难从命。"柴娘娘道："贤妹不知：此去三关，有愚姊相送，方保无虞；不然，徒死于奸臣之手，亦所不甘！"柴王道："母亲若去，孩儿情愿一同到彼。看看那里民情风俗，也不枉了在此封藩立国。"柴娘娘大喜道："如此更妙了。你可即去端整。"柴王领命，来到殿上，齐集众将，吩咐各去分头紧守关隘。一面准备车马，点齐家将。到次日一齐往云南进发。

　　一路上早行夜宿，非止一日。那三关总兵虽接了秦桧来书，欲要谋害；无奈柴王母子亲自护送，怎敢动手？一路平安。直到了云南，解官将文书并秦桧的谕帖，交与土官朱致。那朱致备了回文，并回复秦桧的禀帖，另备盘费仪礼，打发解官解差回京。然后升堂点名，从岳夫人起一路点到巩氏夫人。朱致见他年轻貌美，便吩咐道："李氏、洪氏、岳霆、岳霖、岳震、岳申、岳甫、张英等，俱在外面安插。巩氏着他进衙伏侍我老爷。"巩氏道："胡说！妾身虽然犯罪，也是朝廷命妇，奉旨流到此间为民，并非奴隶可比。大人岂可出此无礼之言！"朱致道："人无下贱，下贱自生。秦太师有书叫我害你一门；我心不安，故此叫你进来伏侍我。你一家性命俱在我手掌之中，反如此不中抬举？快快进去！"巩氏夫人大怒道："我岳氏一门，忠孝节义，岂肯受你这狗官之辱？罢，罢，罢！今既到此间，身不由主，拼着这条命吧！"就望着那堂阶石上一头撞去。

　　不知巩氏夫人的性命如何，且听下回分解。

第四十六回　岳雷领兵探慈母　牛通入帐作新娘

　　话说巩夫人正尔望阶石上撞去，却被两旁从人一齐扯住。当时恼了张英，大怒起来，骂道："你这狗官，如此无礼！我老爷和你拼了命吧！"捏着拳头就要打来。朱致怒喝道："你这该死的囚徒，怎敢放肆！左右与我打死这囚徒！"两边从人答应一声，正待动手，忽见守门衙役忙来报道："柴王同老娘娘驾到，快快迎接。"朱致听了，吓得魂不附体，忙忙的走出头门，远远的跪着。恰好柴王与老娘娘已到，朱致接到堂上。

　　柴娘娘坐定，柴王亦在旁边坐下。张英即上前来，把朱致无礼之话，细细禀上。柴娘娘听了，勃然大怒。柴王道："你这狗官，轻薄朝廷命妇，罪应斩首！"叫家将："与我绑去砍了！"岳夫人慌忙上前道："殿下看老身薄面饶了他吧！"老娘娘道："若不斩此狗官，将来何以服众。"岳夫人再三讨饶。柴王道："姨母说情，权寄他这狗头在颈上。"朱致那敢做声，只是叩头。柴娘娘又喝道："你这狗官，快快的把家口搬出衙去，让岳太太居住。你早晚在此小心伺候，稍有差池，绝不饶你的狗命！"朱致喏喏连声，急急的将合衙人口尽行搬出去，另借别处居住。柴王、老娘娘遂同岳氏一门人众，俱搬在土官衙门安身。岳夫人又整备盘费，打发韩元帅差送来的四名家将，修书一封，备细将一路情形禀知，致谢韩元帅、梁夫人的恩德。那家将辞别了，自回京口而去。那柴王在衙中，倒也清闲无事，日日同众小爷、张英，带了家将，各处打围顽耍。

　　且说太行山公道大王牛皋，打造盔甲器械，诸事齐备，发兵三千，与二公子带往云南。中军打起一面大旗，上面明写着"云南探母"四个大字。岳雷别了牛皋和众叔伯等，同了牛通、诸葛锦、欧阳从善、宗良、韩起龙、韩起凤共弟兄七人，带领了三千人马，俱是白旗白甲，离了太行山，望云南进发。牛皋又发起马牌，传檄所过地方，发给粮草；如有违令者，即领人马征剿。那些地方官，也有念那岳元帅忠义的，也有惧怕牛皋的：所以经过地方，各各应付供给。在路行了数月，并无阻挡。离镇南关不远，已是五月尽边，天气炎热，人马难行。二公子传令军士，在山下阴凉之处，扎住营盘，埋锅造饭，且待明日早凉再行。

　　那牛通吃了午饭，坐在营中纳闷，便走出营来闲步。走上山冈，见一座茂林甚觉阴凉。就走进林中，拣一块大石头上坐着歇凉。坐了一会，不觉困倦起来，就倒身在石上睡去。这一睡不打紧,直睡到次日早上方醒,慌忙起来,抹抹眼,下山回营。谁知忘了原来的路,反往后山下来。只见山下也扎着营盘,帐房外边,摆张桌子。傍边立着几个小军,中间一个军官坐着,下面有百十个军士。那军官坐在上面点名,点到六七十名上,只听得叫一名"刘通。"那牛通错听了,只道是叫"牛通",便大嚷起来道:"谁敢擅呼我的大名?"那军官抬头一看,见牛通光着身子,也错认是军人,大怒道:"这狗头如此放肆!"叫左右:"与我捆打四十!"左右答应一声:"吓!"便来要拿牛通。牛通大怒,一拳打倒了两三个,一脚踢翻了三四双。军官愈加忿怒,叫道:"反了,反了!"牛通便上前向军官打来。那军官慌了,忙向后边一溜风逃走了。众军人见不是头,呐声喊,俱四散跑了。牛通见众人散去,走进帐房一看,只见帐房桌上摆着酒筵,叫声:"妙呀!我肚中正有些饥饿。这些狗头都逃走了,正好让我受用。"竟独自一个坐下,大吃大嚼。正吃得高兴,忽听得一声呐喊,一位王爷领着一二百名军士,各执枪刀器械,将帐房围住,来捉拿牛通。牛通心下惊慌,手无军器,将桌子一脚踢翻,拔下两只桌脚,舞动来敌众军。

且说岳雷营中军士,见牛通吃了饭上冈子去,一夜不回,到了天明,到冈子上来,一路找寻不着。直至后山,但听得喊声震地,远远望见牛通独自一人,手持桌脚,与众军厮杀。那军士慌了,飞跑的下冈回营,报知二公子。二公子大惊,忙同众兄弟带领了四五百名军士,飞奔而来,但见牛通兀自①在那里交战。众弟兄一齐上前,高声大叫道:"两家俱罢手!有话说明了再处。"那王爷见来的人马众多,便各各住手。岳雷便问牛通道:"你为何在此与他们相杀?"牛通道:"我在冈子上乘凉,恍惚睡着。今早下冈,错走到此。可恨那厮在此点名,点起我的名字来,反道喧哗,要将我捆打,故此杀他娘。二兄弟来正好帮我。"众人听了,方知牛通错认了。岳雷便向那王爷问道:"不知你们是何处人马,却在此处点名?"那王爷道:"这也好笑!孤家乃潞花王赵鉴。这里是我所辖之地方。你等何人,敢来此地横行?"岳雷连忙下礼道:"臣乃岳飞之子岳雷。臣兄不知,有犯龙驾,死罪死罪!"赵王道:"原来是岳公子!孤家久闻令尊大名,不曾识面;今幸公子到此,就请众位同孤家到敝府一叙。"

岳雷谢了,随同众人一齐来到王府银安殿上。参见已毕,赵王吩咐看座,一一问了姓名;又问起岳元帅之事。岳雷即将父兄被奸臣陷害,家眷流到此地之事,细细说了一遍。赵王十分叹息痛恨:"秦桧如此专权误国,天下何时方得太平!"岳雷道:"方今炎天暑日,王爷何故操演人马?"赵王道:"孤家只有一女,这里镇南关总

---

① 兀(wù)自——仍然,还是。

第四十六回　岳雷领兵探慈母　牛通入帐作新娘

兵黑虎,强要联姻,孤家不愿,故此操演人马,意欲与彼决一死战。"岳雷道:"既是不愿联姻,只消回他罢了;何故动起刀兵来?"赵王道:"公子不知,那厮倚仗他本事高强,手下兵多将勇,又结交秦桧做了内应,故敢于欺压孤家,强图郡主。今幸得众位到此,望助孤家一臂之力!不知允否?"牛通便嚷道:"不妨,不妨。有我们在此,那怕他千军万马,包你杀他个尽绝。"诸葛锦微微暗笑。岳雷道:"诸葛兄哂笑,不知计将安出?"诸葛锦道:"不知那个为媒,几时成亲?"赵王道:"那有什么人为媒!三日前,他差一军官,领了十余人,强将花红礼物丢下;说是这六月初一日,就要来迎娶。"诸葛锦道:"既如此,也不用动干戈,只消差个人去,说:姻缘乃是好事,门户也相当,但只有一个郡主,不忍分离,须得招赘来此,便当从命;否则宁动干戈,决难成就。他若肯到此,只消如此如此,岂不了事?"赵王听了大喜,便整备筵席,请众弟兄到春景园饮宴。一面差官到镇南关去说亲。赵王在席上与众弟兄论文论武,直吃到日午。只见那差官同了镇南关一个千总官儿回来复命,说:"总兵听说王爷肯招做郡马。十分欢喜。赏了小官许多花红喜钱,准期于初一吉期来入赘,特同这位军官到此讨个允吉喜信。"赵王随吩咐安排酒席,款待来人,也赏了些花红钱钞;自去回复黑虎。这里众弟兄重新入席,商议招亲之事。饮至更深,辞别赵王回营。

光阴迅速,几日间,已是六月初一。岳雷等七人俱到赵王府中,将三千军士,远远四散埋伏。赵王仍同众弟兄在后园饮酒。一面各各暗自准备。看看天色已晚,银安殿上挂灯结彩,一路金鼓乐人,直摆至头门上。少顷,忽见家将来报:黑虎带领着千余人马,鼓乐喧天,已到门首。赵王即着四个家将出来迎接。黑虎吩咐把人马暂扎在外,同了两员偏将,直至银安殿上,参见赵王。赵王赐坐,摆上宴来。黑虎见殿上挂红结彩,十分齐整,喜不自胜。赵王命家将快将花红羊酒等物,同着二位将军,给赏军士。黑虎起身道:"吉时已到,请郡主出来同拜花烛吧。"赵王道:"小女生长深闺,从未见人,不特怕羞,恐惊吓了他。今日先请进内成亲,明日再拜花烛吧。"

黑虎未及回言,早有七八个宫妆女子,掌着灯,前迎后送,引到新房。黑虎进了新房,见摆列着古玩器皿,甚是齐整,好生欢喜;便问:"郡主何在?"丫鬟道:"郡主怕羞,早已躲在帐中。"黑虎大笑道:"既已做了夫妻,何必害羞?"叫丫鬟们:"暂自回避。我老爷自有制度。"众丫鬟呆的呆,笑的笑,俱走出房去了。黑虎自去把房门关了,走到床边,叫道:"我的亲亲!不要害羞!"一手将帐子揭起;不期帐内飞出一个拳头来,将黑虎当胸一下,扑地一交。黑虎大叫道:"亲尚未做,怎么就打老公!"话还未绝,床上跳下一个人来,一脚将黑虎踏住,骂声:"狗头!叫你认认老婆的手段!"黑虎回转头一看,那里是什么郡主,却是个黄毛大汉。黑虎道:"你是何人,敢装郡主来侮弄我!"那人道:"老爷叫做金毛太岁牛通。你晦气瞎了眼,来认我做老婆!"便兜眼一拳,两个眼珠一齐迸出。黑虎大叫:"好汉饶命!"牛通道:"你就死了,我也不饶你。"提起拳头,连打几下,那黑虎已不响了。

那黑虎带来的两员偏将,给散了众军羊酒,仍回到殿上;听得里面沸反连天,拔出腰刀抢进来。韩起龙、韩起凤喝声:"那里走?"一刀一个,变做四截。宗良、欧阳从善等,一齐拿着军器杀出王府;一声号炮,四面伏兵齐起,将黑虎带来的一千人马,杀了八九,逃不得几个回去报信。

赵王同众弟兄回至银安殿上,向各位称谢。命将黑虎尸首抬出去烧化了。一面给发酒肉,犒劳军兵。大排筵席,请众人饮宴。

却说岳雷次日即便催兵起身,往化外而来。在路非止一日,早已到了云南。岳雷便将人马安顿,同了众弟兄一齐进关。见了母亲嫂嫂,并各位兄弟,将前事细说了一遍;又引众弟兄拜见了岳太夫人。太夫人甚喜,命拜谢了柴娘娘。柴娘娘命柴王到后堂与众人相见,就结拜做弟兄。岳雷问道:"三弟因何不见?"岳夫人道:"我因记念你,在一月之前,打发他到宁夏来寻你了。"岳雷道:"三弟年纪幼小,路上倘有疏失,如何是好!"柴王道:"二兄弟不须愁虑,我有护身批文与他,只说宁夏公干,路上绝无人盘问的。"岳雷听了,方才放心。当日柴王大排筵席,与众弟兄开怀畅饮,直吃到月转花梢,各人安置。这一班小英雄,自此皆在化外住下。

不知后事如何,且听下回分解。

第四十七回　灵隐寺疯僧戏秦　众安桥义士捐躯

再说那秦桧自从害死岳飞之后，自觉心虚，精神恍惚，每一合眼，便朦胧的看见岳飞父子立在面前，好不吓人！一日，秦桧在万花楼独坐，心想："岳飞虽除，还有韩世忠、张信、刘琦、吴璘、吴玠，皆是一党，若不早除，必成后患。"就提笔写本，欲兴大狱，害尽忠良。写了一会，忽觉困倦，就朦胧睡去，梦中见岳飞手执银锤，直奔上楼，大骂："奸贼，罪恶盈贯，死期已近，尚敢谋害忠良！"说罢，举手一锤，将他打倒在地。秦桧吓得大叫："救命！"兀自醒了。

王氏听得楼上叫唤，慌忙来问何事。秦桧将梦中所见说了，王氏也惊得说不出话来。半晌，王氏开口道："闻说灵隐寺香火甚盛，相公何不前去进香，求神灵保佑平安清吉。"秦桧随即着家人拿二百两银子，先去灵隐寺，叫住持僧人备下香火，吩咐道："明日老夫与夫人到寺进香，不许闲人入内。"

秦桧夫妻来到灵隐寺中进香，住持众僧迎接进寺。来至大殿上，先拜了佛，吩咐诸僧并一众家人回避了，然后嘿嘿祷告："第一支香，保佑自身夫妻长享富贵，百年偕老。第二支香，保佑岳家父子，早早超生，不来缠扰。第三支香，凡有冤家，一齐消灭。"祝拜已毕，便唤住持上殿引道，同了王氏到各处随喜游玩。处处玩罢，末后到了方丈前，但见壁上有诗一首，墨迹未干。秦桧细看，只见上边写道：

> 缚虎容易纵虎难，东窗毒计胜连环。
> 哀哉彼妇施长舌，使我伤心肝胆寒！

秦桧吃了一惊，心中想道："这第一句，是我与夫人在东窗下灰中所写，并无一人知觉，如何却写在此处？甚是奇怪！"便问住持："这壁上的诗，是何人写的？"住持道："太师爷在此拜佛，凡有过客游僧，并不敢容留一人。想是旧时写的。"秦桧道："墨迹未干，岂是写久的？"住持想了想道："是了。本寺近日来了一个疯僧，最喜东涂西抹，想必是他写的。"秦桧道："你去叫他出来，待我问他。"住持禀道："这是疯僧，终日痴痴癫癫，恐怕得罪了太师爷，不当稳便。"秦桧道："不妨，他既有病，我不计较他便了。"

住持领命，就出了方丈，来至香积厨下，叫道："疯僧！你终日里东涂西抹，今日秦丞相见了,唤你去问哩!"疯僧道:"我正要去见他。"住持道:"须要小心,不是当耍的!"疯僧也不言语,往前便走。住持同到方丈来禀道:"疯僧唤到了。"

秦桧见那疯僧垢面蓬头,鹑衣百结,口嘴歪斜,手瘸足跛,浑身污秽;便笑道:"你这僧人,蓬头垢面,何能诵佛经?"

疯僧听了,便道:"我面貌虽丑,心地却是善良,不似你佛口蛇心。"秦桧道:"我问你,这壁上诗句是你写的么?"疯僧道:"难道你作得,我写不得么?"秦桧道:"为何'胆'字甚小?"疯僧道:"胆小出了家,胆大终要弄出事来。"秦桧道:"你手中拿着这扫帚何用?"疯僧道:"要他扫灭奸邪。"秦桧道:"那一只手内是什么?"疯僧道:"是个火筒。"秦桧道:"既是火筒,就该放在厨下,拿在手中做甚?"疯僧道:"这火筒节节生枝,能吹得狼烟四起;实是放他不得。"秦桧道:"都是胡说!且问你这病几时起的?"疯僧道:"在西湖上,见了'卖蜡丸'的时节,就得了胡言乱语的病。"王氏接口问道:"何不请个医生来医治好了?"疯僧道:"不瞒夫人说:因在东窗下'伤凉',没有了'药家附子',所以医不得。"王氏道:"此僧疯癫,言语支吾,问他做甚。叫他去吧!"疯僧道:"三个都被你去了,那在我一个?"秦桧道:"你有法名么?"疯僧道:"有,有,有!

吾名叶守一,终日藏香积。
不怕泄天机,是非多说出。"

秦桧与王氏二人听了,心中惊疑不定。秦桧又问疯僧:"看你这般行径,那能做诗?实是何人作了,叫你写的?若与我说明了,我即给付度牒与你披剃何如?"疯僧道:"你替得我,我却替不得你。"秦桧道:"你既会作诗,可当面作一首来看看。"疯僧道:"使得。将何为题?"秦桧道:"就指我为题。"命住持取纸墨笔砚过来。疯僧道:"不用去取,我袋内自有。"一面说,一面向袋内取出来,铺在地下。秦桧便问:"这纸皱了,恐不中用?"疯僧道:"'蜡丸'内的纸,都是这样皱的。"就磨浓了墨,提笔写出一首诗来,递与秦桧。秦桧接来一看,上边写道:

久闻丞相有良规,
占擅朝纲人主危。
都缘长舌私金虏,
堂前燕子永难归。
闭户但谋倾宋室,

第四十七回　灵隐寺疯僧戏秦　众安桥义士捐躯

塞断忠言国祚①灰。
贤愚千载凭公论，
路上行人口似□。

秦桧见一句句都指出他的心事，虽然甚怒，却有些疑忌，不好发作，便问："末句诗为何不写全了。"行者道："若见'诗全'面，奸臣命已危。"

秦桧回头对左右道："你们记着：若遇见叫施全者，不要管他是非，便拿来见我。"王氏道："这疯子作的诗，全然不省得，只管听他怎的。"疯僧道："你省不得这诗，不是顺理作的，可横看去么？"秦桧果然将诗横看过去，却是"久占都堂，闭塞贤路"八个字。秦桧大怒道："你这小秃驴，敢如此戏弄大臣！"喝叫左右："将他推下阶去，乱棒打杀了吧！"左右答应一声，鹰拿燕雀的一般，来拿疯僧。疯僧扯住案脚大叫道："我虽然戏侮了丞相，不过无礼；并不是杀害了大臣，如何要打杀我？"那时吓得那些众和尚，一个个战战兢兢。左右只顾来乱拖，却拖不动。王氏轻轻的对秦桧道："相公权倾朝野，谅这小小疯僧，怕他逃上天去，明日只消一个人，就拿来了结他的性命，此时何必如此？"秦桧会意，便叫："放了他。以后不许如此！"叫住持："可赏他两个馒头，叫他去吧。"住持随叫侍者取出两个馒头，递与疯僧。疯僧把馒头双手掰开，将馅都倾在地下。秦桧道："你不吃就罢，怎么把馅都倾掉了？"疯僧道："别人吃你陷，僧人却不吃你陷。"秦桧见疯僧句句讥刺，心中大怒。王氏便叫："疯僧，可去西廊下吃斋，休在丞相面前乱话！"众僧恐惧，一齐向前，把疯僧推向西廊。疯僧连叫："慢推着！慢推着！夫人叫我西廊下去吃斋，他却要向东窗下去饲饭哩！"众僧一直把疯行者推去。

秦桧命左右打道回府。众僧都捏着一把汗。暗暗的将疯行者看守，恐怕他逃走了，秦丞相来要人不是当耍的。

话分两头。且说施全在太行山，日夜思量与岳爷报仇。一日别了牛皋，只说私行探听。离了太行山，星夜赶到临安，悄悄到岳王坟上，哭奠了一番。打听得那日秦桧在灵隐寺修斋回来，必由众安桥经过；他便躲在桥下。那秦桧一路回来，正在疑想："我与夫人所为之事，这疯僧为何件件皆知？好生奇怪！"看看进了钱塘门，来至众安桥，那坐下马，忽然惊跳起来。秦桧忙把缰绳一勒，退后几步。施全见秦桧将近，挺起利刃，望秦桧一刀搠②来。两旁家将拔出腰刀，将施全砍倒，夺了施全手中之刀，一齐上前捉住，带回相府来。

---

① 祚(zuò)——君主的位置。
② 搠(shuò)——刺，扎。

且说秦桧吃这一惊不小,回至府中,喘息未定,命左右押过施全来到面前,喝问道:"你是何人?擅敢大胆行刺?是何人唆使?说出来,吾便饶你。"施全大怒,骂道:"你这欺君卖国,谗害忠良的奸贼!天下人谁不欲食汝之肉,岂独我一人!我乃堂堂丈夫,行不更名,坐不改姓,岳元帅麾下大将施全便是。今日特来将你碎尸万段,以报岳元帅之仇。"秦桧被施全千奸贼,万奸贼,骂得做不得声。随叫拿送大理寺狱中,明日押赴云阳市斩首。

那施全下山之后,牛皋放心不下,差下两个精细喽啰,悄悄下山打听。那日喽啰探得的实,回山报知此信。牛皋怒发如雷,即要起兵杀上临安,与施全报仇,当时被王贵劝住。众人大哭一场,设祭望空遥拜。王贵、张显二人,悲伤过度,是夜得了一病,又不肯服药,不多几日,双双病死。牛皋又哭了一场,弄得独木不成林,无可如何;且把二人安葬,心中好不气闷!

且说这日秦桧退入私衙,旧病复发。王夫人好生闷闷不悦。一日王夫人对秦桧道:"前日与丞相往灵隐寺修斋,叫疯行者题诗,句句讥刺,曾说'若见施全命必危'。这施全必然是疯僧一党,指使他来行刺的。"秦桧猛省道:"夫人所言,一些不差。"随唤何立,带领提辖家将十余人,往灵隐寺去捉拿疯行者,不许放走。

何立领命,同众人径到灵隐寺来。寻见疯行者,何立一手扯住道:"丞相令来拿你,快快前去!"疯僧笑道:"不要性急。吾一人身不满四尺,手无缚鸡之力,谅不能走脱,何用捉住?我自知前日言语触犯丞相,正待沐浴更衣,到府中来叩头请死。你众人且放手,立在房门外。待我进僧房去换了衣服,同去便了。"何立道:"也不怕你腾了云去,只要快些!"遂放疯僧进入僧房。

好一会不见出来,何立疑惑:"不要他自尽了?"随同众人抢入房中,那里有什么疯僧?床底阁上,四处找寻,并无踪迹。只见桌上有一个小匣,封记上写道:"匣中之物,付秦桧收拆。"何立无奈,只得取了小匣,同众家将等回府,将疯僧之事,细细禀知。

秦桧拆开,匣内却是一个柬帖。那帖上写道:

偶来尘世作疯癫,说破奸邪返故园。
若要问我家何处,却在东南第一山。

秦桧看罢,大怒道:"你这狗才!放走了疯行者,却将这匣儿来搪塞我!"叫左右将何立的母亲妻子,监禁狱中;就叫何立:"往东南第一山捉还疯行者,便饶汝罪;若捉不得疯僧,本身处斩,合家处死。"何立惊惶无措,只得诺诺连声,进监中哭别了母亲妻子,起身而去。这东南第一峰是神仙所居的所在,到那里找去?

那秦桧自斩了施全之后,终日神昏意乱,觉道脊背上隐隐疼痛。过不得几日,生出一个发背来,十分沉重。高宗传旨命太医院看治。可知太医进药,总不见效验,秦桧一日日的沉重起来,日夜呼号疼痛,不时昏迷。

一日,张俊来到相府,看候秦桧病体,公子秦熺接进书房。张俊走近床前,只见秦桧面色黄瘦,双目紧闭。张俊轻轻的叫声:"丞相,保重贵体!"秦桧顿时睁开双目,见面前站着个人,以为是岳飞,大叫一声:"岳爷饶命呀!"转身时向儿子秦熺摇摇头,分明想说什么话,却又说不出来。霎时吐出舌头,自己咬得粉碎,呕血不止而死。

秦桧死后,王氏日夜坐卧不安,一夜梦见丈夫秦桧披枷带锁,蹒跚而来,说道:"东窗事发了!"王氏惊得魂飞魄散,大叫一声,跌倒在地。秦熺进来看时,但见舌头拖出二三寸长,已是死了。

不知后事如何,且听下回分解。

第四十八回　讨兀术高奏凯歌　封武穆表彰精忠

且说黄龙府金主完颜阿骨打驾崩，传位与皇弟吴乞买。是时吴乞买崩，原立粘罕长子完颜冻为君。众王子朝贺之后，兀术回转府中，细想岳飞已死，中国还有何人挡我？不趁此时，去抢宋室江山，等待何时？"随入朝奏知，即同军师哈迷蚩、参谋忽尔迷，商定计策。约同众王子完颜乾等，并大元帅粘得力、张豹马，提国元帅冒利燕，支国元帅迷特金，提国大将哈同文银，提国元帅完黑宝，黑水国元帅千里朵，共同起大兵五十万，浩浩荡荡，杀进中原而来。

那些地方官员，告急本章，犹如雪片一般的进朝告急。

恰值高宗升殿，那文武官员朝参已毕，分班站立。只见黄门官手持本章，来至金殿，俯伏奏道："边关告急本章，进呈御览。"近侍接本，摆在龙案之上。高宗举目一观，上写着："金国四太子完颜兀术领兵五十万，来犯中原，十分危急，请速发救兵"等事。看罢，吓得魂不附体，大声一叫，跌下龙床。众大臣连忙扶起。回宫得病，服药不效，不多几日，高宗驾崩。众大臣议立太子登位，乃高宗之侄，是为孝宗。红白诏书，颁行天下，在朝文武，尽皆加职。

那时元帅张信，闻得高宗驾崩，新君即位，来到临安朝贺。孝宗宣召张信进宫。张信进内，朝见已毕，奏道："陛下即位未久，今值金兵又犯中原，未知圣裁如何？"孝宗道："朕年幼无知，老卿有何良策，可退金兵？"张信道："臣有五事：第一要拿各奸臣下狱治罪，以泄民怨；第二命官起造岳王坟，建立忠祠，以表忠义；第三差官往云南，赦回岳家一门子孙，应袭父职，就命岳雷去退番兵；第四招安太行山牛皋众将，协同剿灭兀术；第五复还旧臣原职。陛下若能依此五件行事，不愁金兵不败，社稷不安也！"孝宗闻言大喜道："就烦老柱国捉拿各奸臣家眷，下狱治罪。"又命吏部差官一员往云南，赦回岳氏一门，应袭父职。又命大学士李文升往太行山，招安牛皋众将。又差张九思建造岳王坟祠。颁诏天下，旧时老臣，被秦桧所贬者，复还原职起用。

张信领旨出宫，带了校尉，往拿罗汝楫、万俟卨、张俊，以及各家家属，尽行下在天牢内。张九思领了圣旨，即在栖霞岭下，造起岳王祠庙，并众忠臣殿宇，竖立碑记，增塑神象。吏部大堂承旨，即差行人司陈宗义，捧诏往云南去，赦回岳氏一门。又颁发诏书，凡因岳氏波累诸人在逃者，俱各赦罪，入朝受职。其时周三畏得

第四十八回 讨兀术高奏凯歌 封武穆表彰精忠

了此信,遂将岳爷前后被秦桧陷害,并将昔年勘问招状。写成冤本,进朝来替岳爷鸣冤。孝宗准本,即复三畏旧职,命复推勘各奸复旨。

且先说那李文升奉旨往太行山,招安牛皋等众,行了月余,方到得太行山下,与喽啰说知。喽啰上山报知牛皋。牛皋道:"叫他上山来。"喽啰下山说道:"大王唤你上山去相见。"李文升无奈,只得上山。来到分金亭,见了牛皋,便道:"牛将军,快排香案接旨。"牛皋道:"接你娘的鸟旨!这个昏君,当初在牛头山的时节,我等同岳大哥如何救他,立下这许多的功劳;反听了奸臣之言,将我岳大哥害了;又把他一门流往云南。这昏君想是又要来害我们了!"李文升道:"将军原来尚不知道,如今高宗圣驾已崩了。"牛皋道:"这个昏君既死就罢了。你又到此做什么?又说什么接旨!"李文升道:"如今皇太子即位,称为孝宗皇帝;将朝内奸臣,尽行下狱;又差官往云南赦回岳氏一门,应袭父职;又命张九思建设岳王坟庙;命下官前来,招安将军回京起用。"牛皋道:"大凡做了皇帝,尽是无情义的。我牛皋不受皇帝的骗,不受招安!"李文升道:"敢是将军知道兀术又犯中原,必定惧怕,故此不受招安么?"牛皋大怒道:"放你娘的狗屁!我牛皋岂是怕兀术的?就受招安,待我前去杀退了兀术,再回太行山便了。"吉青道:"牛哥不可造次,这些话不知真假。牛哥可先往云南去,见过了嫂嫂;若果然赦了他们,我等便一同进京。"牛皋道:"吉兄弟说得有理。"一面打发李文升回京复旨去了。

牛皋带了人马,自往云南而来,不表。

再说岳夫人与柴娘娘正在闲话,只见军士进来禀道:"圣旨下了。"岳太夫人闻报,慌忙带了众公子出来,迎接圣旨到堂上。陈宗义宣诏已毕,大人率领众公子叩头谢恩,设宴款待钦差。次日,钦差作别,回京复旨。

次日,收拾行李起身。柴老娘娘与柴王亲送众公子与岳家眷属,望三关上路。

到得南宁,柴王、老娘娘、潞花王,各与众人拜别,各回王府。

岳夫人过了铁炉关,一路行来,恰好遇着牛皋的人马。那牛皋问道:"前面是何处人马?"军士禀道:"是岳家奉旨还朝的。"牛皋道:"快与我通报。说牛皋要见夫人。"众军慌忙报知岳夫人。岳夫人叫军士就此安营,命众公子:"快去请牛叔叔相见!"众公子领命出来见了牛皋,接进营中。牛皋拜见了岳夫人,又与众公子重新见礼毕。岳夫人道:"牛叔叔!如今我们奉旨进京,既已赦罪,牛叔叔亦该弃了山寨,一同去朝见新君,仍与国家出力,以全忠义为是!"牛皋连声道:"嫂嫂之言,甚是有理。小叔就带领人马,仍回太行山去,收拾了山寨,同了众弟兄,一齐在前途等候便了。"当下别了众公子,星夜回转太行山,收拾去了。

且说岳家人马,在路又行了几日。见牛皋和赵云、梁兴、吉青、周青五人带领合山人马,已在前途等候。各各相见了,遂合兵同行。在路非止一日,已到临安。岳夫人率领牛皋并各位公子一齐来到午门候旨。黄门官启奏。孝宗即宣岳夫人等上殿。孝宗道:"先帝误听奸臣之言,以致忠良受屈。今特封李氏为一品鄂国夫人,四子俱封侯爵。牛皋、吉青[等]五人,俱封为灭虏将军。韩起龙、宗良等,俱封御前都统制。岳雷承袭父职,赐第暂居。亡过诸臣,俟朕明日亲临致祭褒封。"众人一齐谢恩出朝。

次日,孝宗带领文武各官,传旨排驾,出了钱塘门,来到岳王坟前,排了御祭。命大学士李文升代祭。

祭毕,孝宗传旨封岳飞为鄂国公,岳云为忠烈侯,银瓶小姐为孝和夫人,张宪为成义将军,施全为众安桥土地,王横为平江驿土地,张保为义勇尉,汤怀为忠义将军,杨再兴为忠勇将军,董先等五人俱封为萃忠尉。其余阵亡诸将,俱各追封,建立祠庙,春秋祭祀。又命周三畏,协同牛皋,勘问秦熺、万俟卨、罗汝楫、张俊等,并各家家属,依律定罪。岳夫人率领众人谢恩。天子排驾回宫,众臣送驾已毕,然后各又上祭。

正在热闹之际,只见两个人身穿孝服,走到坟前祭奠,放声大哭。祭毕起来,脱了孝衣。众公子却不认得。岳雷上前:"请问二位尊姓大名?"二人道:"小生王能,此位李直,向慕岳爷忠义。小生二人,虽曾料理监中诸事,但奸臣决意要谋害岳爷,小生亦无法可救。只得买嘱狱官牢子,将各位尸首从墙上吊出,收殓入棺,藏于螺蛳壳内。自从那年戴孝至今,天开眼现报,故到此间来除服。"说罢,转身就走。公子忙叫家将:"请他两位转来!"家将忙走出坟门来,已不知往那里走了。岳夫人与众公子无不感激赞叹。

再说周三畏在大理寺大堂上坐定,监中提出张俊、秦熺等一干人犯。周三畏便提笔拟判:"秦桧夫妇,私通兀朮,卖国欺君,残害忠良,法应斩棺戮尸。其子秦熺,营谋编修,妄修国史,颠倒是非;张俊身为大将,不思报效,专权乱政,误国害民;万俟卨、罗汝楫,依附权奸,夤缘①大位,残害忠良,贪婪误国;并拟立决不枉。其各奸妻孥家属,并发岭南充军。"周三畏迭成罪案,命将各犯收监,候旨施行。

当时将所定之罪,次早入朝奏闻。孝宗准奏,即传旨命牛皋监斩。又颁赐岳夫人生铁五百斤,铸成秦桧、王氏、张俊、万俟卨四人形象,跪在坟前,以快众百姓公愤。

且说过不得两三日,又有告急本章进朝说:"兀朮大兵已近朱仙镇,十分危急,

---

① 夤缘——攀附上升,喻拉拢关系,向上巴结。

第四十八回　讨兀术高奏凯歌　封武穆表彰精忠

请速发救兵！"张信抱本上殿启奏。孝宗随传旨宣岳雷进朝。岳雷听宣，即行进朝，朝见已毕。孝宗面封岳雷为扫北大元帅，牛皋为监军都督，诸葛锦为军师；众位英雄，俱各随征，有功之日，另行封赏。岳雷谢恩，辞驾出朝。

次日，张元帅调拨人马。岳雷拜别了母亲妻小，到教场中，点齐各将，带领二十万人马，浩浩荡荡，离了临安，望朱仙镇而来。

扫北大军，一路之上屡战屡胜，深入北地，将金兵直逼至鼍华江，大破乌龙阵，杀得番兵番将俱各奔跑散去，乱乱窜窜上船，逃回北岸；有那上不及船的，被杀死无数。

那牛皋老将在阵内东奔西突，只拣人多的地方厮杀。不意兀术正招集残兵逃命，劈面撞着牛皋，回马就走。牛皋那肯放过他，大叫一声："兀术，今番你往那里走？"拍马紧紧追去。兀术大怒，拨转马头，大叫道："牛皋，你也来欺负我么？"举斧来战牛皋。不上三四合，兀术左臂着了牛皋一锏，只得用右手举斧砍来。牛皋一手接住斧柄，便撇了锏，双手来夺斧，只一拉，兀术体重，往前一冲，跌下马来，牛皋也是一交跌下，恰好跌在兀术身上，跌了个头搭尾。番兵见了，正待上前来救，这边宋军截住乱杀，那里过得来。这里牛皋趁势一个翻身，骑在兀术背上，大笑道："兀术，你也有被俺擒住之日么？"兀术扭过头来，见自己成了牛皋的坐骑，大吼一声："气死我也！"怒气填胸，口喷鲜血不止而死。牛皋哈哈大笑，快活极了，一口气接不上来，竟笑死在兀术身上。这就叫做："虎骑龙背，气死兀术，笑煞牛皋"。

金主见折了兀术，知道大势已去，只得写下降表求和。此时，徽宗、钦宗俱已归天，遂由天使张九成并金国使者完颜锦哥，护送二帝棺椁先去临安。然后岳雷带领军马，一路慢慢的奏凯回朝。

一日，大军已到临安，孝宗即命大臣出城迎接。入朝之后，论功行赏，加封岳飞为武穆王，在栖霞岭下，大兴土木，把座岳庙修得金碧辉煌。大殿正中是岳王神象，岳云、张宪，侍立在旁，两廊是岳家军诸将塑象。那墙上赫然四个大字："精忠报国"。